서부전선 이상없다

레마르크

일신서적출판사

서부전선 이상없다

차례

이 책은 호소도 아니며 고백도 아니다. 다만 포탄은 피하더라도 여전히 전쟁으로 인해서 파괴된, 어떤 시대를 보고하는 시도에 지나지 않을 것이다.

1

 우리가 있던 곳은 전선으로부터 9km 후방이었다. 교대한 것은 어제였다. 거우 오늘이 되어서야 쇠고기와 흰강낭콩 삶은 것을 실컷 먹었다. 때문에 배가 부르고 매우 만족스러웠다. 게다가 모두에게 반합에 가득 차도록 저녁 식사분을 주었을 뿐만 아니라 그 밖에 순대와 빵도 2인분씩 받을 수 있었기 때문에 아주 근사했다.

 이런 맛있는 음식은 참으로 오래간만이었다. 빨간 토마토 같은 얼굴을 한 취사병이 이런 먹을 것을 계속 주었는데, 누구든 자기 옆을 지나가는 놈이 눈에 띄면 밥주걱으로 오라고 부르고는 아주 고봉으로 담아주었다. 어쨌든 이 취반차(炊飯車)를 어떻게 하면 비울 수 있는지 도무지 짐작이 가지 않는다는 매우 난처한 모습이었다.

 차덴과 밀러가 어디선가 쇠대야를 두세 개 찾아가지고 와서, 여기에 음식을 철철 넘칠 정도로 가득 담아달라고 했다. 둘다 나중에 먹으려고 받은 것이지만 그 의미가 달랐다. 차덴은 먹보이기 때문이고 밀러는 만일을 위해 받았던 것이다. 차덴이 그렇게 욕심부려서 먹는 많은 음식들이 도대체 그 뱃속 어디에 넣어지는지 아무도 몰랐다. 왜냐하면 이 사나이는 언제나 말라빠진 청어 같은 꼴을 하고 있었기 때문이다.

 그런 음식들보다 더 고마웠던 것은 담배를 2인분씩 받을 수 있었던 일이다. 한 사람에게 여송연 10개, 궐련 20개, 씹는 담배를 2개씩 주었는데, 카친스키에게 씹는 담배를 주고 궐련과 교환했기 때문에 내 궐련은 40개가 되었다. 이만큼 있으면 하루분으로 충분했다.

 이 배급은 원래 우리가 받을 수 있는 것이 아니었다. 프로이센 사람들이 이렇게 후하게 물건을 주는 일이라고는 없다. 이것은 뭔가 잘못되었기 때문에 우리가 엉뚱한 횡재를 한 것뿐이었다.

14일 전에는 교대로 전선에 나갔지만, 그때 아군 참호 속은 매우 조용했다. 때문에 취사 상사 같은 사람은 우리가 돌아올 날 분의 식량을 미리 인원수만큼 즉, 1중대 150명분의 준비를 미리 해두었을 정도였다.

그런데 돌아온다는 마지막 날이 되어서 우리를 위협한 것이 영국의 포병대였다. 장거리포를 잔뜩 가지고 와서 큰 탄환을 마구 쏘아댔던 것이다. 이것이 우리 진지로 쉴 새 없이 자꾸 날아와서 아군은 큰 손해를 입었으며 결국 무사히 돌아온 것은 겨우 80명밖에 안 되었다.

우리는 밤이 이슥해진 다음에 돌아왔는데 돌아와서 이내 벌렁 드러누워 오래간만에 푹 잘 수가 있었다. 카친스키는 전쟁이란 것이 지금보다 더 많이 자게만 해준다면 결코 나쁜 것만은 아니라는 말을 하고 있었는데 이 말에 나는 매우 찬성한다. 그러나 전선에 나가 있으면 푹 잔다는 것은 어림도 없는 일이었고, 그래서 2주일 만에 겨우 느긋한 이 시간을 얻을 수 있었던 것이다. 우리 동료들 중에서 성미가 급한 놈이 바라크에서 기어나간 것은 벌써 오정때였다. 그 후 30분쯤 지나자 벌써 너나 할 것 없이 반합을 들고 취반차 앞으로 모여들었다. 왜냐하면 여기에서 아주 맛있을 것 같은 기름 냄새를 풍기고 있었기 때문이다. 그 선두에 서 있는 것은 물론 누구보다도 배가 고픈 패거리였는데 누구냐 하면 우선 키가 작은 알베르트 크로프였다. 이 사나이는 우리들 동료 중에서 가장 머리가 좋았으며 따라서 가장 먼저 일등병이 된 사나이였다.

그 다음에 밀러 5세가 있었다. 이 사나이는 아직도 학교시절의 책을 들고 다니며 지원장교의 특별시험을 칠 꿈을 꾸고 있었다. 그렇기 때문에 포화 속에서도 열심히 물리 공부를 하고 있었다. 레이라는 놈은 수염 사이로 얼굴을 내밀고 있는 사나이로 장교위안소 여자에게 아주 미쳐 있었다.

잘은 모르지만 이 사나이가 역설하고 있는 바에 의하면, 장교위안소의 여자들은 군대 명령에 의해서 비단 속옷을 입어서는 안 되며, 또 대위 이상의 손님을 받을 때는 미리 목욕을 해두지 않으면 안 된다는 의무가 있다고 한다. 네 번째가 바로 나인 파울 소이머였다. 우리 네 사람은 동갑인 19세로, 4명이 다 같은 반에서 전쟁에 끌려 나왔다.

우리들 바로 뒤에는 우리들 전우가 있었다. 우선 차덴이라는 놈은 몹시 여윈 자물쇠 장수로 나이는 나와 같은 정도이지만, 이 중대에서 누구도 당할 수 없는 대식가였다. 밥을 먹기 전에는 아주 날씬하지만 먹고 나면 마치 새끼를 밴 빈대처럼 똥똥해져서 일어선다. 그리고 하이에 베스트후스가 있다. 나와 같은 나이이며 직업은 토탄(土炭) 파는 일이었다. 군용 빵을 손바닥 속에 쥐어버릴 수 있을 만큼 큰 손을 가지고 있었는데, 그렇게 손을 꽉 쥐고는 내가 이 손에 뭣을 쥐고 있는지 알아맞추라고 말하는 사나이다.

그 다음이 데터링이다. 농부로 자기 집과 밭과 마누라 생각만 하고 있는 사나이다. 그리고 마지막이 슈타니슬라우스 카친스키인데 우리 패거리의 대장격으로 고집이 세고 능글맞고 교활하기 짝이 없는 놈이다. 나이는 40세이며, 흙빛 얼굴에 눈은 파랗고 민틋한 어깨를 하고 있다. 전쟁의 인상이 상당히 평온하지 않다는 것을 간파한다든가, 맛있는 음식이라든가, 탄환이 그다지 날아오지 않는 장소를 찾아오는 일에 있어서는 정말 천재였다.

이런 우리 패거리가 취반차 앞에 뱀처럼 늘어선 긴 줄의 선두에 섰던 것이다. 그럭저럭하는 사이에 우리도 점점 참을 수 없게 되었다. 보아하니 아무것도 모르는 취사 상등병은 아직도 그곳에 서서 기다리고 있는 눈치였다.

그래서 카친스키가 마침내 이 사나이에게 호통했다.

"야, 하인리히, 이제 적당히 솥뚜껑을 열란 말이야! 콩은 완전히 삶아졌잖아."

그러자 상대는 졸리다는 듯이 머리를 젓고는 느릿하게 말했다.

"모두 모이지 않으면 안 된단 말이야."

이번엔 차덴이 이를 드러내고 웃으면서 말했다.

"우리는 다 왔잖아."

취사 상등병은 아직 아무것도 모르고 있는 것이었다.

"너희들에게만 번번이 좋은 음식을 먹일 수는 없어. 다른 놈들은 어디 갔느냐 말이야."

"다른 놈들은 오늘은 네 신세를 지지 않는단 말이야. 모두 야전병원이나 공동묘지에 갔다구."

취사 상등병은 그 말을 듣자 깜짝 놀란 듯 몸을 비틀거렸다.

"뭐야? 나는 백오십 명분을 만들었는데."

그러자 크로프가 취사 상등병의 갈비뼈를 쿡 찌르면서 말했다.

"그렇다면 우리도 이제야 겨우 배부르게 먹을 수 있겠구나. 자, 시작해라. 시작해."

이 말을 들은 차덴은 갑자기 어떤 일을 생각해냈다. 뾰족한 쥐 같은 얼굴이 희미하게 빛나기 시작하고 교활한 일을 생각해냈다는 듯이 눈을 가늘게 뜨고 뺨을 실룩거리면서 취사 상등병 바로 옆으로 다가가서 말했다.

"그렇다면 넌 빵도 백오십 명분을 받아두었겠지?"

취사 상등병은 완전히 어안이 벙벙해져서 고개를 끄덕였다.

그러자 차덴은 상등병의 윗옷을 잡고 말했다.

"순대도 그렇겠지?"

토마토 같은 얼굴은 또 고개를 끄덕였다.

차덴의 턱은 또 움직이더니 다시 물었다.

"담배도지?"

"그래, 모든 게 다 그렇다구."

차덴은 신바람이 난 얼굴을 하고 주위를 둘러보았다.

"이건 하늘이 내리신 선물이다. 그렇다면 그것은 다 우리 것이 되는 거다. 한 사람이 받는 몫은 ……가만 있자…… 그렇다. 한 사람이 꼭 이인분씩이다."

이 말을 들은 취사 상등병의 '토마토 얼굴'은 그제야 겨우 알아차린

듯이 말했다.

"그렇게는 안 돼."

그러나 차덴의 말을 들은 우리는 매우 기운이 나서 앞쪽으로 자꾸 밀고 나갔다.

"뭐야, 이 홍당무 같은 놈아, 어째서 안 된다는 거냐."

카친스키가 묻자 취사 상등병은 우물대며 말했다.

"하지만 백오십 명분이 팔십 명분으로 될 수는 없단 말이야."

"될 수 없다면 우리가 될 수 있도록 해보이겠다."

하고 으르렁거린 것은 밀러였다.

"음식은 여하튼 간에 팔십 명분밖에 줄 수 없어"

하고 토마토는 버티었다.

이 말을 듣고 화를 낸 것은 카친스키였다.

"야, 너 한번 교대해봐야 알겠니? 네가 받은 양식은 팔십 명분이 아니라 제2중대 전부의 분량이니까 빨리 그것만 내놓으란 말이야. 우리는 제2중대야."

우리는 이 취사 상등병의 몸으로 대들었는데 아무도 이 사나이를 불쌍하다고 생각한 사람은 없었다. 사실은 이 취사 상등병 때문에 우리는 두세 번 아주 참혹한 일을 당했었기 때문이다. 한 번은 참호에 있을 때 식사를 아주 늦게, 그것도 완전히 차갑게 해서 먹여준 일이 있었다. 더구나 그 이유는 이 사나이가 대포 탄환이 무서워서 취반차를 가까이까지 가지고 오지 않았기 때문에 이쪽 식사당번이 다른 중대보다도 훨씬 먼 곳까지 식사를 받으러 가지 않으면 안 되었던 것이다.

이 취사 상등병에 비한다면 제1중대의 불케가 훨씬 좋은 놈이었다. 이 사나이는 들쥐처럼 비곗살이 쪘으나 일단 유사시에는 스스로 식사통을 전장의 제1선까지 뒤뚱뒤뚱 운반해오곤 했다.

취사 상등병과 우리는 하마터면 싸움을 시작할 뻔했는데 그때 갑자기 중대장이 왔기 때문에 싸움으로까지는 가지 않았다. 중대장은 이 소동의 이유를 듣고 다만,

"그렇다, 어제는 상당히 사망자가 났었지…….."
라고 말하고, 이번에는 솥 속을 들여다보며 말했다.

"맛있어보이는 콩이로군."

토마토 같은 얼굴의 그는 고개를 끄덕이고 대답했다.

"넷, 기름과 콩을 함께 삶았습니다."

그리고 중대장은 우리의 얼굴을 보았는데, 우리가 무슨 생각을 하고
있는지 다 알고 있었다. 이 경우가 아니더라도 이 중대장은 무엇이든지
알고 있었다. 원래 우리들 사이에서 함께 지내다가 하사로서 중대로 간
사나이였기 때문이다. 이 사람이 다시 한 번 솥뚜껑을 열어 냄새를 맡
아보고 저쪽으로 가려고 하면서 말했다.

"나한테도 듬뿍 한 접시 가져와. 그리고 이것은 모두에게 다 나누어
줘버려. 있는 것을 다 나누어줘도 좋다."

취사 상등병은 묘한 얼굴을 했다. 차덴은 그 주위를 춤추며 돌았다.

"네 손해가 되는 것도 아니잖아. 마치 병참부(兵站部)가 자기 것인 체
하고 있단 말이야. 자, 늙은 뚱보, 시작해, 계산은 틀리지 말고…….."

"뭐야, 참 어처구니없군."

토마토는 투덜거리며 매우 불만스러운 모양이었다. 이런 일은 지금
까지 없었기 때문에 당황해서 뭐가 뭔지 알 수가 없었던 것이다. 그래
서 이젠 모든 것이 어떻게 되든 나는 알 바 아니라는 태도로, 1인당 만
파운드의 인조 버터까지 제멋대로 분배해버렸다.

어쨌든 오늘은 아주 좋은 날이다. 편지까지 와서 야단법석이었으며
대부분이 2,3통의 편지나 신문을 받았다. 우리는 바라크 뒤에 있는 풀
밭으로 어슬렁어슬렁 걸어갔다. 크로프란 놈은 인조 버터통의 둥근 뚜
껑을 팔에 끼고 갔다.

풀밭 오른쪽 끝에는 큰 공동변소가 있었다. 지붕이 있는 듬직한 건물

인데 이것은 이를테면 신병용이다. 다시 말해서 어떤 물건이든지 응용해서 뭔가 재미있는 일을 하는 요령을 아직 알지 못하고 있는 신병들의 변소였다.

우리는 좀더 나은 곳을 찾았다. 주위를 살펴보니 도처에 더 작은 1인용 변소가 있었다. 이것은 네모나고 청결하며 전체가 나무로 되어 있었다. 주위는 둘레가 막혀 있고 그 안에 아주 앉음새가 좋은 상당히 고급스런 의자가 있었다. 안쪽 옆에는 손으로 쥘 수 있는 것이 있기 때문에 이것을 붙잡고 어디로든지 가지고 갈 수 있도록 되어 있었다.

우리는 셋이 빙 둘러서서 모두 형편이 좋아 보이는 위치를 잡았다. 이것으로 2시간 이상 이 장소를 뜨지는 않는 것이다.

나는 아직도 신병이 되어서 병영생활을 시작했을 당시는 군대의 공동변소에 들어가는 것이 참으로 부끄러운 일이었음을 잊지 않고 있었다. 문이란 것은 아예 없는 데다가 20명쯤이 기차 속처럼 나란히 앉는 것이었다. 물론 한눈에 바라볼 수 있었다. ……병정이라는 것은 언제든지 감시를 받고 있지 않으면 안 되는 것이다.

우리는 그러는 동안에 여러 가지 일을 익히게 되었다. 좀 부끄럽다느니 어떻다느니 하는 말을 하지 않게 된 정도가 아니다. 그 이상의 대단한 일도 익히게 되었고 그럭저럭하고 있는 동안에 더 부끄러운 다른 일까지도 당연한 일로 받아들이게 되고 말았다.

이렇게 전장에 나와 있으면 배변(排便)도 바로 하나의 쾌락이다. 지금 와서 생각하면 어째서 전에는 이런 일에 늘 겁쟁이처럼 보이지 않으려고 노력했는지 까닭을 알 수 없다. 배변도 먹고 마시고 하는 것과 조금도 다를 것 없는 자연스러운 일이 아닌가.

하긴 그런 일이 우리에게 있어서 특별히 중대한 일도 아니며, 또 우리들에게 새로운 일이 아니라면 굳이 그런 이야기를 꺼낼 필요도 없을 것이다. 다른 사람들에게 있어서는 이미 신기하지도 않고 아무렇지도 않는 일이기 때문이다.

병정이 되고 보니 위(胃)와 소화라는 것은, 다른 사람들보다도 더 밀접한 관계가 있는 것이었다. 병정들이 쓰는 말의 대부분이 이것과 관련되어 있으며 무엇보다도 기쁜 일을 표현하거나, 매우 비관적인 경우의 표현도, 모두 여기에서 매우 적절하게 빗대는 말로 발전하고 있는 것이다. 도저히 다른 방법으로는 이렇게 짤막한 말로, 더구나 이보다 분명하게 자기의 의사를 말로 나타내는 것은 불가능하다.

만약 우리가 집에 돌아가서 이런 말을 쓴다면 집안 사람들이나 선생님들은 아주 깜짝 놀라버릴 것이 틀림없다. 그렇지만 그런 말이 여기서는 무엇에든지 응용할 수 있는 만능문구(萬能文句)가 되어 있었다.

그래서 이런 모든 것을 좋건 싫건 공공연히 하게 됨으로써 자연히 우리들 사이에서는 그런 행동이 옳고 당연한 것처럼 되어버렸다. 예를 들어 유쾌하게 배변하는 것을 카드놀이에서 '잭 넷이 없는 큰 수'(잘 맞아떨어져 거의 승기를 잡은 상태)가 난 것과 같은 정도로 값어치를 두는 것이다.

그곳에서 여러 가지 잡담을 하기 위해 '변소의 암소'라는 말이 생겨난 것도 무리가 아니다. 그래서 이 변소가 병정들에게 있어서 시시한 이야기를 하는 구석이며, 언제나 일정한 인간이 얼굴을 맞댈 수 있는 식탁 대용이 되었던 것이다.

그래서 당장 우리에게는 이런 변소를 쓴다는 것은, 흰 타일을 깐 어느 고급 변소보다도 더 기분이 좋은 일이었다. 물론 그런 변소는 위생적일지는 모르지만 이쪽이 훨씬 유쾌하다.

어쨌든 그렇게 하고 배변할 때가 진짜 무념무상(無念無想)의 시간이다. 머리 위는 푸른 하늘이 보이고 멀리 지평선에는 노란 계류기구(繫留氣救)가 반짝거리며 떠 있다. 그리고 때때로 곡사포탄이 희고 작은 구름을 형성하며 적진을 향해 날곤 했는데 그것이 간혹 적기를 향해서 발포되었을 때는 볏단을 높이 던져 쌓아올릴 때처럼 하늘로 곧바로 날아갈 때도 있었다.

그리고 전선 쪽에서 둔탁하게 쾅쾅 하는 소리가 아주 먼 곳의 뇌우(雷雨)처럼 아련하게 들려오지만 그것도 근처를 윙윙거리며 지나가는 왕벌 소리에 묻혀버리고 만다.

우리 주위는 전부 꽃이 핀 풀밭이다. 연약한 숲 모양의 꽃이 바람에 흔들리고 있다. 큰 배추흰나비가 나풀거리며 날아와 늦여름의 더운 바람 속에 떠 있다. 우리는 거기서 편지를 읽는다든가, 신문을 읽는다든가, 담배를 피우곤 했다. 테가 없는 모자를 벗어 옆에 놓으면 바람이 우리의 머리털을 가지고 놀며 우리의 말과 생각을 희롱했다.

우리의 3개의 변소 상자는 새빨갛게 빛나는 개양귀비꽃 한복판에 서 있다…….

우리는 인조 버터통의 뚜껑을 세 사람의 무릎 위에 놓았다. 그것으로 카드놀이를 할 멋진 받침이 된 셈이다. 카드는 크로프가 가지고 있었다. '조커 뽑기'를 한 다음에는 '두 배 걸기'를 한 판 하곤 했다. 이런 식으로 나가다가는 언제까지고 일어날 수 없을 것이다.

바라크 쪽으로부터는 아코디언 소리가 들려온다. 그러면 우리도 자주 카드놀이의 손을 멈추고 서로 얼굴을 마주보았다. 그러면 누군가 한 사람이 "아이고 맙소사."라고 말하기도 하고, 그렇지 않으면 "하마터면 큰일날 뻔했군……." 하고 말한다. 그리고 잠깐 입을 다물어버린다. 우리들 마음속에는 강하게 억압된 감정이 있다. 누구든지 그것을 느끼고 있다. 입 밖에 내어 설명할 필요가 없는 느낌이다.

오늘 여기에 이렇게 하고 변기 위에 앉을 수가 없을 뻔했다는 것도 사실은 드문 일이 아닌 것이다. 실제로 하마터면 죽을 뻔했다. 그렇기 때문에 모든 것이 새롭고 강하게 느껴지는 것이다. 이 빨간 양귀비꽃과 맛있는 밥과, 퀼런과 여름 바람…… 등이 말이다.

크로프가 물었다.

"너희들 중에 누가 켐머리히를 만났나?"

"그놈은 성(聖)요셉 병원에 누워 있어."

이렇게 말한 것은 나였다.

밀러의 말에 따르면, 켐머리히는 상퇴부(上腿部) 관통 총상으로 귀환 허가증을 받았다고 한다.

우리는 오후에 그 사나이를 문병하러 가기로 했다.

그러자 크로프는 편지 한 통을 꺼내더니 이렇게 말했다.

"칸토레크 선생님이 너희들에게 안부를 전해달래."

우리는 크게 웃었다. 밀러는 퀄런을 옆으로 버리고 아쉬운 듯이 말했다.

"그 사람이 여기에 와 있으면 좋을 텐데."

칸토레크는 우리 반의 담임 선생이었다. 아주 잔소리가 심한 쥐색 프록 코트를 입은 몸집이 작은 남자였다. 얼굴은 시궁쥐와 꼭 닮았으며 또 '클로스터베르크의 공포'라고 일컫는 상등병 힘멜슈토스와도 거의 같은 모습이었다. 원래 세상의 불행과 재난이라는 것은 키가 작은 사람들로부터 자주 생기는 법이지만, 이 선생을 생각하면 나는 가끔 웃음이 나곤 한다.

대체로 작은 남자는 큰 남자보다도 훨씬 정력이 강하며 또 친해지기 어려운 법이다. 나는 늘 작은 남자인 중대장이 인솔하는 부대에는 들어가지 않도록 조심하고 있었다.

그런 사람들의 손에 걸리는 날엔 십중팔구 도저히 참을 수 없을 정도로 크게 골탕을 먹기 때문이다.

이 칸토레크 선생은 체조시간에 우리들에게 장황하게 연설을 했으며, 우리 반은 결국 이 선생의 인솔하에 함께 병사구 사령부로 출두해서 출정원을 신청했던 것이다. 그 사나이가 안경 알을 빛내면서 우리를 보고 감동적인 목소리를 내면서 말했던 모습이 눈에 선하다.

"너희들도 함께 가겠지?"

이런 선생님들은 언제나 자기 감정을 소매 호주머니에 넣고 준비해 두는 일이 많다. 그리고 이것을 필요할 때 조금씩 꺼내는 것이다. 그렇지만 그 당시의 우리는 그런 것에 전혀 무관심했었다.

다만 우리 패거리 중 한 사람도 주저하고 함께 나갈 의사가 없었다. 요셉 벰이라는 뚱뚱하고 유쾌한 청년도 그러하였지만 그도 역시 마지막에는 설득당하고 말았다. 그렇게 설득하지만 않았더라면 도저히 나갈 용기가 나지 않았을 것이다.

다시 말해서 여기에 대해서는 더 많은 사람들도 벰과 같은 생각이었겠지만, 아무도 자기만 따돌림을 받을 수는 없었기 때문에 나온 행동이었다. 이 시대에는 부모들조차도 걸핏하면 '비겁한 놈'이란 말을 쓰곤 했었다. 물론 앞으로 뭐가 어떻게 될지, 아무도 그런 것을 생각하고 있지 않았다.

그렇지만 가장 이성적인 생각을 한 것은 가난하고 단순한 사람들이었다. 그런 사람들은 전쟁은 곧 불행이라고 생각하고 있었다. 이와 반대로 형편이 좀 나은 사람들은 결말이 비참할 텐데도 정신을 차리지 못하고 있었다. 보통 같으면 이런 사람들이야말로 전쟁의 결과에 대해서 오히려 더 잘 알고 있지 않으면 안 되었을 것이다.

카친스키는 이런 현상을 교육의 결과일 것이라고 말하고 있었다. 그는 교육이라는 것은 사람을 바보로 만든다고 주장했는데, 그의 이 말은 신중하고 곰곰이 잘 생각한 끝에 한 말이었다.

이상한 일이지만 벰은 우리 패거리 중에서 처음으로 전사한 사람이었다. 돌격을 하다가 눈에 총탄을 맞았던 것이다. 우리는 벰을 전사한 것으로 생각하고 거기에 내버려두었다. 우리는 황급하게 후퇴하는 판국이었기 때문에 그 시체를 들고 돌아올 수가 없었다. 그런데 오후가 되어서 별안간 벰이 부르는 소리가 들렸다. 그래서 보니 이 사나이는 전선 저쪽에서 기어다니고 있었다. 그는 다만 일시적으로 정신을 잃었을 뿐이었던 것이다. 그렇지만 아무것도 보이지 않게 되었으며 통증으로 날뛰고 다니고 있기 때문에 지형 지물을 이용해서 몸을 숨기는 일 따위는 엄두도 내지 못했다. 그렇기 때문에 이쪽에서 누군가 벰을 끌어오려고 하기도 전에 적군의 총탄을 맞고 전사하고 말았다.

물론 이것을 칸토레크 선생의 탓으로만 돌릴 수는 없다. ……만약 그런 것을 죄악이라고 일컫는다면, 세상 일 전부가 죄악이 되고 말지도 모른다. 세상에는 칸토레크 같은 사람은 얼마든지 있으며 모두들 각기 자기에게 편리한 방법으로 가장 착한 일을 할 수 있다고 확신하고 있다.

그러나 우리에게 있어서는 바로 사람들의 이러한 생각이 그런 인간들의 사회적 파산을 몰고 오는 요인이 되었던 것이다.

그런 사람들은 우리들 18세짜리 소원을 위해 어른의 세계로 인도하는 중개자이며, 노동과 업무와 문화와 진보와 미래의 세계로 이끌어주는 안내인이 되어야만 했던 것이다. 그럼에도 불구하고 그들은 스스로의 가치 기준에 따라 우리들을—그들은 옳은 행동이었다고 자처하겠지만 우리에게는 크나큰 불행이 되었을 수도 있을—전쟁터로 몰아붙였던 것이다.

그러나 아이러니컬하게도 우리는 이런 사람들을 자주 조롱도 하고, 조그만 장난 따위도 치곤 했지만, 내심으로는 신용하고 있었다. 우리의 생각 속에서는 이런 사람들이 가지고 있었던 권위의 의미에, 더 큰 이해와 인간적 지식을 결부시키고 있었던 것이다. 그렇지만 이런 확신도 처음으로 전사자를 보았을 때 완전히 사라져버리고 말았다.

우리는 우리 자신들의 연령이 그런 어른들의 연령보다도 신뢰할 만한 것이었다는 것을 인정하지 않을 수가 없었던 것이다. 그런 사람들은 우리보다도 단순히 공허한 말을 지껄인다든가, 교묘하게 속이는 것에 능숙했을 뿐이었다.

최초의 격렬한 포화를 뚫고 나오자, 순식간에 우리가 얼마나 착각을 하고 있었는가를 깨달았다. 그 포화 아래서 우리가 배운 세계관은 보기 좋게 허물어져버렸다.

그런 사람들이 쓰거나 지껄이거나 하고 있는 사이에 우리는 야전병원을 보고, 전사자를 보았다. 국가에 대한 의무가 최고의 것이라고 말하고 있는 동안에, 우리는 죽음을 두려워하는 공포가 더 강한 것이라는 것을 체험하고 있었다.

그렇지만 그렇다고 해서 우리는 반역자가 되지도 않았으며, 탈영병이나 겁쟁이가 되지도 않았다 —— 이런 말은 어른들이 항상 쉽사리 말하고 있었던 것이지만 —— 우리는 우리 조국을 사랑하는 점에 있어서, 그런 말을 하는 어른들과 조금도 다름이 없었다.

우리는 어떠한 공격의 경우라도 용감하게 전진해갔다……. 그렇지만 지금에 와서 우리는 이젠 다른 사람이 되었다. 우리는 이제 사물을 분별하게 되었으며, 순간적으로 보는 법을 배우게 된 것이다. 우리가 본 것은 그런 어른들의 세계에는 이제 아무것도 남아 있지 않다는 것이었다. 우리는 그렇게 생각하자 갑자기 무서울 정도로 고독해졌다. 그러나 우리는 우리 스스로 해결하지 않으면 안 되었다.

켐머리히를 문병하러 가기 전에 우리는 그의 소지품을 하나로 묶어주었다. 어차피 송환되는 도중에서 필요한 것이 생기게 될 것이 틀림없다고 생각했기 때문이다.

야전병원은 성황을 이루고 있었다. 늘 그렇듯이 석탄산과 고름과 땀 냄새로 가득 차 있었다. 바라크 냄새에는 상당히 익숙해져 있지만 여기에 오면 웬만한 사람도 질식할 것만 같았다.

켐머리히가 있는 곳을 여기저기 물어서 가보았더니 그는 어떤 큰 방에 누워 있었다. 매우 연약한 표정이면서도 반가운 듯이, 또 한심스러운 듯하면서도 흥분된 표정으로 우리를 맞았다. 잘은 모르지만 정신을 잃고 있는 사이에 회중시계를 도둑맞았다고 했다.

밀러는 고개를 저으면서 천천히 말했다.

"그렇기 때문에 내가 늘 너에게 말했었잖아, 그런 고급 시계는 가지고 다니지 말라고 했잖아."

밀러는 말을 마구 하고 자기 생각을 무엇이든지 옳다고 우겨대는 독선적인 성격의 사람이었다. 아마 보통 사람이라면 이런 경우에 그런 말을 하지는 않았을 것이다.

그때 켐머리히가 살아서 이 방에서 나갈 수 없는 상태라는 것은 누가 보아도 잘 알 수 있는 사실이었기 때문에 켐머리히의 시계를 찾을 수 있든 없든 간에 그것은 아무래도 좋은 일이었다. 찾을 수 있더라도 나중에 집으로 보내주는 것이 고작 아닌가.

"어떠냐, 상태는?"

크로프가 묻자, 켐머리히는 고개를 숙이고 대답했다.

"뭐, 그럭저럭 지내고 있지만……아무래도 다리가 몹시 아프단 말이야."

우리는 그의 이불 밑을 보았다. 켐머리히의 다리는 철사 바구니 밑에 들어 있었으며 이불은 그 바구니 위에 두껍고 둥글게 덮여 있었다.

밀러가 하마터면 켐머리히에게 네 다리는 이젠 없단 말이야 하고 말하려고 했기 때문에, 나는 밀러의 정강이를 발길로 차주었다. 우리는 이미 밖에서 군의부(軍醫部)사람에게서 켐머리히의 다리가 절단되었다는 이야기를 들어서 알고 있는 터였다.

켐머리히의 안색은 누렇고 창백해서 아주 무서웠다. 얼굴에는 벌써 우리들 눈에 익지 않은 선이 나타나기 시작하고 있었다. 이 선을 우리는 이미 몇백 번이나 보았기 때문에 잘 알고 있었다. 이것은 선이라기보다도 오히려 죽을 상이라는 표현이 알맞을 것이다. 피부 밑에는 이미 생명이 맥박치고 있지 않았다. 생명은 벌써 육체 가장자리까지 밀려나와 있었다. 육체 속에서는 죽음이 꿈틀거리기 시작하고 있었다. 눈 따위는 이미 죽음에 침식당하고 있었다.

우리들 눈앞에 뒹굴고 있는 전우 켐머리히야말로 바로 얼마 전까지 우리와 함께 말고기를 굽기도 하고, 또한 구덩이 속에 주저앉아 있던 사나이가 아닌가……지금이라도 그런 짓을 하고 있는 켐머리히인 것만 같은 기분이 드는데, 한편으로 생각하면 이미 그런 형편이 아닌 켐머리히였다. 이 사나이의 그런 모습은 이미 색바랜 몽롱한 것이 되고 말았다. 마치 이중으로 겹쳐서 찍는 사진 건판(乾板) 같았다. 그렇게 생각하니 목소리조차 마치 죽음의 재 같은 소리가 났다.

나는 출정하던 당시의 일이 생각났다. 켐머리히의 어머니는 사람 좋고 뚱뚱한 여자였다. 어머니는 켐머리히를 정거장까지 전송하러 나와서도 계속 울고 있었다. 너무 울었기 때문에 어머니의 얼굴은 부어서 부석부석해져버렸고 오히려 아들인 켐머리히가 더 부끄러워할 정도였다. 이 어머니는 누구보다도 갈팡질팡했는데 완전히 문자 그대로 기름과 물 속에 뒤범벅이 되어버린 것 같은 꼴이었다.

그런 다음에 나를 믿는다는 듯 몇 번이나 내 팔을 잡고는 아무쪼록 전장에 나간 다음에도 아들 프란츠를 잘 돌보아달라고 부탁했다. 켐머리히라는 사나이는 원래가 앳된 얼굴을 하고 있는데다가 뼈도 단단하지 않기 때문에 4주일간 배낭을 지고 걷게 되자 벌써 마당발이 되고 말았다. 그렇지만 전장에 나와서 어떻게 그런 남의 일 따위에 신경을 쓸 수가 있단 말인가.

"너도 이젠 독일로 돌아갈 수 있겠지. 보통 휴가를 마치고 귀환하자면 적어도 삼사 개월은 기다려야 되는데 말이야."

이렇게 말한 것은 크로프였다.

켐머리히는 고개를 끄덕여 보였다. 나는 이 사나이의 양손을 차마 볼 수가 없었다. 마치 밀초(蠟) 같은 손이었다. 손톱 밑에는 참호의 진흙이 끼어 있었으며, 마치 독처럼 검푸른 빛깔을 띠고 있었다.

나는 문득 켐머리히가 이미 호흡을 하지 않게 된 다음에도 이 손톱은 유령처럼 자꾸만 길게 뻗어나갈 것이라는 생각이 들었고, 또 이런 광경이 눈앞에 아른거리기까지 했다.

그 손톱이 코르크 마개 뽑이처럼 구부러져서 자꾸만 길게 자라고 그와 함께 산산조각이 난 두개골 위의 머리도 자라난다. 마치 기름진 땅에 풀이 나듯이 그 풀처럼 자라난다. 그렇지만 그런 일이 어찌 있을 수 있겠는가……

밀러는 몸을 구부리고 다정스럽게 말했다.

"프란츠, 자 네 물건을 가지고 왔네."

켐머리히는 손으로 아래를 천천히 가리키면서 말했다.

"이 침대 밑에 놓아주게."

밀러는 시키는 대로 했으나 켐머리히는 또 도둑맞은 시계 이야기를 하기 시작했다. 이 환자를 흥분시키지 않고 안정시키기 위해서 어떻게 하면 좋은지 도무지 알 수가 없었다.

밀러는 밀러대로 프란츠의 비행사용 장화 이야기를 꺼냈다. 이것은 부드럽고 노란 다림가죽으로 만든 아주 고급인 영국제 구두였다. 위는 무릎까지 오고 위에서 끈을 매도록 되어 있었다. 누구나가 탐낼 만한 물건이었다. 밀러는 그것을 한번 보자 갖고 싶어져서 그 구두 뒷굽을 자기의 불품없는 구두 창에 대어보고 이렇게 물어보았다.

"프란츠, 자네 이 장화 가지고 갈 작정인가?"

우리 세 사람은 누구나 같은 생각을 하고 있었다. 예를 들면, 켐머리히의 몸이 회복되어봤자 한쪽밖에 쓸 수 없다. 그렇다면 그 장화는 구두로서는 전혀 가치가 없다. 그렇지만 지금 여기에 그 구두가 있다고 한다면, 적잖이 조바심이 나는 일이다……. 왜냐하면 만약 켐머리히가 죽기라도 하는 날엔 그 물건은 간호병이 즉각 빼앗아버리기 때문이었다.

밀러는 또 되풀이해서 물었다.

"자네, 이 구두 여기다 두고 가지 않겠나?"

켐머리히는 두고 가지 않을 작정이라고 말했다. 소중한 물건이기 때문이었다.

"그럼 교환하자."

밀러는 이렇게 제안을 하고 다시 말했다.

"이런 물건은 저쪽에선 정말 필요한 물건이니까 말이야."

그러나 켐머리히는 승낙하지 않았다.

나는 밀러의 발을 살짝 밟아주었기 때문에 이 사나이는 아쉽다는 듯이 이 훌륭한 장화를 다시 침대 밑으로 넣었다.

우리는 그런 다음에 조금 이야기를 더하고 헤어졌다.

"조리 잘 해라."

나는 내일 다시 한 번 찾아오겠다고 약속했다. 밀러도 그렇게 말했다. 이 사나이는 아직도 그 장화에 대한 미련이 남아 있었다.

켐머리히는 신음했다. 열이 있기 때문이었다. 우리는 밖으로 나온 다음에 간호병을 붙잡고 켐머리히에게 주사를 한 대 놓아달라고 부탁했다.

간호병은 승낙하지 않고 퉁명스럽게 대꾸했다.

"아무에게나 모르핀을 놓아주다간 몇 통이 있어도 부족하게 되고 말거야……."

"네 놈은 장교들에게만 친절하게 구는구나."

크로프는 얄미운 듯이 말했다.

나는 한 가지 계책을 생각해내고, 그 간호병에게 우선 궐련을 한 대주었다. 간호병은 그것을 받았다.

그래서 나는 재빨리 물었다.

"도대체 네가 주사를 놓아도 괜찮은 거냐?"

그러자 간호병은 기분이 상한 얼굴로 말했다.

"너희들이 믿지 않을 정도라면, 굳이 나에게 물을 필요가 없지 않느냐……."

나는 궐련 두세 대를 더 그 간호병의 손에 밀어넣었다.

"그러지 말고, 좀 부탁해……."

"그렇다면 좋아."

간호병은 승낙해주었고 크로프는 이 사나이와 함께 안으로 들어갔다. 아직 그 간호병을 믿지 못해 틀림없이 주사를 놓는가를 확인하고올 작정이었기 때문이다. 우리는 밖에서 기다리고 있었다. 그러자 밀러는 또 장화 이야기를 하기 시작했다.

"그건 내 발에 아주 꼭 맞을 거야. 이 덧신 같은 것을 신고 다니면 발바닥에 물집이 끊일 날이 없거든. 너도 그렇게 생각하지? 어차피 켐머리히는 내일 훈련이 끝날 때까지 지탱하지 못한단 말이야. 오늘 밤에 죽어버린다면 그 장화는 누가 가지고 갈지 알게 뭐야……."

그러고 있는데 크로프가 돌아와서 말에 끼어들었다.

"자네들은 그렇게 생각하는가, 오늘 밤에 죽는다고……."

밀러는 크로프의 말을 가로막으며 말했다.

"이제 그만됐어. 어치피 내 물건이 될 테니까."

우리는 바라크로 돌아오기 시작했다. 나는 내일 아침에 켐머리히의 어머니에게 써야 할 편지에 대해서 생각하고 있었다. 나는 몸이 오싹오싹하기 시작해서 브랜디라도 마시고 싶어졌다.

밀러는 풀을 잡아뽑아서 질겅질겅 씹었다. 그러자 키가 작은 크로프가 별안간 궐련을 팽개치고 그 위를 난폭하게 짓밟으며, 힘이 없고 부아가 치밀어서 이제 더 이상 못 참겠다는 견딜 수 없다는 얼굴을 하고 주위를 둘러보면서 큰 소리로 말했다.

"빌어먹을, 이건 똥이다. 똥이야."

우리는 그런 다음에도 오랫동안 걸었다. 크로프는 조금 지나자 가라앉았다. 이것은 우리도 잘 알고 있는 '전선 미치광이'라는 것으로 누구든지 한 번은 걸리는 것이다.

밀러는 크로프에게 이렇게 물어보았다.

"도대체 칸토레크가 네 편지에 뭐라고 써보냈더냐?"

크로프는 웃으면서 대답했다.

"우리는 굳건한 철의 청년이래."

우리 세 사람은 분한 기분으로 동시에 웃었다. 크로프는 칸토레크를 마구 욕했다. 이 사나이는 지껄일 수 있을 정도로 다시 기운을 차린 모양이었다.

그렇다, 정말 그대로다. 이런 몇만 명의 칸토레크가 같은 생각을 하고 있는 것이다. 철의 청년이라. 철의 청춘이라. 우리는 아직 한 사람도 20세를 넘은 사람은 없다. 그렇지만 젊다느니, 청춘이라느니 히는 것은 벌써 옛날의 것이 되었다. 우리는 벌써 늙은이가 되어버린 것이다.

2

웬일인지 모르겠지만 나는 우리 집의 책상 서랍에 넣어두었던 쓰다 만 《사울 왕》이라는 각본과 한 뭉치의 시 원고를 생각하고 있었다. 나는 며칠 밤이나 이 원고를 쓰면서 지내곤 했었다. 그때 우리들은 거의 모두가 이렇게 비슷한 일을 하고 있었다. 그렇지만 지금 와서 생각하면 도저히 정말 같지가 않다. 지금의 나는 분명하게 이 원고를 기억도 할 수 없을 정도로 변해 있는 것이다.

우리가 전장터에 나온 이래, 옛날 생활과는 완전히 단절되어버렸다. 우리가 굳이 단절하려고 한 것은 아니다. 우리는 몇 번이나 옛날 생활을 한번 뒤돌아보려고 했으며, 또 그것에 대한 설명을 얻으려고 했지만 아무래도 잘 되지 않았다.

특히 우리처럼 20세가 된 사람에게는 모든 것이 흐리멍덩했다. 크로프도 그렇고 밀러도, 레이도, 혹은 나 자신도, 칸토레크가 철의 청년이라고 명명(命名)한 우리는 모두 마찬가지였다.

더 나이를 먹은 사람들은 누구나 현재의 생활과 단단하게 결부되어 있는 것이다. 그런 사람들은 그만한 토대를 가지고 있다. 마누라가 있고 자식이 있다. 또 직업이 있다는 식으로 그들에게는 세상과 여러 가지 이해관계가 있다. 그런 것들이 상당히 강해서 전쟁 정도로는 파괴되지 않는 것이다.

그렇지만 우리 20세의 사람들은 가지고 있는 것이라고는 오직 나와 부모뿐이다. 개중에는 사랑하는 소녀를 가지고 있는 사람도 있긴 하지만 그것은 결코 대단한 것이 아니다. ⋯⋯우리 정도의 나이가 되면 부모의 힘은 가장 미약하다. 또 여자라고 해봤자 그것에 온 정신을 빼앗길 단계까지는 와 있지 않다.

그래서 이런 것 이외에는 우리에게 있어서 별로 대수로운 것이 없는 것이다. 다소의 공상과 약간의 취미와, 그리고 학교다. 우리의 생활은 그 이상으로는 아직 아무것도 발전하지 못하고 있었다. 더구나 지금은 그런 것 중에서 그나마 아무것도 남아 있지 않았다.

칸토레크의 말투를 빌려서 말하자면, 우리는 바로 인생의 문턱에 서 있다고 해야 옳을지도 모른다. 정말로 그렇게 생각되기도 한다. 우리는 아직 생활 속에 뿌리를 내리지는 못하고 있었다. 그런데 전쟁이 터져서 우리를 휩쓸어버린 것이다.

더 나이를 먹은 다른 사람들에게 있어서 전쟁은 생활의 어느 정도를 제한할 뿐 전쟁의 직접적인 위협에서는 어느 정도 벗어나 있는 것이다.

그러나 우리는 이를테면 전쟁이라는 그물에 걸려버렸기 때문에, 어떤 식으로 우리 인생이 끝장이 날는지 도무지 알 수가 없다. 당장 알고 있는 것이라고는 우리가 어떤 특이하고 우울한 수단에 의해서 점점 황량(荒涼)한 인간이 되고 말았다는 것뿐이다.

하지만 우리는 그런 것을 이 이상 별로 비관조차 하지 않게 되어 있었다.

밀러는 자꾸만 켐머리히의 장화를 탐내고 있었는데 그렇다고 해서 그런 일을 감히 생각하지도 않았던 다른 사람들보다도, 밀러가 동정심이 적은 사나이란 것은 아니다. 밀러는 다만 동정과 탐욕을 구별지어서 생각할 만한 여유가 없었던 것이다. 만약 그 장화가 켐머리히에게 어떤 도움이 될 것 같으면, 밀러는 그런 것을 손에 넣을 방법을 생각하기보다도 차라리 철조망 위를 맨발로 걸을 정도의 의리를 가지고 있는 사나이였다.

그렇지만 그 장화는 켐머리히에게 있어서 아무런 쓸모도 없는 것이었고 상대적으로 밀러의 입장에서 본다면 매우 요긴하게 쓸 수 있는 물건이다. 켐머리히는 죽을 것이다. 그렇다면 구두가 누구의 손으로 들어가든 그런 것은 상관없을 것이다. 그렇다고 한다면 밀러는 굳이 그것 때문에 사양할 필요는 없었다. 간호병이 가로챌 바에는 차라리 밀러가 가질 권리가 더 많을 것이다. 그렇지만 켐머리히가 죽어버린 다음에는 이미 늦다. 그렇기 때문에 밀러는 지금부터 그것에 눈독을 들이고 있는 것이다.

우리는 꾸민 듯한 서로의 감정은 가지고 있지 않았다. 오직 사실만이 우리에게 있어서 옳고 또한 중요했다. 더구나 고급 장화란 좀처럼 손에 들어오는 것이 아니었다.

하지만 전에는 이렇지가 않았다. 병사구 사령관 앞에 갔을 때 우리는 20세의 같은 반 학생들이었다. 이것이 대개는 처음이지만, 병영으로 들어가기 전에 의기양양해서 머리를 박박 깎게 했던 것이다.

우리는 아직 장래에 대해서 결정된 아무런 계획도 가지고 있지 않았으며 직업이나 입신 출세에 대한 생각도 생활의 형식을 갖추기에는 아직 매우 미약했다.

그렇지만 그 대신 우리는 매우 불안정한 개념을 갖게 되었다. 그 개념은 우리 눈에 비친 생활에, 또 전쟁에, 하나의 이상화된 거의 로맨틱한 색깔을 칠했다.

우리는 10주일간 군사훈련을 받았는데 그 동안에 우리는 10년간의 학교교육을 받는 것보다도 더 결정적으로 바뀌고 말았다. 우리가 여기서 배운 것은 쇼펜하우어보다도 잘 빛나게 닦은 단추 한 개가 더 중요하다는 것이었다.

처음에는 놀랐다. 그 다음에는 분개했다. 마지막에는 아무래도 좋다는 생각이 들어서, 정신이라는 것은 결정적인 것이 아닌 것 같다고 단념했다. 즉 중대한 것은 정신이 아니라 구둣솔이며 사상이 아니라 조직이며 지유가 아니라 훈련이나.

우리가 병사가 된 것은 감격과 선량한 의사에 의해서였다. 그렇지만 우리는 마음속에서 그런 것을 몰아내도록 온갖 박해를 받았던 것이다. 3주일쯤 지나자 우편배달부 출신이며 금줄을 두른 하사관 놈이 가지고 있는 권력은, 옛날에 우리 부모들이 가지고 있던 힘보다도, 또 우리의 교육자 및 플라톤에서 괴테에 이르는 모든 문화의 범위를 모은 것의 힘 보다도 더 크다는 것을 이해할 수 있었던 것이다. 우리의 젊고 맑은 눈 으로 본 것은, 우리 선생님이 가르쳐주었던 클래식한 조국의 관념이 여 기서는 우선 인격을 포기하는 일로 실제화되고 있다는 것이었다. 더구 나 그런 것을 이 저속한 우편배달부 따위에게 배우리라고는 아무도 기 대하지 않았을 것이다.

경례, 직립부동의 자세, 분열행진, 받들어총, 뒤로 돌아, 우향우, 좌 향좌, 발꿈치를 서로 부딪치면서 하는 경례, 그리고 갖은 욕설, 온갖 난폭한 짓 등 우리는 우리 임무를 다른 것으로 생각하고 있었다. 그렇 지만 그 속에서 발견할 수 있었던 것은 곡마단의 말처럼 우리는 용사적 행동의 준비를 하고 있었다는 것이다.

그렇지만 우리도 금방 그런 것에 익숙해져버렸다. 그뿐만이 아니 었다. 이런 일도 어떤 부분은 필요하고, 또 어떤 부분은 불필요하다는 것까지 이해하게 되었던 것이다. 그것을 위해서 병정이라는 것은 상당 히 예민한 감각을 가지고 있는 법이다.

우리 반 아이들은 3,4개 반으로 뿔뿔이 흩어져버렸다. 프리스란트의 어부와 농부와 직공과 노동자들과 한반이 되었지만, 우리는 곧 이런 사 람들과 친해져버렸다. 크로프, 밀러, 켐머리히와 나는 제9반으로 왔다. 반장은 힘멜슈토스라는 하사였다. 그런데 이 사나이는 배열 안에서도 누구보다도 지독하고 잔소리가 심한 사람으로 일러져 있었다. 또 그것 이 이 사나이가 자랑으로 삼고 있는 점이었다.

키가 작고 목은 굵고 짧은 사나이로 군대 근무 12년에, 위로 틀어올린 노르스레한 수염을 기르고 있었으며 우편배달부 출신이었다. 그 중에서도 이 사나이가 눈독을 들인 것은 크로프와 차덴과 베스트후스와 나였다. 왜냐하면 우리가 침묵 속에 반항을 나타내고 있다는 것을 눈치 채고 있었기 때문이다.

나는 어느 날 아침에는 이 사나이의 잠자리를 14번이나 고쳐 펴야 했다. 할 때마다 번번이 뭔가 트집을 잡아서는 담요를 벗겨버리는 것이었다. 나는 20시간 걸려서, 물론 그 사이에 쉬기는 했지만, 힘멜슈토스의 낡아빠져 돌처럼 딱딱한 장화를 버터처럼 부드러워질 정도로 기름을 발라주기도 했는데 그 악질 힘멜슈토스도 이것에는 트집을 잡지 않았다.

그리고 이 사나이의 명령으로 칫솔로 하사실을 청소하고 닦은 적도 있었다. 또 크로프와 나는 옷솔과 먼지털이 솔로 연병장의 눈을 쓸어버리라는 명령에 따른 일도 있었다. 마침 거기에 우연히 한 장교가 와서 우리를 돌려보내고 그 대신 힘멜슈토스를 몹시 험악한 얼굴로 야단을 쳐주었기에망정이지 그렇지 않았더라면 우리는 얼어 죽을 때까지 그 일을 하고 있지 않으면 안 될 뻔했다.

그러나 그 반동으로 힘멜슈토스는 우리 두 사람을 더욱더 못살게 굴었다. 나는 4주일 동안이나 계속해서 매주 일요일마다 위병보초를 서게 되었으며, 게다가 그 후 4주일 동안은 내무 당번을 해야 했다. 나는 배낭에 물건을 가득 채우고 총을 들고 추수가 지난 말랑말랑하고 축축한 밭에서 "뛰어, 앞으로, 앞으로."와 "엎드려."의 연습을 했다. 마침내 나는 진흙투성이가 되어서 나동그라지고 말았다.

그로부터 4시간 후에 나는 이 연습으로 더러워진 무기와 장비를 깨끗이 청소하고 힘멜슈토스 앞으로 가지고 가서 보였다. 물론 양손은 까져서 피투성이가 된 상태였다.

또 이런 일도 있었다. 크로프와 베스트후스와 차덴과 나는 함께 장갑도 끼지 않은 재 혹한 속에서 15분 동안 직립부동의 자세를 취해야 했다. 장갑도 끼지 않은 손가락을 얼음장 같은 총신에 댄 채로 있는데,

그때 힘멜슈토스는 살그머니 발소리도 내지 않고 걸어와서 우리를 노려보고 있었다. 조금이라도 움직이면 명령을 어겼다고 해서 혼내주려고 기다리고 있었던 것이다.

그리고 또 나는 새벽 2시에 8번이나 셔츠만 입은 채로 병영 꼭대기에서 연병장까지 달려 내려와야 했는데 그 이유는 내 속바지가 2,3센티쯤 선반 가장자리로부터 앞으로 나와 있었다는 것 때문이었다. 그 선반 위에는 누구든지 자기 소지품을 가지런히 포개어 쌓아야 했다. 힘멜슈토스는 여러 가지 방법으로 나를 괴롭혔는데 그 중 하나가 달리면서 내 발가락을 짓밟는 것이었다. 그리고 총검술을 할 때는 나는 항상 이 힘멜슈토스의 상대가 되어 부딪쳐야 했는데 그런 때는 항상 나에게는 무거운 쇠로 된 연습총을 들게 하고 자기는 쓰기 좋은 목총을 들고 상대하기 때문에 그는 마음대로 내 팔을 때려서 파란 멍이나 다갈색 멍이 들게 했다.

나는 어떤 때는 너무나 부아가 치밀었기 때문에 그를 무턱대고 마구 찔러댔고 급기야는 위 부근을 한 번 찔러주었더니 내노라하게 건장한 그도 나동그라지고 말았다.

그래서 그는 중대장에게 일러바치려고 했으나, 이것을 보고 있던 중대장은 배꼽을 쥐고 웃으면서 자네도 주의하는 것이 좋을거라고 말했다. 중대장도 힘멜슈토스에 대해서는 잘 알고 있기 때문에 마침 이 꼴을 보고 고소하다고 생각했던 모양이었다.

그럭저럭하는 사이에 나도 담을 오르는 것도 완전히 할 수 있게 되었으며, 무릎을 구부리는 운동도 나보다 잘하는 놈은 없게 되었다. 우리는 이 하사의 목소리만 들어도 부들부들 떨었지만 야생동물이 되어버린 이 우편마차의 말 같은 놈도 내심으로는 우리에게 겁을 먹게 되었다.

어느 일요일에 벌을 받아 나와 크로프는 바라크에서 똥통을 막대 하나에 길지고 연병장으로 질질 끌면서 기지고 왔디. 그때 마침 한껏 모양을 내고 외출하려는 힘멜슈토스와 마주쳤다. 그때 힘멜슈토스는 우리들 앞으로 다가와서 입맛이 어떠냐고 묻는 것이었다.

우리는 에라 모르겠다 생각하고 발이 걸려 넘어지는 흉내를 냈다. 그랬더니 똥통이 뒤집혀져서 힘멜슈토스의 발 위에 똥이 뿌려졌다. 힘멜슈토스는 순식간에 마구 날뛰기 시작했다. 더 이상 참을 수가 없었던 것이다.

"영창에 처넣겠다!"

힘멜슈토는 호통했지만 크로프는 태연하게 말을 받았다.

"우선 그 전에 취조부터 해야 합니다. 그렇게 하면 우리는 모든 것을 깡그리 일러바치겠습니다."

"그게 하사에 대한 말투냐! 네 놈은 미치기라도 했느냐, 곧 심문을 할 테니까 기다리고 있어라. 네 놈들이 무엇을 하겠다는 거냐?"

힘멜슈토스는 고함쳤다.

"하사님에 관해서 모든 것을 말하겠단 말입니다."

크로프는 이렇게 말하고 가운뎃손가락을 바지 솔기에 대고 부동의 자세를 취했다.

힘멜슈토스는 오래 전부터 자기가 해온 행동을 생각하고, 한 마디도 하지 않고 사라져버렸다.

그렇지만 거의 모습이 보이지 않게 되려고 할 때, 한번 더 큰소리로 호통을 쳤다.

"두고 봐라, 꼭 복수를 하고야 말겠다!"

그렇지만 이 일로 힘멜슈토스의 힘은 끝장이 나고 말았다. 힘멜슈토스는 한 번 더 우리에게 텅빈 밭에서 "엎드려."와 "뛰어, 앞으로, 앞으로."를 시키려고 했는데, 우리는 물론 그 명령에 복종했다. 명령은 어디까지나 명령이었다. 이것에는 복종하지 않으면 안 되지만 우리는 이 명령을 매우 느릿느릿 실행하기로 했기 때문에 힘멜슈토스는 몹시 짜증을 내고 말았다. 우리는 서두르지 않고 떠들지도 않으며 느릿느릿 무릎을 꿇고, 그런 다음에 팔을 짚고, 이런 식으로 차례차례로 명령에 따랐던 것이다.

힘멜슈토스는 매우 화를 내며, 그 사이에 또 다른 새 명령을 내렸지만 이쪽이 땀이 나기 전에 그쪽에서 먼저 목이 쉬어버렸기 때문에 우리를 쉬게 했다.

그 후에도 우리를 개새끼라고 부르는 것에는 변함이 없었지만 그럴 때마다 그는 조심성을 갖게 되었다.

물론 반장이라고 해서 다 이렇지는 않았다. 사리를 아는 반장도 얼마든지 있었다. 숫적으로 말하자면 그쪽이 더 많았다. 그렇지만 무엇보다도 우선 그런 사람들은 이렇게 국내에서 될 수 있는 대로 오랫동안 좋은 자리를 유지하고 출정하지 않은 채 있고 싶다고 생각하고 있었다. 그렇게 하기 위해서는 신병에게 엄하게 굴고 신병교육이 장기라는 것을 인정받아야만 가능했던 것이다.

그래서 우리는 온갖 군대식 단련을 받았다. 우리는 너무나 터무니없는 훈련에 화를 내고 소리를 친 일까지 몇 번이나 있었다. 개중에는 그런 것 때문에 병까지 걸린 사람도 우리 패거리에는 적지 않았다. 볼프는 그 때문에 폐렴에 걸려서 죽어버렸다.

그렇지만 그런 경우에 움츠러든다면 그건 정말 패기가 없는 일이다. 우리는 이렇게 해서 완고해지고, 의심이 많아지고, 동정심은 없어지고, 복수심은 강해지고, 또한 야만스러워졌다. ……그렇지만 그것은 오히려 우리를 위해서는 좋았다.

그런 성장이 바로 우리에게는 없었기 때문이다. 만약 이런 예비훈련의 기간을 보내지 않고 직접 참호로 끌려갔더라면 우리들 대부분은 틀림없이 미치광이가 되었을 것이다. 다시 말해서 우리를 기다리고 있는 것을 위해 우리는 준비를 하고 있었던 것이다.

우리는 꺾이지 않았다. 우리는 주위에 잘 순응해나갔다. 우리의 20세라는 그 젊음은 우리를 다른 여러 가지 일로 괴로운 꼴을 당하게 했지만, 이 젊음이 이 경우에는 오히려 도움이 되었던 것이다.

그렇지만 그 중에서도 가장 중요한 것은 우리들 사이에 어떤 견고히고 실제적인 단결정신이 눈뜨기 시작했다는 것이다. 이것은 전장에서, 전쟁이 가져온 가장 좋은 결과 중의 하나로 되어갔다. 구체적으로 말해서 그것은 전우끼리의 의기(意氣)라는 것이었다.

　나는 켐머리히의 침대 옆에 앉았다. 점점 쇠약해지고 있는 것 같았다. 우리 주위는 떠들썩했다. 야전병원 열차가 도착했기 때문에 기차를 타고 갈 수 있는 정도의 부상자를 골라내고 있는 참이었다. 켐머리히의 침대 옆을 군의관이 지나갔으나 거들떠보지도 않았다.
　"걱정마, 프란츠, 다음 번에는 네 차례야."
　내가 말했다.
　켐머리히는 베개를 양팔꿈치로 짚고 일어났다.
　"한쪽 다리를 잘렸으니……."
　그도 수술로 다리를 잘렸다는 것을 이미 알고 있었다. 나는 고개를 끄덕이고 다음과 같이 대답했다.
　"그래도 이렇게 살아났으니까 기뻐해야 되잖아."
　켐머리히는 대답하지 않았다.
　나는 다시 말을 계속했다.
　"양다리가 다 잘리지 않아서 다행이야. 베겔러는 오른쪽 팔을 잃었는데, 그렇게 되면 다리가 없는 것보다 더 곤란하지. 자넨 이제 고향으로 돌아갈 수 있다구."
　켐머리히는 내 얼굴을 빤히 보고 나서 물었다.
　"자넨 그렇게 생각하나?"
　"당연하지."
　켐머리히는 또 같은 말을 했다.
　"정말로 그렇게 생각하나?"
　"문제없어, 그렇지만 우선 무엇보다도 수술한 자리를 회복시켜야해."
　켐머리히는 나를 더 가까이 오라는 듯이 손짓으로 불렀기 때문에, 나

는 그쪽으로 몸을 구부렸고 켐머리히는 아주 희미하고 낮은 목소리로
이렇게 말했다.

"나는 그렇게 생각하지 않고 있어."

"프란츠, 바보 같은 소리 하면 안 돼. 한 이삼 일 지나면 자네도 알게
될 거야. 한쪽 다리를 자른 것쯤 아무것도 아니야. 여기선 더 심한 것도
반창고를 붙이고 고치지 않던가."

켐머리히는 한쪽 손을 높이 올렸다.

"이걸 봐줘, 이 손가락을."

"그건 수술 때문이 아닌가? 뭐니뭐니해도 많이 먹어야 해. 그렇게
하면 금방 회복된단 말이야. 병원에서 밥은 잘 나오나?"

켐머리히는 거기 있는 접시를 가리켜보였는데 아직도 반이나 남아 있
었다. 나는 화가 났다.

"프란츠, 자넨 더 많이 먹어야 해. 먹는 것이 가장 중요해. 음식도 여
기는 상당히 나은 편이네."

켐머리히는 그것을 부정했지만 얼마 동안 잠자코 있다가 이번에는 조
용히 말했다.

"나는 산림기사가 되려고 생각하고 있었는데."

"그런 것은 앞으로 얼마든지 될 수 있잖아. 잘은 모르지만 요즘은 아
주 근사한 의수와 의족이 있어서 그것을 쓰고 있으면 자기에게 손이나
발이 없다는 것을 전혀 깨닫지 못한다더군. 그런 것은 몸에 바로 붙어
있기 때문에 의수 같은 경우에는 손가락을 움직여서 일도 할 수가 있으
며, 게다가 글씨까지 쓸 수 있단 말이야. 그럭저럭하고 있는 동안에는
점점 더 좋은 것이 계속 발명될 거야."

켐머리히는 얼마 동안 입을 다문 채 누워 있다가 이윽고 입을 열어서
말했다.

"자네, 내 장화 말이야, 그걸 밀러에게 갖다 주어도 좋아."

나는 고개를 끄덕이고 다시 뭔가 기운을 북돋워줄 수 있는 말을 할
수 없을까 하고 생각해보았다. 켐머리히의 입술은 지워져서 없어진 것

처럼 빛이 바래고 입이 커졌다. 이는 앞쪽으로 튀어나와서 마치 백묵으로 되어 있는 것처럼 되고 말았다. 살은 축 늘어지고 이마는 둥글고 크게 벗겨졌으며, 광대뼈는 앞으로 튀어나와 있었다. 해골이 점점 나타나기 시작하고 있었다. 눈은 벌써 움푹 들어가버렸다. 1,2시간 후엔 죽어버릴 것 같았다.

내가 이런 모습을 본 것은 켐머리히가 처음이 아니었다. 그렇지만 나와 켐머리히는 함께 자라온 사이였다. 하긴 두 사람은 다소 달랐다. 나는 켐머리히의 여러 가지 숙제를 베낀 일도 있었다. 그는 학교에 올 때는 대개 다갈색 옷을 입고 가죽 허리띠를 매고 있었다. 그 가죽허리에 소매가 닿은 곳은 번쩍번쩍 빛나고 있었다. 그리고 철봉에서 대차를 할 줄 아는 것도 우리 패거리에서 오직 그 한 사람뿐이었는데, 대차를 할 때는 머리카락이 비단처럼 얼굴로 내려왔다. 그래서 칸토레크는 켐머리히의 그 대차 솜씨를 무척 자랑으로 삼고 있었다. 그렇지만 그는 퀼련을 무척이나 싫어했다. 또 새하얀 피부를 하고 있어서 어쩐지 여자아이 같은 데가 있었다.

나는 내 장화를 보았다. 이것은 커서 매우 볼품이 없었다. 바지는 이 속으로 쑤셔넣을 수 있었다. 신고 서면 이 굵은 파이프 때문에 살이 찌고 힘이 있어 보였다.

그렇지만 목욕을 하러 가서 옷을 벗으면 갑자기 처음과 마찬가지로 가는 다리와 마른 어깨가 나오는 것이었다. 그렇게 되면 우리는 병정이 아니라 소년에 가까웠다. 우리가 배낭을 메고 다닐 수 있다고 해도 아무도 곧이 듣지는 않을 것이다. 우리가 발가벗으면 그 순간은 참으로 이상한 기분이 들었다. 그때는 나는 병정이 아니라, 소위 민간인이며, 또 서로 그런 느낌이 드는 것이었다.

켐머리히는 목욕을 할 때 보면 조그맣고 말라 있어서, 꼭 어린아이로밖에 생각되지 않았다. 그런 켐머리히가 지금 여기에 누워 있는 것이다. 결국 무엇 때문에 누워 있는 것일까.

전세계 사람들을 이 침대 옆으로 데리고 와서, 이것은 켐머리히라는

남자입니다. 19세 하고 6개월입니다. 이 사나이는 죽고 싶지 않다고 말
하고 있단 말입니다. 제발 죽이지 말아주십시오라고 말해보면 어떨까.

내 머리 속은 엉망진창이 되어버렸다. 석탄산과 상처에서 나오는 고
름 냄새로 꽉 찬 공기는 폐에 카타르를 일으킬 것만 같았다. 이 공기는
질식시킬 것처럼 냄새가 나는 흐물흐물한 죽과 같았다.

곧 어두워졌다. 켐머리히의 얼굴은 창백해졌다. 켐머리히는 그 얼굴
을 베개로부터 들어올렸는데 그 얼굴이 너무 창백해서 어두운 속에서
약한 빛으로 빛나 보였다. 입이 약간 움직였다. 나는 몸을 가까이 가지
고 갔다. 그러자 켐머리히는 어렴풋한 목소리로 말했다.

"만약 너희들이 내 시계를 찾거든, 우리 집으로 보내줘."

나는 그것에 반대하지 않았다. 반대해봤자 아무런 소용이 없었다. 왜
냐하면 이 죽음에 직면한 친구를 이젠 납득시킬 수가 없었기 때문이다.
나는 더 뭐라고 말할 수 없는 비참한 기분이 되어서 어찌할 바를 모르
게 되고 말았다.

이 이마를 보라. 관자놀이는 살이 푹 빠져 있었다. 이 입은 또 어떤
가. 그건 이가 나란히 있다는 것에 지나지 않았다. 그리고 이 뾰족한 코
를 보라. 고향 집에는 그 뚱뚱한 어머니가 울고 있을 것이다. 나는 그
어머니에게 편지를 써야 할 처지다. 그 편지도 이미 부쳐버렸더라면 이
렇게까지 괴롭지는 않았을지도 모른다.

간호병들은 병과 물통을 들고 그 근처를 돌아다녔다. 그 중 한 사람
이 이쪽으로 와서 켐머리히를 살피는 듯한 눈초리로 보았으나, 곧 가버
렸다. 그 태도는 뭔가를 기다리고 있음이 분명했다. 아마도 켐머리히가
누워 있는 침대가 필요했을 것이다.

나는 켐머리히에게 몸을 가까이 가지고 가서, 상대를 도울 수가 있기
라도 한 것처럼 이렇게 말했다.

"아마 자네는 크로스터베르크의 그 병장들 사이에 있는 요양소로 들
어갈 거야. 그렇게 되면 창문으로부터 들판과 밭을 넘어서 지평선에 있
는 두 그루의 나무 근처까지 바라볼 수가 있을 거야. 지금이 마침 가장

좋을 때야. 곡식은 익었으며, 저녁때가 되면 태양 빛 속에 주위의 들과 밭은 진주조개처럼 보인단 말이야. 그리고 코로스터 강가의 포플러 가로수는 어떤가. 거기선 자주 큰가시고기를 잡곤 했었지. 조그만 유리 항아리를 놓고 물고기를 길러보는 것도 재미있을 거야. 외출은 마음대로 할 수 있어. 누구에게도 물어볼 필요가 없단 말이야. 그리고 치고 싶다면 피아노도 칠 수 있다구.”

나는 이 전우의 얼굴 위로 몸을 구부렸다. 켐머리히의 얼굴은 그늘이 져 있었다. 아직 가늘게 호흡은 하고 있었다. 그러나 그 얼굴은 젖어 있었다. 울고 있었던 것이다. 내가 쓸데없는 말을 지껄였기 때문에 엉뚱한 기분으로 만들어버렸던 것이다.

“이봐, 프란츠 !”

나는 켐머리히의 어깨를 안고 내 얼굴을 켐머리히의 얼굴에 바싹 붙였다.

“졸린가 ?”

켐머리히는 대답을 하지 않았다. 눈물이 볼에 흘러 떨어졌다. 나는 그것을 닦아주고 싶었지만 내 손수건은 너무 더러웠다.

그렇게 하고 있는 동안에 1시간쯤 지났다. 나는 긴장하고 거기에 앉은 채로 켐머리히의 얼굴을 뚫어지게 바라보고 있었다. 아직 뭔가 말하고 싶은 일이 있지 않을까 하고 생각했기 때문이다. 혹은 입을 벌리고 뭔가 큰소리로 고함치고 싶어졌는지도 모른다. 그렇지만 켐머리히는 얼굴을 옆으로 돌리고 눈물을 흘리고 있을 뿐이었다.

어머니의 일도 누님의 일도 누이동생의 일도 아무것도 지껄이지 않게 되었다. 아무 말도 하지 않았다. 이젠 아무것도 생각할 수가 없게 되어버렸던 것이다……. 켐머리히는 지금 혼자서 젊디젊은 19세의 생애를 마감하려는 그 순간 슬프게 울고 있는 것이었다.

이 죽음이야말로 내가 지금까지 경험한 일이 없는, 정말로 어찌할 바를 모르는, 사상 괴로운 이별이었다.

하긴 차덴의 경우도 괴로웠다. 그 곰처럼 억센 사나이가 어머니의 이름을 신음하듯이 부르고 있었다. 군의관이 오자 눈을 크게 뜨고 불안한 듯한 얼굴을 하면서 검으로 군의관을 침대에 다가오지 못하게 하다가 마침내 쓰러지고 말았다.

켐머리히는 갑자기 신음하며 목구멍을 꼬르륵꼬르륵 울리기 시작했던 것이다. 나는 벌떡 일어나서 방 밖으로 뛰어나가서 소리쳤다.

"군의관은 어디 있소, 군의관은 없소?"

그리고 마침 그 흰 가운을 입은 사람을 발견했기 때문에 그를 꽉 붙잡고 애원했다.

"당장 와주시오. 프란츠 켐머리히가 죽을 것 같습니다."

군의관은 내 손을 뿌리치고 옆에 서 있던 간호병에게 물어보았다.

"도대체 무슨 일이냐?"

간호병은 간략하게 대답했다.

"제 26호 침대. 상퇴부 절단 환자입니다."

그러자 군의관은 콧방귀를 뀌면서 말했다.

"그런 사람을 누가 어떻게 돌봐줄 수 있지? 나는 오늘 다리를 다섯 개나 잘랐단 말이야."

그리고는 나를 옆으로 밀어젖히고 간호병을 보고 말했다.

"네가 보아줘라."

그리고는 수술실 쪽으로 달려갔다.

나는 불쾌한 나머지 몸을 떨면서 이 간호병과 함께 걷기 시작했다. 간호병은 내 얼굴을 보고 이렇게 말했다.

"아침 다섯시부터 닥치는 대로 연달아 수술일세. 견딜 재간이 없어. 오늘만 해도 사망 열여섯 명이야. 네가 말하는 친구가 열일곱 명째야. 아마 오늘 안으로 스무 명은 채워질걸세……."

나는 아찔해지는 것 같은 기분이 들었다. 갑자기 이 이상 책망할 수가 없게 되었다. 나는 더 화를 내고 불병을 하고 싶지 않아졌다. 그런 짓을 해봤자 무의미했다. 나는 차라리 이대로 정신이 아찔해져서 두 번 다시 일어나고 싶지 않았다.

우리는 켐머리히의 침대로 다시 돌아왔다. 이미 죽어 있었다. 그 얼굴은 눈물로 젖어 있었다. 양쪽 눈은 아직 반쯤 뜨고 있었지만 오래된 뿔단추처럼 누랬다.

간호병은 내 옆구리를 찔렀다.

"이 사나이의 소지품은 네가 가지고 갈거지?"

나는 고개를 끄덕였다.

그러자 간호병은 말을 계속했다.

"이 시체는 곧 들어내버려야 해. 이 침대가 필요하다구. 밖에는 복도까지 환자들이 많이 누워 있으니까 말이야."

나는 켐머리히의 소지품을 정리하고 함석 번호표의 단추를 풀어주었다. 간호병은 치료지급부(治療支給簿)가 있느냐고 물었지만, 그런 것은 발견되지 않았다. 나는 그것은 틀림없이 책상 위에 있을 것이라고 말하고 걷기 시작했다. 네 뒤에서는 벌써 프란츠를 휴대용 천막 위로 끌어올리고 있었다.

문 밖으로 나오자, 나는 구제된 것처럼 바깥의 어둠과 바람을 느꼈다. 나는 될 수 있는 대로 깊은 호흡을 했다. 일찍이 느낀 일이 없을 정도로 공기가 따사롭고 보드랍게 얼굴에 느껴졌다. 갑자기 내 머리 속에는 젊은 처녀, 꽃이 된 들판, 흰 구름 같은 생각들이 떠올랐다. 내 발은 장화 속에서 앞쪽으로 움직여갔다. 나는 차차 빨리 걷기 시작했다. 마지막에는 달리기 시작했다.

많은 병사들이 내 옆을 지나갔다. 그 사람들이 말하고 있는 것을 나는 알 수 없었지만 지껄이고 있다는 것이 나를 흥분시켰다. 땅바닥을 꿰뚫고 흐르는 힘이 발바닥을 통해서 내 몸에 넘치기 시작했다.

밤은 전기처럼 조그만 폭음을 내고 전선 쪽으로부터는 타악기의 악대 같은 둔탁한 뇌우(雷雨)가 들려왔다. 내 손과 발은 활발하게 움직였다. 관절도 강하게 느꼈다. 숨이 차서 씩씩거리며 헐떡였다. 밤은 살아 있었다. 나도 살아 있었다. 나는 배가 고픈 것을 느꼈다. 위장에서 느끼는 이상의 더 큰 공복을 느꼈다.

밀러는 바라크 앞에 서서 나를 기다리고 있어주었다. 나는 장화를 밀러에게 주었다. 그런 다음 둘이 함께 안으로 들어갔는데, 밀러는 당장이 구두를 신어보았다. 조금도 크지 않고 꼭 들어맞았다…….

밀러는 자기 식료품을 저장해둔 것을 휘저어서 찾더니, 나에게 맛있는 순대를 주었다. 게다가 럼주를 탄 뜨거운 차까지 있었다.

3

우리에게는 보충병들이 있다. 그래서 부족했던 인원이 채워졌으며, 곧 바라크 안에 짚을 넣어서 만든 요가 할당되었다. 새로 온 병사들의 일부는 나이를 먹은 사람들이지만 25명의 젊은 사람들은 이런 예비대로부터 우리에게 보내진 것이었다. 대개 우리보다도 한 살쯤은 젊은 사람들이었다. 크로프는 나를 쿡쿡 찌르면서 말했다.

"어떠냐, 신병 아이들을 보았니?"

나는 보았다고 고개를 끄덕였다. 우리는 잘난 척하듯이 가슴을 내밀고, 밖에서 수염을 깎고, 양손을 바지 호주머니에 찌르고, 새 병사들을 보고 다니면서 정말로 우리가 고참병이 되어 나이먹은 군인이라는 것을 느꼈다.

카친스키가 우리 패에 끼어들어서 함께 마구간을 지나서 보충병들이 있는 곳으로 갔다. 그들은 마침 가스 마스크와 커피를 타고 있는 참이었다. 카친스키는 그 중에서 가장 나이가 어려 보이는 사나이에게 물어보았다.

"어떠냐, 얼마 동안 맛있는 것을 얻어먹지 못한 것 같구나."

그 상대는 이 말에 얼굴을 찡그리고 대답했다.

"아침 식사가 순무로 만든 빵이고…… 점심 식사가 순무를 삶은 것이었고…… 저녁 식사도 순무로 만든 커틀릿과 순무 샐러드야."

카친스키는 아주 노련하게 휘파람을 불고 난 후 말했다.

"허허 순무로 만든 빵이라니 호화판이군. 그렇다면 너희들은 행복한

편이야. 이젠 톱밥으로 만든 빵도 벌써 나와 있단 말이야. 그렇지만 강낭콩은 어떠냐. 한 그릇 먹여줄까?"

젊은 상대는 얼굴이 빨개져서 말했다.

"놀리지 말아주십시오."

카친스키는 다른 소리는 하지 않고 이렇게 말했다.

"네 반합을 가지고 오란 말이야."

우리는 호기심을 갖고 따라갔더니 카친스키는 짚으로 만든 자기의 요 옆에 있는 통이 있는 곳으로 데리고 갔다. 과연 속에는 정말로 강낭콩과 송아지 고기가 반쯤 들어 있었다. 카친스키는 장군처럼 통 앞에 서서 말했다.

"한쪽 눈을 뜨고 손가락을 펴라. 이것이 프로이센의 사격방법이다."

우리는 실제로 놀랐다.

"아, 이 먹보 놈아, 도대체 어디에서 이렇게 가지고 왔지?"

"그 토마토란 놈은 내가 이것을 가지러 갔더니 무척이나 기뻐하더군. 그 대신 그놈에게 낙하산 비단을 세 조각 주었지. 강낭콩은 식어도 맛있거든."

카친스키는 상냥하게 이 젊은 병사에게 듬뿍 담아주고 나서는 으스대며 말했다.

"너, 다음에 반합을 들고 여기로 들어올 때는 왼손에 궐련이나 씹는 담배를 하나 들고 오란 말이야. 알았냐."

그런 다음 카친스키는 우리 쪽을 보고 말했다.

"물론 너희들에게도 주지."

카친스키라는 사나이는 육감을 가지고 있기 때문에, 우리에게는 없어서는 안 되는 사람이었다. 대개 이런 인간은 어디에나 있는 법이지만, 이 사나이가 그런 인간이라는 것은 절대로 처음부터 두드러지게 나타나도록 알 수 있는 것이 아니다. 어느 중대에도 이런 사나이가 한두 사람은 있었다.

카친스키는 내가 부딪친 사람 중에서 가장 교활한 놈이었다. 그의 직업은 구두 수선공이라고 들었지만, 구두 수선뿐만이 아니라 무엇이든지 손 끝으로 하는 일은 다 할 줄 알았다. 그래서 이 사나이와 친하게 지내고 있으면 상당히 편리했다. 크로프와 나는 사이가 좋은 편이었다.

베스트후스도 카친스키 못지않게 교활했다. 베스트후스는 무슨 주먹을 쓰는 일이 생겼을 경우에는 카친스키의 명령 아래 움직이곤 했지만 그 대신 나중에 자기의 이익을 슬며시 챙기곤 했다.

예를 들면, 우리는 밤중에 전혀 모르는 곳에 도착한 일이 있었다. 그곳은 참담한 작은 마을이었는데, 한눈에 벽까지 허물어져가고 있을 정도로 가난하다는 것을 알 수 있었다. 숙영할 곳은 조그맣고 캄캄한 공장이며, 여기가 숙영장소로 만들어져 있었다. 그 속에는 침대가 있었지만, 침대라기보다는 그저 잘 장소라는 정도였으며 두세 개의 널빤지에 쇠그물을 친 것에 지나지 않았다.

그 쇠그물이 또 단단하고 밑에 깔것이라고는 전혀 없었기 때문에 우리는 자기가 가지고 온 담요를 위에 깔았다. 천막으로는 너무 얇았기 때문이다.

그러자 이 꼴을 보고 있던 카친스키는 베스트후스에게 말했다.

"나와 함께 가자."

두 사람은 밖으로 나갔다. 전혀 짐작도 안 가는 지방이었다. 30분쯤 지나자 두 사람은 돌아왔다. 더구나 양팔에 짚을 한아름 안고 왔다. 카친스키는 어딘가에서 마구간을 발견하고, 거기서 짚을 손에 넣었던 것이다. 이젠 참을 수 없을 정도로 배만 고프지 않았더라면 우리는 포근하게 잘 수가 있었을 것이다.

크로프는 이 근처에 전부터 와 있는 포병에게 물었나.

"어딘가 이 근처에 피엑스라도 없나?"

포병은 웃으면서 대답했다.

"아무것도 없어. 이 근처엔 훔칠 것이라곤 없어. 빵껍질 하나도 없단 말이야."

"도대체 이 근처엔 살고 있는 놈이 하나도 없단 말이야?"

상대는 침을 뱉고 말했다.

"두세 사람은 있지. 그러나 그놈들이 오히려 여기저기 군대 취사장 주위를 어슬렁거리면서 걸식을 하고 다니는 판이니 할 말이 없어."

우리는 더 이상 참을 수 없었다. 그래서 바싹 허기진 배 위에 허리끈을 매고 내일 보급이 올 때까지 기다릴 수밖에 없었던 것이다.

그런데 카친스키가 모자를 쓰고 있는 것을 보고 궁금한듯이 물었다.

"어디 가는 거야?"

"잠깐 상황을 살피러 간다."

이렇게 말하고 어슬렁어슬렁 밖으로 나갔다.

포병은 이를 드러내고 경멸하면서 말했다.

"살피고 오라지. 그렇지만 너무 살피다가 팔이나 빼지 말어."

우리는 맥이 풀려 누워서, 그 소중한 비상식량이라도 씹어볼까 하고 생각했을 정도였다. 그렇지만 이것도 위험했다. 우리는 한참 자려고 했다.

크로프는 한 개비의 궐련을 잘라서 나에게 반을 주었다. 차덴은 고향 요리라는 베이컨과 큰 강낭콩 요리 이야기를 했다. 이 사나이는 꿀풀이 들어 있지 않는 요리는 무엇이든지 마음에 들어하지 않았다. 그러나 우선 첫째로 모든 것을 한데 섞어서 끓이지 않으면 안 된다고 말했다. 또 절대로 감자와 강낭콩과 베이컨을 따로따로 끓여서는 안 된다고 했다. 그런 말을 지껄이고 있는데 누군가가 불평을 하면서, 당장에 입을 다물고 조용히 있지 않으면 차덴을 꿀풀처럼 잘게 썰어버리겠다고 투덜거렸다.

그래서 이 큰 방 안도 조용해졌으며, 다만 두세 개의 양초가 병 주둥이 위에서 팔랑팔랑 빛나고 있었다. 가끔 포병이 침을 뱉었다.

우리는 얼마 동안 멀거니 있었다. 그때 문이 열리고 카친스키가 들어왔다. 나는 꿈이 아닌가 생각했었는데 카친스키는 한팔에는 빵과 라무네, 다른 한팔에는 말고기를 넣은 피투성이의 모래 주머니를 가지고 왔던 것이다.

포병은 입에서 파이프를 떨어뜨렸다. 그리고 빵을 만져보았다.

"이건 진짜야, 진짜 빵이란 말이야. 게다가 아직 따끈따끈하기까지 한데."

카친스키는 아무 말도 하지 않았다. 빵은 틀림없이 자기 손에 들어와 있었다. 그렇다면 다른 일은 아무래도 좋았던 것이다. 이 카친스키라는 사나이는 사막 한복판에 팽개쳐지더라도 한 시간 이내에 야자 열매와 군고기와 포도주의 저녁 식사를 훌륭히 만들지도 모르는 놈이라고 나는 확신했다.

카친스키는 하이에를 보고 간단히 말했다.

"장작을 패라."

그런 다음에 윗옷 밑에서 프라이팬을 끄집어내고 호주머니에서 한 줌의 소금과 게다가 한 점의 기름까지 꺼내었다. 어쨌든 빈틈이 없었다. 하이에는 마루 위에 불을 피기 시작했다. 이 썰렁하고 휑뎅그렁한 공장의 넓은 방에 불은 딱딱 소리내며 탔다. 우리는 침대에서 기어내려왔다. 포병은 망설였다. 카친스키를 칭찬하고 조금쯤 자기도 한몫 끼는 것이 좋을까 어떨까 하고 생각했다. 그렇지만 카친스키 쪽에서는 포병 따위는 거들떠보지도 않았다. 그런 놈은 아무래도 좋았던 것이다. 포병은 불평을 하면서 가버렸다.

카친스키는 말고기를 연하게 삶는 방법을 알고 있었다. 그러기 위해서는 처음부터 프라이팬에 넣어서는 안 된다. 그렇게 하면 질겨져버린다. 처음에 약간의 술에 담가서 약한 불에 끓이지 않으면 안 되는 것이다. 우리는 나이프를 들고 둥글게 마루 위에 책상다리를 하고 앉아 배불리 먹었다.

이것이 바로 카친스키의 진면목이었다. 만약 어느 해 어떤 곳에서 단한 시간 이내에 뭔가 먹을 것을 찾아내야 하는 경우가 있다고 한다면,

카친스키는 바로 이 한 시간 이내에 마치 하나님의 계시를 받은 것처럼 모자를 머리에 얹고 밖으로 나가서 나침반이 가리키기나 하는 것처럼 똑바로 걸어갈 것이다. 그리고 거기서 뭔가를 발견해올 것이다.

어쨌든 카친스키의 손에 걸리면 무엇이든지 발견된다…… 추우면 작은 스토브라도, 장작이라도, 마른 풀이라도, 짚이라도, 테이블이라도, 의자라도…… 그 중에서도 먹을 것이다. 정말 이상하다고 할 수밖에 없다. 공중에서 마법을 써서 꺼낸다고 말하더라도 거짓말이라고는 생각되지 않을 정도였다. 그 중에서도 큰 성과는 새우 통조림을 4개 가지고 온 일이었다. 하긴 우리는 그 대신 차라리 돼지 기름을 더 바랐다.

우리는 바라크의 양지 쪽에 뒹굴고 있었다. 그곳은 콜타르와 여름과 발의 땀 냄새가 났다.

카친스키는 내 옆에 앉았다. 이 사나이는 이야기하기를 좋아했기 때문이다. 우리는 오늘 오후에는 한 시간쯤 경례 연습을 했다. 이것은 차덴이 어떤 소령에게 매우 단정치 못한 경례를 했기 때문이었다. 이것을 카친스키는 아무래도 잊지 못하고 이렇게 말했다.

"두고 봐라. 우리는 전쟁에 지고 말 거야. 그 따위 경례만 배우다가는 말이야."

그때 크로프가 맨발로 바지를 위로 걷어올리고 황새같이 긴 다리를 내놓고 가까이 다가와서 빤 양말을 말리기 위해 풀 위에 나란히 놓았다. 카친스키는 하늘을 쳐다보면서 굉장히 큰 방귀를 뀌고는 생각에 잠긴 표정으로 이렇게 말했다.

"콩을 먹으면 틀림없이 방귀가 나오거든."

그런 다음 두 사람은 열심히 논쟁을 했다. 그와 동시에 마침 우리 머리 위로 적과 아군의 비행기가 쫓고 쫓기는 싸움에 맥주 한 병을 걸고 내기를 했다.

카친스키는 또 고참병이라 아무래도 이런 생각을 버리지 않았다. 병영의 능구렁이인 카친스키는 이것을 운(韻)을 단 문구로 이렇게 말했다.

"같은 봉급에 같은 음식이라면 전쟁 따위는 벌써 잊었을걸⋯⋯."

이와 반대인 것은 크로프였다. 이 사나이는 사색가였다. 이 사나이는 이런 제안을 했다. 다시 말해서 선전포고를 투우와 마찬가지로, 입장권을 내고 음악을 연주하고 일종의 국민적 축전으로 하라는 것이었다. 그렇게 하고 장내 한복판 둥근 곳에는 양쪽 나라 대신과 대장이 해수욕복을 입고, 손에 막대를 들고 나와서 서로 싸움을 한다. 끝까지 싸워 남은 사람의 나라가 이기는 것이다. 이렇게 하는 편이 훨씬 간단하며 지금 여기서 하고 있는 것처럼 악당들이 서로 싸우기보다는 훨씬 좋다는 설이었다.

이 제안에 모두 찬성했다. 그 다음에 이야기는 자연히 군대의 훈련이라는 것으로 옮겨갔다.

그때 나는 이런 광경이 생각났다. 그것은 해가 쨍쨍 쬐고 있는 한낮의 연병장이었다. 연병장은 더위로 조용했다. 막사 안도 마치 죽은 것 같았다. 너나 할 것 없이 낮잠을 자고 있었다.

들리는 것이라고는 어디선가 군고(軍鼓) 연습을 하고 있는 소리뿐이다. 어딘가에서 나란히 서서 연습을 하고 있는 것이었지만 아주 서투르고, 단조롭고, 둔감적(鈍感的)이었다. 참으로 근사한 3화음이다. 한낮의 더위와 연병장과 군고의 연습.

막사의 창은 열려 있고 인기척도 없으며 안은 어두웠다. 두세 개의 창문에서는 삼베 바지가 매달려 있었다. 누군가가 그리운 듯이 저쪽을 바라보고 있었다. 방 안은 시원했다⋯⋯.

아아, 저 어둡고 곰팡이 냄새가 나는 각 내무반의 방에는 쇠 침대가 있고, 굵직한 격자무늬 침대가 있고, 옷장이 있고, 그 앞에는 신민이 있다. 그 광경은, 그런 것들까지도 지금은 많은 희망의 목표가 될 수 있는 것이다. 이렇게 고향을 떠나 있으면 그런 것까지도 고향의 신비로운 영상이 되는 것이다. 아아! 그 맛이 변해버린 음식과 수면과 담배와 군복 냄새로 가득 찬 그 방……

카친스키는 이런 것들을 매우 재미있다는 듯이 손을 크게 움직여서 이야기했다. 만약 우리가 이런 것들이 있는 곳으로 돌아갈 수 있다면 우리는 무엇을 희생하더라도 좋을 것이다. 이젠 더 이상 우리의 희망은 없으니까……

그날 이른 아침의 학과시간…… "1898년식 소총을 분해하고 이름을 말하라." ……오후의 체조시간…… "피아노를 칠 수 있는 자는 앞으로 나와라. 오른쪽으로 가라. 그리고 감자 껍질을 벗기러 왔다고 취사장에 가서 신고해라."

우리는 모두 추억에 잠겼다. 크로프는 갑자기 웃음을 터뜨리고는 말했다.

"뢰네에서 갈아타라."

이것은 우리 반에서 가장 좋아하던 유희였다. 뢰네는 갈아타는 정거장인데, 우리 패거리의 휴가명이 이 정거장을 지나치지 않도록, 반장인 힘멜슈토스는 우리를 상대로 내무반에서 그 갈아타기 연습을 했던 것이다.

우선적으로 배우지 않으면 안 되는 것은 뢰네에서 지하도를 지나가서 접속하는 기차가 있는 곳으로 나가는 일이었다. 침대가 그 지하도라고 생각하고 누구나가 자기 침대 왼쪽에 섰다. 이윽고 "뢰네에서 갈아타라!"라는 명령이 내려지면 모두 번개처럼 그 침대 밑을 빠져나가서 반대쪽으로 기어나왔다. 우리는 그것을 몇 시간이고 연습했다.

그럭저럭하고 있는 동안에 독일 비행기가 격추당했다. 마치 혜성처럼 연기의 꼬리를 끌면서 거꾸로 추락해왔다. 크로프는 그 덕분에 맥주 한 병을 뺏기고 말았고 불만스러운 듯이 남은 돈을 계산하고 있었다.

크로프가 예상이 빗나가서 몹시 성이 난 것도 가라앉은 다음에 나는 이렇게 말했다.

"반장인 힘멜슈토스도 우편배달부로서는 틀림없이 얌전한 인간이란 말이야. 그렇지만 어째서 하사가 되고 나서는 그렇게 압제(壓制)를 가하는 말만 하는지 알 수가 없어.”

이 의문이 크로프를 다시 힘있게 만들었다.

“그건, 우리 반장만 그런 것이 아니야. 다 그렇단 말이야. 금줄을 붙인다든가 사벨을 찬다든가 하면 전혀 인간이 달라져버리게 되지. 마치 콘크리트라도 먹고 온 것 같은 얼굴이 되거든.”

“그건 군복 탓이야.”

내가 말했다.

“글쎄, 그런 점도 있겠지.”

카친스키는 이렇게 말하고, 무슨 일장 연설이라도 시작할 것처럼 자세를 고쳐 앉았다.

“그렇지만 그 이유는 다른 데 있어. 보란 말이야. 만약 네가 개를 감자만 먹도록 길들여놓고, 그런 다음에 고기를 한 토막 주어보란 말이야. 역시 개는 그 고기를 덥석 물거야. 그것은 개라는 천성이 그러니까 그런 것이라구.”

만약 인간에게 권력이라는 것을 주어보면 역시 개와 마찬가지로 인간은 그것에 달라붙을 거야. 그것도 모두 자연히 그렇게 되는 거지. 인간이란 것은 처음부터 짐승이란 말이야. 다만 돼지 기름을 바른 빵처럼, 조금 고상한 것을 바른 것뿐이지.

군대라는 것은 한 사람씩 차례차례 위로 갈수록 권력을 가지고 있는 곳이야. 곤란한 것은 다만 모두 그 권력을 지나치게 가지고 있다는 것이지. 하사관 놈들은 졸병을, 소위는 하사관을, 대위는 소위를, 마치 상대가 미칠 정도로 학대한단 말이야. 그래서 그런 것을 알고 있기 때문에, 자기도 금방 그런 방법에 아무렇지도 않게 익숙해져버리게 되는 것이라구.

가장 간단한 예를 생각해보란 말이야, 우리가 연병장에서 돌아오는 도중이라고 하자. 몸은 녹초가 될 정도로 지쳐 있겠지. 그때 ‘군가 시작!’이라는 명령이 떨어진다. 물론 그렇게 되면 부르는 군가도 맥이 풀린다는 것은 당연하지. 간신히 총을 질질 끌면서 걷는 것이 고작이 아닌가. 그러면 어떻게 되는가. 중대 뒤로돌아라고 하고는, 한 시간 더 벌로서 훈련을 시킨단 말이야. 그리고 또 돌아오는 길에 '군가 시작'이 야. 이번에는 그럭저럭 노래를 부르게 되지.

도대체 그런 일에 무슨 목적이 있단 말인가. 중대장은 자기 생각대로 어거지로 무엇이든지 시키지. 왜냐하면 자기에게 권력이 있기 때문이 야. 아무도 이놈을 나쁘게 말하는 놈은 없어. 오히려 반대로 엄격하다 는 말을 듣지. 뭐 이런, 것쯤은 시작에 불과해. 그 이외에도 졸병을 들 볶는 일은 얼마든지 있지.

그래서 나는 물어보고 싶단 말이야. 도대체 이런 사나이가 민간인이 었다면 어떤 직업을 가지고 있어도 상관없어. 그렇지만 세상에 이런 짓 을 철저하게 세우지 않고 할 수 있는 직업이 있다고 생각하나. 이것은 권력이 있으니까 가능한 거야. 그렇지 않는가. 누구나가 그렇게 해서 잘난 체 건방진 태도를 취한단 말이야. 더구나 민간인일 때는 절대로 하지 못한 형편없는 사람일수록 잘난 체하고 기가 살아서 야단이란 말 이야."

"요컨대 그것도 군대의 방침이겠지."

크로프는 관심이 없다는 듯이 말했다.

카친스키는 투덜투덜하면서 말했다.

"이유는 뭐든지 붙일 수 있지. 방침이라면 방침이라도 좋아. 그렇지 만 엉망진창으로 당한다면 곤란하단 말이야. 네가 이 이유를 한 번 대 장장이나 농사꾼이나 노동자에게 설명해보고 졸병에게 설명해봐. 그런 사람들은 여기에 얼마든지 있단 말이야. 그놈들은 호되게 학대받으면 서 이 전장으로 끌려왔어. 그렇지만 뭣이 필요하지 않는가 하는 것은 잘 알고 있단 말이야. 정말로 시시한 병정들이 여기까지 와서 이렇게 참고 있다는 것은 아주 중대한 문제란 말이야. 좀처럼 있을 수 있는 일 이 아니야."

아무도 이 설에는 이의가 없었다. 누구든지 알고 있는 일이지만 훈련이 없는 것은 참호에 들어가 있을 때뿐이었다. 그렇지만 전선에서부터 2, 3킬로미터 후퇴하면 벌써 훈련이 시작되는 것이다. 더구나 어리석기 짝이 없는 일이라고 생각되는 것이 경례와 분열행진이었다. 이것은 소위 철통과 같은 군기 때문이다. 군대에는 언제든지 뭔가 시키고 있지 않으면 안 된다는 법칙이 있는 것이다.

그때 차덴이 왔다. 얼굴이 새빨갛게 되어 있었다. 말을 더듬을 정도로 흥분하고 있었다. 그리고 기쁘다는 듯이 더듬거리면서 이렇게 말했다.

"힘멜슈토스가 우리들이 있는 곳으로 오고 있어. 그놈이 전선으로 나오게 됐어."

차덴은 반장 힘멜슈토스에 대해서 많은 원한을 품고 있었다. 그것은 바라크에 살고 있는 동안에 이 반장에게서 독특한 방법으로 단련받았기 때문이었다. 차덴에게는 야뇨증(夜尿症) 버릇이 있었다. 밤에 침대에 들어가서 잠이 들면 금방 싸버렸다. 힘멜슈토스는 완강하게, 이것은 차덴이 게으르기 때문이라고 주장했다. 그래서 차덴의 이 버릇을 고치기 위해 엄격한 방법을 썼다.

우선 옆의 바라크에 있는 또 한 사람의 오줌싸개 병정을 끌고 왔다. 이 사나이는 킨더파터라는 이름이었다. 그리고 이 남자와 차덴을 함께 재웠다. 그러기 전에 이 바라크 안에 기묘한 침대를 만들었다. 그것은 침대를 두 개 겹친 것으로 등이 닿는 곳은 철사였다.

힘멜슈토스는 이 두 사람을, 한 사람은 위의 침대에 재우고 한 사람은 밑의 침대에 재웠다. 그렇기 때문에 밑의 사람은 위에서 오줌을 싸게 되면 낭패였다. 그 대신 이튿날에는 위의 사람과 밑의 사람이 교대해서 서로 원망하지 않도록 했다. 이것이 반장 힘멜슈토스의 징벌이었다.

이 방법은 매우 가혹하기는 했지만 적합한 생각이었다. 다만 이 생각도 결국 아무런 쓸모가 없었다. 전제(前提)가 틀렸기 때문이다. 두 사람의 야뇨증은 결코 게으르기 때문에 생긴 것이 아니었다. 두 사람의 누르스름하게 부은 피부를 보면 그런 것쯤은 누구든지 알 수 있었다. 그렇지만 결국 두 사람 중 한 사람이 마루 위에 직접 자기로 되어 이 엄격한 방법도 끝났지만 마루 위에 자게 된다면 금방 감기라도 걸렸을 것이다.

곧 베스트후스도 우리 옆에서 자게 되었다. 이 사나이는 눈을 가늘게 뜨고 나를 보고는 볼품없는 손을 열심히 비비면서 히죽히죽 웃었다. 우리는 군대생활 중에서 가장 재미있었던 날을 함께 지냈다. 그것은 전선으로 나가기 전날 밤이었다. 우리는 길다란 번호가 붙은 어느 연대에 배속되기로 되어 있었는데 그 전에 우선 여러 가지 물건 준비를 하기 위해 수비대의 병영으로 후퇴하게 되었다.

이것은 신병의 보충대가 아니라, 다만 다른 병영이었다. 그날 아침 일찍 출발할 예정이었다. 그래서 우리는 밤중에 일어나서 힘멜슈토스를 해치우기로 했다. 이것은 벌써 몇 주일이나 전부터의 약속이었다. 크로프는 그 정도로 만족하지 않고 전쟁이 끝나면 우편 일을 전문으로 해서, 힘멜슈토스가 다시 우편배달부를 시작했을 때는 그의 상사가 되어주겠다고 하는 원대한 계획을 세우기 시작했던 것이다. 그런 다음 어떤 식으로 해서 힘멜슈토스를 골탕먹여줄까 생각하고 그 장면을 열심히 생각하고 있었다.

힘멜슈토스가 더 심하게 우리를 혼내주지 못했던 것은 역시 그가 우리의 이런 눈치를 알아차리고 있었기 때문이다. 우리는 언젠가 한번은, 늦어도 전쟁이 끝날 무렵에는 이 반장을 앞질러 상관이 되자고 생각했고, 그 생각이 항상 염두를 떠나지 않았다.

그래서 우선 우리는 이 사나이를 실컷 두들겨주기로 했다. 어차피 우리가 한 짓이라는 것은 모르며, 특히 내일 아침에는 일찍 출발해버리기 때문에 우리를 어떻게 할 수가 없을 것이다.

힐멜슈토스가 매일 밤 가는 술집을 우리도 알고 있었다. 이 술집에서 병영까지 돌아오기 위해서는 캄캄하고 울퉁불퉁한 길을 지나야 했다. 그 장소에서 우리는 돌을 쌓아올린 것 뒤에 매복했다.

나는 침대 시트를 손에 들고 있었으며, 상대는 단 한 사람이긴 하지만 우리는 긴장으로 몸을 떨며 기다리고 있었다. 드디어 힘멜슈토스의 말소리가 들려왔다. 이 말소리를 우리는 금방 알 수 있었다. 매일 아침 문을 열고 "기상!"하고 호통치러 올 때 실컷 들은 그 말소리였다.

"혼자냐?"

낮은 소리로 말한 것은 크로프였다.

"혼자다……."

나는 차덴과 함께 그 돌더미를 돌아서 몰래 앞으로 나갔다.

그랬더니 저쪽에 빛나 보인 것이 힘멜슈토스의 검대(劍帶) 버클이었다. 반장 선생은 상당히 기분이 좋은 것 같았다. 노래를 부르고 있었다. 전혀 눈치채지 못하고 그냥 지나가려고 했다.

우리는 시트를 들고 살금살금 걸어서 힘멜슈토스 뒤로 다가가 시트를 머리로부터 뒤집어씌우고 밑으로 확 잡아당겼다. 때문에 힘멜슈토스는 마치 흰 자루 속에 서 있는 꼴이 되어서 팔을 들어올릴 수도 없게 되었다.

그 순간에 옆으로 다가온 것은 베스트후스였다. 양팔을 벌려서 우리를 밀치더니 자기가 우선 맨 먼저 손을 대려고 했다. 보아하니 마치 기다리고 있었다는 듯한 자세를 취하고 한팔을 신호기 기둥처럼 쳐들고 손바닥은 석탄삽처럼 펴가지고 그 흰 자루 위에 일격을 가했다. 마치 황소라도 때려잡을 것만 같은 기세였다.

힘멜슈토스는 훌쩍 날아서 5미터쯤 떨어진 곳에 나가떨어졌는가 싶더니, 금방 고함을 지르기 시작했다. 그렇지만 우리는 그런 때에 대비해서 베개를 하나 가지고 갔다. 베스트후스는 서서 잭싱다리를 하고 앉아서 베개를 무릎 위에 올려놓고 힘멜슈토스의 머리 부근을 붙잡아서 베개 위로 꽉 눌렀다.

힘멜슈토스의 고함 소리는 차차 둔탁하고 작아져갔다. 그래서 손을 늦추어서 한숨 돌리게 해주었다. 그랬더니 곧 목구멍에서 괴상한 비명을 질렀다. 그렇지만 그 소리도 금방 또 작아져버렸다.

이번에는 차덴이 힘멜슈토스의 바지 멜빵을 벗기고 바지를 밑으로 끌어내렸다. 그는 군복 청소용 먼지털이 채찍을 이빨로 꽉 물고는 일어나서 때리기 시작했다.

그것은 매우 멋진 광경이었다. 힘멜슈토스를 땅바닥에 뒹굴게 하고 상대의 머리를 자기 무릎 위에 올려놓고 그 위로 몸을 구부리고 있는 것은 베스트후스였다. 그는 악마와 같은 무서운 얼굴을 하고 유쾌하다는 듯이 크게 입을 벌리고 있었다.

한편 줄무늬가 있는 속바지를 입고 X자로 꼬고 있는 힘멜슈토스의 다리는 얻어맞을 때마다 참으로 기묘한 꼴로 운동을 했다. 그런데 힘멜슈토스 위에 올라탄 차덴이 그칠 줄 모르고 계속 때렸으므로 마침내 우리는 차덴을 떼어놓고 순번을 정해 힘멜슈토스를 때리기로 했다.

끝으로 베스트후스는 힘멜슈토스를 일으켜 세우고, 이것이 마지막이라는 듯이 혼자서 개인 연기를 보여주었다. 베스트후스는 하늘의 별이라도 잡으려는 듯한 자세로, 따귀를 때리기 위해 오른손을 높이 쳐들었다. 힘멜슈토스는 나가떨어졌다. 그것을 베스트후스는 다시 일으켜 세워서 꼭 때리기 알맞은 곳에 고정시켜놓고 이번에는 왼손으로 두 번째의 명중타를 멋지게 먹였다. 힘멜슈토스는 끙끙거리며 엉금엉금 기어서 달아나기 시작했다. 줄무늬 속바지를 입은 우편배달부의 엉덩이가 달빛 속에 분명히 보였다.

우리도 쏜살같이 달아나서 숨었다.

베스트후스는 한 번 더 주위를 둘러보고 화난 듯하기도 하고 만족스러운 듯하기도 한 수수께끼 같은 말을 했다.

"복수란 것은 피를 넣은 순대야……."

이 징도에서 베스트후스는 만족하지 않으면 안된다. 왜냐하면 그는 군대에서는 항상 서로 다른 사람을 교육시켜주지 않으면 안 된다고 말해왔는데 이제는 바로 그 말을 실증해야 했기 때문이다. 그러고 보니 우리는 그의 방법을 가장 잘 습득한 학생이 된 셈이었다.

힘멜슈토스는 이 사건에서 누구를 원망해야 좋을지 전혀 짐작이 가지 않은 듯했지만 어쨌든 그는 이 사건으로 시트 한 장을 얻은 셈이었다. 우리가 두세 시간 지난 다음에 시트를 한 번 더 찾아보았지만 아무 데도 없었기 때문이다.

이튿날 아침에 우리가 다소 긴장한 태도로 출발한 것은, 전날 밤의 이 일 때문이었다. 턱수염을 바람에 날리고 있는 남자가 우리의 긴장한 표정을 보고 매우 감격하여 소년용사라고 말해주었다.

4

우리는 전방의 보루(保壘)로 나가야 했다. 날이 어두워지자 트럭이 달려왔다. 우리는 트럭 위로 기어올라갔다. 따뜻한 밤이었다. 황혼은 마치 보드라운 천처럼 보였다. 그 속에 싸여서 우리는 흐뭇한 기분을 느꼈다. 황혼은 우리들 마음을 모두 부드럽게 만들었다. 그 구두쇠 차덴이 나에게 궐련을 주었을 뿐만 아니라, 불까지 붙여주었을 정도였으니까 말이다.

우리는 트럭 위에 가득 채워진 채 서 있었다. 아무도 앉을 수가 없었다. 하긴 앉는다는 것은 우리에게는 보기 드문 일이다. 밀러는 겨우 기분이 좋아졌다. 새 장화를 신었기 때문이다.

차의 모터는 부르릉거리고 차체는 덜컹덜컹 움직이면서 달렸다. 길은 몹시 망가져서 구덩이투성이였다. 등화가 일체 금지되어 있었기 때문에 우리는 캄캄한 길을 달려가는 차 위에서 굴러 떨어질 정도로 몹시 흔들렸다. 그렇지만 그런 것은 아무도 무서워하지 않았다. 어떤 일이 일어날지도 전혀 알 수 없었지만, 그러나 팔 하나쯤 부러진 섯이 배에 구멍이 뚫리는 것보다는 훨씬 낫기 때문이었다. 대부분의 병사들은 오히려 그렇게라도 해서 고향으로 돌아갈 절호의 기회가 오기를 희망하고 있었다.

우리 옆으로 긴 열을 이루고 지나가는 것은 탄약부대였다. 그들은 몹시 서두르고 있어서 끊임없이 우리를 앞질러갔다. 우리가 그들에게 농담을 걸면, 그들도 대답했다.

그때 한 흙담이 보이기 시작했다.

그것은 길에서 조금 떨어져 있는 집의 흙담이었다. 나는 다시 귀를 기울였다. 내가 잘못 들었는가 하고 처음에는 생각했지만 다시 한 번 나는 집오리가 우는 소리를 분명히 들었다. 카친스키 쪽을 흘끔 보았더니…… 카친스키도 흘끔 이쪽을 되받아보았다. 이것으로 두 사람은 벌써 통했던 것이다.

"야, 뭔지 먹어주십사 하는 지원자의 목소리가 들렸어."

카친스키는 고개를 끄덕여 보이고 말했다.

"좋았어. 알았다. 돌아갈 때 해치우겠어. 나는 이 근방의 지리를 잘 알고 있으니까 말이야.

물론 카친스키는 자리를 환하게 알고 있었다. 이 근방 20 킬로미터 사방 안에 있는 집오리의 다리 하나라도 다 알고 있는 듯했다.

군용 트럭은 포병진지까지 왔다. 포대는 비행기를 찾을 수 없도록 풀숲에 숨겨져 있었다. 마치 군대에서 유태교의 막사제(幕舍祭)라도 하고 있는 것을 보는 것만 같았다. 그 속에 들어가 있는 것이 대포가 아니라면 이 정자는 유쾌하고 평화로운 것이 되었을 것이다.

공기는 포탄 냄새와 안개로 흐려져 있었다. 화약 연기가 혀 위에 쓰게 느껴졌다. 발사하는 포탄의 폭음에 우리가 타고 있던 트럭이 떨렸으며, 그 반향이 점점 뒤쪽까지 울려서 모든 것이 흔들렸다.

우리들의 얼굴은 눈에 띄지 않을 정도로 변했다. 우리는 무덤 속으로 들어가는 것이 아니었다. 참호 속으로 들어가기만 하면 되는 것이었다. 그렇지만 누구의 얼굴에도, 여기는 전선이며 우리는 전선에 와 있다는 기분이 역력히 드러나 있었다.

그렇지만 그것만으로는 아직 불안이라고 할 수가 없었다. 우리들처럼 몇 번이나 이렇게 전방에 나오고 있는 사람은 이미 피부가 두꺼워져 있었다. 다만 젊은 신병들은 흥분했다. 카친스키는 이 사람들에게 가르쳐주었다.

"지금 것은 삼십오 밀리 탄환이야. 쏘았을 때의 소리로 알 수 있지…… 곧 명중한 소리가 들릴 거야."

그 탄환이 명중한 둔탁한 소리는 여기까지 들려오지 않았다. 그 소리는 전선의 끊임없이 뒤끓는 소리에 삼켜져버렸다. 카친스키는 이 소리를 귀를 기울이고 듣더니 다시 말을 이었다.

"오늘 밤에는 틀림없이 쏟아댈 거야."

우리는 모두 귀를 기울였다. 전선은 평온하지가 않았다. 크로프는 이렇게 말했다.

"영국 놈들이 벌써 쏘기 시작했구나."

발사했을 때의 폭음이 분명히 들려왔다. 이것은 우리 참호의 오른쪽에 위치한 영국의 포열(砲列)이었다. 그놈들이 한 시간 일찍 시작했다. 우리 쪽은 언제든지 10시 정각에 시작하는 것이었다.

밀러는 이렇게 큰소리로 말했다.

"저놈들은 무슨 생각을 하고 있는 거야. 저놈들의 시계는 빠른 모양이군."

"쏘아댈 것이라고 말했지? 나는 틀림없이 느끼고 있었단 말이야, 알겠어?"

카친스키는 이렇게 말하고 어깨를 으쓱해보였다.

포탄은 우리들 옆에서 요란한 소리를 내면서 3발까지 발사되었다. 화약 빛이 비스듬히 안개 속으로 뻗어나갔다. 대포는 으르렁거리고 또한 울부짖었다.

우리는 몹시 추위를 느꼈지만 내일 아침 일찍 다시 바라크로 돌아갈 수 있다는 생각에 기뻐하고 있었다.

우리들 얼굴은 여느때보다 창백하지도 않았으며 붉지도 않았다. 또 여느때보다 긴장도 되어 있지 않았으며, 해이해져 있었던 것도 아니다.

그렇지만 역시 표정이 변하고 있었다. 우리는 우리 피 속에 스위치가 켜진 것처럼 느꼈다. 이것은 절대로 과장해서 말하는 것이 아니며, 정말 있는 그대로의 사실이었다.

전선의 자각이라는 것은 바로 이런 것이다. 그 자각이 이 스위치를 불러일으키는 것이었다. 최초의 포탄이 폭발하고 발사할 때마다 공기를 엉망진창으로 휘저어 어지럽힌 순간부터, 갑자기 우리들 혈관 속에는, 손에는, 눈 속에는, 어떤 억압된 기대와, 기다리는 마음과, 강렬한 눈이 번쩍 뜨이는 기분과, 오관(五官)이 묘하게 부드럽고 매끄러워지는 듯한 느낌이 일어나기 시작했다. 몸은 일시에 좋다 언제든지 오라는 식으로 힘이 넘쳤다.

나는 또 자주 이 진동하는 공기가 소리도 없이 튀어올라서 우리들 머리 위로 덮쳐오는 듯한 기분이 들었다. 혹은 전선 자체로부터 전기가 방사되어서 우리가 알 수 없는 신경의 첨단을 움직이고 있는 것 같은 느낌이 들었다.

이것은 언제나 같았다. 출발할 때 우리는 불평을 하지만 기분좋게 떠들어대고 있는 병정이었다. 그러나 가장 가까운 표병진지까지 오면 우리가 지껄이는 말은 하나하나 모두 소리가 달라져버렸다.

카친스키가 바라크 앞에 서서 쏘아댈 거야라고 말하면, 그것은 카친스키의 생각이며 생각 그 자체로 끝나버리는 것이다. 그렇지만 이렇게 전선으로 나와서 같은 말을 하면 그 말은 밤중에 달빛에 빛나는 총검과 같이 날카로운 맛이 있었다. 그 말이 모든 상념을 싹 잘라버린다. 그 말은 가만히 우리들 가까이로 와서 우리들 머리 속에 눈뜨기 시작한 어떤 알 수 없는 것에 대해서, "쏘아댈 거야." 하고 말을 거는 것이었다. 아마도 이 알 수 없는 것이란, 우리들 마음속 깊숙한 곳에 있는 가장 비밀스러운 것일지도 모른다. 이것이 자기를 지키려고 떨면서 일어서는 것일 것이다.

❖

전선은 나에게 있어서는 기분 나쁜 소용돌이였다. 잔잔한 물 속에 있거나 그 중심에서 멀리 떨어져 있어도 전선의 소용돌이의 흡인력을 느낄 수가 있었다. 그것은 많은 저항을 허용하지 않고 두 번 다시 달아날 수 없도록 상대를 자기 쪽으로 조금씩 끌어당겨버리는 소용돌이였다.

그렇지만 땅 속으로부터, 그리고 공기 속으로부터는 우리들에게 방어력이 흘러나온다. 가장 많이 나오는 것은 땅 속으로부터다. 누가 뭐라고 해도 병정만큼 땅바닥을 고맙게 느끼는 사람은 없다. 예를 들면 땅바닥에 자기 몸을 오랫동안 딱 붙이고 있을 경우라든가, 탄환에 맞을지도 모른다는 죽음의 공포 때문에 얼굴도 손발도 땅 속으로 깊이 파고들려고 하는 경우에 땅바닥은 병정의 유일한 친구이고, 형제이고, 어머니다. 병사는 자기의 공포와 외침을 땅의 침묵과 보호 속에 내뱉을 수 있는 것이다. 땅바닥은 그 소리를 들어준다. 그런 다음 다시 다음 10초 동안 손을 놓아준다. 그런 다음에 다시 잡아준다. 혹은 영원히 잡고 놓아주지 않는 일도 자주 있기는 하지만.

아아, 이 땅바닥이다…… 땅바닥이다…… 땅바닥이다…….

이 땅바닥이야말로 고저(高低)와 구덩이와 움푹 패인 곳을 가지고 있기 때문에, 우리는 그 낮은 곳으로 뛰어들어 웅크릴 수가 있다. 이 땅바닥은 경련하는 공포심 속에서, 전멸의 포격 속에서, 폭발의 죽음의 진동 속에서, 살아난 목숨이라는 큰 반사파(反射波)를 우리들에게 주었다.

현기증 나는 폭풍처럼, 하마터면 분쇄될 뻔했던 생명이 역류(逆流)되어서 이 땅바닥으로부터 우리들 손을 타고 흘렀다. 우리들 구제된 사람들은 이 땅바닥을 파고 무사히 넘긴 1분간을, 입 밖에 내서 말하지는 않지만 불안해하면서도 한편으론 기뻐했다. 우리는 포탄의 최초의 폭음을 들었을 때, 우리 생존의 일부 속에서 갑자기 몇천 년이나 되돌아간 것 같은 기분이 들었다. 이것은 우리들 마음속에 눈뜨고 우리를 인도하고 보호해주는 동물의 본능이다. 그것은 자각되는 것이 아니다. 자각보다는 훨씬 빨리, 확실하면서도 동시에 틀림이 없는 것이다.

이렇다고 말로 설명할 수 있는 것이 아니다. 아무것도 생각하지 않고 걷고 있다가 갑자기 땅바닥의 움푹 패인 곳에 착 엎드려버린다. 그 머리 위를 포탄 파편이 날아간다. 그렇지만 그때 탄환이 날아온 것이 귀에 들렸는지, 엎드리겠다는 생각을 가졌는지 어떤지, 그런 것은 기억하고 있지 않다. 만약 그런 생각을 하고 있었다면 우리는 벌써 옛날에 산산조각이 난 한 덩어리의 살이 되어 있을 것이다. 이처럼 우리를 땅바닥에 쓰러뜨리게 하고 우리를 구해주는 것이 어떤 식으로 우리에게 오는지 전혀 알 수가 없다. 이런 우리들 마음속에서 투시력이라도 가지고 있는 것 같은 육감은 전혀 다른 것이었다. 만약 이런 것이 없다면 플란대로부터 포게젠까지 사람이라고는 한 사람도 없게 되었을 것이다.

투덜투덜 불평을 하는 병정, 기분좋게 떠들고 있는 병정인 우리는 출발해서 드디어 전선지대로 왔다. 우리는 인간짐승이 되어가고 있었다.

우리는 취사반 차를 앞질러서 어떤 빈약한 숲 뒤에서 내렸다. 트럭은 다시 되돌아갔지만, 내일 아침에 날이 밝기 전에 다시 우리를 맞으러 오기로 되어 있었다.

안개와 포탄 냄새가 초원 위에 가슴 높이까지 차 있었다. 그 위에 달이 빛나고 있었다. 길에는 군대가 행진하고 있었다. 철모가 달빛을 희미하게 반사하여 어렴풋이 반짝이고 있었다. 그 철모와 소총이 흰 안개 속으로부터 튀어나와 보였다. 그들의 머리는 졸음으로 끄떡끄떡 움직였으며 소총은 어깨 위에서 흔들리면서 뒤따라갔다.

훨씬 앞쪽은 안개가 없었다. 머리만 보이던 것이 여기서는 전신이 보였다. ……윗옷과 바지, 구두가 못 속에서 떠오르듯이 안개 속으로부터 나타났다. 그들은 총대를 이루고 똑바로 행진해나갔다.

사람의 모습은 좁은 삼각형 모양으로 뭉치고 있었다. 한 사람 한 사람의 모습은 분간할 수 없었다. 다만 새까만 삼각형이 앞쪽으로 밀고 나가고 있을 뿐이었다. 그것이 안개 못으로부터 헤엄쳐 다가오는 머리와 소총이 붙어서 이상한 광경으로 변하기 시작했다. 총대이기는 하지만…… 인간이 아니었다.

옆길로 경포병(輕砲兵)과 탄약차가 왔다. 말 등이 달빛 속에 빛나고 있었다. 말이 움직이는 모양은 참으로 아름다웠다. 머리를 흔들었다. 눈이 번쩍였다. 대포와 탄약차는 떠도는 달빛의 경치를 배경으로 하여 통과해갔다. 철모를 쓰고 말 위에 올라탄 사람들은 마치 옛날 기사 같은 모습으로 보였다. 참으로 아름답고 마음을 움직이게 하는 정경이었다.

우리는 공병재료창을 목표로 하고 전진했다. 우리들 중의 어떤 사람은 어깨에 구부러지고 끝이 뾰족한 쇠막대를 메고 있었으며, 또 어떤 사람은 둘둘만 철사 속에 둥근 쇠막대를 찔러넣고 그것을 들고 전진했다. 이 짐은 매우 성가셨고 무거웠다.

그 근방의 땅은 엉망진창으로 파괴되어 있었다. 앞쪽에서 보고가 들어왔다.

"조심해라, 왼쪽에 깊은 대포알 구멍이 있다."

"조심해라, 참호다."

우리는 긴장해서 눈을 크게 떠서 앞을 바라보았는데 말과 지팡이는 우리의 몸보다도 위험을 먼저 느낀 것처럼 보였다. 갑자기 걷고 있던 대열이 딱 멈추었기 때문에 뒷사람은 앞사람의 철사뭉치에 얼굴이 찔려 불평하고 있었다.

도중에는 탄환에 맞아서 파괴된 차가 두세 대 있었다. 그때 새로운 명령이 떨어졌다.

"칸델라와 파이프를 꺼라."

……우리는 벌써 참호 바로 가까이까지 온 것이었다.

이렇게 걸어오고 있는 동안에 주위는 완전히 어두워져버렸다. 우리는 작은 숲을 돌아서 전선의 일부를 앞에 둔 곳까지 나왔다.

지평선은 한쪽 끝에서 다른쪽 끝까지 어렴풋이 붉게 밝아져 있었다. 그것이 대포 포구(砲口)에서 나오는 섬광에 떨려서, 끊임없이 움직이고 있는 것처럼 보였다. 그 위로 높게 올라가는 것이 조명탄이었다. 은빛과 붉은 공이었다. 그것이 터지면 흰색과 초록색과 붉은색의 별이 되어서 비처럼 쏟아졌다.

프랑스 군의 신호탄은 쏘아올려지면 공중에서 비단 우산을 펴고 그런 다음 조용히 떠서 내려왔다. 이 신호탄을 쏘면 모든 것이 대낮처럼 밝게 비추어지고, 그것이 우리들이 있는 곳까지 비추기 때문에 우리들 그림자가 땅바닥 위에 똑똑히 비칠 정도였다. 그것이 다 타서 꺼질 때까지는 몇분 간이나 흔들흔들하고 있었다. 그러면 바로 그 뒤에 새 것이 쏘아올려졌다. 그것도 도처에서 쏘아올려졌다. 그 사이에 또 초록색과 붉은색과 파란색의 조명탄이 쏘아올려졌다.

"이거 큰일났다."

카친스키가 말했다.

이 포탄의 천둥 소리는 차차 심해져서 둔탁한 굉음(轟音)으로 변하였고, 그것이 다시 몇 개로 갈라진 포성으로 되었다. 기관총의 볶아대는 사격 소리가 울리기 시작했다. 우리들 머리 위의 공기는 눈에 보이지 않는 추적과 으르렁거리는 소리와 핑핑하는 소리, 쉭쉭하는 소리로 가득 찼다. 이런 것은 아직 작은 총성에 지나지 않았다.

그 사이에 커다란 석탄 상자 같은 아주 무거운 포탄이 밤새도록 울리고는 우리들 훨씬 뒤쪽에 떨어졌다. 그것은 꼭 발정(發情)한 사슴이 우는 것같이 멀리서 들리는 목이 쉰 외침이었다. 그것이 작은 탄환의 끊임없이 으르렁거리고 핑핑거리는 소리 위로 타원형을 그리면서 날아가는 것이었다.

이윽고 서치라이트기 끔찍한 하늘을 밤색하기 시작했다. 서치라이트는 끝쪽이 엷게 흐려져 있는 큰 자처럼 하늘을 미끄러져갔다. 그 중 하나는 가만히 움직이지 않고 다만 조금쯤 떨고 있었는데 그 옆으로 순식간에 또 하나의 서치라이트가 다가와서 그것이 교차했는가 싶더니, 그 두 개의 빛 사이로 검은 벌레가 날아와서 자꾸만 달아나려고 하고 있었다. 비행기였다. 비행기는 차차 안정을 잃고 눈앞이 캄캄해져서 비틀거리기 시작했다.

우리는 일정한 거리를 두고 쇠기둥을 땅바닥에 박았다. 언제든지 둘이 한조가 되어 일을 했다. 다른 사람들은 철조망 철사를 만 것을 풀기 시작했다. 그것은 긴 가시가 다닥다닥 붙어 있는 참으로 성가신 철사였는데 말려진 철사를 푸는데 익숙하지 않은 나는 손을 상처투성이로 만들었다.

그것도 두세 시간 이내에 완전히 끝냈다. 그렇지만 트럭이 우리를 맞으러 올 때까지는 아직 두세 시간이 남아 있었다. 우리들 대부분은 아무렇게나 뒹굴어서 잤다. 나도 자려고 했지만 너무나도 냉랭했다. 바다 근처에 있다는 것을 금방 느낄 수 있었다. 잠든 사람들도 추워서인지 몇 번이나 잠을 깼다.

나도 어느 틈엔가 깊이 잠들어버렸다. 그리고 갑자기 벌떡 일어났다. 지금 내가 어디에 있는지 전혀 짐작이 가지 않았다. 별이 보였다. 신호탄이 보였다. 그 순간에 마치 나는 가든 파티를 하는 정원에서 잠들어버린 것이 아닐까 하고 잠깐 생각하기도 했다. 아침인지 밤인지 알 수 없었다. 나는 황혼의 새파래진 초원 위에 누워서 다정스럽게 들려오는 말을 기다리고 있는 것 같은 기분이 들었다. 그것은 부드럽고 은근하게 들려오는 말이어야 한다…… 나는 울고 있는 것일까. 나는 눈을 눌러보았다. 참으로 이상했다. 나는 아이가 되기라도 한 것이 아닐까. 이 보드라운 피부는…… 하고 생각한 것은 불과 1초도 안 되었다. 곧 나는 전우인 카친스키의 그림자를 보았다. 이 연상의 병사는 조용히 앉아서 파이프 담배를 피우고 있었다. 물론 뚜껑이 있는 파이프였다. 내가 잠이 깬 것을 눈치채자, 카친스키는 이렇게 말했다.

"너, 깜짝 놀라서 일어났구나. 이번의 것은 뇌관(雷管)이야. 저쪽 숲속으로 날아갔어."

나는 일어났다. 이상하게 고독한 느낌이 들었다. 카친스키가 일어나 있어준 것이 고마웠다. 카친스키는 깊은 생각에 잠기고 전선 쪽을 바라보면서 말했다.

"정말 아름다운 불꽃이로군. 이러면서도 위험하지만 않다면."

우리 뒤쪽으로 포탄이 하나 떨어졌다. 두세 사람의 젊은 신병들은 놀라서 펄쩍 뛰어올랐다. 2,3분 지나자 이번에는 아까보다도 더 가까이에 번쩍하고 터졌다. 카친스키는 파이프의 담배를 털어 떨어뜨리고 말했다.

"슬슬 불이 붙기 시작했어."

드디어 시작된 것이었다. 우리는 가능한 한 빨리 서둘러 기어서 도망쳤다. 그 다음 탄환은 벌써 우리들 가운데로 떨어졌다.

두세 사람쯤 비명을 질렀다. 지평선에는 초록색 신호탄이 올라갔다. 진흙이 높이 튀어올랐다. 파편이 윙하고 날았다. 포탄이 떨어진 소리가 벌써 사라져버렸는데도 아직 파편이 펑펑 튀는 소리가 들리고 있었다.

우리 옆에는 몹시 겁에 질린 신병이 있었다. 밝은 금발의 소년이었는데 이 사나이는 양손으로 얼굴을 가리고 철모 따위는 아무렇게나 팽개쳐버리고 있었다. 그래서 나는 그 철모를 찾아서 그 사나이의 머리에 씌워주려고 했다. 그랬더니 이 사나이는 내 얼굴을 쳐다보고 그 철모를 도로 팽개치더니 어린아이처럼 자기 머리를 내 발 밑으로 쑤셔박고 가슴에 착 달라붙었다. 그 여원 어깨는 떨고 있었다. 그것이야말로 죽은 켐머리히의 어깨와 똑같았다.

나는 이 사나이가 하는 대로 내버려두었다. 그렇지만 철모는 아직 뭔가 쓸모가 있다고 생각했기 때문에 그것을 이 사나이의 엉덩이 위에 올려놓아주었다. 이것은 결코 내가 장난으로 한 것이 아니었다.

이곳이야말로 정말 중요한 부분이라고 생각했기 때문이다. 두툼한 살이 있는 곳이긴 하지만, 탄환에 맞으면 몹시 아플 것임에 틀림없었다. 그뿐만 아니라 만약 탄환에 그 부분을 맞는다면 똑바로 눕지도 못하고 야전병원에서 몇 달 동안이나 엎드려서 누워 있지 않으면 안된다. 게다가 그렇게 잘 버텨낸 그 후에도 십중팔구 절름발이가 되기 십상이다.

어딘가에 포탄이 몹시 퍼부어졌다. 포탄 소리 사이에 사람들의 외치는 소리가 들렸다.

곧 차차 조용해졌다. 우리들 머리 위의 불은 깨끗이 없어졌고, 지금은 최후의 예비대 엄호 위에서 빛나고 있을 뿐이었다. 우리는 위험을 무릅쓰고 잠깐 위를 바라보았다. 붉은 신호탄이 하늘을 날고 있었다. 아마도 보병의 습격이 시작되는 모양이었다.

아군 쪽은 아직 조용했다. 나는 일어나서 그 신병의 어깨를 흔들었다.

"야, 이젠 끝났다. 무사하다. 무사해."

그 사나이는 미친 듯한 눈초리로 주위를 둘러보았다. 나는 이렇게 말을 덧붙였다.

"이제 곧 익숙해질 거야."

상대는 그제서야 철모를 발견하고 머리에 썼다. 차츰 제정신이 들기 시작한 모양이었다. 그러자 갑자기 얼굴이 새빨개져서 아주 당황한 듯한 표정을 보였다. 그런 다음에 슬금슬금 손을 엉덩이 쪽으로 돌리고 내 얼굴을 난처하다는 듯이 바라보았다. 나는 금방 알아챘다. 이것이 바로 포탄병(砲彈病)이라는 것이었다. 다만 나는 그 때문에 철모를 바로 엉덩이 위에 올려놓아준 것은 아니었다. 나는 이 사나이를 위로할 생각으로 이렇게 말했다.

"그런 건 조금도 부끄러울 것이 없어. 너 이외의 다른 사람들 중에는 처음으로 대포알의 공격을 받고 바지를 흠뻑 적시도록 싼 놈도 있단 말이야. 너도 저쪽 나무숲 뒤로 가서 속바지를 벗어서 버려. 그러면 후련해지지……."

이 사나이는 종종걸음으로 달려가버렸다. 곧 조용해졌으나 외치는 소리는 아직 그치지 않았다. 나는 물어보았다.

"알베르트, 저건 뭘까?"

"저기서 2중대나 3중대에 제대로 명중한 거야."

그러나 비명은 아직 계속되고 있었다. 그것은 인간이 외치는 소리가 아니었다. 인간이라면 저렇게 기분 나쁜 외침 소리를 낼 수가 없었다.

그러자 카친스키는 이렇게 말했다.

"말이 당한 거야."

나는 아직껏 말이 비명을 지르는 것을 들은 일도 없으며, 또 말의 비명이라는 것을 생각도 할 수가 없었다. 그것을 듣고 있노라면 세계의 비탄(悲嘆)이라는 기분이 들었다. 고문당해 죽으려고 하는 동물의 목소리였다. 거칠고 무서운 고통에 신음하고 있는 것이었다. 우리는 얼굴이 창백해졌다. 데터링은 일어서서 말했다.

"박피(剝皮)장이, 빨리 저 말을 쏘아 죽여버려!"

데터링은 농부였고 말에 대해서는 잘 알고 있었다. 그렇기 때문에 더욱 참을 수 없었던 것이다. 더구나 일부러 그런 것처럼 포격 소리는 지금은 거의 들리지 않았다. 그래서 말의 비명은 더욱더 분명히 들려왔다.

지금의 이 조용한 은빛 풍경 속에 어디서부터 그 소리가 들려오는지는 아무도 몰랐다. 하늘과 땅 사이에는 아무것도 보이지 않았고 유령처럼 더구나 한없이 부풀어 있는 것처럼 보였다. 데터링은 화를 내고 이렇게 으르렁거렸다.

"쏘아 죽여라, 말을 쏘아 죽여버려! 듣고 있을 수가 없잖아."

그러자 카친스키는 침착하게 말했다.

"저놈들보다 총탄을 맞은 병정을 먼저 수용해야 된단 말이야."

우리는 일어서서 도대체 그 소리가 어디에서 들려오는지 찾아보았다. 말의 모습이 눈에 띈다면 그래도 얼마쯤 참을 수도 있을지 몰랐다. 마이어는 망원경을 가지고 있었다. 우선 들것을 든 위생병의 검은 무리가 눈에 들어왔다. 그런 다음 더 큰 검은 무리가 움직이고 있는 것이 눈에 들어왔다.

그것은 상처를 입은 군마들이었다. 하지만 모두 상처를 입고 있는 것은 아니었다. 두세 마리는 먼 곳으로 달려가다가 고꾸라지고 다시 일어나 달려갔다. 어떤 말은 배가 찢어져서 창자가 축 늘어져 있었다. 그 창자가 발에 휘감겨서 넘어졌으나 다시 금방 일어났다.

그러자 데터링은 총을 높이 들어올리고 겨냥을 했다. 카친스키는 데터링의 총을 공중으로 탁 쳐올리면서 말했다.

"너, 미쳤어?"

데터링은 몸을 떨며 총을 땅바닥에 내팽개쳤다.

우리는 주저앉아서 귀를 틀어막았다. 그렇지만 상처입은 말들의 무서운 비명과 신음 소리는 여전히 우리들 귀에 들려왔고 사방으로 퍼져나갔다.

우리는 웬만한 일은 참을 수 있었지만 이때만은 진땀이 났다. 차라리 일어나서 어디로든 좋으니, 이 외치는 소리가 들리지 않는 곳으로 도망치고 싶었다. 더구나 그 외침은 사람도 아닌 말의 고통스런 신음 소리였기 때문에 더욱 참을 수 없었다.

시꺼면 덩어리 속에서 또 들것이 떨어져나갔다. 그러자 총성이 두세 번 울리더니 그 검은 덩어리는 꿈틀꿈틀 움직이다가 쓰러져버렸다. 이것으로 겨우 끝났는가 생각했으나 아직도 비명은 끝나지 않았다. 부상당한 그 군마에게로는 아직 아무도 다가가지 않았던 것이다. 그 말들은 크게 벌린 입으로부터 온갖 고통스러운 소리를 지르면서 겁을 먹고 도망쳐다니고 있었다.

이윽고 인간의 덩어리 속에서 한 사람이 나와서 무릎을 꿇고 다가가 총을 한 방 쏘았다. 말은 쓰러졌다. 또 한 방 쏘았다. ㄱ 두 방째를 맞은 말은 앞발을 버티고 회전목마처럼 원을 그리며 돌기 시작했다. 뒷발로 버티고 서서 앞발을 높이 치켜들고 빙빙 돌고 있는 것이었다. 아마도 등을 맞은 것 같았다. 그러자 다시 이 병사는 옆으로 달려가서 쏘아 죽이고 말았다. 말은 조용히 얌전하게 땅바닥에 맥없이 쓰러졌다.

우리는 겨우 귀에서 손을 떼었다. 외치는 소리는 이제 들려오지 않았다. 다만 길게 끄는 빈사(瀕死)의 탄식만이 아직 공중에 남아 있을 뿐이었다. 그런 다음에는 신호탄과 포탄의 노래와 별만이 남아 있었다. ……정말 이상한 광경이었다.

데터링이 저쪽으로 걸어가서 이렇게 저주하듯 말했다.

"도대체 말에 무슨 죄가 있는지 알고 싶군."

이렇게 말하고 나중에, 다시 이쪽으로 돌아왔다. 데터링의 목소리는 흥분되어 있었다.

"나는 이렇게 생각해, 도대체 말을 전쟁으로 끌어내다니, 그런 가혹한 일은 세상에 없단 말이야."

이렇게 말하는 목소리는 엄숙하게까지 들렸다.

우리는 후방으로 돌아왔다. 트럭이 우리가 있는 곳으로 도착할 때가 되었던 것이다. 하늘은 한층 더 맑아지기 시작했다. 오전 3시였다. 바람은 차고 기분이 좋았다. 뭐라고 말할 수도 없는 그 창백한 시간은 우리들 얼굴을 모두 잿빛으로 만들었다.

우리는 일렬로 늘어서서 참호와 포탄 자국을 따라 더듬더듬 앞쪽으로 전진해서 다시 그 안개 속으로 들어갔다. 카친스키는 어쩐지 불안정한 표정이었다. 그것을 보니 뭔가 좋지 않을 일이 있는 것만 같은 기분이 들었다.

이것을 본 크로프는 걱정스러운 듯이 물었다.

"카친스키, 왜 그래?"

"나는 집으로 돌아가고 싶단 말이야."

집이라고 말한 것은 물론 바라크를 두고 한 말이었을 것이다.

"이제 곧 돌아가겠지."

카친스키는 초조해하고 있었다.

"나는 뭐가 뭔지 알 수가 없어. 도무지 뭐가 뭔지 알 수가 없어……."

우리는 갱도(坑道)를 지나서 곧 초원으로 나왔다. 조그만 숲이 눈앞에 나타났다. 이 근처는 발을 옮겨놓는 곳마다 낯익은 땅이었다. 여기는 이미 검은 십자가의 보병묘지로 되어 있었다.

그 순간이었다. 우리 뒤쪽에서 획하는 소리와 함께 쾅하고 터지며 천둥치는 소리가 났다. 우리는 몸을 바싹 웅크렸다. 우리들 전방 100미터 지점에 불구름이 높이 치솟았다.

그러자 그 다음 순간 제2탄이 명중하여 숲의 일부가 천천히 숲 꼭대기 뒤로 부풀어오르기 시작했다. 서너 그루의 나무가 그것과 함께 날아서 분쇄되었다. 그러자 그 뒤를 이은 포탄이 증기가마의 밸브처럼 쉭쉭하면서 날아왔다…… 그것과 함께 날카롭게 번쩍이는 불이 날아왔다.

"숨어라!" 하고 누군가가 고함쳤다. "숨어라."

그러나 그 들판은 평탄했으며 숲은 멀었다. 위험하기도 했다…… 거기에는 무덤과 묘지 이외에는 지형 지물을 이용할 엄호물(掩護物)이라고는 없었다. 우리는 캄캄한 어둠 속에 발이 걸려 넘어지면서도 재빨리 그 무덤 뒤로 침이라도 뱉듯이 바싹 달라붙었다.

한순간도 소홀히 할 수 없었다. 어둠은 미치광이가 되었다. 어둠은 파도치고 미친 듯이 날뛰었다. 밤보다도 더 무서운 것이 커다란 새우등처럼 우리들 위로 확 덤벼들었다가 우리들 머리를 넘어서 지나갔다. 폭발의 불이 이 묘지 위까지 번쩍이기 시작했다.

도망칠 길은 아무 데도 없었다. 나는 포탄의 불이 빛난 순간에 머리를 들어서 들판 위를 바라보았다. 눈에 보이는 한 끝없이 미친 듯이 날뛰는 바다였다. 포탄이 가늘고 길게 내뿜는 불길은 분수처럼 튀어나왔다. 그 속을 뚫고 나간다는 것은 도저히 불가능한 일이었다.

숲은 어느 틈엔가 사라져버렸고 분쇄되고 찢기고 유린당했다. 우리는 이 묘지를 나갈 수 없게 되었다.

우리 앞의 땅바닥은 갈라져버렸다. 흙덩이가 비처럼 쏟아졌다. 나는 탁하고 밀린 것 같은 느낌이 들었다. 한쪽 소매는 포탄 파편으로 갈기 갈기 찢겨져버렸다. 나는 주먹을 쥐어보았다. 별로 아프지도 않았다. 그렇지만 나는 안심할 수 없었다. 부상은 항상 나중에 가서야 통증을 느끼기 때문이었다. 나는 팔 위를 쓰다듬어보았다. 찰과상은 입었지만 무사했다. 그러나 그때 내 머리뼈를 탁 치는 것이 있었다. 나는 정신이 아찔해지는 것을 느꼈다. 그렇지만 정신을 잃으면 안 된다는 생각이 번 개처럼 머리 속에 번쩍이는 동시에, 시커먼 늪 속으로 가라앉은 기분이 들더니, 곧 다시 떠올랐다.

포탄의 파편이 철모에 부딪쳤으나 먼데서부터 날아왔기 때문에 철모 속으로는 뚫고 들어가지 못했던 것이다. 눈에 들어온 진흙을 닦고 보니 내 눈앞에 구덩이가 하나 생겨 있었다. 구덩이의 모양은 똑똑히 보이지 않았지만, 대포알은 같은 구덩이에 두 번 다시 떨어지는 일은 좀처럼 없기 때문에 나는 그 구덩이로 기어들어갈 생각이었다. 나는 물고기처 럼 땅바닥에 납작하게 엎드리고 한 걸음 앞으로 서둘러 나갔다. ……그 러자 그때 또 휙하고 무언가가 날아왔다. 나는 급히 몸을 움츠리고 엄 호물을 찾았다.

왼쪽에 뭔가 있었다. 그곳으로 몸을 바싹 붙이자, 스르르 무너져버 렸다. 땅바닥이 갈라져 있었던 것이다. 공기의 압력이 내 귓속에 땡땡 울리는 것 같은 기분이 들었다. 나는 그 무너진 것 밑으로 기어들어가 서 그것을 머리 위에서부터 덮어썼다. 그것은 나무와 헝겊으로 된 엄호 물로 떨어지는 포탄 파편에 비하면 보잘것없는 엄호물이었다.

나는 눈을 떠보았다. 내 손가락에는 군복 소매와 팔이 휘감겨 있 었다. 부상자일까 생각했기 때문에 불러보았다 ……대답이 없었다…… 죽은 것이었다. 나는 손을 뻗어서 나무 파편 속으로 손을 집어넣어보 았다. ………그때 나는 겨우, 우리가 묘지의 땅 속으로 기어들어와 있다는 것이 다시 생각났다.

그렇지만 포화는 전보다도 더욱더 맹렬해지기 시작했다. 사람의 의식도 지각(知覺)도 완전히 전멸시켜버렸다. 나는 그 관(棺) 속으로 더 깊이 기어들어갔다. 관 속에는 죽음 자체가 들어 있는 것이었지만 그래도 나를 보호해줄 것 같았다.

내 앞에는 포탄 구덩이가 큰 입을 벌리고 있었다. 나는 양쪽 주먹으로 잡기라도 하는 것처럼 그 구덩이를 두 눈으로 노려본 다음 한번에 그 구덩이 속으로 뛰어들려고 했다. 그때 내 얼굴을 탁하고 치는 것이 있었다. 그와 동시에 내 어깨에 손 하나가 휘감겼다. ── 관 속의 송장이 눈을 뜬 것일까 하고 생각하고 있는데, 그 손이 내 어깨를 흔드는 게 아닌가.

나는 머리를 돌렸고 2, 3초의 순간적인 빛 속에 카친스키의 얼굴을 물끄러미 보았다. 카친스키는 입을 크게 벌리고 소리를 지르고 있었다. 나에게는 아무것도 들리지 않았다. 카친스키는 나를 흔들면서 더욱 가까이 다가왔다. 주위의 소리가 어느 정도 멎은 순간에 겨우 카친스키의 목소리가 나에게 들렸다.

"독가스다…… 독가스란 말이야…… 독가스란 말이야…… 다른 사람들에게도 말해라."

나는 가스 마스크 케이스를 급히 앞으로 돌렸다. 나로부터 약간 떨어진 저쪽에는 누군가 뒹굴고 있는 것 같았다. 나는 정신없이 그놈에게도 꼭 알려야 한다고 생각하고 고함쳤다.

"독가스다…… 독가스란 말이야……."

그리고 옆으로 무릎걸음으로 다가가서 가스 마스크로 그 사나이를 두드렸다. 그렇지만 그 사나이는 도무지 알아차리지 못하는 것 같았다. 한 번, 또 한 번 두드렸지만 오직 목을 움츠리려고만 하는 게 아닌가. 그 사나이는 신병이었다. 나는 절망하듯 카친스키 쪽을 보았다. 그는 벌써 가스 마스크를 쓰고 있었다. 나는 서둘러서 내 것을 꺼내어 철모를 옆으로 팽개치고 마스크를 얼굴에 썼다.

나는 그 신병의 옆까지 바싹 다가갔다. 이 사나이의 마스크가 바로 내 눈앞에 있었기 때문에 당장 그 마스크를 집어서 이 사나이의 머리 위로부터 씌워주었고 이 사나이도 손을 내밀었다. 나는 그 손을 뿌리치고 단숨에 포탄이 떨어진 구덩이 속으로 굴러 들어갔다.

독가스탄의 둔탁한 파열음은 폭탄의 파열음과 하나가 되어 들렸다. 폭파하는 소리 사이로 종소리가 울렸다. 징소리와 금속성의 짤그랑 짤그랑 하는 소리가 사방으로 알렸다…… 가스…… 독가스…… 독가스다라고…….

내 뒤에서 한 번, 두 번까지 쾅하는 소리가 났다. 나는 가스 마스크의 눈언저리가 입김으로 흐려진 것을 닦았다. 거기에는 카친스키가 있었다. 크로프가 있었다. 그리고 또 그 밖에 누군가가 있었다. 우리 네 사람은 긴장되고 담담한 기분으로 뒹굴면서 숨어서 기다리고 있었으며 될 수 있는 대로 약하게 숨을 쉬고 있었다.

가스 마스크를 쓴 이 최초의 2,3분은 삶과 죽음의 갈림길이다. 그 마스크로 가스가 스며들지나 않느냐 어떠냐 하는 문제였다. 나는 야전병원에서 무서운 꼴을 보아서 알고 있었다. 그것은 독가스에 침식당한 병사가 아침부터 밤까지 목을 졸려 죽는 것 같은 고통을 받으면서 짓무른 폐가 조금씩 허물어져가는 꼴을 보아서 알고 있었던 것이다.

나는 조심하면서 입을 약통 위로 눌러대면서 숨을 쉬었다. 이윽고 가스는 땅바닥으로 기어와서 여기저기 있는 움푹 패인 곳으로 가라앉기 시작했다. 그것은 우리들의 구덩이 속으로 마치 말랑말랑하고 폭이 넓은 해파리처럼 덮으면서 둥실둥실 들어오기 시작했다.

나는 카친스키를 쿡쿡 찔렀다. 독가스가 가장 고이기 쉬운 이런 구덩이 속보다도, 여기서 기어나가 위에서 누워 있는 편이 좋다고 생각했기 때문이다. 그렇지만 그렇게도 할 수가 없었다. 두 번째 불우박이 시작되었기 때문이다. 이번에는 포탄이 으르렁거리는 것이 아니라 마치 땅바닥 자체가 날뛰기 시작한 것 같았다.

꿍음(轟音)이 한 번 울리는 동시에 뭔가 검은 물건이 우리들 쪽으로 한꺼번에 쏟아지기 시작했다. 그것은 우리들 바로 옆에 떨어졌다. 관이 높이 날려가버린 것이었다.

카친스키가 움직이기 시작해서 저쪽으로 기어가고 있는 것이 보였다. 떨어져 내려온 관이 우리들 구덩이에 있던 다른 한 사나이의 뻗는 팔 위로 떨어졌던 것이다. 그 사나이는 다른 한쪽 손으로 자기 마스크를 잡아떼려고 했다. 크로프는 그 사나이가 마스크를 벗기 전에 손을 내밀어서 상대의 손을 세게 뒤로 비틀어 올리고 단단히 쥐고 놓아주지 않았다.

카친스키와 나는 옆으로 다가가서 이 부상당한 그를 도우려고 했다. 관뚜껑은 헐렁해지고 갈라져 있었기 때문에 그것을 부수어서 떼어내는 것은 금방 할 수 있었다. 우선 죽은 사람을 밖으로 내팽개쳤다. 시체는 아래쪽으로 흐느적흐느적 무너졌다. 그런 다음에 우리는 관의 밑부분을 부수어서 떼어냈다.

다행히도 이 사나이는 실신하고 말았다. 크로프도 우리를 거들었다. 우리는 이젠 그다지 조심하지 않아도 되기 때문에 할 수 있는 데까지 열심히 했다. 이윽고 관은 밑으로 끼워넣은 삽 밑으로 삐걱거리며 무너졌다.

곧 주위는 밝아지기 시작했다. 카친스키는 관뚜껑의 토막을 가지고 와서 분쇄된 팔 밑에 깔고, 그 주위에 우리들이 가지고 있는 붕대 전부를 꺼내어서 감았다. 이 경우 이 이상의 치료는 할 수 없었던 것이다.

내 머리는 가스 마스크 속에서 윙윙 울렸다. 자칫하면 파열이라도 할 것만 같았다. 폐는 이미 완전히 지쳐 있었다. 언제까지나 뜨겁고, 이미 사용한 것 같은 공기를 호흡하고 있기 때문이었다. 관자놀이의 혈관은 부풀어올라서 금방이라도 질식할 것만 같은 기분이었다……

회색빛이 우리들 쪽으로도 엷게 비치기 시작했다. 바람은 묘지 위로 불었다. 나는 구덩이 가장자리로부터 몸을 내밀었다. 지저분한 어스름 속에 내 눈앞에는 찢겨진 다리가 뒹굴고 있었다. 신고 있던 장화는 무사했다. 나는 한순간에 모든 것이 선부 똑똑히 보였다. 그러자 5,6미터 저쪽에 누군지 일어선 놈이 있었다. 나는 마스크의 안경을 닦았지만 흥분하고 있었기 때문에 금방 다시 흐려졌다. 나는 저쪽을 응시했다. ―

—그랬더니 저쪽의 사나이는 이미 가스 마스크 따위는 쓰지 않고 있었다.

나는 조금 더 기다리고 있었다. ……저쪽의 사나이는 쓰러지지도 않고 뭔가 찾는 것처럼 주위를 둘러보고 있었다. 그런 다음에 두세 걸음 걷기 시작했다. ——바람이 이미 가스를 날려보냈기 때문에 공기에는 가스가 함유되어 있지 않았다…… 그래서 나도 목구멍을 그르렁그르렁하면서 마스크를 벗어서 내려놓았다. 공기는 차가운 물처럼 내 몸 속으로 흘러들어왔고 그 파동이 내 몸을 적셔서 내 눈은 어질어질 현기증이 났다.

포격도 겨우 끝난 것 같았다. 나는 구덩이 쪽을 뒤돌아보고 다른 사람들을 손짓을 해서 불렀다. 그러자 이 사람들도 구덩이로부터 기어나와서 각각 마스크를 벗었다. 우리는 부상자를 안아 일으키고 한 사람은 부목(副木)을 댄 팔을 들고 비틀거리면서도 급히 그곳을 뛰어나왔다.

묘지는 완전히 폐허가 되어 있었다. 관과 시체가 뿔뿔이 흩어져 있었다. 이런 시체는 두 번 죽음을 당한 셈이지만 그 시체는 각각 우리들을 한 사람씩 구해준 셈이었다.

울타리는 파괴되고 그 너머에 있는 군용철도의 레일은 구부러져서 높이 공중으로 휘어져 있었다. 우리들 발 앞에는 누군가가 뒹굴고 있었다. 우리는 발을 멈추었다. 다만 크로프만이 부상자와 함께 앞으로 갔다.

그 땅바닥에 뒹굴고 있는 것은 신병이었는데, 허리 근처가 피투성이였다. 완전히 지쳐버린 모양이었다. 나는 럼주와 차를 섞은 것이 들어 있는 수통으로 손을 가지고 갔다. 그러자 카친스키는 내 손을 붙잡고 그 병사 위로 몸을 구부리며 물었다.

"어디를 다친 거야?"

상대는 눈만 움직일 뿐이지 대답할 기력도 없었다.

우리는 조심을 하면서 바지를 벗겨주었다. 그 신병은 신음했다.

"조용히, 가만히 있어. 지금 낫게 해줄 테니까……."

만약 배를 맞았다고 한다면 아무것도 마셔서는 안 된다. 배의 아무데도 다치지 않은 것은 다행이었다. 우리는 허리로부터 바지를 벗겨주었다. 그랬더니 그것은 단지 뼈 파편이 든 고기죽이라고 표현해도 좋을 만큼 처참했다. 허리 관절을 맞았던 것이다. 이 청년병사는 이젠 걸을 수 없게 되고 말았다.

나는 손가락을 물에 적셔 그 관자놀이께를 닦아주었다. 그런 다음에 수통의 음료수를 한 모금 마시게 했다. 병사는 눈을 움직였다. 그때가 되어서야 비로소 우리는 그의 오른팔도 피투성이라는 것을 깨달았다.

카친스키는 두 개의 붕대를 될 수 있는 대로 폭넓게 풀어서 그 상처를 감을 수 있도록 했다. 나도 뭔가 헝겊을 찾아서 상처 자리 위에 살짝 대주려고 했다. 그렇지만 우리 수중에는 아무것도 없었기 때문에 할 수 없이 이 부상자의 다리 근처의 바지를 위로 찢고 거기에서 속바지 끝을 갈라내어 붕대 대용으로 쓰려고 했다. 그러나 이 사나이는 속바지를 입고 있지 않았다.

자세히 그 얼굴을 보았더니, 조금 전에 똥을 싼 금발 소년이 분명하였다.

그 사이에 카친스키는 죽은 사람의 호주머니에서 또 한 개의 붕대를 찾아내어 그것을 조심조심 상처 쪽으로 가져다 묶었다. 나는 이쪽을 물끄러미 바라보고 있는 이 소년병사를 보고 말했다.

"지금 곧 들것을 가지고 올 테니까……."

그러자 그 소년은 입을 열고 낮은 목소리로 속삭였다.

"여기 있어줘……."

카친스키는 그 말에 위로하듯 내답했다.

"우리는 곧 돌아올 거란 말이야. 너를 위해 들것을 가지고 올 테니 걱정마."

그렇게 말한 것을 그가 알아들었는지 알아듣지 못했는지 그것조차도 우리는 알 수 없었다. 이 소년병사는 우리들 뒤에서 어린아이처럼 아우성치면서 소리만 질렀다.

"가지 말아줘, 가지 말아줘……."

카친스키는 이 말을 듣고 뒤돌아보면서 나에게 아주 작은 목소리로 말했다.

"차라리 권총으로 고통을 멈추게 해주면 안 될까."

이 소년병사는 도저히 후방수송 따위에 견딜 수 없을 것 같았다. 목숨이 있다고 해도 겨우 하루이틀에 지나지 않을 것 같았다. 숨을 거둘 때까지의 시간에 비한다면 지금까지의 생애의 고통은 아무것도 아닐 것이다. 지금은 아직 마비되고 있는 상태이기 때문에 아무것도 느끼지 않지만, 한 시간쯤 지나게 되면 도저히 참을 수 없는 고통이, 큰 덩어리로 되어서 덮쳐올 것이 틀림없었다. 앞으로 살아 있을 수 있는 날이 본인으로서는 미칠 것만 같은 고통일 뿐이다. 더구나 그렇게 하루이틀을 살아 있어봤자 누구에게 도움이 되겠는가…….

나는 고개를 끄덕였다.

"정말이야 권총으로 쏘는 편이 낫겠어."

그러자 카친스키는 결단성있는 목소리로 말했다.

"네 권총을 이리 줘."

그리고는 멈추어 섰다. 카친스키는 결심한 모양이었다. 나에게는 틀림없이 그렇게 보였다. 우리는 주위를 둘러보았다. 그렇지만 우리들만이 그곳에 있는 것이 아니었다. 우리들 앞에는 또 한 무리의 사람들이 모여 있었고 포탄 구덩이나 보루로부터도 사람이 나왔다.

우리는 들것을 가지고 왔다.

카친스키는 머리를 흔들고 말했다.

"저렇게 어리고 젊은 놈을."

그는 또 몇 번이나 되풀이했다.

"저렇게 젊고 귀여운 놈을 말이야……."

❖

우리 쪽의 손해는 생각했던 것보다 적었다. 전사 5명에 부상자 8명이었다. 아주 대수롭지 않은 대포의 세례였다. 이 전사자 중 2명은 엉망진창이 된 참호 속에 누워 있었기 때문에 그대로 파묻어야 했다.

우리는 간신히 돌아왔다. 아무도 말도 하지 않고 일렬로 줄을 지어 비틀거리면서 이쪽으로 왔다. 부상자는 위생대가 있는 곳으로 데리고 갔다. 우울한 아침이었다. 간호병은 번호와 종이쪽지를 가지고 뛰어다니고 있었다. 부상자는 여기저기서 신음하였고 비가 오기 시작했다.

그리고 한 시간쯤 지나서 우리는 트럭이 있는 곳까지 와서 차에 올라 탔다. 올 때보다 자리는 넓어졌다.

비는 본격적으로 오기 시작했다. 우리는 휴대천막을 펴서 그것을 머리 위에 썼다. 비는 그 위로 쫙쫙 내렸다. 천막 한쪽 끝으로부터 비는 폭포처럼 흘러 떨어졌다. 트럭은 구덩이 사이를 가리지 않고 마구 돌진했다. 트럭 안의 우리들은 반쯤 졸면서 좌우로 흔들렸다.

자동차의 앞쪽에 탄 두 사나이는 끝이 둘로 갈라진 긴 막대를 들고 거리에 엉클어져 늘어져 있는 전선줄을 걷어 올렸다. 전선은 너무 낮게 쳐져 있었기 때문에 자칫하면 우리들 머리를 끌고 가버릴 판이었다. 전선이 다가오면 이 두 사람은 능숙하게 전선을 막대로 잡아 우리들 머리 위로 들어올리며 외쳤다.

"조심해라! …… 전선이야!"

그러면 우리들은 반쯤 졸면서 무릎을 굽혀서 몸을 구부렸다가 다시 일어서는 것이었다.

자동차는 아주 단조롭게 흔들리고 있었다. 그 두 사람이 외치는 소리도 아주 단조로웠다. 비도 아주 단조롭게 내리고 있었다. 비는 우리들 머리 위에도 내렸고 시체의 머리 위에도 내렸다. 연약한 허리에 비해 너무 지나치게 큰 부상을 당한 젊은 신병의 몸 위에도 내렸다. 캠머리히의 무덤 위에도, 우리들 심장 위에도 쏟아져내렸다.

어딘가에 포탄이 떨어진 소리가 났다. 우리는 움찔하면서 양쪽 눈을 크게 떴다. 그리고 양손은 만일의 경우에 대비해서 트럭에서 쉽게 길의 구덩이 속으로 뛰어들어갈 수 있도록 자세를 취했다.

그렇지만 그 이상은 아무 일도 없었다. ……단조로운 외치는 소리, "조심해라 ……전선이다." ……우리들은 무릎을 굽힌다. ……또 존다 …….

5

이도 무수히 많이 있으면 한 마리씩 죽이는 것은 참으로 어려운 일이다. 이 동물은 좀 단단한 껍질이 있기 때문에 손톱으로 꼼꼼하게 죽이고 있다가는 시간이 얼마나 걸릴지 알 수가 없다. 그래서 차덴은 타다 남은 양초에 불을 붙이고 구두닦이용 약통 뚜껑을 그 위에 청사로 잘 묶었다. 이렇게 해서 조그만 냄비를 만들어 그 속에 이를 던져넣으면…… 탁하고 소리가 나면서 그것으로 끝이었다.

우리는 원을 그리고 빙 둘러앉아서 무릎 위에 셔츠를 펴고 따뜻한 공기에 상체를 알몸으로 드러내고 양손으로 이잡기를 시작했다. 베스트후스는 특별히 다른 이를 지니고 있었다. 머리 위에 붉은 십자가가 붙어 있는 이로 투루의 야전병원에서 군의관 책임자로부터 직접 얻어가지고 온 것이라고 했다. 이렇게 해서 구두약통 뚜껑 속에 이가 어느 정도 모이면 그 기름을 짜서 장화 바르는 데 쓰자고 하면서 30분 남짓이나 그 얘기를 가지고 혼자서 웃어댔다. 다른 사람들에게 별로 호응을 얻지 못하는 얘기였다. 그것보다도 우리는 다른 일로 바빴다.

힘멜슈토스가 온다는 풍문이 사실로 되어 나타났기 때문이다. 그가 나타난 것은 어제였다. 우리는 그 귀에 익은 목소리를 들었다. 잘은 모르지만 병영에서 두세 사람의 젊은 신병에게 그 '앞으로 갓', '엎드려'를 시켜 혼내주었다고 하는데 그 신병 속에 프로이센 주지사의 아들이

76

있었고 마침내 꼬리를 잡혔던 것이다.

이리로 온 이상은 힘멜슈토스도 필시 놀랄 것이다. 차덴은 벌써 몇 시간에 걸쳐서 힘멜슈토스에게 뭐라고 대답하면 좋을까라고 온갖 방법을 강구하고 있었다. 베스트후스는 자기의 큰 손을 사려 깊은 듯이 바라보고 나를 향해서 한쪽 눈을 가늘게 떠보였다.

그때 힘멜슈토스를 후려갈긴 것이, 베스투후스에게는 인생의 최절정(最絶頂)이었다. 베스트후스는 아직도 그때의 꿈을 자주 꾼다고 나에게 몇 번이고 말하고 있었다.

크로프와 밀러가 이야기를 하고 있었다. 크로프는 혼자 반합 가득히 불콩을 징발해왔다. 아마도 공병의 취사장에서 가지고 왔을 것이다. 밀러는 그것을 탐나는 듯이 곁눈질로 보고 있다가 꾹 참고 이렇게 말했다.

"알베르트, 만약 지금 갑자기 평화가 온다면 넌 뭣을 할 거지?"

"평화가 올 리가 없어."

크로프는 간단하게 대답했다.

"그건 그렇지만 만약의 경우, 넌 뭣을 할 거지?."

밀러가 귀찮게 물었다.

"우선 군대에서 쫓겨나겠지."

크로프는 신음하듯이 말했다.

"그건 다 알고 있어. 그 다음에 말이야."

"마실 수 있는 데까지 술을 마시겠어."

크로프는 말했다.

"농담은 집어치워. 내가 말하고 있는 깃은 진담이란 말이아……."

"나도 진담이야. 달리 무엇을 하면 좋겠나."

크로프가 대답했다.

카친스키는 이 문제에 관심이 생겼는지 나에게 불콩을 얻어먹으려면 우선 크로프에게 세금부터 바치라고 말했다. 그리고 그것을 받은 다음에 잠시 생각하더니, 곧 이렇게 말했다.

"술을 마시는 것도 좋겠지만, 그렇지 않으면 우선 가까운 정거장으로 달려가서 ……기차를 타고 어머니에게로 돌아가겠어. 아아, 평화라……."

그런 다음에 기름종이로 된 지갑 속을 뒤적거려 사진 한 장을 꺼내어 자랑스러운 듯이 주위 사람들에게 돌려보게 하면서 말했다.

"우리 마누라야."

그러나 카친스키는 금방 사진을 사람들에게서 낚아채더니 저주스러운 듯이 말했다.

"아아, 이런 전쟁은 정말 견딜 수 없단 말이야."

"넌 좋겠다. 너에겐 마누라와 사내아이가 있으니까. 전장에 나와 있어도 우리보다 불만은 없겠지?"

나는 부러운 듯이 말했다.

"그래. 어쨌든 나는 그들을 먹여살려야 할 테니까."

카친스키는 이렇게 말하며 고개를 끄덕였다.

우리들은 모두 웃음을 터뜨렸다.

"카친스키, 넌 가족 부양 문제 때문에 곤란하지는 않을 거야. 그것이 곤란하면 증발하면 되니까 말이야."

그런데 밀러는 아직도 그 문제에 열중하고 있어서 만족한 기색이 없었다. 그는 베스트후스를 구타하는 꿈으로부터 깨어나게 하고 말했다.

"이봐, 하이에, 만약 지금 평화가 온다면 너는 무엇을 할 거지?"

"야, 야, 너 지금 그런 이야기를 시작하면 하이에로부터 엉덩이를 실컷 얻어맞는단 말이야. 도대체 어째서 그런 말을 꺼내는 거지?"

내가 참견했다.

그러자 밀러는 짧게 대답했다.

"그건 나도 몰라."

　그리고는 다시 베스트후스 쪽을 보았다.

　갑자기 그런 질문을 받자 베스트후스는 매우 곤란해졌다. 그리고 주근깨가 있는 얼굴을 숙이고 대답했다.

　"요컨대, 이 전쟁이 끝났다고 한다면 말이지."

　"그래, 너는 잘 알고 있구나."

　"그렇게 되면 또 여자야."

　베스트후스는 혀로 입술을 핥았다.

　"그럴 수도 있겠지."

　"그거야, 그거."

　베스트후스는 차차 기분이 좋아지는 듯 떠벌리며 말했다.

　"그렇게 되면 나는 오로지 튼튼하기만 한 맹렬한 여자에게 달라붙겠어. 진짜로 부엌일 하는 하녀 같은 여자야. 아무튼 꽉 잡고 안을 맛이 있는 여자 말이야. 그런 다음에는 침대로 뛰어드는 거야. 생각 좀 해봐, 스프링이 팽팽한 침대에 보드라운 진짜 깃털 이불을 말이야. 그렇게 되면 나는 일주일 동안 바지 따위는 입지 않을 거야."

　누구나 입을 다물어버렸다. 이 상상은 너무 절실했다. 우리는 모두 오싹했다. 이윽고 밀러가 용기가 났는지 말을 덧붙였다.

　"그런 다음에는 어떻게 하지?"

　얼마 동안 아무도 말을 하지 않았다. 그러다가 베스트후스는 약간 눈을 가늘게 뜨고 곁눈질을 하면서 대답했다.

　"내가 만약 하사가 된다면, 다시 프로이센에 있으면서 한 번 더 군대에 지원하겠어."

　"넌 좀 정신이 이상하구나."

　내가 말했다.

　그러자 베스트후스는 싱글벙글하면서 되물었다.

　"너 지금까지 그 토탄 캐는 일을 해본 일이 있어? 그 일을 해보지 않고는 몰라. 한 번 해보란 말이야."

　베스트후스는 그렇게 말하고 장화 옆구리에서 스푼을 뽑아 크로프의 식기 속으로 들이밀었다.

나는 이렇게 대답했다.

"그런데 상파뉴 전투에서 참호 파기보다 더 고되지는 않겠지?"

베스트후스는 입 안에서 음식물을 씹으면서 이를 드러내고 웃었다.

"일하는 시간은 길고 게으름도 피울 수도 없어."

"그래. 역시 뭐니뭐니해도 집이 더 좋은 법이야."

"아니, 그것도 그렇지 않아."

베스트후스는 입을 벌린 채 생각에 잠겼다.

베스트후스가 무슨 생각을 하고 있는지는 그 얼굴빛으로 알 수 있었다. 그곳은 늪지대의 비참한 농부의 오두막집이 있다. 그리고 불모지(不毛地)의 더위에 아침 일찍부터 밤까지 일해야만 하는 고된 노동이 있다. 약간의 일급과 지저분한 농가의 머슴 옷차림……

"군대에 있으면서 전쟁만 없다면 아무것도 걱정할 일이 없지 않는 곳이지."

베스트후스는 속마음을 털어놓고 다시 말을 계속했다.

"여기는 먹을 것은 부족하지 않아. 우리는 먹을 것이 없으면 불평을 할 뿐이다. 그리고 여기에는 침대도 있다. 일주일만에 갓빤 속옷을 얻어 입는다는 것은 정부(情夫)가 된 기분이야. 그리고 하사관 근무를 하게 되면 옷이든 뭐든 좋은 것을 받지. 또 밤이 되면 자유로운 몸이 되니까 술집에 갈 수도 있어."

베스트후스는 자기의 이 생각에 매우 득의양양해져 있었다. 그 생각에 홀딱 반해버린 것이다.

"그리고 십이 년간 근무해봐라, 연금증서를 받을 수 있고 그것을 받으면 헌병이 된단 말이야. 그렇게 되면 하루 종일 빈둥빈둥 산책을 하면서도 생활비를 충분히 벌 수 있잖아."

이렇게 자신의 미래에 대해 말하고는 땀을 닦고 난 후 다시 말을 이었다.

"그렇게 되었을 경우엔 이쪽으로 오면 브랜디, 저쪽으로 가면 반 리터의 맥주를 먹을 수 있어. 헌병이라는 것은 꽤 좋은 직업이야."

그러자 카친스키가 말참견을 했다.

"네가 하사관이 될 수 있겠니?"

깜짝 놀란 것은 베스트후스였다. 카친스키의 얼굴을 보고 입을 다물어버렸다. 그 머리 속에는 투명한 가을의 석양, 불모지의 일요일, 마을 교회의 종, 젊은 여자들을 놀리는 오후와 밤, 큰 베이컨을 넣은 메밀가루 도너츠, 선술집에서 느긋하게 지껄이며 지내는 시간⋯⋯.

그런 여러 가지 공상을 하기 시작하면 좀처럼 끝이 나지 않게 된다. 그래서 베스트후스는 화가 난 것처럼 중얼중얼하면서 말했다.

"너희들은 언제나 쓸데없는 것을 묻는단 말이야."

그리고는 셔츠를 입고 군복 상의의 단추를 끼웠다.

"차덴, 너는 무엇을 하지?"

이번에는 크로프가 외쳤다.

차덴이 알고 있는 것은 단 한 가지뿐으로 그것은 힘멜슈토스를 놀려서 더 괴롭혀주겠다는 생각이었다.

차덴의 설에 의하면, 가장 해보고 싶은 일은 힘멜슈토스를 바구니 속에 가두고 매일 아침 막대로 이 사나이를 때려주는 일이라고 한다. 차덴은 크로프를 부러워하면서 말했다.

"내가 너라면, 나는 장교가 되겠다. 그러면 그놈의 엉덩이가 펄펄 열이 날 정도로 단련시켜 줄 수 있을 텐데⋯⋯."

"그리고 너는 어떻게 할 거니, 데터링?"

밀러는 아직도 물었다. 무엇이든지 캐묻는 점은 타고난 학교 선생님이다. 데터링은 말수가 적은 사나이였다.

그렇지만 이 문제에는 대답을 했다. 공중을 응시하고 있다가, 간단히 이렇게 말했다.

"추수에 늦지 않도록 돌아가고 싶다고 생각했어."

그렇게 말하고 일어서더니 어디론가 가버렸다.

데터링에게는 걱정이 있었다. 이 사나이의 마누라는 혼자서 농사일을 돌보아야 했다. 더구나 전쟁 때문에 말을 두 마리나 징발당했다. 데 터링은 매일 오는 신문을 읽으면서도 자기 마을인 올덴부르크에도 비가 오고 있지는 않을까 하는 그것에만 신경을 쓰고 있었다. 비가 오면 마른 풀의 처리를 할 수 없기 때문이었다.

이런 이야기를 한창 하고 있는데 갑자기 나타난 것이 힘멜슈토스 였다. 그는 우리들이 모여 있는 곳으로 곧장 다가왔다.

차덴의 얼굴에는 얼룩이 생기고, 길게 풀 속에 드러누워서 흥분한 나 머지 눈을 감았다.

힘멜슈토스는 어쩐지 우물쭈물하고 있는 것 같았고 걸음걸이도 차차 느려지기 시작했으나 그래도 여전히 우리들이 있는 쪽으로 다가왔다. 아무도 일어나려고 하는 기색이 보이지 않았다. 크로프는 오히려 재미 있어하면서 힘멜슈토스 쪽으로 눈을 돌렸다.

그는 우리들 앞에 멈추어 서서 기다리고 있다가 아무도 말을 걸어주 지 않았기 때문에 자기 쪽에서 먼저 입을 열었다.

"이봐, 어떻게 된 거야?"

2,3초가 지났다. 힘멜슈토스는 분명히 어떻게 해야 좋을지 모르는 것 처럼 보였다. 가장 바랐던 바는 힘차게 달려와서 우리들 패거리에 뛰어 들고 싶었을 것이다.

여하튼 그는 이렇게 전장에 직접 와보니 병영에 있을 때와는 상황이 다르다는 것을 이미 깨달은 것 같았다. 그래서 다시 한 번 우리들에게 말을 걸려고 했고, 이번에는 모두를 향해서가 아닌 한 사람에게 말을 걸었다. 그러는 편이 부담없이 대답을 해줄 것이라고 생각했기 때문 이다. 크로프가 가장 가까이에 있었다. 그래서 반가운 기색을 하고는 친한 척 그에게 말을 걸었다.

"오오, 여기 있었나?"

그렇지만 크로프도 힘멜슈토스의 상대는 아니었다. 그래서 매우 간 단하게 대답했다.

"당신보다는 약간 오래 있었다고 생각하는데."

그러자 그의 빨간 수염이 떨렸다.

"너희들은 벌써 나를 기억하고 있지 않군, 그렇지?"

눈을 번쩍 뜬 것은 차덴이었다.

"기억하고 있습니다요."

힘멜슈토스는 이 사나이를 보고 말했다.

"오오 차덴 아니냐, 그렇지?"

그러자 차덴이 머리를 들고 대꾸했다.

"넌 알고 있나, 자기가 누군지?"

깜짝 놀란 것은 힘멜슈토스였다.

"뭐라고? 언제부터 너는 나를 너라고 부르느냐. 우리는 함께 길가 도랑 속에서 뒹굴었던 사이는 아니지 않나."

힘멜슈토스는 도대체 어떻게 하면 이 자리를 잘 모면할 수 있을지 알 수 없었다. 이렇게까지 분명히 적대행위를 보이리라고는 미처 생각하지 못하고 있었던 것이다. 그렇지만 일단 조심을 하고 있는 것 같았다. 뒤에서 총알을 쏴댄다는 어리석은 이야기를 누군가가 이 사나이에게 말했음에 틀림없었다.

차덴은 길가의 도랑 이야기를 하는 힘멜슈토스의 비유를 듣자 화가 났으면서도 우스워서 대꾸했다.

"그렇지가 않지, 너 혼자서 뒹굴고 있었잖아."

힘멜슈토스도 속이 부글부글 끓기 시작했다.

그러자 차덴은 느닷없이 선수를 쳐서 힘멜슈토스의 설교를 무마시키려고 했다.

"넌 자기가 무엇인지 알고 싶지. 너는 멧돼지를 쫓는 사냥개 같은 놈이야. 이건 전부터 너에게 말해주고 싶었던 말이야."

지금 이렇게 '멧돼지 사냥개'라는 말을 퍼붓고 나자 차덴은 몇 개월 만에 처음 느껴보는 만족감으로 눈을 반짝이기 시작했다.

그러자 힘멜슈토스도 잠자코 있지는 않았다.

"내가 멧돼지 사냥개라면 너는 똥개다. 무슨 말을 하고 있는 거야.

이 더러운 토탄 파는 놈아. 상관이 이야기할 때는 직립부동의 자세를 취해라!"

차덴은 거만하게 손을 흔들고 힘멜슈토스에게 말했다.

"쉬엇! 해산!"

힘멜슈토스는 마치 미친 보병 훈련조교 같았다. 카이젤도 이 모습에 더 이상 참을 수 없을 정도로 화가 났을 것이다. 그는 고함쳤다.

"차덴, 나는 상관으로서 명령한다. 일어서라!"

"그것뿐이냐?"

이렇게 묻는 것은 차덴이었다.

"너는 내 명령에 복종하겠느냐, 복종하지 않겠느냐?"

차덴은 태연하게 결정적으로 대답했지만, 그가 대답한 '엉덩이라도 핥아라'라는 말이, 누구나가 알고 있는 옛날의 유명한 괴츠 폰 베를리힝겐의 말이라는 것을 당자는 알지 못하고 있었다. 그는 대답과 함께 엉덩이를 까부는 흉내를 냈다.

힘멜슈토스는 큰소리로 말했다.

"너를 전시재판에 회부하겠다."

그리고는 뛰어가기 시작했다. 사무실 방향으로 가는 것 같다.

차덴은 토탄 파는 사람답게 크게 소리 질렀다, 베스트후스는 이런 모습을 보고 실컷 웃었으며, 너무 웃었기 때문에 턱뼈가 빠져서 갑자기 입을 벌린 채로 아무것도 하지 못하고 그 자리에 꼼짝 못하고 서버렸다. 크로프가 베스트후스의 턱을 주먹으로 한 번 때려서 겨우 제자리로 돌아오게 해주었다.

걱정을 하기 시작한 것은 카친스키였다.

"저놈이 만약 진짜 너를 고발이라도 하면 난처해지게 돼."

그러자 차덴은 이렇게 대꾸했다.

"저놈이 그런 짓을 한다고 생각하느냐?"

이 말에 내가 끼어들었다.

"틀림없이 할 거야."

카친스키는 이렇게 말했다.

"적어도 오일간의 중영창(重營倉)이야."

그러나 차덴은 끄떡도 하지 않았다.

"오일간 영창이면 오일 동안 쉬게 되는 거지 뭐."

"그렇지만 위수 사령부(衛成司令部)로라도 보내면 어떻게 하지."

이렇게 물은 것은 무슨 일에나 조심성이 있는 밀러였다.

"위수 사령부에 보내지면 나는 이젠 전쟁에 나가지 않아도 되잖아."

차덴은 정말 행운아였다. 이 사나이에게는 걱정이라는 것이 없었다. 그렇게 말하고는 베스트후스, 레어와 함께 다른 곳으로 갔다. 자기의 굉장한 흥분을 남에게 보이지 않기 위해서였다.

그렇지만 밀러는 아직도 그만두지 않았다. 또 크로프와 아까 그 이야기를 하기 시작했다.

"너는 전쟁이 끝나고 집에 돌아가면 도대체 무엇을 할 작정이냐?"

크로프는 배가 불렀기 때문에 전보다도 고분고분해져서 말했다.

"도대체 우리들 반에서 몇 명쯤 남아 있을까?"

우리는 계산했다. 20명 중 7명은 전사했고 4명은 부상당했으며, 1명은 정신병원에 들어가 있었다. 모두 합쳐서 12명이 빠진 셈이었다.

"그 중 세 명은 장교가 되어 있지. 그들이 아직도 그 칸토레크에게 욕을 먹고 있다고 생각하니?"

밀러가 말했다.

우리는 그렇게 생각하지 않았다. 또 그는 앞으로는 절대로 욕을 먹지는 않을 것이다.

"도대체 너는 그 '빌헬름 텔'에 있어서의 삼난 수법(三段手法)을 이렇게 생각하나?"

갑자기 크로프는 칸토레크의 어조가 생각난 듯 크게 웃어댔다.

"괴팅겐 시민협회의 목적은 뭐냐?"

밀러가 갑자기 심각한 얼굴을 하고 물었다.

"대담한 칼 왕의 아들은 몇 명이냐?"

조용히 대꾸한 것은 나였다.

"보이머, 너는 평생 변변한 놈이 되지 못할 것이다."

날카롭게 밀러가 말했다.

"자바 전쟁의 연도를 들어봐."

크로프가 말했다.

"크로프, 자네는 아무래도 도덕적 성실성이라는 것이 결여되어 있어요. 앉으시오. 삼 점을 뺍니다."

이렇게 말하고 눈을 가늘게 뜬 것은 나였다.

"리크르구스는 어떠한 임무를 국가에 있어서의 가장 중요한 것으로 삼았습니까?"

밀러는 작은 소리를 내고 코안경을 고쳐 누르는 시늉을 했다.

"이것으로 좋습니까. 우리 독일인은 신을 두려워한다. 신 이외에는 세계의 어느 누구도 두려워하지 않는다. 혹은 우리 독일인은……."

나는 생각하는 것처럼 말했다.

그러자 밀러가 불쑥 말했다.

"멜버른의 인구를 말해보시오."

"도대체 그런 것도 모르고, 당신들은 이 일생을 어떻게 살아갈 작정입니까?"

내가 화난 것처럼 크로프에게 말했다.

"분자인력이란 뭐야, 말해봐."

크로프는 퉁명스럽게 말했다.

이런 시시한 일은 우리들도 이젠 대개 잊어버렸다. 또 그런 것은 전혀 우리들의 도움이 되지도 않았다. 무엇보다도 비나 바람이 강할 때 궐련에 불을 붙이는 방법이라든가, 젖은 장작으로 불을 피우는 방법 같은 것은 절대로 학교에서는 가르쳐주지 않았다. 그리고 총검은 갈비뼈를 향해 찌르면 걸리기 때문에 배를 노리고 푹 찌르는 것이 가장 좋다는 것도 학교에서는 절대로 가르쳐주지 않았다.

밀러는 차분하게 이렇게 말했다.

"그런 말을 해봤자 소용없어. 어차피 다시 학교 의자의 신세를 지게 되겠지."

나는 그런 일은 절대로 없다고 말했다.

"우리는 특별시험을 칠 거야."

"그렇지만 시험을 치기 위해서는 수험준비가 필요해. 시험에 합격했다고 해서 그것으로 어떻게 하겠다는 건 아니겠지. 대학생이라고 해서 조금도 좋을 것은 없어. 돈이 없는 놈은 역시 더럽게 공부하지 않으면 안 된단 말이야."

"그렇지만 약간은 낫겠지. 그러나 학교에서 주입되는 것이 더할 나위 없이 어리석은 일임에는 아직 변함이 없단 말이야."

크로프는 우리들 기분에 동감하고 말했다.

"우리가 이렇게 전장에 나와 있으니 학교가 우스워져."

"그렇지만 뭔가 직업은 한 가지 가지고 있어야 하겠지."

밀러는 마치, 칸토레크가 되기라도 한 것 같은 어조로 말했다.

크로프는 나이프 끝으로 손톱 청소를 하고 있었다. 우리는 그의 그런 시건방진 짓에 약간은 놀랐으나, 그것은 뭔가 골똘히 생각하고 있다는 증거였다. 이윽고 크로프가 나이프에서 손을 떼고 이렇게 말했다.

"바로 그거야. 카친스키와 데터링과 베스트후스는 다시 전의 직업으로 돌아가겠지. 전장에 나오기 전에 제대로 직업이 있었으니까 말이야. 힘멜슈토스도 마찬가지야. 그렇지만 우리는 직업이라는 것을 가지고 있지 않단 말이야. 우리는 이렇게 여기에서의."

이렇게 전선을 가리키면서 계속 말을 이었다.

"전쟁이 끝나버리면 도대체 뭣을 어떻게 하면 좋으냔 말이야."

"그러니까, 일단 이자나 배당금으로 편안히 먹고 살 수 있는 신분이 되야지. 그리고 그렇게 되더라도 숲속에서 혼자 살 수 있도록 독립심을 길러야 되고."

나는 이렇게 말했지만 금방 그런 바보 같은 말을 입 밖에 낸 것을 부끄럽게 생각했다.

"그래서 결국 어떻게 된다는 거냐. 우리가 독일로 돌아가면 말이야."

밀러가 말했지만 그렇게 생각한 자기조차도 당황하고 있었다.

그러자 크로프는 어깨를 으쓱거리면서 계속 말했다.

"나도 모르겠어. 그때가 되면 또 어떻게든 되겠지."

우리는 결국 어떻게 하면 좋을지 아무도 몰랐던 것이다.

"어떻게든 된다니, 우리가 무엇을 할 수 있단 말이냐."

나는 물어보았다. 크로프는 아주 귀찮다는 듯이 대답했다.

"나는 이젠 아무것도 할 생각이 없어. 언젠가는 너도 죽어버릴 거 아냐. 죽어버리면 아무것도 남는 게 없어. 무엇보다도 난 우리가 무사히 독일로 돌아갈 수 있을 것 같지 않아."

나는 잠시 후에 뒤로 벌렁 자빠져서 중얼거리듯 말했다.

"평화란 말을 생각하면 언젠가 평화가 정말로 오긴 오겠지만, 그땐 뭔가 좀 남들이 생각하지 않는 특이한 일을 해보고 싶어져. 물론 그 일은 여기서 이렇게 고생한 만큼의 가치가 있는 일이어야겠지. 다만 그게 어떤 일인지 지금은 상상할 수 없지만 적어도 우리가 이 전쟁에 나오기 전에 보았던 직업이니 연구니 월급이니 하는 그런 것들과 관계가 있다는 것을 생각하면…… 나는 구역질이 날 것만 같단 말이야. 그런 것은 이젠 흔해빠졌어. 이젠 그런 생각만 해도 메스꺼워져. 그렇지만 나는 아무것도 찾아낼 수가 없어…… 찾아낼 수가 없다구."

그렇게 말해버리자 나에게는 모든 것이 가망이 없는 절망적인 것으로 보이기 시작했다.

크로프도 역시 같은 생각을 하고 있었다.

"이제 우리의 앞날은 아주 어렵게 될 것이 틀림없어. 도대체 독일에서는 아무도 그런 일을 걱정하지 않고 있는 걸까. 이 년이나 총을 쏘는 일과 수류탄 던지는 일로 살아왔는데…… 그런 습관을 마치 양말이라도 벗어버리는 것처럼 잊어버릴 수는 없단 말이야⋯⋯."

우리는 누구든지 모두 같은 생각을 하고 있다는 것에 의견이 일치되었다. 그것은 여기 있는 우리들뿐만 아니라 도처에서 우리와 같은 상태에 있는 사람들이라면, 다소의 차는 있더라도 다 같은 마음일 것이다. 그것이 우리들 시대의 공통의 운명인 것이다.

크로프는 마침내 이렇게 말했다.

"우리는 전쟁 덕분에 이제 무엇을 하려고 해도 틀려먹게 생겼어."

정말로 그렇다. 우리는 이미 청년이 아니었다. 세계를 석권하려던 의사는 없어졌다. 우리는 세계로부터 도피하려고 하고 있었다. 우리는 자기로부터 도피하고 있었다. 우리들 생활로부터 말이다. 우리는 18세였다. 이 세계와 이 생활을 사랑하기 시작하고 있었다. 그런데도 불구하고 우리는 그 세계와 그 생활을 향해서 총을 쏘아야 했다.

그 제1발로서 쏜 총탄은 사실은 우리들 심장에 맞은 것이었다. 우리는 일과 노력과 진보라는 것으로부터 완전히 차단당하고 말았다. 우리는 이미 그런 것을 믿고 있지 않았다. 믿을 수 있는 것은 오직 전쟁뿐이었다.

사무실 안은 뭔가로 와글와글하기 시작했다. 힘멜슈토스가 긴급사태를 알리고 고발한 모양이었다. 이윽고 종대의 선두에 서서 빠른 걸음으로 걸어오는 것은 뚱뚱보인 특무상사였다. 도대체 군대 예산으로 먹고지내는 특무상사라는 작자들이 모두 다 저렇게 하나같이 살이 쪘다는 것은 우스운 일이었다.

그 뒤에 따라오는 것은 원한이 골수에 사무친 힘멜슈토스였다. 구두를 태양빛에 반싹반싹 빛내면서 걸어오고 있었다.

우리는 일어섰다. 상사는 숨을 헐떡이면서 말했다.

"차덴은 어디 있나?"

물론 아무도 알고 있는 사람이 없었다. 힘멜슈토스는 우리들 쪽을 증오에 가득 찬 눈으로 쏘아보면서 말했다.

"이놈들은 틀림없이 알고 있습니다. 다만 말하지 않으려고 하고 있는 것입니다. 이봐, 빨리 말해!"

상사는 주위를 둘러보았으나, 차덴은 아무 데도 보이지 않았다. 그래서 다른 방법을 쓰기로 한 듯이 말했다.

"차덴은 십분 이내에 사무실로 출두하라!"

그리고 그곳에서 철수했고 힘멜슈토스도 그 뒤를 따라가버렸다.

"이 다음 번 참호수리 때는 힘멜슈토스의 발 위에 철조망 뭉치를 떨어뜨려야 겠군."

이런 말을 한 것은 크로프였다. 그러자 밀러가 웃으면서 말했다.

"그걸론 어림없어. 우리는 저놈에게 더 심한 장난을 쳐주어야 해."

이것은 단순한 장난기가 발동한 것이 아니었다. 거기에 사실은 우리들의 공명심이 들어 있었던 것이다. 우편배달부의 콧대를 꺾어주는 일에……

나는 바라크로 돌아와서 차덴에게 잘 숨으라고 말해두었다.

그런 다음 우리는 장소를 바꾸어서 자리잡고 카드놀이를 시작했다. 현재의 우리들이 할 수 있는 일이라고는 이 카드놀이를 하는 것과 불평을 하는 것과, 전쟁을 하는 것뿐이었다. 20세의 청년이 하는 일 치고는 너무 많은 일은 아닐지도 모른다…… 혹은 너무 많은 일일지도 모른다.

30분쯤 지나자 힘멜슈토스가 다시 우리가 있는 곳으로 왔다. 아무도 그에게 눈길을 주는 사람은 없었다. 차덴은 어디 있느냐고 그가 물었지만 우리는 어깨를 으쓱했을 뿐이었다. 그러자 힘멜슈토스는 이상하리만큼 뻗대면서 소리쳤다.

"너희들은 그를 찾아야만 하지 않나?"

크로프가 대꾸했다.

"니희들이라니?"

"여기 있는 너희들 말이야……"

"반장에게 부탁하겠는데, 우리를 너희들이라고 말하지 말아줘."

크로프의 어조는 마치 대령과 같이 엄숙했다.

이 말에 당혹스런 표정으로 말한 것은 힘멜슈토스였다.

"누가 너희들이라고 말했지?"

"당신입니다."

"내가?"

"그렇습니다."

힘멜슈토스는 부아가 나서 견딜 수 없다는 듯이 곁눈질로 크로프를 보았다. 왜냐하면 크로프가 말한 의미를 그로서는 전혀 알 수 없기 때문이었다. 여하튼 당해낼 수 없다고 생각했는지 이번에는 우리들 쪽으로 왔다.

"너희들, 그놈 보지 못했나?"

크로프는 풀 속에 벌렁 누워서 이렇게 말했다.

"당신은 지금까지 이 부근의 전선 가까이까지 온 일이 있습니까?"

"그런 것을 너에게 묻고 있는 게 아니야. 내가 물은 것만 대답하면 된단 말이야."

힘멜슈토스는 밉살스럽게 말했다.

"좋습니다. 대답하겠습니다."

그리고 크로프는 일어서서 말했다.

"저쪽을 보십시오, 조그만 구름이 떠 있는 저 부근 말입니다. 저것은 고사포탄의 연기입니다. 우리는 어제 저곳에 있었습니다. 죽은 사람이 다섯 명이고 부상자는 여덟 명입니다. 그런 정도는 아직 진짜 전쟁이 아닙니다. 만약 당신이 이번에 우리들과 함께 전선에 나가게 된다면 말입니다. 사병은 죽기 전에 우선 당신에게로 달려와서 직립부동의 자세로, 지금부터 열을 빠져나가서 죽어도 좋습니까 하고 딱딱한 말투로 물을 섭니다. 우리는 바로 여기서 당신 같은 사람을 기다리고 있었던 말입니다."

이렇게 말하고 크로프는 다시 앉았다. 힘멜슈토스는 혜성처럼 사라져버렸다.

"삼일간 영창감이야."

카친스키가 말했다.

"이 다음에는 내가 혼내주겠어."

나는 크로프에게 말했지만 그것으로 이미 그 일은 끝나고 말았다. 그 일로 일석점호 때 심문이 있었다. 사무실 안에 베르팅크 소위가 의자에 앉아 있고, 한 사람씩 차례차례로 불려나갔다.

나도 증인으로서 거기에 나가야만 했고 왜 차덴이 그렇게 힘멜슈토스에게 반항했는지 그 이유를 설명했다. 그 야뇨증(夜尿症) 사건을 듣고 소위는 놀라는 듯했으며 결국 힘멜슈토스도 그 자리에 불려나왔다. 나는 그 야뇨증 사건을 한 번 더 되풀이했다.

"그것이 틀림없는 사실인가?"

베르팅크 소위는 힘멜슈토스에게 물었다.

그러자 힘멜슈토스는 그 일에서 벗어나려고 이러쿵저러쿵 트집을 잡고 있었으나 크로프도 나와 똑같은 말을 했기 때문에 뻔뻔스러운 그도 더 이상 빠져나가지 못하고 그렇다고 말했다.

"그렇다면 왜 그때 아무도 나에게 그런 이야기를 해주지 않았나?"

소위는 이렇게 물었지만 우리는 잠자코 있었다. 군대 안에서 그런 사소한 일을 일일이 보고해봤자 효과가 없다는 것을 소위 자신이 우선 알고 있지 않으면 안 된다. 도대체 군대에서 그런 불평을 호소한다는 일이 가능한 일인가. 그것은 소위도 잘 알고 있는 것 같았다. 그래서 우선 힘멜슈토스를 몹시 야단치고 전장이라는 것은 병영과 다르다는 것을 다시 한 번 철저히 교육받게 했다. 그 다음에는 차덴의 차례가 되었다. 그도 힘멜슈토스보다 더 심하고 호되게 야단을 맞고 3일간의 경영창을 당했다. 소위는 크로프에게는 눈짓을 하고 1일간의 영창에 처했다.

"나도 어쩔 수 없는 일이니까……."

소위는 크로프에게 미안하다는 듯이 말했다. 어쨌든 우리들과 이야기가 통하는 소위였다.

경영창이라는 것은 매우 편했다. 영창은 본시 닭장이었던 곳인데 두 사람은 그곳에 처넣어지기는 했어도 면회는 허용되었다. 또 우리가 면회하러 가는 것에 대해 이미 허락을 받아놓고 있었다. 중영창이 되면 지하실이었을지도 모른다. 원래는 한 그루의 나무에 붙잡아매곤 했었지만 이것은 금지되었다. 우리도 이젠 때때로 인간취급을 받는 수가 있었던 것이다.

차덴과 크로프가 쇠그물 격자 뒤로 들어간 지 한 시간쯤 지나서 우리는 그곳으로 몰려갔다. 차덴은 큰소리를 지르면서 우리들에게 잘 와주었다고 말했다. 그런 다음 우리는 거기서 밤중까지 카드놀이를 했다. 이긴 것은 물론 차덴이었다. 그 사랑스러운 바보가.

그곳에서 나오려고 할 때 카친스키가 나에게 말했다.
"어떠냐, 거위구이?"
"나쁘지 않지."
내가 말했다.

그리고 우리는 탄약 상자가 실려 있는 차 위로 기어올라가서 태워달라고 했다. 태워주는 값으로 궐련 2개를 주었다. 카친스키는 저쪽 장소를 잘 기억하고 있었다. 우리의 목표가 될 그 거위 우리는 연대본부에 속해 있는 것이었지만, 나는 거기에서 집오리를 한 마리 훔쳐내는 것에 동의했다. 그래서 카친스키에게 그 장소를 알려달라고 했다. 그 거위 우리는 흙담 뒤에 있었는데 아주 간단하게 나무 빗장으로 잠겨져 있었다.

카친스키는 양손을 내밀었고 나는 발을 그 양손에 걸고 흙담을 넘어버렸다. 카친스키는 그 동안 망을 보는 역을 했다.

안으로 들어간 나는 2,3분 그곳에 멈추어 서서 어두운 데 눈이 익숙해지도록 서 있었다. 그렇게 하자 내 눈앞에 우리가 보였다. 살짝 그쪽으로 다가가서 나무 빗장을 찾아내고 그 빗장을 뽑아서 문을 열었다.

그랬더니 안에 두 개의 흰 반점이 보였다. 집오리는 두 마리가 있었다. 그러나 난처했다. 한 마리에 손을 대면 다른 한 놈이 꽥꽥 울 것이 뻔하기 때문이다. 그렇다면 두 마리 다…… 내 솜씨만 빠르다면 그렇게 잘 될 터인데…….

순식간에 나는 훌쩍 덤벼들어서 한 마리를 꽉 눌렀다. 다음 순간에 다른 한 마리도 붙잡았다. 나는 미치광이처럼 그 두 마리의 대가리를 벽에 부딪쳐서 기절시켜버리려고 했지만 그렇게 할 만큼 충분한 힘이 나에게는 없었다. 이 두 마리의 동물은 꽥꽥 울면서 발과 날개를 사방팔방으로 치고 다녔다.

나는 힘을 다해서 싸웠지만 이 집오리의 힘은 참으로 놀랄 만했다. 양쪽으로 잡아끌었기 때문에 나는 이쪽저쪽으로 비틀거렸다. 깜깜한 어둠 속에서 이 흰 바보들을 도저히 감당할 수 없었다. 양팔로 날개를 붙잡았다고 생각한 순간 나는 두 손이 계류기구에 매달린 것처럼 하늘로 올라가지나 않을까 하고 걱정이 되었다.

그런 형편이기 때문에 여러 가지 소리가 났다. 한 마리는 입을 벌리고 헐떡이면서 자명종 시계와 같이 떨리는 소리를 냈다. 그때 밖에서 바시락바시락하고 다가오는 것이 있었다. 나는 대비태세를 갖추려고 했으나 이미 무언가 내 몸에 탁하고 부딪쳐왔다.

나는 땅바닥에 쓰러졌다. 무섭게 으르렁거리는 소리가 들렸다. 개였다. 내가 옆으로 비켜서자 그놈은 벌써 내 목으로 덤벼들 것처럼 보였다. 나는 가만히 몸을 땅바닥에 붙이고 우선 턱을 칼라 쪽으로 움츠렸다.

이것은 불독이었다. 그런 다음에야 겨우 이 개도 머리를 움츠리고 내 바로 옆에 앉았던 것이다. 그렇지만 내가 몸을 움직이려고 하면 금방 으르렁거리기 시작했다. 나는 생각해보았다. 내가 지금 손을 쓸 수 있는 유일한 방법은 나의 작은 권총으로 손을 가지고 가는 일이었다. 어쨌든 간에 누군가 오기 전에 나는 여기서 도망쳐 나가야 했다. 그래서 나는 조금씩 살금살금 손을 권총 쪽으로 뻗었다.

그러는 동안 몇 시간이나 지난 것 같은 기분이 들었다. 그 사이에 조금이라도 내가 움직이면 금방 위험한 으르렁거리는 소리가 났다. 꼼짝하지 않고 조용히 누워 있으면서 또다시 권총으로 손을 가져가는 동작을 되풀이했다. 겨우 권총이 손에 들어왔는가 싶자 손이 떨리기 시작했다. 나는 그 손을 땅바닥에 꽉 누르고 그런 다음 준비를 생각한다. 우선 권총을 들이댄다. 개가 덤벼들려고 할 때 손을 높이 올린다. 쏜다. 벌떡 일어난다.

나는 숨을 천천히 그리고 조용하게 쉬었고 흥분이 차차 가라앉기 시작했다. 그래서 숨을 멈추고 권총을 재빨리 높이 올렸다. 탕 하고 쏘았다. 불독은 으르렁대며 옆쪽으로 뛰어 달아났다. 나는 거위 우리 입구로 달려가서 달아난 한 마리의 거위에게로 덤벼들었다.

덤벼든 채로 순식간에 힘껏 거머쥐고 흙담 너머로 휙 하고 내던지고는 나도 흙담으로 기어올라갔다. 그러자 미처 담 위를 다 넘기 전에 불독은 다시 용기를 회복했는지 내 뒤로 다시 덤벼들었다. 나는 황급히 흙담 위에서 뛰어내렸다. 열 걸음 앞에 카친스키가 거위를 안고 서 있었다. 내 모습이 눈에 들어오자 두 사람은 함께 도망쳤다.

겨우 두 사람은 후유 하고 안도의 숨을 쉬었다. 집오리는 죽어 있었다. 카친스키가 단숨에 죽여버렸던 것이다. 우리는 아무도 눈치채지 못하도록 금방 굽기로 했다. 나는 바라크에서 냄비와 장작을 가지고 왔고 우리는 아무도 사람이 없는 조그만 오두막집 안으로 들어갔다.

이 오두막집은 우리가 미리 이런 목적을 위해 점찍어두고 있었던 곳이다. 단 하나밖에 없는 창에는 두꺼운 천이 드리워져 있었고 안에는 부뚜막 같은 것이 하나 있었다. 벽돌 위에는 철판이 한 개 놓여 있었는데 우리는 거기서 불을 피웠다.

카친스키는 거위의 깃털을 뽑고 요리를 했다. 그리고 뽑은 깃털은 정성스럽게 옆쪽으로 뭉쳐두었다. 이 깃털로 조그만 베개를 만들고 그것에 '포화의 중심에서 고이 잠들라.'라는 문구를 쓰려고 생각했던 것이다.

전선으로부터의 포격 소리는 우리들의 이 은신처 주위에도 요란스럽게 들려왔다. 우리들 얼굴 위에도 번쩍번쩍 빛났다. 벽 위에는 그림자가 춤추었다. 가끔 둔탁한 폭발 소리가 났다. 그러면 이 오두막집이 떨렸다. 그것은 비행기가 떨어뜨린 폭탄이었다. 한때 희미하게 억눌린 것 같은 사람들의 외침 소리까지 들렸다. 어딘가의 바라크에 폭탄이 떨어졌음에 틀림없었다.

비행기가 윙윙거리기 시작했다. 기관총의 드르럭드르럭하는 소리가 차차 커지기 시작했다. 그렇지만 우리가 있는 오두막집 속으로부터는 사람의 눈에 띌 것 같은 빛은 조금도 새나가지 않았다.

이 포화 속에서 카친스키와 나는 마주보고 앉아 있었다. 찢어진 윗옷을 걸친 두 병사가 한밤중에 한 마리의 거위를 굽고 있었다. 두 사람 다 별로 지껄이지는 않았지만 우리들은 뭐라고 말할 수 없는 그리움과 즐거움에 가슴이 뿌듯해지는 느낌이 들었다. 마치 두 사람이 연인이라기도 한 것처럼.

우리는 두 사람의 인간이었다. 단 두 개의 조그만 불꽃과 같은 생명이었다. 더구나 바깥은 밤이고 소용돌이치는 죽음이 있다. 우리는 그 죽음과 밤의 끝에 앉아서, 혹은 위험에 쫓기고 혹은 위험을 피하고 있었다. 우리들 손 위에는 거위 기름이 흘러내렸다. 우리의 마음은 가까워졌다. 시간은 마치 공간 같았다. 두 사람의 감정의 빛과 그림자는 부드러운 불길에 여기저기에서 번쩍였다.

카친스키는 내 마음을 아무것도 몰랐다. 나도 카친스키의 마음을 아무것도 몰랐다. 지금까지 서로의 마음이 한 번이라도 같았던 적은 없었다고 해도 좋았다. 그러나 지금은 이렇게 서로 한 마리의 거위를 앞에 놓고 우리들의 존재를 느끼면서 아무 말 하지 않고도 그 마음을 가깝게 느끼고 있는 것이었다.

거위는 아직 어려서 기름이 듬뿍 있었지만 그래도 다 구울 때까지는 오랜 시간이 걸렸다. 그래서 두 사람은 교대하기로 하고 한 사람이 굽는 고기에 기름을 바르면 그 동안에 다른 한 사람은 자기로 했다. 맛있는 냄새가 점점 퍼지기 시작했다.

오두막집 밖의 시끄러운 소리는 끊임없이 들려왔고 나중에는 꿈처럼 느껴졌다. 그렇지만 그 꿈은 아직 기억을 완전히 떠나 있는 것이 아니었다. 나는 꾸벅꾸벅 졸면서 카친스키가 스푼을 올렸다 내렸다 하는 것을 보고 있었다. 나는 카친스키를 좋아했다. 그 눈썹, 그 네모진 몸을 앞으로 구부린 모습…… 동시에 그 모습 뒤로 숲과 별이 보였다.

나에게 안식을 주는 듯한 아름다운 목소리가 병정인 나에게 말을 하고 있었다. 이 큰 구두와 검대(劍帶)와 빵주머니를 몸에 지니고 이 높은 하늘 아래를 조그맣게 걸어가는 나에게 말이다. 그 길은 내 앞에 가로 놓여 있었다. 나는 모든 것을 잊고, 슬픈 얼굴도 보이지 않고, 이 위대한 밤하늘 아래를 앞으로 앞으로 걸어간다……

이 조그만 병사와, 다정한 목소리와, 이 병사를 지금 쓰다듬어주는 사람이 있더라도 본인은 아마도 그런 것을 알지 못할 것이다. 큰 구두와 무신경이 된 병사다. 그 병사는 구두를 신고 있기 때문에 행진한다. 행진 이외에는 모든 것을 잊어버리고 있다. 지평선 저쪽에는 이 병사가 울어보고 싶을 정도로 조용하고 꽃이 된 경치는 없을까. 그곳에는 아직 한 번도 가져본 일이 없기 때문에 상상한 일도 없는 많은 청춘의 모습이 뒤죽박죽이 되어서, 더구나 이 병사를 위해서는 이미 지나간 것으로 되어 있지는 않을까. 이 병사의 20년의 생활이 그곳에는 없을까.

내 얼굴에는 눈물이 흐르고 있을까. 도대체 나는 어디에 있는 것일까. 카친스키는 내 앞에 서 있었다. 이 사나이의 크고 앞으로 구부린 그림자는 내 몸 위로 우리집처럼 그렇게 비쳤다. 카친스키는 작은 목소리로 말을 했다. 그리고 미소 지으면서 불이 있는 곳으로 돌아갔다.

이윽고 카친스키가 이렇게 말했다.

"다 구웠다."

"익었나?"

나는 몸이 떨렸다. 오두막집 한복판에는 다갈색 고기가 빛나고 있었다. 우리는 접을 수 있는 포크와 회중용 나이프를 꺼내서 양쪽 다리를 하나씩 잘라냈다. 그것과 소스에 적신 군용빵을 함께 먹었다. 우리는 천천히 먹으면서 충분히 맛을 음미했다.

"어때, 카친스키, 맛있나?"

"맛있고말고. 어떠냐 너는?"

"나쁘지 않군."

우리는 마치 형제와 같았다. 서로 맛있는 고기 부분은 양보했다. 그런 다음에 나는 궐련을, 카친스키는 여송연을 피웠다. 그러나 고기는 아직 많이 남아 있었기 때문에 나는 이렇게 말했다.

"크로프와 차덴에게 한 토막씩 이 고기를 갖다 주면 어떨까?"

"좋겠지."

카친스키도 동의했으므로 우리는 한 접시분쯤 잘라내어 그것을 정성스럽게 신문지에 쌌다. 그 나머지는 바라크로 가지고 가려고 생각했던 것이다.

그렇지만 카친스키는 웃으면서 단 한 마디 말을 했다.

"차덴."

우리는 결국 고기를 모두 다 가지고 갔다. 우리는 크로프와 차덴을 깨우기 위해 영창 쪽으로 향해 갔다. 그 전에 깃털도 남김없이 쌌다.

크로프와 차덴은 우리를 소위 신기루(蜃氣樓)라고 생각했다고 한다. 그런 다음에 두 사람의 이는 삐걱거리기 시작했던 것이다. 차덴은 날개 부분의 고기를 양손으로 하모니카처럼 입으로 가지고 가서 물고 늘어졌다. 그리고 그 다음에 항아리에 있는 기름을 마시고 입맛을 다시면서 말했다.

"이 은혜는 평생 잊지 않겠다."

그런 다음에 우리는 바라크로 돌아왔다. 하늘은 높고 별은 빛났으며 날은 벌써 희미하게 밝아오기 시작하고 있었다. 큰 장화와 가득히 채운 배를 두드리며 병사가 하늘 아래를 걸어갔다. 새벽의 작은 병사였다……. 그런 나와 나란히 걸어오는 것은 앞으로 구부러지고 어깨가 네모진 나의 전우 카친스키였다.

바라크의 윤곽은 생명의 어스름 속에 새까만 깊은 잠처럼 우리들 눈에 보였다.

6

그럭저럭하는 사이에 드디어 공세로 나간다는 소문이 퍼졌다. 우리는 여느때보다 이틀이나 일찍 전선으로 나갔다. 그 도중에 포격으로 파괴된 학교 옆을 지나갔다. 그 옆을 따라서 금방 만들어서 반짝반짝할 정도의 새 백골나무 관(棺)이 두 줄의 높은 담처럼 포개어 쌓여져 있었다. 그 관에서는 아직 송진과 소나무와 숲 냄새가 났다. 적어도 숫자가 100개는 될 것 같았다.

"과연, 공격이 시작되기 때문에 벌써 모든 준비가 되어 있구나."

깜짝 놀라면서 말한 것은 밀러였다.

"이건 우리들 거란 말이야."

이렇게 중얼거린 것은 데터링이었다.

"쓸데없는 말 하지 말어."

카친스키는 데터링에게 호통쳤다.

"그래도 관에 넣어주는 걸 고맙다고 생각하려무나."

이를 드러내고 웃는 것은 차덴이었다.

"너 같은 사격의 표적에 쓰는 인형처럼 생긴 놈에게는 저런 관은커녕 휴대용 천막이 기다리고 있단 말이야. 그러니까 조심하라구."

다른 사람들도 여러 가지 농담을 주고받았지만 모두 기분 나쁜 농담이었다. 또 그런 말이라도 할 수밖에 없었다. ……왜냐하면 그 관은 정말로 우리들을 위해 준비되어 있었기 때문이다. 그런 일에 관해서는 상당히 빈틈이 없는 조직으로 되어 있었다.

전방은 어디나 들끓고 있는 것 같았다. 첫날밤에 우리는 그것을 들려오는 소리로 알아내려고 했다. 상당히 조용했기 때문에 적의 전선 후방을 수송차가 달리는 소리가 이쪽 귀에 들려왔다. 그리고 그칠 새 없이 들렸으며, 마침내 새벽이 되었다. 카친스키가 말하는 바에 의하면 이것은 퇴각하는 차의 소리가 아니라 병정을 운반해오는 소리라는 것이었다. 병정과 탄약과 대포를 나르는 소리였다.

영국군은 포병을 증가시켰다. 그것은 소리를 들어서 금방 알 수 있었다. 농부의 오두막집 오른쪽에는 적어도 25밀리의 대포가 4문 증가되었다. 포플러나무의 그루터기 뒤에는 박격포가 매설(埋設)되었고 그 밖에 착발신관(着拔信官)을 붙인 조그만 프랑스의 야포(野砲)가 상당히 많이 첨가되기 시작했다.

우리는 억압당한 것 같은 기분이었다. 참호 밑의 엄폐부(掩蔽部)에 우리가 숨은 지 두 시간쯤 지나자 아군의 포병이 이 참호를 향해서 쏘기 시작했다. 이런 일은 4주일 중에서 세 번이나 일어났다. 이것이 표적을 잘못했기 때문이라고 한다면 아무도 불평할 놈은 없을 것이다.

그렇지만 이 원인은 대포가 너무 마멸되었기 때문이었다. 그 포탄은 우리들의 담당구역 근처까지 날아왔고 사격은 이 정도로 불안한 것이 되기 시작했다. 그날 밤에 이런 아군의 포탄에 맞아서 2명이나 부상자가 생겼을 정도였다.

전선은 꼭 바구니와도 같았다. 우리는 그 속에서 신경을 날카롭게 하고 앞으로 일어나야 할 어떤 일을 기다리고 있어야 했다. 우리는 포탄이 종횡으로 교차하는 밑에 있으면서 아무것도 모르는 것에 대해서 긴장하고 살고 있었다. 우리들 머리 위에 떠 있는 것에는 오직 우연이 있을 뿐이었다. 우리는 포탄이 날아오면 목을 움츠릴 뿐이었다. 이것이 전부였다. 어디에 그 포탄이 맞을지 분명히 알 수 없었기 때문에 우리도 또 어떻게 할 수 없었다.

이런 식으로 모든 것이 우연이라고 생각하면 우리는 될 대로 되라는 기분이 되고 말았다.

2,3개월 전이었지만, 나는 보루에서 카드놀이를 하고 있었다. 잠시 후에 나는 일어나서 다른 보루에 있는 아는 사람을 방문하러 갔었다. 거기서 돌아와보니 그곳에 있던 사람들이 흔적도 없이 사라져버렸다.

큰 포탄에 명중되어 깨끗이 분쇄되고 말았던 것이다. 그래서 나는 아까 방문했던 그 보루로 돌아가보았더니 마침 시간이 늦지 않아서 한 사나이를 파내줄 수가 있었다. 그놈은 내가 없는 사이에 포탄이 튀긴 흙에 파묻히고 말았던 것이다.

탄환에 맞는 것이 우연이라면, 내가 살아난 것도 우연이었다. 폭탄으로도 파괴할 수 없는 보루 속에 있어도 이렇듯 짓눌려 죽어버리는 수도 있을 수 있으며 아무것도 없는 전장에서 10시간이나 맹렬한 포화세례를 받아도 찰과상 하나 입지 않는 수도 있다. 군인의 목숨을 구해주는 것은 온갖 우연에 달려 있을 뿐이다. 그래서 군인이라면 누구나가 이 우연을 믿기도 하고 의지도 하고 있는 것이다.

우리는 자기 빵에 주의해야 했다. 보루 속이 엉망진창이 되기 시작한 요즘은 쥐가 굉장히 많아졌기 때문이다. 데터링의 말에 따르면, 이렇게 쥐가 많아지는 것은 맹렬한 전투가 시작될 가장 분명한 증거라는 것이었다.

그런데 이 근방의 쥐는 몸뚱아리가 크기 때문에 처치할 수가 없었다. 이것은 소위 송장을 먹는 쥐라 불리는 종류로, 아주 보기 흉하고 밉살맞으며 털이 나지 않은 그런 모습을 하고 있었다. 그 길고 털이 벗겨진 꼬리를 보면 기분이 나빠질 정도였다.

이 쥐는 어지간히 굶주리고 있는 것 같았다. 거의 이느 곳 누구를 마론하고 빵이 있는 곳이라면 어김없이 달라붙어 물어뜯고 있었다. 크로프는 그 빵을 휴대용 천막에 단단히 싸서 베개 밑에 놓아두었는데도 도무지 잠을 잘 수가 없었다. 쥐가 얼굴 위를 뛰어다니면서 그 빵에 달려 들려고 했기 때문이었다.

데터링은 자기 나름대로 교활한 꾀를 짜내어서 천장에 가는 철사를 잡아매고 빵 뭉치를 그 철사에 매달았다. 그러나 밤중에 회중전등을 켜보니 그 철사는 이리저리 흔들리고 있었고 빵 위에는 살찐 쥐가 시치미를 떼고 올라타고 있었다.

그래서 결국 이렇게 하기로 했다. 우선 쥐가 갉아먹은 부분만을 신중하게 잘라냈다. 쥐가 갉아먹었다고 해서 절대로 빵을 버릴 수는 없었다. 왜냐하면 그렇게 했다간 당장 내일 먹을 것이 없어지기 때문이었다.

그런 다음에 잘라낸 빵을 마루 한복판에 모았다. 그리고 모두들 각자의 배낭에서 삽을 뽑아 들고 언제든지 쥐를 때려 눕힐 수 있는 자세로 누웠다. 데터링과 크로프와 카친스키는 각기 회중전등을 준비해서 들고 있었다.

그리고 2,3분쯤 지나자, 벌써 바스락바스락하는 발소리가 들려왔다. 그것이 차차 수가 많아져서 상당수의 발소리로 되기 시작했다. 그때 우리는 갑자기 회중전등을 번쩍 켜는 동시에, 일제히 그 검은 덩어리 위로 덮쳤다. 그 덩어리는 사방팔방으로 달아났다. 이 결과는 매우 좋았으며 그 쥐들을 삽으로 떠서 보루 가장자리 밖으로 버렸다. 그러고나서 또 매복하기 시작했다.

이런 식으로 그 후 두세 번은 잘되었다. 그러나 쥐 쪽에서 눈치채기 시작했는지, 혹은 피 냄새를 맡았는지 전혀 오지 않게 되었다. 그렇지만 마루 위에 놓아두었던 빵 부스러기는 쥐가 어디론가 가지고 가버리고 이튿날 아침에는 하나도 남아 있지 않았다.

이웃 보루에서는 두 마리의 큰 고양이와 한 마리의 개가 쥐에게 또 물려 죽고 말았다.

❖

　이튿날에는 에다메르 치즈가 배급되었다. 거의 누구에게나 4분의 1씩 치즈가 돌아갔다. 이것은 어떤 의미로는 좋았다. 이 에다메르 치즈는 맛이 있기 때문이다. 그렇지만 또 어떤 의미에서는 탐탁지 않았다. 이 두껍고 붉은 공모양의 치즈는 지금까지의 경험에 의하면 언제나 격전이 시작될 전조(前兆)였기 때문이다.

　게다가 이번에는 브랜디까지 지급되었기 때문에 우리들은 전쟁에 대한 예상으로 열기가 더욱더 높아지기 시작했다. 주는 것이기 때문에 마시기는 마셨지만 결코 좋은 기분이 될 수는 없었다.

　우리들은 하루 종일 경쟁적으로 쥐를 잡는다든가, 그 부근을 어슬렁거리면서 지냈다. 수류탄과 탄약 준비는 더욱더 풍부해지기 시작했다. 총검 검사는 우리들 자신이 했다. 이 총검에는 날이 아닌 등 쪽이 톱처럼 되어 있는 것이 있었다. 이런 총검을 가지고 있는 놈이 적에게 붙잡히면 도저히 목숨이 살아남지 못하고 즉석에서 살해당하고 만다.

　우리들 보루 옆에서도 우리 패거리였던 사람이 이 총검으로 살해당한 시체를 발견했는데 그것은 이 총검에 붙은 톱으로 코를 잘라내고, 눈을 파내고, 입과 코에 톱밥을 쑤셔넣어서 질식케 하는 방법이었다.

　그런 총검과 비슷한 것을 가지고 있는 신병이 2,3명 있었기 때문에 우리는 그것을 몰수하고 다른 검을 주었다.

　하긴 이런 총검은 이제 완전히 무의미한 것이 되어버렸다. 돌격할 경우에도 요즘은 대개 수류탄과 삽만으로 전진하는 것이 유행이 되었다. 끝을 뾰족하게 만든 삽은 손에 알맞으며, 더구나 어느 때라도 이용할 수 있는 아주 좋은 무기다. 이것이 있으면 적의 턱 아래를 찌를 수가 있을 뿐만 아니라 무엇보다도 이것으로 시원하게 후려갈길 수가 있었다. 이것은 상당한 무게를 가지고 있기 때문에 특히 어깨와 목 사이로 비스듬히 내리치면 가슴 근처까지 푹 베어버리는 것쯤은 쉬웠다.

총검의 경우는 푹 찔러버리면 몸에서 잘 빠지지 않는 일이 종종 있었다. 이것을 뽑기 위해서는 힘을 모아서 상대의 배에 발을 올려야 한다. 그렇게 꾸물거리고 있는 동안에 이쪽이 오히려 한 대 먹어버린다. 그뿐만이 아니다. 그런 경우는 총검이 부러지는 일까지 흔히 있다.

밤이 되자 독가스가 발사되었다. 우리는 공격을 기다리고 있었다. 마스크 준비를 하고 막상 적의 그림자가 나타났다고 하면, 곧 벗어던질 채비를 하고 거기에 누워 있었다.

그렇지만 아무 일도 일어나지 않고 날이 훤해지기 시작했다. 다만 변함이 없는 것은 적 쪽으로부터 끊임없이 들려와 나의 신경을 곤두서게 하는 소리들뿐이었다. 끊임없는 행진과 큰 짐들, 그리고 트럭의 소리였다. 도대체 무엇을 그곳으로 그렇게 집중시키고 있는 것일까. 아군의 포병도 끊임없이 그쪽으로 발사하고 있었는데 지금도 역시 그치지 않고 있다. 그리고 언제까지나 그치지 않을 것이다.……

우리들은 모두 지친 얼굴을 하고 서로를 돌아보았다. 카친스키는 음울한 얼굴을 하고 말했다.

"이건 솜무 전투 때와 비슷한 상황이 벌어지는 것 같은데. 거기선 나중에 가서 칠일 동안 밤낮없이 계속해서 쏘아댔었지."

이곳으로 온 다음에는 그도 역시 농담을 하지 않게 되었다. 이것은 좋지 않은 증거였다. 왜냐하면 카친스키는 무엇이든 낌새를 알아차리는 데는 명수였기 때문이다. 먹을 것을 듬뿍 받고 럼주를 마시며 즐거워하고 있는 사람은 오직 차덴 하나였다. 차덴은 이젠 아무 일도 일어나지 않고 이대로 무사히 돌아갈 수 있을 것이라고 말했다.

일단은 그런 것처럼 보이기도 했다. 매일매일 별일 없이 지나갔다. 밤이 되면 우리는 청음위치 위의 구멍 안에 앉아 있었다. 내 머리 위에는 신호탄과 조명탄이 높게 혹은 낮게 날았다. 나는 주위에 신경을 쓰면서 긴장했다. 심장은 빠르게 고동치기 시작했다.

나는 몇 번이나 시계를 보았다. 바늘 끝은 앞으로 나가려고 하지 않는 것 같았다. 내 눈꺼풀은 점점 무거워지기 시작했다. 나는 졸음이 오지 않도록 구두 속에서 발가락을 움직였다. 내가 교대할 때까지는 아무일도 일어나지 않았다. ……언제까지나 들리는 것은 아득한 저쪽으로부터 들려오는 우르르하는 소리뿐이었다. 우리는 차차 침착해지기 시작했다. 끊임없이 카드놀이와 주사위놀이를 하고 있었다. 아마도 우리는 무사할 것이다.

하늘에는 하루 종일 몇 개나 계류기구가 떠 있었다. 그리고 이런 소문이 퍼졌다. 적 쪽에서 공격할 때는 이 부근에도 탱크와 보병비행기(공수부대)를 투입한다는 이야기였다. 그렇지만 그런 것은 조금도 재미가 없었다. 그것보다도 새로운 화염방사기(火焰放射器) 이야기가 훨씬 더 재미있었다.

우리는 한밤중에 잠이 깼다. 땅바닥은 흔들리고 있었다. 우리들 머리위에는 격렬한 포화가 날고 있었던 것이다. 우리는 구석 쪽으로 가 움츠러들었다. 여러 가지 포탄의 크기를 구별해서 들을 수가 있었다.

모두들 자기 물건을 손에 쥐어보고는 그것이 틀림없이 도둑맞지 않고 그곳에 있는가를 끊임없이 확인했다. 보루는 끊임없이 흔들리고 있었다. 밤에는 으르렁거리는 소리와 번개가 번쩍였다. 몇 초 동안 계속되는 빛 속에서 우리는 서로 얼굴을 마주보고 창백한 얼굴을 한 채 입술을 꽉 깨물고 머리를 흔들곤 했다.

그 큰 포탄이 보루의 흉벽(胸壁)을 쓰러뜨리고 비스듬히 세워져 있는 벽을 꿰뚫어 맨 위의 콘크리트 총안(銃眼)을 엉망진창으로 만들어버리는 꼴을 누구나 마음속에 그리고 있었다. 만약 이 포탄이 보루 속으로 떨어진다면 그것은 마치 기세가 거칠어진 맹수가 앞발로 치는 일격치럼 지금보다도 더 강하게 중압을 가하는 광폭한 일격이 될 것이라는 것을 우리는 알고 있었다. 2,3명의 신병은 날이 새자 벌써 새파랗게 질려서 구토를 했다. 아직 경험이 너무 없기 때문이었다.

차차 갱도 속으로 기분 나쁜 회색 광선이 희미하게 비쳐 들어오기 시작했고 그것에 포탄의 섬광은 희미하게 보였다. 날이 샌 것이었다. 그러자 포병이 쏜 포탄과 함께 지뢰가 터졌다. 이 진동이야말로 세상의 온갖 울림 중에서 가장 요란스러운 소리일 것이다. 이 지뢰가 폭발한 뒤에는 온 세상이 그야말로 너나 할 것 없이 뒤죽박죽이 되어 처넣어지는 큰 무덤이라고 할 수 있을 것이다.

그런 다음에 교대병은 나갔고 보초는 진흙투성이가 되어 비틀비틀 떨면서 들어왔다. 한 사람은 말도 않고 구석 쪽에 뒹굴고 밥을 먹고 있었다. 다른 한 사람은 보충예비병인데 이 친구는 훌쩍훌쩍 울고 있었다. 이 사나이는 폭발할 때의 공기 압력으로 두 번이나 흙벽 위로 날려갔던 것이다. 그때 얻은 것이라고는 신경의 충격뿐이었다.

신병들은 이 사나이 쪽을 보고 있었다. 이런 일은 금방 감염되어버리기 마련이기 때문에 우리는 잘 감시해야 했다. 그 주위 사람들의 입술은 이미 부들부들 떨리기 시작하고 있었다. 그래도 날이 샜기 때문에 다행이었다. 총공격은 아마도 오전 중에 시작될 모양이었다.

포격은 조금도 늦추어지지 않았다. 포탄은 우리들 뒤쪽에까지 떨어지기 시작했다. 눈이 미치는 모든 곳에서 진흙과 쇠의 분수가 솟아오르고 있었다. 폭이 넓은 띠모양으로 폭격을 당하고 있는 것이었다.

습격은 시작되지 않았지만 포탄은 끊임없이 날아왔다. 우리는 차차 귀머거리가 되기 시작했다. 말을 하는 사람은 한 사람도 없었다. 지껄여봤자 아무도 알아듣지를 못했기 때문이다.

우리들의 보루는 거의 파괴되었다. 겨우 반 미터 정도의 높이밖에 안 되는 곳이 여러 군데 있었지만 그것도 구멍과 움푹 패인 곳과 진흙의 산더미로 엉망진창으로 당하고 있었다. 우리들이 있는 바로 눈앞에서도 포탄이 폭발했다. 주위가 갑자기 캄캄해졌다. 우리는 순식간에 토사에 문처버렸던 것이다. 긴신히 한 시산쯤 파헤치자 겨우 보루의 입구가 열렸다. 그렇지만 그런 노동을 했기 때문에 우리들의 기분도 약간 안정

되었다.

그러자 중대장이 보루 안으로 기어들어와서는 엄폐부(掩蔽部)가 두 개쯤 전혀 흔적도 없이 피괴되고 말았다고 했다. 신병들은 중대장의 얼굴을 보고 안심했다. 중대장은 오늘 밤에는 식사를 이리로 가지고 오도록 해보겠다고 했다.

이 말을 듣자 모두 기뻐했다. 차덴 이외에는 아무도 먹을 것 따위를 생각하고 있는 사람은 없었다. 이제야 보루 밖의 사람과 이 보루 안의 사람이 접촉을 할 수 있다. 이쪽으로 가까이 오는 것이다…… 식사를 이곳으로 운반해올 수 있을 정도라면 그다지 걱정할 사태는 없으리라고 신병들은 생각하고 있었다. 나는 그런 신병들의 생각을 절대로 실망시키지 않도록 했다. 이 상황에서 식사는 탄환만큼 중요했기 때문에 꼭 날라와야 했다.

그렇지만 그것은 완전히 실패했다. 저쪽에서 제2대를 보내왔으나 그들도 되돌아갔다. 마지막에는 카친스키가 가지러 갔으나 역시 이 사나이도 빈손으로 돌아왔다. 아무도 이 포화를 뚫고 나갈 수가 없었다. 바늘 하나도 들어갈 틈이 없을 정도의 포화였다.

우리는 공복을 참고 견디기 위해서 허리띠를 단단히 졸라매고 평소에는 한입거리밖에 안 되는 것을 여느때보다 3배나 오래 씹었다. 그렇지만 그런 것으로는 우리들의 배고픔에 아무런 보탬이 되지 않았다. 뭐라고 말할 수도 없을 정도로 배가 고프기 시작했다. 나는 빵 가장자리를 떼어놓았던 것이 있었다. 말랑말랑한 곳만을 먼저 먹고 딱딱한 가장자리만을 빵주머니 속에 두었던 것이다. 나는 그것을 꺼내어 가끔 퍼석퍼석 씹었다.

견딜 수 없는 것은 밤이었다. 전혀 잠을 잘 수가 없었다. 우리는 그저 자기 앞쪽을 물끄러미 바라보면서 멍청히 있을 뿐이었다. 차덴은 먹다만 빵을 쥐에게 주고 만 것을 분해하고 있었다. 지금이라면 그런 것이라도 누구나 먹을 것이다. 소중히 치워두었더라면 좋았을 것에 틀림없었다. 물도 모자라기 시작했지만 아직 그렇게 부족한 상태는 아니었다.

이른 아침이라 아직 어두울 때 큰 소동이 일어났다. 보루 입구에서 도망쳐온 쥐떼가 안으로 뛰어들어와서 주위 벽으로 뛰어올라가려고 했던 것이다. 회중전등이 이 혼란을 비추었다. 너도 나도 호통을 치고 저주하며 이 쥐에게로 덤벼들었다. 몇 시간이나 계속된 분노와 절망이 일시에 폭발했던 것이다.

무서운 얼굴을 하고 양팔을 휘두르며 치려고 덤벼들면 쥐는 찍찍 소리를 내면서 도망치고 다녔다. 우리는 아무리 날뛰고 다녀도 충분히 직성이 풀리지 않았고 결국 마지막에는 서로 치고받고 할 뻔했을 정도였다.

이 돌발적인 소동으로 우리들은 완전히 지쳐버려 그 자리에 뒹굴면서 다시 기다리고 있었다. 우리들의 보루에서 아직 아무도 죽지 않은 것이 이상할 정도였다. 이 보루는 현재 있는 것 중에서는 몇 개 안 되는 깊은 갱도였다.

그때 상등병이 한 사람 기어들어왔다. 손에는 빵을 한 개 들고 있었다. 세 사람만이 겨우 밤을 틈타 포화 속을 돌파하여 약간의 양식을 가지고 오는 데 성공했다는 것이었다. 그 사람의 이야기에 의하면 적의 포화는 더욱더 맹렬해졌고 마침내는 아군의 포병진지까지 포탄이 날아왔다고 한다. 도대체 그렇게 많은 포탄을 어디서 가지고 오는지 도무지 수수께끼라고 했다.

어떻든 간에 우리는 그저 잠자코 기다리고 있어야 했다. 그러자 드디어 오정때쯤에 우리가 예상하고 있던 일이 일어났다. 신병 한 사람이 발작을 일으켰던 것이다. 나는 그 사나이를 얼마 전부터 주의해서 살펴보고 있었는데 이가 딱딱 떨리기 시작하고 주먹을 쥐었다 폈다 하곤 했었다.

그 핏발이 서고 튀어나온 눈은 전부터 우리들도 자주 보아온 터였다.

그러던 그가 마지막 1,2시간 동안은, 다만 외관상으로는 조금 조용해지기 시작한 것 같았으나 사실은 벌써 썩은 입목(立木)처럼 안에서부터 맥없이 쓰러지기 시작했던 것이다.

그러자 이 사나이는 일어서서 눈에 띄지 않도록 조용히 이 보루 안을 서성거리다가 잠깐 멈추어 섰는가 싶더니 마침내 출구 쪽으로 미끄러지듯이 걸어갔다.

나는 그쪽으로 휙 돌아눕고 물었다.

"야, 어디 가는 거야?"

"금방 돌아오겠습니다."

그는 이렇게 말하고 내 옆을 지나가려고 했다.

"기다려라, 기다려, 이젠 포탄이 안 떨어지게 될 테니까 말이야."

나의 이 말을 듣자, 이 신병의 눈은 한순간 또록또록해졌으나, 그런 다음 다시 미친개처럼 흐려진 빛을 눈에 가득 띠더니 아무 말도 하지 않고 나를 밀어젖히려고 했다.

"잠깐 기다리라니까!"

나는 호통쳤다. 카친스키도 이미 그 사나이의 상태를 알아차리고 있었다. 이 사나이가 나를 밀어젖히자 카친스키는 이 사나이를 붙잡았고 결국 둘이서 단단히 누르고 있게 되었다.

그러자 이 사나이는 날뛰기 시작했다.

"놓아줘, 나를 나가게 해줘. 나는 여기서 나가고 싶단 말이야."

이렇게 말하면서 아무 말도 들으려 하지 않고 주위를 마구 돌아다녔다. 입에서는 거품이 흐르고 의미를 알 수 없는 말을 입 안으로 삼켜버리듯 하면서 마구 떠들어댔다.

이것은 소위 참호병의 발작으로, 이 보루 속에 있으면 질식할 것만 같은 느낌이 들기 때문에 어떻게 되어도 좋으니까 무조건 밖으로 뛰어나가고 싶다는 충동에 사로잡히게 되는 것이있다. 만약 이 사람을 밖으로 내보내버린다면 아무런 엄폐물도 없이 어디로든지 달려가게 된다. 이런 증상은 물론 이 사나이가 처음은 아니었다.

이 사나이는 더욱더 날뛰기 시작했다. 눈은 이미 완전히 뒤집혀서 어떻게 손을 쓸 방법이 없었기 때문에 하는 수 없이 우리는 이 사나이를 두들겨 패서 정신이 돌아오도록 하려고 했다. 그래서 사정없이 후려갈겨 겨우 조용하게 가라앉힐 수가 있었다.

이것을 보고 있던 다른 신병들은 모두 새파랗게 질려버렸다. 이것이 오히려 본보기가 되어주었으면 좋겠다고 우리는 생각했다. 어쨌든 이 맹렬한 포격은 불쌍한 신병들에게는 너무 강렬했다. 이 사람들은 보충병 예비대에서 아무런 실전 경험 없이 곧바로 이 포화의 한복판으로 끌려나왔기 때문에 익숙한 고참병이라도 금방 백발이 되고 마는 이 포화 속에서 도저히 견딜 재간이 없었을 것이다.

이 일이 있고부터 우리들에게는 더욱더 숨막힐 것 같은 공기가 덮쳐왔다. 우리는 마치 무덤 속에 앉아서 묻혀지기를 기다리고 있는 사람 같았다.

그러자 갑자기 무서운 소리와 함께 주위가 번쩍 빛났다. 보루가 한 발의 명중탄을 맞고 모든 틈이 삐걱삐걱 소리를 냈다. 다행스럽게도 큰 포탄이 아니었기 때문에 콘크리트 벽은 파괴되지 않고 견뎌냈다.

그 대신 벽은 온갖 금속성의 무서운 소리를 내면서 떨렸다. 무기도 철모도 땅바닥도 진흙도 먼지도 모두 흩날렸다. 유황 냄새를 머금은 자욱한 연기가 사정없이 침입해왔다. 만약 이 견고한 보루 대신 요즘 쌓은 간단하고 얇은 보루 속에 있었다면, 우리들 중 지금 살아 있는 사람은 한 사람도 없을 것이다.

그렇지만 그 효과는 무서울 정도였다. 조금 전의 그 신병이 다시 날뛰기 시작했을 뿐만 아니라 그 밖에도 두 사람이 더 발작을 일으켰다. 그 중의 한 사람은 결국 밖으로 뛰어나가서 어딘가로 달려가버렸고 나머지 두 사람도 우리를 단단히 애먹였다.

나는 도망쳐 나가려고 한 신병 한 사람의 뒤로 뛰어갔는데 그 사나이의 발을 쏘아버릴까 하고 생각했을 정도였다. ……그 순간 핑 하는 소리가 났고 나는 홱 몸을 내던졌다. 일어나보았을 때 보루 벽에는 뜨뜻

미지근한 뼈의 파편과 살덩어리와 군복의 일부가 붙어 있었다. 나는 기어서 돌아왔다.

첫 번째 한 사람은 틀림없이 미쳐버린 것 같았다. 잠깐이라도 손을 놓으면 마치 숫양처럼 달려서 벽에 머리를 부딪치려고 했다. 밤이 되면 후방으로 데리고 가야 할 것 같았다. 우선 단단히 묶어두었다가 공격할 때는 금방 놓아줄 수 있도록 해두었다.

카친스키는 카드놀이를 하자고 말했다. ……그 밖에는 할 일이 아무 것도 없었다. 그런 것이라도 하면 약간이나마 기분을 달랠 수 있을지도 몰랐다. 그렇지만 그것도 아무런 도움이 되지 않았다. 나는 점점 다가오는 포탄의 낙하에 하나하나 귀를 기울이다가 으뜸패의 계산을 틀리기도 하고 짝을 틀리기도 했다. 마침내 그것도 그만두고 말았다. 우리는 마치 무서운 굉음(轟音)을 내고 있는 보일러 속에 앉아 있고, 그 보일러 밖에서 사방팔방으로부터 두들겨맞고 있는 것 같은 기분이 들었다.

또 밤이 되었다. 우리들은 극도의 긴장으로 멍청해져버렸다. 그것은 사람을 죽일 것만 같은 긴장이었다. 마치 이가 빠진 나이프로 척수(脊髓)를 훑어내리는 것 같은 기분이었다. 발은 더 이상 옮길 수가 없었으며 양손은 사시나무처럼 떨렸다. 몸은 전신을 꽉 누르고 있는 광기 속에서 간신히 엷은 가죽을 덮어씌운 것과 같았다. 한없이 폭발해오는 쉴 새 없는 포효(咆哮) 속에서 인간의 몸은 한갓 물질적인 가죽만 입힌 거나 마찬가지였다. 우리들의 몸에는 이미 살도 없고 근육도 없었다. 우리는 도저히 생각할 수도 없는 상황을 두려워한 나머지, 서로의 얼굴을 볼 수도 없게 되었다. 그저 입술을 굳게 다물고 있을 뿐이었다. ……아마 이런 정도로 넘어가겠지 ……이젠 이 정도에서 무사히 수습되겠지…… 그럭저럭 우리도 살아날 수 있겠지 하고 마음속으로 생각하고 있었다.

❖

갑자기 가까이에 떨어지고 있던 포탄 소리가 딱 멎어버렸다. 포성은 아직 계속되고 있었지만, 포탄은 우리들 후방으로 떨어지기 시작했고 이제 우리들의 보루 부근에는 아무런 포탄도 떨어지지 않았다. 우리는 수류탄을 보루 밖으로 내던져놓고 밖으로 뛰어나갔다. 연속 포격은 멎었지만 맹렬한 엄호사격이 우리들 후방으로 날아오고 있었다. 드디어 우리는 돌격했다.

사방을 둘러보고 이 황량한 사막에 아직도 인간이 있으리라고 생각하는 사람은 아무도 없을 것이다. 그러나 지금 여기저기의 보루로부터 철모가 떠오르기 시작했다. 우리가 있는 곳으로부터 50보쯤 떨어진 곳에는 벌써 기관총이 배치되어 순식간에 총탄을 발사하기 시작했다.

철조망은 엉망진창이 되었다. 그렇지만 아직 약간의 방어는 할 수 있을 것이다. 그때 돌격해오는 적의 모습이 보였다. 아군의 포병은 포문을 열었다. 기관총이 총소리를 울리기 시작했고 소총도 쏘기 시작했다. 적은 아군의 진지를 향해 점점 육박해왔다. 베스트후스와 크로프는 수류탄을 던지기 시작했다.

우리는 수류탄을 될 수 있는 대로 빨리 그리고 연속해서 던졌다. 다른 사람들은 수류탄의 안전핀을 뽑아서 이 두 사람에게 주었다. 베스트후스는 수류탄을 60미터나 던질 수 있었고 크로프는 50미터 정도 던질 수 있었다. 이것은 이미 계측해두었었다. 수류탄의 비거리를 계측한 우리는 수류탄을 쥐고 적이 가까이 오기를 기다리고 있었다. 돌진해오는 적은 30미터 정도까지 가까이 오기 전에는 아무것도 우리에게 위협적인 공세는 취할 수 없었다.

우리들 눈에는 적병들의 일그러진 얼굴과 피폐한 철모가 분명히 보이기 시작했다. 분명한 프랑스 인이었다. 적은 남아 있는 철조망까지 육박했는데 거기서 눈에 보일 정도의 큰 손해를 입었다. 밀려온 제1선의 적은 이쪽 기관총에 의해 우리들 가까이에서 모조리 쓰러지고 말았다. 그런데 그런 다음에 우리들 기관총에 자주 고장이 생겼다. 그 사이에 적은 더욱더 가까이 접근해왔다.

보아하니 적병 한 사람이 얼굴을 높이 쳐든 채로 가시나무 울타리 속으로 떨어졌다. 몸은 그대로 떨어졌는데 양손만이 기도라도 하는 모습으로 철조망 뒤에 걸렸다. 그리고 몸이 완전히 툭 아래로 떨어졌을 때 탄환을 맞지 않은 양손만 철사에 걸려서 남았다.

우리는 퇴각하려고 했다. 그 순간이었다. 우리들 앞의 땅바닥으로부터 세 개의 얼굴이 고개를 쳐들었다. 그 철모 밑에 보인 것은 끝이 뾰족한 검은 턱수염과 두 개의 눈이었는데 그 눈은 물끄러미 나를 바라보고 있었다. 나는 손을 치켜들었다.

그렇지만 그 이상한 눈을 보는 순간 나는 수류탄을 던질 수가 없었다. 그 한 순간 사이에 이 일체의 싸움의 상황이 내 주위를 곡마단처럼 날뛰고 다녔다. 그 속에서 꼼짝도 하지 않고 있는 것은 두 개의 눈이었다. 그러자 저쪽의 머리가 일어났고 손이 움직였으며 이윽고 전신이 움직였다. 그러자 순식간에 내 손에 쥐고 있던 수류탄은 저쪽으로, 그 사나이를 향해서 날아갔다.

우리는 뒤로 달려 돌아와서 참호 속으로 가시나무 울타리를 끌어들였다. 그리고 안전핀을 뽑은 수류탄을 뒤로 향해서 던져놓고 적을 막으면서 퇴각했다. 제2선의 참호 진지에서 우리를 엄호하기 위해 기관총을 쓰기 시작했다.

우리는 위험한 짐승이 되고 말았다. 우리는 싸우는 것이 아니라 몰살에 대해서 방어하는 것이었다. 우리는 인간을 향해서 폭탄을 던진 것이 아니었다. 죽음이 철모를 쓰고 양손을 들고, 우리들 등 뒤로부터 내몰고 있는 순간에 우리 등을 떠밀고 있는 무엇에 대해 어떻게 생각할 수 있단 말인가.

우리는 사흘만에 처음으로 죽음의 얼굴을 보았으며 죽음을 대할 수 있었던 것이다. 우리는 광기와도 같은 분노를 느꼈다. 우리는 단두대

(斷頭臺) 위에서 기절을 하고 뒹굴면서 죽음을 기다리고 있을 수는 없었다. 우리는 파괴하고 적을 죽여서 우리를 구하지 않으면 안 되었다. 우리를 구하고 우리 동료들이 무참히 죽은 것에 대해 복수하지 않으면 안 되었다.

우리는 모든 모퉁이와 철조망 그늘에 웅크리고 진격해오는 적의 발밑을 겨누고 폭탄을 모아서 내던져놓고 쏜살같이 도망쳤다. 수류탄이 파열하는 꽝음은 우리들 팔 속에도 발 속에도 힘차게 울렸다. 우리는 고양이처럼 움츠리고 달렸다. 우리는 팔과 발 속에 울리는 이 꽝음의 파도에 압도되었다.

이 파도는 우리들을 더욱 잔혹하게 만들어서 우리를 노상강도로 만들고, 살인을 하게 하고, 악마로 만든다고 해도 좋을 정도였다. 이 파도야말로 불안과 분노와 생존욕 속에 우리들의 힘을 몇 배로 만들었다. 사실 그 힘이 우리들을 구하려고 하며, 구하기 위해 싸워주는 것이었다. 설사 그런 경우에 자기 아버지가 적과 함께 달려든다 하더라도, 우리들은 아무런 주저도 하지 않고 그 가슴을 겨냥해 폭탄을 던질 것이다.

우리는 전방의 참호를 포기할 수밖에 없었다. 그런 것을 참호라고 할 수 있을까? 총탄을 맞아 완전히 분쇄되었다. 그것은 이미 참호의 파편에 지나지 않았다. 길에 의해서 연결된 구멍이며 포탄구멍의 소굴에 지나지 않았다. 하긴 이번 전투에서 적의 손해도 많았다. 그들은 우리들이 이만큼 완강하게 저항하리라고는 미처 생각하지 못했던 것이다.

정오가 되었다. 태양은 아주 뜨겁게 불타고 있었다. 땀이 눈 속으로 들어와 쓰라렸다. 군복 소매로 그 땀을 닦으면 가끔 피가 묻어 나왔다. 겨우 원형만 유지하고 있는 정도의 참호가 우리들 눈앞에 떠올랐다. 속에는 사람이 가득 차 있었으며 역습 준비를 하고 있는 것이었다. 우리는 그 안으로 들어갔다. 아군의 포병은 열심히 쏘아대고 적의 습격을 봉쇄했다.

우리들을 쫓아온 산병선(散兵線)은 정체했다. 그 산병선은 이젠 한 걸음도 전진할 수 없었다. 적의 추격은 아군의 포병에 의해서 분쇄되었던 것이다. 우리는 숨어서 기다리고 있었다. 이윽고 아군의 포탄은 100미터 전방으로 날아갔다. 우리는 다시 전진하기 시작했다. 내 옆의 일등병은 적탄을 맞고 목이 날아갔지만, 목이 없는 채로 여전히 이삼 보 전진했다. 그 날아간 목에서는 피가 분수처럼 솟구쳤다.

적이 퇴각했기 때문에 육탄전까지는 가지 않았다. 우리는 전에 우리가 숨어 있던 참호를 되찾고 다시 앞으로 나아갔다.

아, 이 역전! 우리는 안전한 예비대용 보루에 도착했다. 우리는 그 속으로 기어들어가서 어디론가 사라져버리고 싶었다. ……그런데 우리는 지금 또다시 그 무서운 속으로 들어가지 않으면 안 되었던 것이다. 만약 우리가 이 경우에 전쟁만 하는 자동인형이 되어 있지 않다면, 완전히 지쳐서 쓰러져버렸을 것이다.

그러나 우리는 다시 앞으로 끌려나가서 아무런 의사도 없이, 더구나 무서울 정도로 날뛰고 화를 내면서 사람을 죽이려고 하고 있었다. 저쪽에 있는 것은 우리들이 지금은 죽음으로써 맞서야 할 적이었다. 총과 폭탄이 우리들에게 겨누어지고 있었다. 만약 이것을 전멸시키지 않는다면 우리가 전멸당하는 것이었다.

아, 엉망진창으로 찢겨지고 부풀어 터질 다갈색의 땅바닥! 이 다갈색 땅바닥은 태양 광선 아래 기름기가 돌아 희미하게 빛나고, 쉴 사이도 없이 싸우는 둔감한 자동인형 세계의 배경이 되어 있었다. 우리들의 헐떡임은 자동인형의 태엽 풀리는 소리였다. 입술은 바싹 말라버렸고 머리는 밤새도록 술을 마신 것보다도 더 황량했다. ……이렇게 해서 우리는 앞쪽으로 비틀거리면서 계속 나아샀다.

우리들의 정신에는 체처럼 무수한 구멍이 뚫려져버렸다. 이 번질거리는 태양 아래에서 경련하고 있거나 혹은 죽어서 뒹굴고 있는, 쓰러진 병사를 곁들인 다갈색 땅바닥의 광경이 처참한 우리들 정신 속에서 어거지로 난폭하게 뚫고 나가려고 하고 있는 것이었다. 뒹굴고 있는 그 병사들은 우리들이 그 위를 뛰어넘으려고 하면 우리들의 발을 붙잡기도 하고 큰소리를 지르기도 했다.

우리는 서로에 대한 감정을 일체 잃어버리고 있었다. 쫓기고 있는 우리들의 눈에 다른 사람의 모습이 비쳤다 하더라도 우리는 벌써 누가 누군지 알 수 없게 되어 있었던 것이다. 우리는 전혀 감정이 없는 죽은 사람이 되어 있었다. 그것은 어떤 요술에 의한 것처럼 우리는 무작정 달리고 또한 사람을 죽일 수가 있었던 것이다.

한 사람의 젊은 프랑스 인이 도중에 남아 있었다. 그것을 따라잡아 붙잡자 양손을 들었다. 그렇지만 한손에는 아직도 권총을 들고 있었다. 쏠 작정인지 항복할 작정인지 알 수 없다…… 고 생각하고 있는 동안에 순식간에 삽이 날라와 그의 얼굴을 둘로 쪼개고 말았다. ……이것을 본 또 한 사람의 프랑스 인은 달아나려고 했다. 그러나 순식간에 총검이 달아나는 그 사나이의 등을 찔렀고 그 사나이는 높이 뛰어올라서 양팔을 벌리고 큰소리를 지르며 비틀거렸다. 그 등에는 조금 전에 꽂힌 총검이 흔들리고 있었다.

또 한 사람의 적은 소총을 내팽개치고 양손을 눈에 댄 채 웅크리고 있었다. 이 사나이는 2,3명의 다른 포로와 함께 남겨져서 부상자를 운반하고 있었다.

우리는 추격해가면서 갑자기 적의 제1선으로 들어온 것이었다.

우리는 달아나는 적의 배후로 바싹 다가가서 추격했기 때문에 적과 거의 동시에 제1선에 도달했던 것이다. 이래서 오히려 아군의 손해는 적었다. 기관총 한 대가 공격하기 시작했으나 수류탄으로 금방 처치해버렸다. 그렇지만 그 2,3초 사이에 아군은 벌써 5명이나 기관총에 배를 맞았다.

카친스키는 부상당하지 않고 그곳에 남아 있던 기관총 사수의 얼굴을 총의 개머리판으로 엉망진창이 되도록 후려갈겼다. 수류탄을 꺼내려

116

하고 있는 다른 놈도 찔러 죽이고 목이 마른 우리들은 그 기관총의 냉각수를 꿀꺽꿀꺽 다 마셨다.

도처에서 철조망을 자르는 가위 소리가 짤깍짤깍 나고 있었고 가시나무 울타리 위에는 널빤지가 내던져졌다. 우리는 좁은 입구로부터 적의 참호 속으로 뛰어들었다. 베스트후스는 커다란 프랑스 인의 목을 삽으로 찌르고는 제1발의 수류탄을 던졌다. 우리는 2,3초 동안 흙벽 뒤로 몸을 구부렸으나 곧 우리들 전면의 참호는 완전히 비어버렸다.

그 다음에 던진 수류탄은 참호 구석으로 비스듬히 날아가서 거기에 통로를 만들어주었다. 그곳을 달려 지나가면서 참호 밑의 엄폐부(掩蔽部)를 향해 다시 몇 개나 뭉친 수류탄을 처넣었다. 땅바닥은 떨리고, 파열되었으며 연기와 신음 소리가 났다. 미끈미끈한 살덩어리와 물렁물렁한 몸 위에서 나는 그만 발이 미끄러지고 말았다. 빠끔히 벌어진 뱃속으로 내 발이 빠졌던 것이다. 그 배 위에는 아직 새 것인 장교의 모자가 놓여 있었다.

육탄전은 그쳤다. 적과의 사이가 단절되었기 때문이다. 우리는 이 참호에 오래 머물러 있을 수 없기 때문에 아군의 포병이 엄호사격을 하고 있는 사이에 우리들의 참호까지 돌아가야 했다. 그렇지만 그보다 먼저 우리는 바로 옆의 엄폐부로 돌진해서 눈에 띄는 통조림을 닥치는 대로 끌어모았다. 그 중에서도 콘비프와 버터를 노렸다. 그런 다음에 우리들은 밖으로 나왔다.

우리는 무사히 돌아왔다. 당장 잇달아서 적의 습격은 없었기 때문에 우리는 한 시간 이상이나 벌렁 누워서 숨을 돌리고는 지껄이기도 하면서 실컷 쉬었다. 이젠 지칠 대로 지쳐 있었기 때문에 배는 매우 고팠지만 아무도 통조림 따위는 염두에도 없었다. 그럭저럭하는 동안에 점점 인간다워지기 시작했던 것이다.

적으로부터 노획해온 콘비프는 전선(全線)에 걸쳐서 인기기 좋았다. 그래서 그 콘비프가 아군 쪽에서 느닷없이 가하는 돌격의 중대한 원인이 되기까지 했던 것이다. 그 정도로 아군의 급식상태는 열악해졌고 우리는 항상 배를 곯고 있었다.

계산해보니 우리들은 통조림을 모두 다섯 상자를 노획해왔었다. 이것으로 볼 때 적군은 상당히 맛있는 것을 먹고 있는 셈이었다. 우리들처럼 무로 만든 잼으로 겨우 배만 채우고 있는 입장에서는 아주 대단한 대접이었다. 통조림 고기는 참호 속에 뒹굴고 있기 때문에 그저 그것을 집어서 먹기만 하면 되는 것이었다.

베스트후스는 그 밖에 얇은 프랑스의 흰 빵을 낚아채어 그것을 검대 뒤에 삽처럼 끼워가지고 왔다. 빵 한구석에는 피가 조금 묻어 있었지만 그런 부분은 뜯어내버리면 됐다.

어쨌든 맛있는 것을 먹을 수 있다는 것은 우리들로서는 기뻤다. 이것으로 아직 우리의 힘도 쓸 수 있었다. 배부르게 먹는다는 것은 견고한 보루와 마찬가지로 중요했다. 그렇기 때문에 우리들은 무엇이든지 많이 먹고 싶다고 생각했다. 그렇지 않으면 우리들의 생명을 건질 수가 없었다.

차덴은 코냑이 든 두 개의 빨병을 훔쳐왔다. 우리들은 그것을 돌려가면서 마셨다.

저녁 기도가 시작되었다. 밤이 된 것이었다. 포탄 구덩이로부터 안개가 솟아올랐다. 마치 그 구덩이에는 유령이라도 꽉 차 있는 것처럼 보였다. 하얀 연기가 그 구덩이 가장자리를 자욱하게 흘러가지 않고 자못 불안한 듯이 그 부근에서 머물고 있었다. 이윽고 차차 구덩이에서 구덩이로 긴 선을 그어 나갔다.

좀 추워지기 시작했다. 나는 보초를 서서 어둠 속을 응시하고 있었다. 언제나 돌격 뒤에 느끼는 것처럼 나는 녹초가 된 기분이었다. 혼자서만 뭔가 생각하고 있기에는 거의 견딜 수 없게 되었다. 그것도 원래가 생각이라고 할 만한 것이 아니라 그저 추억일 뿐이었다. 이렇게 하고 있으면 그것이 심약해진 내 마음으로 살짝 숨어들어서 묘한 기분으로 만들어버리는 것이었다.

조명탄이 높이 올라갔다. 내 눈에 비치는 것은 어느 여름날 황혼의 광경이었다. 나는 어떤 성당 안마당을 둘러싼 회랑(廻廊)에 서서 키가 큰 장미 수풀을 바라보고 있었다. 그 장미는 작은 안마당 한복판에 피어 있었다. 이 안마당에는 그 성당의 신부들이 묻혀 있었고 주위의 회랑 벽에는 십자가를 짊어지고 가는 그리스도의 12개의 수난 석상이 새겨져 있었다.

그곳에는 아무도 없었다…… 꽃이 핀 이 네모진 마당에는 아무런 소리도 들리지 않았다. 태양은 이 두꺼운 회색 돌 위를 따뜻하게 비추고 있었는데 그 돌 위에 손을 얹자 따뜻함을 느낄 수 있었다. 슬레이트 지붕 오른쪽 모서리 위에는 따뜻한 황혼 속에 초록색의 성당 탑이 우뚝 솟아 있었고 그 주위를 둘러싼 회랑에 빛나는 작은 기둥은 차갑고 어두웠다.

이 어둠은 성당에만 있는 것이었다. 나는 거기에 서서, 나도 20세가 되면 여자와 여러 가지 사랑에 얽힌 사정을 알게 되겠지 하는 생각에 잠기고 있었다…….

이 광경은 내 마음에 뼈저리게 다가왔다. 나는 황홀해졌다. 그러나 금세 그 다음 조명탄이 번쩍 빛났기 때문에 나의 이 환상은 여기서 끝나고 말았다.

나는 소총을 잡고 겨누었다. 총신은 젖어 있었다. 나는 손으로 단단히 총을 잡고, 젖은 부분을 손가락으로 문질러서 말렸다.

……우리가 살고 있던 도시 뒤 들판에는 개울을 따라서 늙은 포플러 가로수가 서 있었다. 그것은 아득한 저쪽까지 바라다볼 수가 있었으며, 한쪽에만 늘어서 있었지만 포플러 가로수라고 불리고 있었다.

나는 어릴 때부터 이 가로수를 매우 좋아했으며 어찌된 까닭인지 모르지만 내 마음은 이 가로수에 끌려 하루 종일 그 근처에서 놀고 지내면서 그 살랑거리는 낮은 잎새 소리를 듣고 있었다. 혹은 포플러 아래

개울가에 앉아 반짝반짝 빛나는 빠른 물살에 발을 담갔다.

물의 맑은 냄새와 바람에 울리는 포플러 잎새의 멜로디는 우리들 공상의 전부였다. 우리들은 이런 것들을 특히 사랑했다. 이런 옛날의 광경은 지금에 이르러도 여전히 내 마음을 설레게 했다.

이상하게도 지금 이렇게 내 마음에 떠오르는 모든 추억은 두 가지 특징을 가지고 있었다. 그것은 언제나 정적(靜寂)이 넘친다는 것이었다. 이 조용함이 그 특징 중에서 가장 주된 것이다.

그리고 또 하나는, 실제로는 그렇게 조용한 것이 아닌데도 추억 속에서는 조용한 것으로서 떠오른다는 것이었다. 그것은 모두 소리없는 현상이었다. 말도 없이 입을 다문 채 오직 눈짓과 손짓만으로 나에게 말을 걸어왔다…… 그 침묵이야말로 내 마음을 뒤흔들었다.

나는 군복 소매와 총을 단단히 쥐고 이 추억의 느긋함과 유혹 속으로 끌려들어가지 않도록 했다. 내 몸은 그 속으로 차차 빠져들어서 이런 것들 뒤에 있는 조용한 힘으로 조용히 녹아서 흘러들어가버릴 것만 같았기 때문이다.

그것은 우리들에게 있어서 전혀 종잡을 수가 없고 이해할 수 없는 것이었기 때문에 너무나 조용했던 것이다. 전선에서는 정적이라는 것은 없다. 더구나 전선의 마력은 참으로 커서 우리들은 그것으로부터 벗어날 수가 없었다. 또 후방의 예비대나 휴양소가 있는 근처에서도, 포격의 중얼거리는 것 같은 소리나 억눌린 둔탁한 소리는 언제나 우리들 귀를 떠나지 않았다. 우리들은 그런 소리가 들리지 않을 정도로 먼 데까지 온 일은 여지껏 없었다. 더구나 요 며칠에 이르러서는 거의 견딜 수 없을 정도였다.

옛날의 추억이, 희망이라는 것에 눈뜨게 하지 않고 슬픔을, 터무니없이 무섭고 종잡을 수 없는 우울을 불러일으키는 원인이었다. 그 옛날의 추억도 전에는 존재했다. 그렇지만 그것은 두 번 다시 돌아오지 않았다.

그것은 이미 지나가버렸다. 우리들에게 있어서는 지나쳐버린 하나의 다른 세계였다. 연병장에 있을 때는 이 옛날의 추억이 반항적이고 거칠며 난폭한 욕망을 불러일으켰다. 그 시절에는 우리는 아직도 이 추억과 단단히 결부되어 있었다. 우리들과 옛날이라는 것은 서로 떨어져 있기는 했지만 서로 손을 잡고 있었다.

그것은 우리들이 빨갛게 된 새벽 하늘과 검은 숲 그림자를 바라보면서 훈련을 하기 위해 연병장의 황무지로 행군하면서 군가를 부를 때도 나타났다. 그것은 우리들 마음속에 있으며 그 마음에서 떠오른 감명 깊은 추억이었다.

그렇지만 이 전선에서는 그런 기분은 이미 완전히 상실된 지 오래이다. 그런 것은 전혀 우리들 마음에서 떠오르지 않았다. 우리는 죽어버린 것이다. 옛날의 추억은 강했다. 우리들의 욕망도 강했다 ⋯⋯그렇지만 이 추억은 끝내 손에 넣기 어려웠다. 우리는 그것을 알고 있었다. 이것은 대장이 된다는 기대와 마찬가지로 바란다고 해도 아무 소용이 없는 일이었다.

또 설사 우리들 청춘의 세계가 지금 다시 우리들 손에 주어진다 하더라도 우리는 지금 어떻게 해야 좋을지 모를 것이다. 그 시절의 청춘이 예전에 우리들 마음속에 주었던 그 부드럽고 비밀스러운 힘은 지금 다시 일어나지는 못할 것이다.

우리는 그 청춘의 세계 속에 있으면 그 속에서 움직이는 일은 있을지도 모른다. 우리는 그 추억에 잠기면 이 세계를 사랑하고 이러한 상황을 보고 마음이 움직여지기는 할 것이다. 그렇지만 그것은 마치 죽은 전우의 사진 앞에서 생각에 잠기고 있는 것과 마찬가지일 것이다.

거기에는 틀림없이 죽은 전우의 모습이 있고, 얼굴이 있고, 함께 지냈던 옛날이 우리들의 추억 속에 마치 되살아난 것처럼 생각될 것이다. 그렇지만 그런 것은 모두 실제의 그 전우는 아니다.

우리는 이젠 옛날처럼 청춘의 세계라는 것과 결부되는 일은 없을 것이다. 지금은 옛날처럼 아름다움과 정취를 인식하는 것이 우리들 마음을 끌어당겼던 것이 아니라 우리들 생존의 온갖 사건이, 믿고 있는 감정이 지금의 우리를 끌어당기고 있는 것이다.

그 감정이 우리들을 다른 사람들로부터 분리해서 부모의 세계라는 것을 우리가 이해할 수 없는 것으로 만들어버렸다…… 왜냐하면 우리는 예전의 청춘의 세계에 어떤 형태로든 응석부리며 몸을 맡기고 그 속에 융합되어 있기 때문이다. 더구나 그 세계의 가장 작은 것이라도 그 당시의 우리들에게는 영원한 진리로 통하고 있다고 지금도 생각하고 있던 것이다.

아마 이것은 우리들 젊은 사람만의 특권이었을지도 모른다…… 우리는 우리 나름의 세계에서는 아무런 제한도 두지 않았으며 또 종말론적인 생각은 전혀 없었다. 우리는 오직 솟구치는 피를 가지고 있었다. 그 발랄한 기분이 우리들이 매일매일 겪는 일들과 함께 우리들을 일치시켜 하나로 만들었던 것이다.

오늘날 우리들은 이 청춘의 광경 속을 나그네처럼 지나쳐갈 것이다. 우리들은 사실이라는 것에 직면하여 환상이 깨졌으며 장사치처럼 차별을 알고 도살자(屠殺者)처럼 필요라는 것을 알았다. 우리들은 이미 순진하게 무관심할 수는 없게 되었으며…… 동시에 무서울 정도로 아무래도 좋다는 기분이 되었다. 틀림없이 우리의 몸은 존재하고 있었다. 그렇지만 이것이 살아 있는 것일까.

우리들은 어린아이처럼 내팽개쳐졌고 늙은이처럼 많은 경험을 쌓았다. 우리는 거칠고 난폭해졌고 슬픔을 안고 표면적으로 되었다…… 우리들은 이미 인간으로서는 가치가 없는 것이 되었다고 나는 생각하고 있다.

내 손은 차갑고 피부에는 소름이 끼쳤다. 그렇지만 밤치고는 따뜻한 밤이었다. 차가운 것은 안개뿐이었다. 이 기분 나쁜 안개는 우리들 눈앞에 있는 죽은 사람에게로 몰래 다가가서 그 숨어 있는 마지막 생명까

122

지 빨아들이고 있었다. 아침이 되면 죽은 사람은 창백해지거나 혹은 초록색으로 되고 그 피는 응결되어 새까맣게 되고 만다.

조명탄은 아직도 높이 쏘아올려져서 그 가차없는 빛을 화석이 된 듯한 사방의 경치로 던지고 있었다. 사방은 마치 달세계처럼 분화구 같은 구덩이와 차가운 빛뿐이었다. 내 피부 밑의 피는 머리 속으로 공포와 불안을 가지고 왔다. 내 생각은 차차 약해져서 떨기 시작했다. 따뜻함과 생명을 구하고 있는 것이었다. 위안도 없고, 또 망상도 없이는 참고 있을 수가 없었던 것이다. 내 생각은 발가벗은 절망의 광경 앞에 교란(攪亂)되었다.

반합의 달그락거리는 소리를 듣고 나는 갑자기 따뜻한 음식물이 몹시 먹고 싶어졌다. 따뜻한 것이라도 먹으면 틀림없이 기분도 좋아지고 가라앉을 것 같았다. 나는 억지로 참고 교대가 될 때까지 기다리고 있다가 교대를 마치고 엄폐부로 들어갔다. 그랬더니 기름을 넣어 삶은 맛좋은 보리가 있었고 나는 그것을 천천히 먹기 시작했다. 포격이 멎었기 때문에 다른 사람들은 모두 떠들고 있었으나 나만은 아무 말도 하지 않았다.

하루하루가 지나갔다. 지나가는 시간이 도저히 이해할 수 없는 것 같기도 하고, 또 당연한 것 같기도 했다. 습격에는 역습으로 응수했기 때문에 전장에는 차차 참호 사이에 시체의 산더미가 생기기 시작했다. 그다지 멀지 않는 곳에 뒹굴고 있는 부상자는 대개 이쪽으로 데리고 왔지만 아직도 많은 부상자들은 아무 도움없이 언제까지나 뒹군 채로 있었고 그 죽어가는 신음 소리가 내 귀에까지 들려왔다.

우리는 어떤 한 사람을 이틀이나 찾았지만 끝내 찾지 못했다. 분명 이 사나이는 배를 깔고 쓰러져서 위로 방향을 바꿀 수가 없었던 것이리라. 그렇지 않고서야 우리들에게 발견되지 않을 턱이 없기 때문이었다.

땅바닥 가까이 입을 꽉 누르고 소리치고 있다면 어디 있는지 도저히 방향을 알 수가 없지 않는가.

이 사나이는 아마 심한 총상을 입고 있었을 것이다. 이런 종류의 부상은 금방 몸이 약해져서 정신이 가물가물하며 눈앞이 어두워질 정도로 당한 것도 아니면서 금방 나을 수 있다고 생각할 수 있는 간단한 부상도 아닌, 이 사나이는 틀림없이 그런 부상을 당했을 것이다.

카친스키는 말하기를, 그는 허리뼈를 다쳤거나 그렇지 않으면 척수에 총상을 입었을 거라고 했다. 가슴은 부상당하지 않은 것 같았다. 가슴을 다쳤다면 그렇게 큰소리로 호통칠 수 있을 턱이 없었다. 또 그 이외의 부분을 다친 것이라면 틀림없이 움직였을 텐데 그렇지 않은 걸 보면 척수 부상인 것이다.

그 목소리는 차차 쉬기 시작했다. 그 목소리는 어디서나 들려오는 것 같은 비참한 울림으로 변했다. 첫날밤에는 우리들 가운데서 세 번이나 사람을 동원해서 그 목소리의 주인을 찾았지만, 틀림없이 이 방향이라고 생각하고 그곳으로 포복해가서 귀를 기울이면 벌써 그 목소리는 전혀 다른 곳으로 가버리곤 했다.

우리는 해가 질 때까지 찾았으나 찾지 못했다. 하루 종일 이리저리 망원경을 손에 들고 찾았지만 아무리 해도 발견할 수 없었다. 이튿날이 되자 그 사나이의 목소리는 작아졌다. 이미 입술과 입이 바싹 말라버리기 시작했다는 것을 알 수 있었다.

중대장은 이 부상자를 발견한 사람에게는 특별휴가로 3일간의 덤까지 붙여주겠다고 말했다. 이것이 우리들에게 멋진 자극이 되기도 했지만 그런 것이 없더라도 그 부상병을 위해 할 수 있는 일은 다할 참이었다. 도저히 그 애절한 외침 소리를 듣고 있을 수가 없었기 때문이다.

카친스키와 크로프는 오후에 한 번 더 나갔을 정도로 열성이었는데 크로프는 그때 귓볼에 총알이 스쳐지나가기도 했다. 그렇지만 역시 헛수고였으며 결국 찾지 못한 채 돌아왔다.

외치고 있던 그 말의 의미는 분명히 알 수 있었다. 처음에는 다만 살려줘, 살려줘라고만 외치고 있었다. 그 다음날 밤에는 약간 열이라도 난 모양인지 마누라와 아이를 상대로 지껄이는 말로 바뀌었고 엘리제라는 이름이 자주 말 속에서 들려왔다.

오늘은 오직 울음소리뿐이었다. 저녁때가 되자 그 목소리는 신음 소리로 쇠약해져갔다. 그렇지만 아직도 낮게 신음하고 있었다. 우리들 참호 쪽으로 바람이 불어왔기 때문에 그 목소리는 더욱 분명히 우리들 귀에 들렸다. 날이 샌 다음에 우리는 그가 이미 죽었겠지 하고 생각하고 있었다. 그런데 갑자기 한 번 더 죽기 직전의 가르랑거리는 소리가 들려왔다……

매일 더위가 계속되었지만 전사자의 시체는 아직 묻히지 못한 채 땅바닥에 뒹굴고 있었다. 우리는 그것을 전부 운반할 수가 없었다. 왜냐하면 어디로 가지고 가야 좋을지 몰랐기 때문이다. 이런 것은 어차피 폭탄으로 묻혀버리는 것이었다. 배가 풍선처럼 부풀어올라 있는 사람도 많았다. 이 배가 쉬익 하고 소리를 낸다든가, 끼익 하고 소리를 낸다든가, 움직이곤 했다. 뱃속의 독가스 소리였다.

하늘은 푸르렀고 구름 한 점 없었다. 해가 지자 무더워졌다. 서열(暑熱)이 나서 땅바닥으로부터 솟아오르는 열기 때문이었다. 바람이 이쪽으로 불어오면 피 냄새를 가지고 왔다. 그것은 무겁고 가슴이 메스꺼울 것 같은 역겨운 냄새였다. 포탄 웅덩이로부터 솟아오른 시체가 증발하는 냄새는 마치 클로로포름과 썩은 냄새가 뒤섞인 것 같았으며 냄새를 맡으면 금방이라도 토할 것만 같았다.

밤에는 조용해졌다. 그러자 포탄의 구리(銅) 유도대(誘導帶)와 프랑스 군 소병탄의 비난 낙하산을 앞다투어 줍는 일이 시작되었다. 왜 이 유도대를 모두들 갖고 싶어하는지 아무도 몰랐다. 이것을 주워 모으는 놈은, 어떻든 가치가 있다고 생각하고 있을 뿐이었다. 개중에 많이 모

은 놈은 가지고 돌아가려면 무거워서 허리라도 다치지 않을까 생각될
정도였다.

하긴 베스트후스의 말에 따르면, 이 사나이가 그렇게 많이 주워 모으
는 데는 그 나름대로 이유가 있었다. 잘은 모르지만 자기 약혼녀에게
이 유도대를 양말 대님으로 주겠다는 것이었다. 이렇게 말하자 프리스
란트 사람들은 모두 배꼽을 움켜쥐고 웃어댔다. 이 사람들은 무릎을 치
고 말했다.

"이건 정말 멋있는 유머야. 베스트후스 놈 보통내기가 아닌데."

차덴은 더 이상 가만히 있을 수가 없어서 가장 큰 고리를 손에 들고
직접 가지 다리를 그 고리 속으로 넣어 꿰어보고는 아직 어느 정도 틈
이 있는지 벌려보았다.

그러고는 놀려대려고 말을 걸었다.

"이봐, 베스트후스, 네 색시의 다리라면, 그 다리는……."

이렇게 말하기 시작했지만 머리 속으로는 좀더 윗부분을 생각하고 있
는 것이었다.

"그리고 엉덩이도 말이야, 네 색시의 엉덩이는…… 코끼리 같겠지?"

차덴은 그 정도에서도 좀처럼 그치지 않았다.

"나도 그런 여자하고 엉덩이 때리기놀이를 해보고 싶구나……."

베스트후스는 자기 여자가 이렇게 환영을 받았기 때문에 득의양양해
져서 만족스러운 듯이 말했다.

"살이 좀 쪘지."

낙하산의 비단은 이용하는 쪽에서 보면 가장 실용적인 것이었다. 세
개나 네 개 있으면, 가슴 크기에 따라 조금씩은 다르지만 여자의 블라
우스를 만들 수 있었다. 크로프와 나는 이것을 주워서 손수건으로 만들
어 썼다.

다른 사람들은 그것을 고향으로 보냈다. 이런 얇은 자투리를 얻기 위
해 얼마나 위험을 무릅쓰고 주워왔는지, 받은 쪽 여자가 그것을 안다면
아마 크게 놀랄 것이 틀림없다.

카친스키를 깜짝 놀라게 한 것은 차덴이었다. 이 사나이는 매우 태연한 얼굴로 어떤 불발탄을 두드려서 그 유도대를 빼려 하고 있었다. 이것을 다른 사람이 했다고 한다면 틀림없이 파열되었을 것이다. 차덴이라는 사나이는 정말로 운이 좋은 놈이었다.

어느 날 오전 중에 두 마리의 나비가 우리들 참호 앞에서 놀고 있었다. 이것은 시트론나비라는 종류로 노란 날개에 빨간 점들이 있었다. 그렇더라도 어째서 이런 곳까지 왔을까. 사방에는 한 그루의 식물도 없으며 꽃도 없었다. 이 나비는 어떤 해골의 이빨 위에 앉아서 쉬고 있었다.

새도 나비와 마찬가지였는데 이 새는 벌써 오래 전부터 전쟁에 익숙해져버렸다. 매일 아침 적군과 아군의 전선 사이에 하늘 높이 날아오르는 것은 종달새였는데 1년 전에는 종달새가 알을 까고 있는 것까지 보았다. 종달새는 새끼와 함께 하늘 높이 날았다.

쥐는 참호 속에서 없어졌다. 쥐는 시체가 많은 훨씬 전방으로 나가 있었다. 물론 쥐가 무슨 짓을 하고 있는지 누구나가 알고 있었다. 그렇기 때문에 모두 통통하게 살이 쪘다. 우리는 쥐를 한 마리라도 발견하게 되면 금세 두들겨서 내쫓아버렸다.

밤이 되자 또 적 쪽에서는 우르르 하는 소리가 들리기 시작했다. 낮에는 판에 박힌 보통 포격뿐이었기 때문에, 이쪽에서는 참호 손질을 했다. 그리고 이야깃거리가 될 만한 일도 많이 있었다. 이것은 비행기가 공급해주었다. 매일 무수한 비행기의 공중전에 우리는 구경꾼이 되어 있었다.

전투기는 아무렇지도 않았지만 정찰기는 우리들은 흑사병처럼 미워했다. 정찰기가 날면 그 다음에는 으레 포격이 있었다. 정찰기가 나타난 지 2,3분이 지나면 유산탄(榴散彈)과 큰 포탄이 발사되었다. 이런 포격으로 하루에 11명이나 죽은 일이 있었다. 더구나 그중 5명은 간호병이었다.

그중 2명은 아주 처참했는데 그것을 본 차덴은 이렇게 말했다. 참호 벽에 달라붙은 이 두 사람의 살을 스푼으로 긁어내어 반합 속에 넣고 삶아서 장사지내버리면 어떠냐는 것이었다. 어떤 사람은 몸통이 아래 다리와 함께 확 잡아 찢겨서 참호 벽에 기댄 채로 죽어 있었다. 얼굴은 시트론처럼 노랬고 더부룩한 수염 사이에는 아직도 궐련이 희미하게 타고 있었다. 그 궐련이 입술 있는 데까지 와서 꺼질 때까지 가느다랗게 연기를 내고 있었다.

우리는 우선 죽은 사람을 커다란 포탄 구덩이 속으로 굴려 넣었다. 벌써 그 참호 속에는 시체가 오늘까지 세 겹으로 쌓여져 있었다.

갑자기 또 포격이 시작되었다. 곧 우리들도 담당 장소로 가서 아무것도 하지 않고 기다리면서 긴장하고 있었다.

습격, 역습, 돌격, 격퇴…… 이렇게 말해버리면 매우 간단한 말이다. 그렇지만 그 속에는 얼마나 많은 뜻을 내포하고 있는지 모른다. 많은 아군이 그것으로 죽었다. 가장 많이 죽은 것은 신병이었다. 우리들 참호의 담당 구역에도 보충병이 왔다.

이 보충병들은 새로 생긴 연대에서 온 사람들로, 거의 모두 작년에 징집된 젊은 청년들뿐이었다. 이 사람들은 거의 훈련을 받지 않았다. 다만 이론을 약간 주입시키고는 곧 전선으로 밀어냈던 것이다. 수류탄이라는 것이 뭔가는 알고 있지만 엄호물에 대해서는 전혀 개념을 가지고 있지 않았다. 특히 그런 것에는 전혀 주의를 하지 않고 있었다. 땅바닥 위의 고저(高低)도 반 미터쯤 높지 않으면 이 사람들 눈에는 전혀 들어오지 않았다.

병력을 증원할 필요는 있었지만 신병을 받는 우리 쪽에서 보면 신병을 이용한다기보다도 오히려 신병을 보살피는 쪽에 더 힘이 들었다. 이 맹렬한 습격지대에 오면 이 사람들은 어찌할 줄을 모르고 파리처럼 죽어버렸다.

오늘날의 진지전(陣地戰)은 상당한 지식과 경험이 필요하다. 예를 들면 지형을 잘 이해하고 있어야 하고 포탄의 소리와 효과를 귀로 잘 분간해야 하며, 또 어느 근처를 진격하고 어떤 식으로 탄환을 쏘아대며 어떤 식으로 방어하면 좋은가 하는 것 등도 미리 정해두어야 하는 것이다.

그러나 젊은 보충병들은 물론 그런 것을 알 리가 없었다. 유산탄과 작렬탄(作裂彈)을 구별하지 못하기 때문에 간단히 죽어버렸다. 또 훨씬 후방에 떨어지는 위험성이 없는 큰 포탄 소리는 매우 겁을 먹고 듣는데 비해 낮게 파열하는 작은 포탄의 핑 하는 소리를 듣지 못하고, 그 탄환에 모두 쓰러져버리는 것이었다.

확 흩어져야 할 때 오히려 양떼처럼 한 군데로 서로 뭉쳐버리고 부상자까지도 비행기에 의해 토끼처럼 사살당하고 말았다.

창백해진 순무 같은 색깔의 얼굴, 비참한 꼴로 잡은 손, 이 불쌍한 개들의 슬픈 용감성, 그들은 어쨌든 간에 돌진하고 습격해야 했다. 이 불쌍하고 갸륵한 개는 겁을 먹고 있기 때문에 큰소리를 지르고 외치는 것조차도 감히 하지 못하는 것이었다. 오직 배나 허리나 팔이나 다리에 총을 맞으면서도 작은 소리로 어머니의 이름을 신음하면서 부르다가, 남이 보면 금방 그쳐버렸다.

보드라운 솜털이 나 있고 뼈가 뾰족한 죽은 그 얼굴은 마치 죽은 어린아이와 같은 놀랄 만큼 무표정을 나타내고 있었다.

이런 신병이 뛰쳐나가다가 쓰러져버리는 모습을 보면 누구든지 목이 메는 듯한 기분이 들었다. 그 하는 짓이 너무나도 멍청하기 때문에 어떤 때는 정말 후려갈기고 싶어지기도 했다. 혹은 어차피 이 부근에서는 볼일이 없기 때문에 차라리 그 팔을 잡고 어딘가 다른 곳으로 데리고 가버리고 싶어지기도 했다.

신병이라도 쥐색 윗옷과 바지를 입고 장화는 신고 있었다. 그렇지만 누구든지 군복이 너무 커서 손발 주위가 헐렁헐렁했다. 그들의 어깨는 너무 좁았고 몸도 너무 작았다. 이런 아동복 사이즈로 만들어진 군복이라는 것은 애당초부터 있지도 않았던 것이다.

그런 신병이 고참병 1명에 5명 내지 10명씩 할당되었다.

그러나 어느 날 갑자기 당한 독가스 공격으로 많은 신병들이 몽땅 쓰러졌는데 이때만 해도 자기들을 기다리고 있는 것이 무엇이냐 하는 것을 생각할 머리조차도 그들은 가지고 있지 않았다. 따라서 참호 밑의 엄폐부는 창백한 얼굴과 검게 된 입술로 가득 차 있었다.

어떤 포탄 구덩이 속에서는 방독마스크를 너무 빨리 벗었다. 왜냐하면 그들은 독가스가 이렇게 움푹 패인 구덩이 속에 가장 오래 정체한다는 것을 전혀 몰랐을 뿐 아니라 구덩이 위에 있는 동료들이 마스크를 벗고 있는 것을 보고 당장 자기들도 벗어버렸기 때문에, 그만 가스를 듬뿍 들이마시고 폐를 태워버렸던 것이다. 그렇게 되면 벌써 가망은 없었다. 피를 토하고 질식되어서 괴로워하면서 죽어갈 뿐이었다.

어떤 보루에서 뜻밖에 나는 힘멜슈토스와 마주쳤다. 마침 같은 엄폐부 밑에 기어들어가 있었던 것이다. 우리들은 숨을 죽이고, 너나 할 것 없이 꽉 들어차 뒹굴고 있었으며 돌격 명령이 내리는 것을 기다리고 있었다.

나는 그때 매우 흥분하고 있었으나 그곳을 뛰어나오는 순간에 내 머리 속에는 갑자기 어떤 생각이 떠올랐다. 그것은 힘멜슈토스의 모습이 보이지 않는다는 것이었다. 참호까지 나온 나는 다시 엄폐부 속으로 뛰어들어가보았다. 그랬더니 역시 그는 그곳 구석에 누워 있었다.

보아하니 힘멜슈토스는 약간의 찰과상 정도인데 마치 엄청난 부상자인 척 엄살을 부리고 있었다. 그 얼굴은 마치 얻어맞기라도 한 듯이 떨떠름했으며 정말 무서워서 견딜 수 없다는 모습이었다.

하긴 그가 전선에 나온 것은 아주 최근이었다. 그렇지만 젊은 보충병들이 밖에 있고 이 사나이가 안에 있다는 사실에 나는 벌컥 화가 나버렸다.

"밖으로 나가!"

나는 내뱉듯이 말했다.

그러나 힘멜슈토스는 꼼짝도 하지 않았다. 입술은 떨고 있었다. 수염도 떨고 있었다.

"나가! 나가!"

나는 되풀이했다.

그러자 힘멜슈토스는 양다리를 끌어당겨서 몸을 벽에 밀어붙이고 들개처럼 이빨을 드러냈다.

나는 힘멜슈토스의 팔을 붙잡고 일으켜 세우려고 했다. 그러자 그가 꽥꽥거렸고 그것이 내 신경을 건드렸다.

그래서 나는 힘멜슈토스의 멱살을 잡고 자루처럼 흔들었다. 머리가 앞뒤로 흔들흔들 움직였다. 그렇게 하면서 상대의 얼굴 정면에 대고 호통쳤다.

"야, 이놈아, 밖으로 나가라면 나가! ……개 같은 놈, 이 개새끼야, 네 놈은 여기 있다가 몰래 도망치려고 하는 거냐?"

힘멜슈토스의 눈은 흐리멍덩해져버렸다. 나는 이 사나이의 머리를 벽에 부딪치고 소리쳤다.

"야, 이 짐승 같은 놈아!"

그리고 갈비뼈를 걷어차고 다시 소리쳤다.

"돼지 같은 놈!"

나는 힘멜슈토스를 앞으로 냅다 밀쳐서 머리부터 앞으로 푹 고꾸라지게 했다.

그때 마침 새로운 아군 부대가 옆을 지나가는 참이었는데 그 중 장교 한 사람이 우리 두 사람을 보더니 외쳤다.

"앞으로, 앞으로, 어서 빨리 대열에 끼어라……."

내가 후려갈기고도 하지 못한 일을 이 장교의 말이 해주었던 것이다. 힘멜슈토스는 이 상관의 명령을 듣자 눈을 뜨고 주위를 둘러본 다음에 여러 사람과 함께 붙어갔다.

나도 그 대열에 합류하여 힘멜슈토스의 걸음걸이를 보았더니 그는 벌써 항상 연별장에서 보았을 때와 같은 꼬장꼬장한 힘멜슈토스로 되어서 장교도 앞지른 채 훨씬 앞쪽을 가고 있었다.

연속포격, 저지포격, 연막포격, 지뢰, 독가스, 탱크, 기관총, 수류탄…… 그저 이렇게 말하면 단순한 말에 지나지 않는다. 그렇지만 이 속에야말로 세계의 온갖 공포가 다 들어 있는 것이다.

우리들 얼굴은 어느새 남의 일에 극도로 무관심해졌고 우리들 생각 또한 삭막해졌다.

우리들은 완전히 지쳤다…… 적의 습격이 있을 때는 많은 병사들을 주먹으로 치면서 함께 끌고 가주지 않으면 안 되었다. ……우리들의 눈은 충혈되고 손은 찰과상 투성이가 되었으며 무릎은 피투성이가 되고 팔꿈치는 곧 부서질 정도였다.

이렇게 해서 몇 주일이고 ……몇 달이고…… 몇 번이고 지나는 것일까. 그것은 주일도 달도 해도 아니었다. 다만 날이 있을 뿐이었다. ……우리는 시간이라는 것이 우리들 옆을 지나서 죽는 사람의 빛바랜 얼굴 속으로 사라져가는 것을 보았다.

우리들은 음식물을 스푼으로 떠서 몸 속에 넣고 달리고, 던지고, 사격하고, 적을 죽이는 것이었다. 우리들이 그 근처를 뒹굴고 다니며 약해지고 둔해져갈 때 겨우 우리들의 기분을 약간 북돋우어주는 것은 그곳에 우리들보다도 더 약하고 둔하며 비참한 사람이 있다는 것뿐이었다.

그런 사람들은 눈을 크게 뜨고 위험한 죽음에서 다시 살아날 수 있었던 하나님처럼 우리들을 생각하고 우러러보고 있는 것이었다.

그래서 주위가 평온해진 약간의 시간 동안 우리들은 이 신병들을 교육했다.

"아, 봐라, 저쪽에 흔들흔들 움직이며 날아오는 포탄이 보이지. 저놈은 박격포탄이 날아오는 것이란 말이야. 거기서 머리를 숙이고 있어라.

그러면 박격포탄이 머리 위를 지나서 날아가버릴 것이다. 만약 이쪽으로 온다면 도망치면 돼. 박격포라면 도망칠 틈이 있어."

그리고 이번에는 더 작은 포탄의 기분 나쁘게 으르렁거리는 소리에 귀를 익히도록 가르쳐주었다. 이것은 좀처럼 분명하게 들려오지 않았다. 마치 모기가 윙 하고 우는 것 같은 그 소리를 전체의 굉음 속에서 분간하지 않으면 안 되었다. 이것이 먼저 들려오는 큰 포탄보다도 더 위험하다는 것을 가르쳐주었다.

그런 다음 비행기가 날아왔을 경우에 몸을 숨기는 방법, 적의 돌격이 우리를 앞질렀을 경우 부딪치기 반 초전에 파열하도록 시간을 맞추는 방법 등을 각각 실지로 해보이곤 했던 것이다.

그리고 또 착발신관(着發信官)이 붙은 포탄이 날아왔을 때 번개처럼 빨리 포탄 구덩이 속으로 달아나는 방법을 가르쳤다. 그리고 수류탄을 다발로 묶어서 참호를 파괴하는 방법도 실지로 해보였다.

적과 아군의 수류탄의 발화시간도 설명했다. 가스 유탄(榴彈) 소리에 대해서도 주의를 주었다. 그리고 목숨을 구할 수 있는 모든 방법과 요령을 실지로 보이고 가르쳐주었다.

신병들은 얌전하게 듣고 있었다. 매우 유순한 사람들이었다. 그렇지만 그래도 일단 유사시에는 역시 당황해서 잘못만 저질렀다.

베스트후스는 등이 찢겨져서 질질 끌려왔다. 호흡할 때마다 그 상처로부터 고통이 보였다. 나는 겨우 베스트후스의 손을 쥐어줄 수 있을 뿐이었다.

"이젠 끝장이야."

베스트후스는 신음하며 무척 고통스러운 나머지 자기 팔을 물어뜯었다.

우리는 두개골이 없이도 살아 있는 사람을 보았다. 양다리 모두 총에 맞아 날아가버린 병사가 달리는 것을 보았다. 양다리가 다 부서졌으면서도 바로 가까이에 있는 포탄 구덩이로 비틀거리며 간 사람도 있었으며, 어떤 한 병사는 2킬로미터나 되는 거리를 바닥에 손을 짚고 기어서, 엉망진창이 된 양무릎을 간신히 질질 끌고 오기도 했다. 어떤 사람은 응급 구호소까지 오기는 왔는데, 자세히 보니 그가 꽉 쥐고 있는 양손 사이에는 창자가 흘러나와 있었다. 우리는 입이 없는 사람, 아래턱이 없는 사람, 얼굴이 없는 사람을 보았다. 출혈로 죽지 않도록 두 시간 동안 팔의 동맥을 이빨로 꽉 물고 있는 병사도 보았다.

해는 뜨고 밤은 오고 포탄은 으르렁거리고 사람은 죽었다.

그렇지만 우리들이 누워 있는 아주 약간 이 황폐한 땅바닥은 우세한 적에 대해서 무사히 살아 남았다. 다만 2,300미터가 적의 손에 뺏겼을 뿐이었다. 그렇지만 그 1미터 마다에 한 사람씩 죽어 있었다.

우리는 교대했다. 군용 트럭은 우리들 발 밑에서 우르르 소리를 냈다. 우리는 마비된 것처럼 서서 들려오는 소리에 귀를 기울였다.

"조심해라! ……철사가 있다!"

우리는 멍청하게 무릎을 구부렸다.

전에 이곳을 통과했을 때는 여름이었다. 나무는 푸르렀으나 지금은 벌써 가을 경치였다. 밤은 회색으로 눅눅해지기 시작했다. 이윽고 군용 트럭은 서고 우리들은 기어서 내렸다. 그것은 누구나가 뒤범벅이 된 덩어리였다.

우리가 기어내린 곳 옆에는 캄캄한 어둠 속에 사람이 서 있었는데 그 사람은 연대와 중대의 번호를 부르고 있었다. 불릴 때마다 덩어리가 작게 갈라졌다. 그 작은 덩어리는 꾀죄죄한 병사들 몇 사람쯤 풀이 죽어 보였을 뿐 그저 작은 한 무리였다.

그럭저럭하는 동안에 누군가가 우리 중대의 번호를 불렀다. 귀에 익은 목소리라고 생각했더니 중대장이었다. 중대장도 살아 남은 사람 중의 한 명이었다. 팔엔 붕대가 감겨 있었다. 우리는 그곳으로 모였다. 카친스키와 크로프의 얼굴도 보였다. 우리는 함께 모여서 서로 기대고 얼굴을 보였다.

또 한 번, 다시 또 한 번 우리들 중대의 번호를 부르는 소리가 들렸다. 언제까지나 부르는 소리가 들렸다. 언제까지나 부르고 있어주었으면 싶었다. 야전병원이나 포탄 구덩이 속에서는 들을 수 없는 목소리였기 때문이다.

또 한 번,

"제2중대는 이쪽으로 오라!"

그 다음에는 낮은 목소리로,

"제2중대 사람은 이젠 더 없나?"

잠깐 잠자코 있었으나, 약간 쉰 목소리로,

"이것으로 이제 전분가?"

다음에 명령했다.

"번호!"

회색 아침이었다. 우리가 떠났을 때는 여름이었다. 그때는 150명이 있었다. 지금은 벌써 썰렁한 가을이었고 나뭇잎은 바삭바삭 소리를 냈다.

매우 지쳐 있는 것처럼 차례차례로 번호를 불렀다.

"하나…… 둘…… 셋…… 넷……."

32번까지 와서 그 다음은 들리지 않았다. 얼마 동안 누구나가 입을 다물고 있었다.

"이젠 더 없나?"

이렇게 묻는 소리가 났다. ……잠깐 기다렸다가 곧 낮은 목소리로,

"각 분대……."

말하기 시작했으나 그대로 끊기었다. 그리고 곧 또 계속해서,

"제2중대……."

힘이 없는 목소리로,

"제2중대…… 앞으로, 보통걸음으로."

종대가 그것도 아주 짧은 종대가 아침 속을 무거운 걸음걸이로 터벅

터벅 걷기 시작했다.

단 32명만이.

7

우리들은 이번에는 여느때보다 훨씬 후방에 수용되었다. 야전보충병 주둔소에서 우리는 새로 재편성되기로 되었던 것이다. 우리들의 중대 는 적어도 100명 이상의 보충을 필요로 했다.

우리는 근무가 없을 때는 가끔 그 근처를 어슬렁거렸다. 그로부터 이 틀이 지나자 힘멜슈토스가 우리들에게로 왔다. 내노라하는 힘멜슈토스 도 참호에 갔다와서부터는 완전히 움츠러들고 말았고 우리들과 화해하 고 싶다는 제의를 꺼냈던 것이다.

나는 이것에 이의가 없었다. 그것은 다름이 아니라 베스트후스가 등 에 총알을 맞았을 때 메고 돌아온 사람이 바로 이 힘멜슈토스였기 때문 이다. 그것만이 아니었다. 말하는 것도 매우 사리를 아는 말투로 변해 있었기 때문에 힘멜슈토스가 우리들을 주보로 초대하겠다는 데 대해 우 리들은 그다지 반대하지 않았다. 다만 차덴만이 아직도 그를 신용하지 않고 있었다.

그렇지만 그런 차덴도 마침내 힘멜슈토스에게 지고 말았다. 그것은 이 휴양기간 동안의 취반차(炊飯車)를 힘멜슈토스가 맡는다는 것을 이 야기했기 때문이다. 그 증거로서 우리들에게 금세 2파운드의 설탕을 마 련해가지고 왔으며, 게다가 차덴을 위해서는 반 파운드의 버터까지 특 별히 가지고 왔다.

게다가 다음 3일간은 감자와 순무의 껍질벗기기로 취사당번을 명령 받을 수 있도록 조처해주었던 것이다. 거기서 우리들에게 먹여준 식사 는 정말 나무랄 데 없는 장교 식사였다.

이렇게 해서 우리들은 순식간에 다시 두 가지 것을 얻었으며 더구나 이 두 가지는 병정들이 가장 기뻐하는 맛있는 식사와 휴식이었다. 이러한 것은 생각해보면 시시하고 작은 욕망일뿐 아니라 1,2년 전의 우리들이라면 이러한 것에 기쁨을 느끼는 것을 스스로도 치사하다고 생각했을 것이다. 그러나 지금의 우리들은 매우 만족스럽게 느끼고 있었다. 무슨 일이든지 배우기보다 우선 경험을 쌓아 몸에 익히라고 말하지 않는다. 참호생활 같은 것도 그 중의 하나였다.

그렇지만 이렇게 어떤 생활에 익숙해져버린다는 것은 우리들이 무슨 일이든지 금방 잊어버리게 된다는 것과 같은 뜻이다. 예를 들면 엊그제까지 우리들은 참호 속에 있었다. 그러나 오늘은 이 근처의 시골집을 뒤지고 다녔으며 내일은 또 참호로 돌아가는 것이었다.

실제로는 우리들은 우리가 전장에 나와 있다는 사실을 군이 잊고 있는 것이 아니었다. 다만 우리들의 마음속에 전장이라는 긴박한 상황이 잠시라도 지나가버리면 우리는 의도적으로 그 상황을 잊어버리고자 했던 것이다. 전장이라는 상황이 제일 먼저 생각나는 것은 너무나 괴로운 일이었기 때문이다.

만약 그랬더라면 우리들은 벌써 뻗고 말았을 것이다. 나는 그런 일을 너무 많다 싶을 정도로 보아왔다. 요컨대 공포라는 것을 극복하기 위해서는 그저 간단하게 그것에 굴종하고 있으면 되었다……. 만약 그것을 깊이 생각하면 생명에 관계되게 된다.

우리는 전선에 나가면 짐승과 조금도 다를 바가 없다. 그렇게 하는 것이 우리들의 목숨을 유지하는 유일한 방법이기 때문이다. 그 대신 전선을 떠났다 하면 우리는 매우 게으름뱅이에 무사태평한 사람이 되고 마는 것이다. 우리들은 그것 이외에 우리의 감정을 추스를 방법이 없었다.

이렇게 되면 전쟁은 분명히 우리에게 강제적인 것이다. 우리들은 무엇보다도 우선 살고 싶은 것이다. 평화로운 시대에는 매우 근사했더라도 지금 이 장소에는 전혀 엉뚱한 느낌이 드는 그런 감정을 우리들은 마냥 품고 있을 수는 없다.

켐머리히는 죽어버렸다. 베스트후스도 죽어버렸다. 크라머의 몸은 세계 최후의 심판날에 완전히 명중한 포탄 속으로부터 완전한 몸을 찾아내려면 상당히 곤란한 일이 될 것이다.

마르텐스는 다리가 없어졌다. 마이어는 죽었다. 마르크스도 죽었다. 하이어도 죽었다. 헴멀링도 죽었다. 120명이나 되는 사람들이 어딘가에 탄환을 맞고 뒹굴고 있는 것이었다. 그것을 생각하면 무섭다. 그렇지만 그런 일은 지금의 우리들과는 아무런 관계도 없는 이야기다.

우리는 살아 있는 인간이기 때문이다. 만약 우리들이 죽은 사람들을 살릴 수가 있다고 한다면 그것이야말로 사람들을 놀라게 할 정도의 일을 했음에 틀림없다. 우리들의 목숨 따위는 아무래도 좋다는 생각으로 반드시 전우를 살리는 정도의 일은 했을 것이다. 왜냐하면 우리들이 하려고만 한다면 만용을 부릴 수 있기 때문이다. 우리는 공포라는 것을 많이 알지 못한다…… 그렇지만 죽는 것은 싫다는 생각은 가지고 있다. 이것은 공포라는 것과는 다소 다르다. 이쪽은 훨씬 육체적인 것이다.

그렇지만 우리들의 전우는 이미 죽었다. 그렇게 된 것을 우리가 지금 어떻게 할 수도 없다. 죽는 사람은 조용히 자고 있지만…… 이 다음에는 우리가 어떻게 될지 알 수 없지 않는가. 적당히 벌렁 자빠져서 실컷 먹고, 실컷 자고, 편하게 지내고 볼 일이다.

배에 있는 대로 음식을 집어넣고, 술 마시고, 담배 피우고, 하다못해 재미있게 시간을 보내자. 어차피 세상은 꿈이 아닌가.

전선에 등을 돌리고 돌아오면 전선의 무서움은 사라져버린다. 우리는 그 무서움을 저속하고 참혹한 유머로 얼버무려버린다. 예를 들면 어떤 사나이가 죽었다고 하면, 그놈은 똥구멍을 오므렸다고 말하는 것이다.

우리들은 무슨 일이든지 이런 식으로 지껄였다. 그렇게 함으로써 우리들은 미치광이가 되지 않고 지금까지 고비를 넘겼던 것이다. 만사를 이런 식으로 생각하고 지껄이고 있었기 때문에 우리들에게도 저항심이 생겼던 것이다.

그렇지만 우리들에게는 아무래도 잊을 수 없는 일이 있었다. 그것은 군대신문에 나와 있는, 병사의 재미있는 유머인데 그런 것은 모두가 새빨간 거짓말이었다. 예를 들면 병사가 대포격에서 돌아오자마자 벌써 춤출 준비를 한다는 것 따위이다.

우리가 유머라는 것을 가지고 있기 때문에 그런 짓을 하는 것은 아니었다. 그런 기분으로라도 되지 않고서는 우리가 살아 있을 수 없기 때문에 유머를 갖는 것이다. 또한 그렇게 하지 않고는 도저히 우리들 몸이 오래 지속되지 않기 때문이다. 더구나 이 유머가 다달이 심각해지기 시작했다.

나는 잘 알고 있다. 우리가 전쟁에 나와 있는 동안 우리들 마음속에 돌처럼 가라앉아서 나타나지 않는 것은 전쟁이 끝나면 다시 눈을 뜨고 그때야말로 비로소 삶과 죽음을 청산하기 시작할 것이라는 것을.

이렇게 해서 이 전선에서 지낸 날과 주일과 해는 다시 한 번 되돌아와서 우리들의 죽은 전우는 그때야말로 부활해서 우리들과 함께 진군해 갈 것이다. 그러면 우리들 머리는 개운해질 것이고 자신의 목표로 하는 목적을 가질 것이다. 우리들은 죽은 전우들과 손을 맞잡고 전선에서 지낸 몇 년인가를 뒤에 두고 앞으로 나아갈 것이다.

……다만 그것은 누구를 향한 것인가. 누구를 향해서냔 말이다.

얼마 전에는 이 근처에 군대의 극장이 있었다. 판자벽에는 아직도 상연물의 야한 광고가 붙어 있었다. 크로프와 나는 큰 눈을 뜨고 그 광고 앞에 섰다. 우리는 이런 것이 아직도 세상에 있을까 하고 생각하면서도 좀처럼 납득이 가지 않았다.

그 그림에는 밝은 여름옷을 입은 아가씨의 모습이 그려져 있었다. 허리에 빨간 에나멜 띠를 메고, 한쪽 손을 난간에 받치고 다른 한쪽 손에 밀집모자를 들고 있었다. 흰 양말에 흰 구두를 신고 있었는데 그 구두는 굽이 높은 귀엽고 단추가 많은 반장화였다.

이 아가씨 뒤에는 푸른 바다가 빛나고 있고 흰 물마루도 조금씩 보였다. 그리고 옆쪽으로 반짝반짝 빛나는 만(灣)이 배경으로 들어가 있었다. 상당히 미인인 아가씨였다. 코는 가늘었고 입술은 빨갰으며 날씬한 다리를 가지고 있었다.

참으로 조금도 빈틈없이 아름답게 그려져 있었다. 이런 아가씨는 하루에 적어도 두 번은 목욕을 하고, 손톱 속에 더러운 것이 들어가 있었던 날 따위는 생후 한 번도 없었을 것이다. 고작해야 해안의 모래가 조금쯤 손톱에 붙어 있을 정도였다.

이 아가씨 옆에는 한 남자가 서 있었는데 그는 흰 바지를 입고 파란 스웨터에 요트를 탈 때 쓰는 모자를 쓰고 있었다. 그렇지만 그쪽에는 우리들의 흥미는 적었다.

이 판자벽 위에 붙여져 있던 아가씨의 모습은 우리들에게 하나의 불가사의였다. 이런 것이 세상에 있으리라는 것을 우리들은 완전히 잊고 있었다. 지금에 와서도 우리들은 이 눈을 의심하고 있었다.

어쨌든 지난 2년간에 우리들은 이런 것을 한 번도 본 일이 없었다. 우리는 밝고 아름답고 행복스러운 것과는 전혀 인연이 없었던 것이다. 이것이 평화라는 것이다. 평화는 이런 것이어야 한다. 우리들은 흥분을 느꼈다.

"어때? 이 가벼워 보이는 구두를 보란 말이야. 이 구두론 1킬로미터도 행군을 할 수가 없을 거야."

나는 이렇게 말하고 곧 바보 같은 말을 했다고 생각했다. 이런 그림을 보고 금방 행군을 생각하다니 도대체가 어리석은 일이다.

"몇 살쯤 되었을까? 이 아가씨는."

크로프가 물었다.

나는 어림짐작으로 대답했다.

"겨우 스물두 살쯤이겠지."

"그렇다면 나보다 연상인 셈이야. 나는 그렇게 생각하지 않아. 열일곱 살 이상은 아니야."

두 사람은 무의식중에 오싹했다.

"그렇다면 참을 수 없겠는걸. 어떠냐?"

크로프는 고개를 끄덕였다.

"나도 흰 바지쯤은 집에 있는데……."

"흰 바지는 좀 뭣하지만…… 이 정도의 아가씨가 있어야지."

내가 말했다.

두 사람은 곁눈질로 서로 마주보았으나 아무리 뭐라고 해도 이런 차림새로는 그다지 탐탁지 않았다. 서로 색깔은 바래고 바대를 대어 기운 꾀죄죄한 군복을 입은 병사다. 비교하는 것 자체가 촌스럽다.

우리는 우선 이 흰 바지를 입은 젊은 사나이의 모습을 판자벽에서 찢어냈다. 다만 조심을 해서 아가씨의 그림 쪽은 찢지 않도록 했다. 이것으로 우선 다소 기분이 후련해졌다. 그런 다음에 크로프는 이런 말을 꺼냈다.

"어떠냐. 이잡기라도 한번 해보는게?"

나는 금방 찬성하지 않았다. 물론 우리가 입고 있는 것은 이투성이기는 했지만 잡아봤자 두 시간쯤 지나면 다시 도로아미타불이기 때문이었다. 얼마 동안 거기서 이 그림을 보면서 생각한 끝에 나도 이잡기에 동참하겠다고 말했다. 그렇지만 나는 한술 더 떠 말했다.

"그것보다도 어디 깨끗한 셔츠라도 손에 들어오지 않는지 찾아볼까……."

크로프는 무슨 이유 때문인지 동의했다.

"가능하다면 내친 김에 양말도 손에 넣었으면 좋겠어. 어떻든 조금 걸으면서 생각해보자."

그때 레이와 차덴이 어슬렁어슬렁 다가왔으나 이 그림을 보자 금세 음담을 늘어놓기 시작했다.

레이는 여자관계에 있어서는 우리 반 중에서 아무도 당할 사람이 없었는데 항상 자극적이고 세밀한 이야길 하곤 했다. 그래서 레이의 특유의 눈으로 보아서 금세 이 그림에 감격했던 것이다. 차덴도 거기에 맞장구를 치고 있었다.

대개 그런 음담은 우리들에게 조금도 불유쾌한 것이 아니었다. 음담을 하지 않는 사람은 병정이 아니다. 다만 지금 이 자리에서만은 우리들의 기분에 어울리지 않는 묘한 기분이 들었다.

그래서 두 사람은 옆쪽으로 비켜서 이를 청소하는 곳 쪽으로 발길을 돌렸다. 웬지 모르게 고상한 신사의 양복점으로라도 가는 것 같은 기분이 들었다.

우리들이 숙영(宿營)하고 있는 집은 도랑에 가까웠다. 도랑 저쪽은 못이고, 그 주위를 포플러 숲이 둘러싸고 있었다. ……그렇지만 도랑 저쪽에 있는 것은 못과 포플러만이 아니었다. 거기에는 여자도 있었다.

이쪽에 있는 집은 모두 징발되어서 살고 있는 사람들은 철거명령을 받았지만 저쪽 집에는 아직 드문드문 사람이 살고 있는 것이 우리들 눈에 들어왔다.

저녁때가 되자 우리는 헤엄쳤다. 그러자 그 도랑의 둑가로 여자 세 사람이 걸어왔다. 어슬렁어슬렁 걸으면서 우리들로부터 눈을 떼지 않았다. 그때 우리는 팬츠조차 입고 있지 않는 발가숭이였다.

먼저 이 여자에게 말을 건 것은 레이였다. 그러자 여자들은 웃으면서 멈추어 섰다. 그리고 우리들 쪽을 보았다. 그래서 우리들은 입에서 나오는 대로 엉터리 프랑스 어 단어를 엉망진창으로, 서둘러서 주워댔다. 그렇게 해놓고 여자들이 가버리지 않도록 했다. 물론 대단한 여자들은 아니었다. 그렇지만 이 근처 어디에서 이런 여자를 손에 넣을 수 있겠는가.

그 중에는 몸이 가늘고 머리가 검은 여자가 한 사람 있었다. 웃으면 이가 어렴풋이 하얗게 보였다. 걸음걸이도 활발해서 옷자락이 다리 주위로 쫙쫙 퍼졌다.

강물은 차가웠지만 우리들은 매우 유쾌해져서 될 수 있는 대로 익살스러운 짓을 해보이고는 이 여자들이 거기에 머물러 서 있도록 노력했다. 뭔가 농담을 하면 여자는 대답을 했다. 하긴 뭐라고 대답하고 있는지 우리들은 알 수 없었다. 그런 다음에 웃으면서 손짓하여 불렀다.

차덴이라는 놈은 여전히 머리가 좋았다. 순식간에 집으로 뛰어들어가 군용 빵을 가지고 와서, 그것을 머리 위로 높이 쳐들어 보였다.

이것이 크게 성공했다. 여자들은 고개를 끄덕이고 우리들에게 그쪽으로 오라고 손짓하여 부르는 게 아닌가. 그러나 금방 갈 수는 없었다. 도랑 저쪽으로 가는 것은 금지되고 있었기 때문이다. 다릿가 도처에 보초가 서 있었다. 뭔가 증명서라도 없으면 다리를 건널 수가 없었다.

그래서 이번에는 여자 쪽에서 이쪽으로 건너오라는 식으로 프랑스 어로 전했지만 역시 고개를 저으면서 다리 쪽을 가리켰다. 저쪽 여자들도 다리를 건너오는 것은 허락되지 않았다.

여자들은 몸을 돌려서 천천히 도랑 위쪽으로 걷기 시작했다. 어디까지나 둑가를 따라서 걸어가는 것이었다. 우리들은 헤엄치면서 그들을 따라갔다. 2,3백 미터쯤 가자 여자들은 옆으로 구부러져서 저쪽에 있는 한 채의 집을 가리켰다. 그것은 나무와 우거진 풀숲이 있는 곳으로부터 조금 옆으로 떨어져서 서 있는 집이었다.

그곳에 살고 있느냐고 레이가 묻자 여자는 웃으면서 대답하지 않았다. ……그렇지만 틀림없이 그곳에 살고 있는 것 같았다. 그래서 큰 소리로 불러서 보초의 눈에 띄지 않게 되면 이쪽에서 그리로 가겠다고 말해주었다. 밤이다. 오늘 밤이다.

그러자 여자 쪽에서는 양손을 올리고 손바닥을 펴서 합친 다음 그 위에 얼굴을 숙이고 눈을 감았다. 이쪽의 의미를 알아차렸던 것이다. 몸이 가늘고 머리가 검은 여자는 춤추는 스텝까지 밟아 보였다. 금발의 여자는 속삭이는 듯이 말했다.

"빵…… 맛있는 것으로……."

우리들은 틀림없이 빵을 가지고 가겠다는 의미를 보여주기 위해 열심히 눈을 빙글빙글 움직이기도 하고 양손으로 손짓을 하기도 했다. 레이란 놈은 '순대 한 개'라는 뜻을 이해시키려고 하다가 하마터면 익사할 뻔했다.

실제로 갖고 싶다고 한다면 양말창고를 몽땅이라도 뒤지겠다고 약속할지도 몰랐다. 그런 다음에 여자들은 걸어가기 시작했으나 자주 이쪽을 뒤돌아보았다. 우리들은 이쪽 둑으로 기어올라가서 이 여자들이 틀림없이 그 집으로 들어가는가 어떤가를 주목하고 있었다. 혹시 어디론가 사라져버리는 일이 없다고는 말할 수 없기 때문이었다. 그러고 나서 우리들은 다시 헤엄쳐서 돌아왔다.

증명서가 없는 이상, 아무도 다리를 건널 수는 없기 때문에 우리들은 밤이 된 다음에 잠깐 헤엄을 쳐서 저쪽으로 건너가기로 했다. 우리는 완전히 흥분해서 도저히 참을 수가 없게 되었다.

가만히 있으면 더욱 견딜 수가 없었다. 그래서 주보로 갔다. 마침 주보에는 맥주와 펀치주 한 가지가 있었다.

우리들은 펀치주를 마시고 제멋대로 꾸며낸 공상적인 경험담을 입에서 나오는 대로 지껄여댔으나 아무도 거짓말이라고도 하지 않았다. 그리고 더 이상 참지 못하고 더욱더 심한 허튼 소리를 지껄여댔다.

우리들의 양손은 떨렸다. 담배를 마구 피워댔다. 결국 마지막에는 크로프가 말을 마무리지었다.

"담배도 두세 개 여자들에게 가지고 가는 편이 좋겠지?"

그래서 우리들은 모자 속에 궐련을 넣어 남겨두기로 했다.

하늘은 아직 익지 않은 사과처럼 파랬다. 우리는 모두 합해서 4명이지만, 상대는 3명이었다. 그래서 우리들 중에서 차덴을 빼기로 하고 그 대신에 그에게는 럼주와 펀치주를 열심히 마시게 하기로 했다. 차덴은 걸음걸이가 위태로울 정도까지 마셨다.

그럭저럭하는 사이에 날이 어두워졌기 때문에 우리는 차덴을 가운데 끼우고 집으로 돌아왔다. 우리들은 이미 몸이 타오르는 것 같았으며 이 모험에 대한 기쁨으로 가득 차 있었다. 나는 목이 가늘고 머리가 가는 여자가 좋았다.

그래서 우리들은 각각 자기 상대를 정하고 그것으로 타협도 성립되었다.

차덴은 짚을 넣어서 만든 요 위에 쓰러져서 코를 골고 있었다. 그러더니 한 번 눈을 뜨고 무서운 얼굴을 하고 이를 드러내고 이쪽을 노려보는 것이 아닌가. 그래서 우리들은 깜짝 놀랐다. 그렇다면 이놈은 우리를 속인 것일까. 이렇게 모처럼 마시게 한 펀치주도 완전히 보람이 없게 된다고 생각했으나 곧 픽 쓰러져서 잠들고 말았다.

우리 세 사람은 각각 군용 빵을 있는 대로 다 가지고 와서 그것을 신문지에 쌌다. 쿌런도 함께 쌌다. 그리고 오늘 저녁때 수령한 3인분의 큰 순대도 이것에 곁들였다. 이만하면 훌륭한 선물이다.

우선 이런 것들은 장화 속에 숨겨두었다. 장화는 무슨 일이 있어도 가지고 가지 않으면 안 되었다. 저쪽 둑으로 건너간 다음에 철사나 유리 파편을 밟아 찔리지 않기 위해서였다. 헤엄쳐 건너가기 때문에 옷은 입고 갈 수 없었다. 게다가 주위는 어둡고 먼 곳도 아니었다.

그래서 우리들은 양손에 장화를 들고 갔다. 급히 물로 미끄러져 들어가서 위를 향한 채로 반듯이 누워서 헤엄치면서 선물이 든 장화는 머리 위로 들어올리고 갔다.

저쪽 둑에 닿자 주위에 신경을 쓰면서 기어올라갔고 구두 속 물건들을 꺼내고 장화를 신었다.

선물은 양팔 밑에 꼭 끼고 알몸으로, 젖은 채로, 다만 몸에 걸친 것이라고는 장화뿐이었다. 그런 차림새로 우리들은 빠른 걸음으로 걷기 시작했다.

저쪽 집은 금방 찾을 수 있었다. 나무가 우거진 속에 시커멓게 서 있었다. 레이는 나무 뿌리에 발이 걸려서 발꿈치가 까졌으나 괜찮다는 듯이 말했다.

"이런 것쯤은 아무렇지도 않아."

창에는 덧문이 닫혀 있었다. 우리들은 우선 집 주위를 살그머니 한 바퀴 돌아서 어딘가 틈으로부터 안을 들여다보려고 했다. 그렇게 하고 있는 동안에 이젠 더 참을 수 없게 되었다. 그러자 크로프는 갑자기 꽁무니를 빼면서 말했다.

"만약 장교가 여자한테 와 있으면 어떻게 하지?"

이것에 이빨을 드러내고 대답한 것은 레이였다.

"그렇다면 살짝 도망쳐버리는 거야. 연대번호는 이것으로 보라고 하지 뭐. 알 턱이 없지."

그리고는 자기 엉덩이를 두드려 보였다.

집 문에는 자물쇠가 잠겨져 있지 않았다. 우리들의 장화가 큰소리를 내자, 그 문이 안에서부터 열리고 빛이 밖으로 내비쳤다. 한 여자가 깜짝 놀라서 외쳤다.

"쉿! 쉿!"

우리들은 소리를 지르지 못하게 막았다.

"한 패······ 좋은 친구······."

이렇게 말하면서 가지고 온 물건을 높이 쳐들어 보였다.

다른 두 여자의 모습도 나타났다. 문은 완전히 열리고 안의 빛이 우리들을 비추었다. 우리가 누군가 하는 것도 알았다. 그러자 이번에는 세 사람이 우리들 차림새를 보고 배꼽을 움켜잡고 웃어댔다.

문지방에서 몸을 옆으로 구부리기도 하고 세로로 구부리기도 하면서 끝도 없이 웃지 않을 수가 없었던 것이다. 그 몸의 움직임이 우리들 눈에는 얼마나 어리둥절하게 비쳤는지 모른다.

"잠깐만 기다려요······."

이렇게 말하고 세 여자는 안으로 사라졌다가 곧 우리들 쪽으로 옷가지들을 내던졌다. 우리들은 그것을 눈가림 정도로 몸에 감았다.

그런 다음에는 겨우 들어와도 좋다는 허락을 받았다. 방 안에는 조그만 램프가 켜져 있었다. 따뜻한 방이었다. 어딘지 잘 모르지만 향료 냄새가 풍겨왔다. 우리는 우선 보따리를 풀고 그것을 여자들에게 주었다. 여자들 눈은 빛났다. 분명히 이 세 사람은 굶주리고 있었다.

그런 다음에 우리들은 좀 어색해지고 말았지만 레이가 음식을 먹는 손짓을 해보였기 때문에, 그것으로 다시 와자지껄해지기 시작했다.

여자들은 접시와 나이프를 가지고 와서 이 음식에 일제히 손을 댔다. 그 여자들은 순대를 한 토막 입에 넣을 때마다 우선 그것을 높이 집어올리고 칭찬했다. 우리들은 그 모습을 옆에 앉아 보면서 득의양양해 했다.

세 여자는 우리들에게 아양을 떠는 말을 해주고 있는 모양이지만……. 아무튼 잘 알아들을 수가 없었다. 그렇지만 듣고 있기만 해도 호의적인 말이라는 것은 알 수 있었다. 아마도 그들에게 우리들은 아직 어린 사람으로 보였던 모양이다. 몸이 가늘고 머리가 검은 여자는 내 머리털을 쓰다듬으면서 어떤 프랑스 여자라도 하는 말을 했다.

"전쟁…… 아주 혹독한 꼴을 당하지요…… 남자들이 불쌍해요…….."

나는 그 여자의 팔을 꽉 누르고 그 손바닥에 입을 들이댔다. 여자는 손가락으로 내 얼굴을 잡았다. 내 얼굴 바로 위에는 여자의 녹이는 듯한 눈과 보드라운 다갈색 피부와 빨간 입술이 있었다.

그 입은 내가 알 수 없는 말을 했다. 그 눈도 나는 분명히 알 수 없었다. 그렇지만 어쨌든 여기까지 올 때까지 우리가 기대하고 있었던 이상의 것을 우리가 기대하고 있었다.

그 옆에도 아직 방이 두세 개 있었다. 언뜻 레이는 금방 그 여자와 적당히 하고 있었다. 레이는 이미 모든 것을 알고 있는 사나이였다. 그렇지만 나는…… 나는 어떤 아득하고 약하면서도 광폭한 기분에 황홀해진 채 그대로 몸을 맡겨나갔다.

내 욕망에는 이상하게도 애모의 정과 울적한 기분이 함께 뒤범벅이 되기 시작했다. 나는 머리가 어찔어찔해졌다.

그렇지만 거기에는 손에 잡고 몸을 지탱할 만한 것은 아무것도 없었다. 우리들의 장화는 문 밖에 벗어놓고 있었기 때문에 그들은 우리에게 신을 것으로 슬리퍼를 내주었다. 지금 이 순간 내 몸엔 군대 생활에서의 거칠고 난폭함을 일깨워줄 만한 것은 아무것도 없었다. 소총도 없었다. 검대도 없었다. 군복도 없었다. 군모도 없었다.

나는 뭐가 뭔지 알 수 없는 기분 속으로 빠져들어갔다. 아무렇게나 될 대로 되라…… 그렇게 생각한 것도 역시 나에게 왠지 모르는 걱정이 있었기 때문이다.

몸이 가늘고 머리가 검은 여자는 뭔가 생각에 잠길 때는 눈썹을 움직였다. 그렇지만 말을 할 때는 아주 조용하고 침착하게 이야기했다. 입에서 나오는 소리가 완전히 말이 되지 않은 일조차 몇 번이나 있었다. 그 소리는 반쯤 말이 되었을 뿐 내 얼굴 위에서 숨막히기도 하고 날아가기도 했다. 마치 활모양처럼, 궤도(軌道)처럼, 혜성처럼…….

그 지껄이는 말에 대해서 나는 도대체 무엇을 알고 있었을까…… 또 지금 무엇을 알고 있을까. 나는 이 낯설은 프랑스 어를 거의 이해하지 못하지만, 이 외국어는 나를 조용히 잠들게 하려고 했다. 그 고요 속에 이 방이 반쯤 다갈색으로 비추어져서 몽롱했다. 다만 내 얼굴 위에 있는 여자의 얼굴만이 살아서 똑똑히 비쳤다.

사람의 얼굴이라는 것은 참으로 변화가 많은 것이다. 이것은 한 시간 전에는 보지 못했던 얼굴이다. 그것이 지금은 이렇게 다정함이 넘치고 있었다. 더구나 이 다정함은 결코 얼굴에서 온 것이 아니라 밤과 주위와 피라는 것으로부터 생기고 있는 것이었다.

이런 것들이 얼굴 가운데로 모여서 함께 빛나기 시작하고 있는 것처럼 보였다. 이 밤의 온갖 것이 그 빛을 받아서 모습을 바꾸고 이상한 것으로 되는 것이었다.

나는 나의 밝은 피부 위에 램프 빛이 골고루 비치고 차가운 다갈색 손이 그 위를 쓰다듬었을 때는 자기의 이 피부에 대해서조차 거의 경건한 기분을 느꼈던 것이다.

이것에 비하면 군대용 창녀집 안의 모든 것은 엄청난 차이가 있었다. 군대용 창녀집에는 우리도 가는 것이 허용되고 있었으며 들어가기 위해서는 긴 줄을 서서 차례를 기다리지 않으면 안 되었다. 나는 그런 것을 이젠 생각하고 싶지 않았다.

그렇지만 나는 저도 모르게 그런 것들을 생각해내고 오싹해졌다. 아마도 우리들은 그런 것들을 절대로 잊어버리지는 못할 것이다.

그렇지만 그때 나는 몸이 가늘고 머리가 검은 이 여자의 입술을 느꼈다. 나는 내 몸을 여자 쪽으로 밀어붙여갔다. 그리고 눈을 감고 전쟁도 불안도 야비한 생각도 모조리 버리고 오직 젊고 행복한 기분을 불러 일으키려고 노력했다. 나는 그 포스터 위에 그려져 있던 아가씨의 그림을 머리에 떠올리고 내 일생에는 그 아가씨를 손에 넣는 것이 중요하다고 한순간 믿어보았다. ……나는 나를 안아주는 팔 속으로 더욱더 몸을 밀어붙였다. 혹시 무슨 기적이라도 일어나지나 않을까 하고 생각하면서…….

…….

그리고 잠시 후에 우리들이 다시 한데 모였다. 레이는 아주 기분이 좋았다. 우리들은 사이좋게 작별 인사를 하고 각기 장화를 가만히 신었다. 밤공기는 우리들의 달아오른 몸을 식혀주었다.

포플러나무는 크게 어둠 속에 우뚝 솟아 바삭바삭하고 잎새 소리를 내고 있었다. 달은 하늘과 도랑물 속에 있었다. 우리는 이젠 달리지 않고 보폭을 넓게 하고 어깨를 나란히 하고 걸었다.

레이는 이렇게 말했다.

"군용빵을 준 만큼의 가치는 있었지?"

나는 말하고 싶은 기분이 되지 않았다. 조금도 들뜬 기분이 되지 않았다. 그러자 그때 사람의 발소리가 났다. 우리들은 나무숲으로 기어들어갔다.

그 발소리가 점점 다가와서 우리들 바로 옆을 지나갔다. 보니 발가벗은 병사였다. 장화를 신고 있었다. 우리들과 똑같은 꼴이었다. 팔에는

큰 보따리를 안고 있었다. 그 검은 그림자가 성큼성큼 달려갔다. 그것
은 다른 사람이 아닌 차덴이 전속력으로 달려가는 모습이었다. 금세 그
모습은 보이지 않게 되었다.

우리는 웃었다. 내일이 되면 틀림없이 그는 우리들에게 화를 낼 것
이다.

우리는 누구에게도 들키지 않고 이렇게 해서 짚을 넣어서 만든 요로
돌아왔다.

나는 사무실로 불려갔다. 중대장이 휴가증과 기차표를 나에게 주고
무사히 돌아오라고 말해주었다. 휴가라고 해봤자 며칠이나 주었을까
하고 휴가증을 펴보았다. 17일간이었다.……. 14일이 휴가기간이고 3일
이 왕복일수였다.

좀 적다고 생각하고 왕복일수로 5일을 받을 수 없느냐고 중대장에게
물어보았다. 중대장이 내 휴가증 위를 가리켰기 때문에 자세히 보았더
니 아닌게 아니라 나는 곧바로 전선으로 돌아오지 않아도 좋도록 배려
되어 있었다. 휴가기간이 지나면 하이델라거의 강습에 나가라는 것이
었다.

물론 다른 사람들은 매우 부러워했다. 카친스키는 나에게 꾀를 알려
주면서 후방근무가 되도록 운동해보라는 것이었다.

"네가 요령만 좋다면 틀림없이 거기 떨어질 수가 있단 말이야."

나도 8일 이내에 언제든지 출발할 수 있다면 좋다고 생각했다. 그 정
도의 기간 동안 우리 부대는 여기에 있을 것이며, 또 여기에 있는 것이
참으로 재미있기 때문이었다……

물론 나는 주보에서 한 턱 내야만 했다. 우리들은 모두 조금 취할 정
도로 마셨다. 나는 기분이 가라앉아버렸다. 내가 이곳을 떠나는 것은 6
주일간이다. 물론 그것은 근사한 행복이었다.

그렇지만 내가 다시 이곳으로 돌아왔을 때 과연 어떻게 되어 있을까? 이 사람들을 여기서 다시 만날 수가 있을까? 베스트후스와 켐머리히는 벌써 오래 전부터 살아 있지 않다……. 그 다음 차례는 과연 누구일까?

우리들은 술을 마셨다. 그리고 나는 모두의 얼굴을 차례차례로 바라보았다. 내 옆에는 크로프가 담배를 피우면서 앉아 있었다. 아주 기분이 좋은 모습이었다. 나와 크로프는 언제나 떨어진 일이 없는 사이였는데…….

그 저쪽에 책상다리를 하고 앉아 있는 것은 카친스키였다. 밋밋한 어깨와 큰 엄지손가락과 침착한 목소리의 카친스키였다……. 밀러는 뻐드렁니로 개가 짖는 것 같은 소리로 웃었다……. 차덴은 쥐 같은 눈을 가지고 있었다……. 레이는 턱수염을 기르고 마치 40대의 아버지와 같은 모습이었다.

우리들 머리 위에는 무거운 담배 연기가 떠돌고 있었다. 담배도 없이 무슨 병사냐고 말하고 싶을 정도였다. 주보는 하나의 도피처였다. 맥주는 마시는 것 이상의 것이었다. 아무런 위험도 없고 팔다리를 뻗어도 좋다는 의미의 표시였다. 우리들은 또 실제로 그렇게 했다. 다리를 마음껏 앞으로 뻗고 기분좋게 그 근처에 침을 많이 뱉었다. 특히 이튿날 아침에 출발하는 몸이 되면 누구나 다 이런 일까지도 특히 절실하게 느껴졌다.

밤중에 또 한 번 도랑 저쪽으로 건너갔다. 나는 몸이 가늘고 머리가 까만 여자를 보고 내가 이곳을 떠난다는 것과 돌아올 때쯤에는 모두들 틀림없이 어디론가 가버리고 없다는 것, 따라서 이젠 두 번 다시 만날 수 없으리라는 것을 조심조심 말해보았다.

그랬더니 여자 쪽에서는 그저 고개를 끄덕이고 그다지 개의치도 않는 눈치였다. 나는 처음에 그 기분을 잘 알 수 없었지만 나중에야 납득이 갔다.

레이가 한 말은 맞았다. 만약 내가 전선으로 나간다면 여자는 이렇게 나에게 말했을 것이다.

"불쌍한 분이군요."

그렇지만 휴가를 얻어서 돌아가는 남자라면 내가 알 바도 아니고 그런 남자는 아무래도 좋다고 했을 것이다. 조금도 흥미가 없는 것으로 생각할 것이다.

결국 여자가 어떤 말을 하든, 어떻게 지껄이든 상관없었다. 나는 여자가 나에게 반했다는 기적을 믿고 있었다. 그러나 그것은 단지 군용빵이 있기 때문이라는 것을 나중에야 알았던 것이다.

이튿날 아침에 나는 이 소독을 마친 다음 야전철도 정거장으로 향했다. 크로프와 카친스키가 배웅하러 와주었다. 정거장까지 와보니 기차가 떠나기까지 아직 두세 시간 남았다고 했다. 두 사람은 군무(軍務)가 있기 때문에 돌아가지 않으면 안 되었다. 그래서 우리들은 작별 인사를 했다.

"무사히 지내라, 카친스키. 무사히 지내라, 크로프."

두 사람은 거기서부터 걷기 시작했다. 두세 번 뒤돌아보고 손을 흔들었다. 두 사람의 뒷모습은 차차 작아졌다. 나는 이 두 사람의 걸음걸이와 몸의 움직임을 잘 알고 있었다. 먼 데서 보더라도 두 사람을 금방 알 수 있었다. 이윽고 두 사람의 모습은 사라져버렸다.

나는 내 배낭 위에 걸터앉아서 기차가 오는 것을 기다렸다. 그러자 갑자기 한시라도 빨리 고향으로 가고 싶다는 생각이 폭풍처럼 일어나서 안절부절 못하게 되었다.

나는 많은 정거장에서 머물렀다. 많은 수프 배급솥 앞에 섰다. 또 많은 나무 벤치 위에 책상다리를 하고 앉았다. ……곧 차창 밖의 풍경은 차차 내 마음을 짓누르듯이 기분 나쁘고 눈에 익은 것으로 바뀌기 시작했다.

석양의 창 밖을 지나가는 것은 많은 촌락이었다. 초가지붕이 모자처럼 흰 벽의 목조 집 위에 얹혀 있었다. 곡식 밭은 진주조개처럼 비스듬히 비치는 광선 속에 희미하게 빛나고 있었다. 그리고 과수원. 곡식창고. 오래된 보리수.

정거장 이름은 차차 나에게 어떤 의미를 말하게 되고 그 이름을 읽을 때마다 내 마음은 떨렸다. 기차는 줄곧 달렸다. 나는 창가에 서서 그 창나무틀을 꽉 잡았다. 이런 이름이야말로 나의 소년시절의 경계를 이루는 것이었다.

평평한 목장, 들판, 농가……. 두 마리의 말이 끄는 마차 한 대가 아득한 저쪽에 지평선과 평행인 길을 외로운 듯이 가고 있었다. 건널목 앞에 기다리고 있는 농부, 손을 흔드는 처녀, 선로 둑에서 노는 어린이들, 가도(街道), 포병이 지나가지 않은 평탄한 길…….

해는 저물어버렸다. 기차가 빨리 달리지 않으면 나는 큰소리로 외치고 싶어졌다. 평야는 크게 퍼지고 아득히 먼 푸른 하늘에 산맥이 검은 그림자로 되어서 나타나기 시작했다.

나는 저 돌벤베르크의 특색있는 윤곽을 잘 기억하고 있었다. 그 깔쭉깔쭉한 머리빗 같은 모양의 숲이 끊어진 사이에 높이 우뚝 솟아 보였다. 그 산 저쪽에야말로 우리들의 도시가 있다.

지금 석양의 붉은 금빛 광선은 어렴풋이 주위에 흐르고 있었다. 기차는 커브를 하나 돌았는가 싶더니 또 하나를 돌았다……. 아득한 저쪽에 긴 가로수가 된 한 줄의 포플러가 바람에 흔들리면서 환상처럼 검게 서 있었다. 그것은 그림자와 빛과 열망의 모습으로 보였다.

창 밖의 들판은 이 포플러나무와 함께 서서히 회전하면서 지나갔다. 기차는 이 나무를 돌면서 달리고 있었다. 이윽고 이 나무 사이가 좁아짐과 동시에 가로수는 한 덩어리로 되었다.

창 밖에 보이는 것은 한순긴 하니로 되었다. 이윽고 다시 뒤의 나무는 차차 앞의 나무로부터 떨어져서 얼마 동안 그것도 마지막에는 창 밖에 나타나기 시작한 첫 번째 집들 뒤로 숨어버렸다.

거리 위를 지나가는 기차의 철교. 나는 창가에 서 있었다. 아무래도 이 창가를 떠날 수가 없었다. 다른 사람들은 내릴 준비로 짐을 정리하고 있었다. 나는 지금 철로 위를 지나가고 있는 거리의 이름을 입 밖에 내어 말해보았다. ……브레머 웁 ……브레머 웁…….

자전거와 마차와 사람이 밑의 거리에 있었다. 쥐빛 철교 밑에……. 이 거리는 내 어머니이기라도 한 것처럼 내 마음을 설레게 했다.

이윽고 기차는 멎었다. 시끄러운 소리와 부르는 소리와 표지판을 내린 정거장이었다. 나는 내 배낭을 메고 혁대를 단단히 죄고, 소총을 손에 들고 기차의 계단을 비틀거리면서 내렸다.

플랫폼에 내리자, 나는 주위를 둘러보았다. 거기에 바쁜 듯이 걷고 있는 많은 사람들 중에 아무도 아는 사람은 없었다. 적십자 간호사가 나에게 마실 것을 주려고 했다. 내가 그것을 상대하지 않고 옆을 보자, 그 간호사는 아주 건방지게 나에게 미소 짓고 자기 직업에 매우 거드름을 피우면서, 이것 봐요. 나는 군인에게 커피를 마시게 해주고 있단 말이에요라는 듯한 태도를 보였다.

이 간호사는 나를 '전우'라고 불렀지만 나는 그 전우를 정말로 보고 싶었던 것이다.

정거장 앞으로 나가자, 거기에는 길을 따라서 강이 흐르고 있었다. 이 숲은 저쪽의 물방아 다리의 수문(水門)으로부터 하얗게 뿜어나오고 있었다. 수문 옆에는 네모진 낡은 감시탑이 서 있었다. 탑 앞에는 크고 얼룩진 보리수가 있었다. 그 뒤는 밤이었다.

우리는 이곳에 몇 번이나 앉아 쉬곤 했었다. ……그로부터 벌써 어느 정도 세월이 흘렀을까. 우리는 저 다리를 건너가서는 고인 물의 차갑고 썩은 것 같은 냄새를 들이마시곤 했었다.

그리고 수문 이쪽의 조용한 흐름 위로 몸을 구부렸다. 그 흐름에는 푸른 수초(水草)와 덩굴이 다리 받침대에 달라붙어 있었다. ……또 더운 날에는 수문 저쪽에서 튀는 물거품을 재미있게 바라보면서 학교 선생들의 욕 따위를 지껄이곤 했었다.

　나는 이 다리를 건너면서 좌우를 보았다. 물 속에는 오늘도 여전히 수초가 가득히 떠 있었다. 물은 맑은 호(弧)를 그리면서 뿜어나와 떨어지고 있었다. ……감시인의 집 안에서는 다리미질을 하고 있는 여자가 옛날처럼 팔을 드러내고 흰 빨래감 앞에 서 있었다. 다리미의 열이 창으로부터 흘러나오는 것 같았다. 개가 좁은 골목을 느릿느릿 걷고 있었다. 집 문 앞에 서 있는 사람들은 내가 더러운 군복차림으로 지나가는 것을 바라보았다.

　이 카페에서 우리들은 아이스크림을 먹고, 또 담배 피우는 것을 배웠다. 지금 이렇게 걸어가는 거리의 집은 어느 집이고 내가 모르는 집은 없었다. 채소가게, 약방, 빵가게.

　이윽고 나는 닳은 손잡이가 붙은 다갈색 문 앞에 섰다. 내 손은 아주 무거웠다. 내가 문을 열자 안에서부터 기분 나쁜 싸늘한 공기가 나에게 부딪쳐 흘렀다. 내 눈은 희미해졌다.

　장화에 밟히는 계단은 삐걱삐걱 울렸다. 계단 위에서는 문이 쾅 하고 열리고 누군가가 계단 난간으로부터 내려다보고 있었다. 지금 열린 것은 부엌 입구의 문이었다. 마침 감자 케이크를 굽고 있던 참인 듯, 온집 안이 그 냄새로 가득 차 있었다.

　그러고 보니 오늘은 토요일이었다. 그 난간으로부터 내려다보고 있는 것은 누님인 것 같았다. 그 순간 나는 좀 부끄러워져 머리를 숙여서 철모를 벗고, 그런 다음 다시 위를 올려다보았다. 그렇다. 위에 있었던 것은 나의 맨 위의 누님이었다.

　"앗, 파울! 파울…….'

　누님이 외쳤다.

　나는 고개를 끄덕였다. 내 배낭은 계단 난간에 부딪쳤다. 내 소총은 아주 무거워졌다.

　그러자 누님은 문을 활짝 열고 외쳤다.

　"엄마, 엄마, 파울이 돌아왔어요."

　나는 이젠 한 걸음도 걸을 수 없게 되었다. 아, 엄마, 엄마, 파울이 돌아왔습니다.

나는 벽에 기댄 채, 철모와 소총을 꽉 껴안았다. 될 수 있는 대로 꽉 껴안았다. 그렇지만 이젠 한 걸음도 계단을 올라갈 수가 없었다. 계단은 내 눈앞에서 몽롱하게 사라져가는 것 같았다. 나는 총 개머리판을 발 위에 탁 올려놓고 열심히 이를 악물었다.

그렇지만 아까 누님이 외친 그 말에 뭐라고 한 마디도 할 수가 없었다. 나는 억지로 웃으려고 했다. 말을 하려고 했다. 그렇지만 단 한 마디도 입 밖에 나오지를 않았다. 나는 그렇게 하고 계단 밑에 미덥지 못하고 비참한 모습으로 부들부들 떨면서 언제까지나 서 있었다. 울고 싶지는 않았다. 그렇지만 눈물은 얼굴로 한없이 흘렀다.

누님은 내려와서 물었다.

"너, 어떻게 된거냐?"

그제서야 나는 겨우 있는 힘을 다해서 입구 앞까지 비틀거리며 올라갔다.

소총은 한구석에 기대 세우고 배낭을 벽에 기대어놓고, 그 위에 철모를 올려놓았다. 여러 가지 물건이 붙어 있는 검대도 풀지 않으면 안 되었다. 그런 다음에 나는 미친 듯이 말했다.

"수건을 좀 주세요, 수건을."

누님을 찬장에서 수건을 가지고 왔다. 나는 그것으로 우선 얼굴을 닦았다. 내 머리 위 벽에는 아름다운 나비를 나란히 넣어놓은 유리뚜껑의 곤충상자가 걸려 있었다. 내가 전에 채집한 것이었다.

이윽고 어머니 목소리가 났다. 그 목소리는 침상에서 났다.

"엄마는 일어나시지 않았나요?"

나는 누님에게 물었다.

"몸이 편찮으셔서 말이야."

누님이 대답했다.

나는 침실로 들어가서 엄마의 손을 잡았다.

"엄마, 저예요."

나는 될 수 있는 대로 조용하게 말했다.

어머니는 아직 어두컴컴한 속에 누워 있었다. 그러자 어머니는 아주 걱정스러운 듯한 목소리로 물었다.

"너, 부상이라도 당했느냐?"

나는 어머니의 눈이 내 몸을 살피는 듯한 감촉을 느꼈다.

"부상이 아니라 휴가예요."

어머니의 얼굴은 새파랬다. 나는 등불 켜는 것을 주저했다. 계속해서 어머니는 이렇게 말했다.

"네가 돌아와서 반가운데도 난 이렇게 누워서 일어나지도 못하고 울고 있구나."

"엄마, 몸이 편찮으세요?"

나는 조심스럽게 물었다.

"오늘은 좀 일어나보자."

이렇게 말한 후 어머니는 누님 쪽으로 돌아누웠다. 누님은 그 사이에도 자주 부엌 쪽으로 달려가서 불에 올려놓은 것이 타지 않도록 했다.

"월귤잼이 있는 방으로 가거라."

"나는 매우 좋아하지만, 오랫동안 먹지 못했어요."

누님은 웃었다.

"어쩐지 네가 돌아오는 것을 알고 있었던 같지 뭐냐. 마침 네가 아주 좋아하는 것들만 만들었으니 말이야. 감자 케이크며, 게다가 이 월귤 잼이며……."

"게다가 마침 토요일이고요."

내가 대답했다.

"내 옆으로 오너라."

어머니는 내게 이렇게 말하고 내 얼굴을 물끄러미 보았다. 내 손에 비하면 어머니의 손은 희고 흰지다운 가냘픈 손이었다. 우리는 조금밖에 이야기하지 않았다.

그렇지만 아무것도 묻지 않아주는 편이 고마웠다. 나로서도 아무것

도 할 말이 없었다. 바랄 수 있는 모든 일은 지금 여기에 이렇게 이루어
진 것이다. 나는 부상도 당하지 않고 돌아와서 이렇게 어머니 옆에 앉
아 있다. 부엌에는 누님이 저녁 식사 준비를 하면서 콧노래를 부르고
있었다.

"파울아."

어머니는 작은 소리로 말했다.

우리 가족은 대체로 서로에게 애정을 표시하는 방법에 있어서는 매우
담백했었다. 이것은 많이 일하지 않으면 안 되며, 또 걱정거리도 많은
가난한 집에서는 흔히 있는 일이었다. 이런 사람들은 애정을 표시하는
방법을 알고 있지도 않았으며, 또 자기들이 이미 알고 있는 애정을 부
자연스럽게 겉으로 나타내서 몇 번이고 말한다든가, 보인다든가 하는
일도 하지 않는 것이었다.

그렇기 때문에 만약 어머니가 나를 보고 "파울아."라고 하면, 그것은
다른 누군가가 말한 것보다도 더 많은 의미를 가지고 있었다. 나는 잘
알고 있었다. 이 월귤잼은 몇 개월 이래 이 집 사람이 만든 유일한 먹을
것이며, 또 그것을 나를 위해 간직해두고 있었다는 것을.

마찬가지로 지금 나에게 준 비스킷도 상당히 오래된 냄새는 나지만,
이것도 나를 위해 소중히 간직해두었던 것이다. 어떤 좋은 기회에 조금
쯤 손에 넣은 그 귀중한 것을 바로 나를 위해 소중히 간직해두었던 것
이다.

나는 이렇게 어머니 침대 옆에 앉아 있었다. 창문을 통해서 맞은편
요릿집 마당에 있는 밤나무 잎이 다갈색으로, 또 금빛으로 번쩍였다.
나는 천천히 호흡하면서 내 자신에게 말했다.

"나는 집에 돌아와 있다. 집으로 돌아와 있다."

그렇지만 아직 왠지 모르게 친해질 수 없는 것 같은 기분이 내 마음
으로부터 완전히 제거되지 않았다.

나는 보는 섯 속에 아직 완전히 풀려지지 않는 기분이었다. 거기에는
어머니가 있다. 누님이 있다. 나비 채집표본이 있다. 마호가니로 만든

피아노가 있다. ……그렇지만 장본인인 내가 아직 그곳으로 완전히 와 있지 않았다. 우리들 사이에는 장막이 있고 거리가 있는 것 같았다.

그래서 나는 일어서서 배낭을 침대 옆으로 가지고 왔다. 그리고 선물로 가지고 온 물건을 내놓았다. 우선 카친스키가 준 큰 예담산(産) 치즈와 군용빵이 2개, 그리고 4분의 3파운드의 버터, 간순대 통조림이 2개, 요리용 쇠기름이 1파운드, 그리고 작은 쌀 1부대였다.

"이런 것들은 집에서도 틀림없이 먹을 수 있겠지요?"

어머니와 누님은 고개를 끄덕였다.

"먹는 것으로 틀림없이 고생하고 있겠지요?"

내가 물었다.

"그건 그렇단다. 어쨌든 많이 있지는 않으니까. 너희들 쪽에는 많이 있느냐? 전쟁에 나가 있는 쪽 말이야."

나는 미소 짓고 가지고 온 물건들을 가리키며 말했다.

"이런 식으로 항상 많이 있지는 않습니다. 그렇지만 그럭저럭 해나가고 있어요."

누님인 에르나는 이 식료품을 침실 밖으로 가지고 갔다. 그러자 갑자기 어머니는 내 손을 꼭 잡고 더듬거리면서 물었다.

"어땠느냐, 고생스러웠느냐, 그쪽은?"

엄마, 그런 것을 물으면 나는 뭐라고 대답해야 좋단 말입니까. 이야기해도 엄마는 알 수 없습니다. 또 절대로 알 수가 없을 것입니다. 또 알아주실 필요도 없습니다. 고생스러웠느냐고 물으셨지요……. 엄마……….

나는 고개를 젓고 대답했다.

"뭐, 별로 대단한 것은 없어요. 뭐니뭐니해도 우린 많은 사람이 함께 있잖아요. 그렇기 때문에 별로 고생스러운 일도 없어요."

"그렇지만 얼마 전에 하인리히 브레데마이어 군이 와서 이렇게 말하더라. 전장 쪽은 요즘 아주 무섭게 변했다고 말이야. 가스라든가, 더 무서운 뭔가 하는 것 때문에."

이렇게 말한 것은 어머니였다. 우리 어머니였다. 이 어머니는 "가스라든가, 더 무서운 뭔가 하는 것 때문에."라고 말했다. 어머니는 자기가 하고 있는 말이 무슨 뜻인지 알지 못하고 있다. 다만 내 몸을 걱정하고 있을 뿐이다.

우리들은 언젠가 한 번 세 개의 적의 참호 속 병사들이 한 사람도 남지 않고 독가스 때문에 뇌졸중(腦卒中)에라도 걸린 것처럼 그 자리에 자세 그대로 굳어져 있는 것을 본 일이 있었다. 내가 그 이야기를 어머니에게 해주는 것이 좋을까. 흉벽 위에서도, 보루 밑의 엄폐부에서도, 어디서든 지금까지 있던 그 장소에 선 채로, 혹은 누운 채로 창백한 얼굴을 하고 죽는다는 이야기를 말이다.

"어머니, 하도 많은 사람들이 여러 가지 말을 하고 있으니까요. 브레데마이어의 이야기도 엉터리랍니다. 그 증거로 내가 무사히 살이 쪄서 돌아와 있지 않습니까?"

나는 이렇게 대답했다.

이렇게 어머니가 몸을 떨면서 걱정해주는 것을 보고 나는 오히려 안정되기 시작했다. 겨우 나도 그 근처를 걸어다니기도 하고, 지껄이기도 하고, 대답을 하기도 할 수가 있게 되었다. 주위의 세계가 고무처럼 말랑말랑해지고, 혈관은 유황처럼 녹기 시작할 것 같은 기분이 들어서 갑자기 벽에 기대어 몸을 지탱하지 않으면 안 될 걱정도 없을 것 같았다.

어머니는 일어나고 싶어했다. 나는 그 사이에 부엌으로 가서 누님에게 물어보았다.

"도대체 엄마는 어떻게 된거요?"

누님은 어깨를 으쓱하고 대답했다.

"엄마는 자리에 누운 지 벌써 이 개월쯤 된단다. 그렇지만 너에게 알려서는 안 된다고 했어. 몇 사람이나 의사가 와서 진찰해주셨지만 한 분은 암인 것 같다고 말씀하셨어."

❖

　나는 연대 병사구사령부로 신고를 하러 갔다. 천천히 거리를 걸어가자 여기저기서 누군가가 말을 걸었다. 나는 사령관 앞에 오래 있지 않았다. 오래 이야기를 할 흥미도 없었기 때문이다.

　그 병영에서 나오자 큰소리로 나를 불러세우는 사람이 있었다. 나는 무심코 멍청하게 뒤돌아보았고 눈앞에는 한 사람의 소령이 서 있었다.

　그 소령은 나에게 호통쳤다.

　"이놈아, 왜 경례를 하지 않는 거야!"

　"넷, 실례했습니다. 미처 소령님이 눈에 띄지 않았기 때문에."

　나는 당황하면서 대답했다.

　상대의 목소리는 더욱더 커졌다.

　"그 말버릇은 뭐냐. 더 공손히 말할 수 없나!"

　나는 이 소령의 얼굴을 후려갈기고 싶었으나 겨우 참았다. 그런 짓을 했다가는 모처럼의 휴가를 잡쳐버리기 때문이었다. 그래서 발뒤꿈치를 부딪쳐서 부동자세를 취하고 대답했다.

　"저에게는 소령님의 모습이 보이지 않았기 때문입니다."

　"그렇다면 단단히 눈을 뜨고 보아라."

　소령은 욕을 하고 다시 물었.

　"네 이름은 뭐냐?"

　나는 이름을 보고했다.

　소령의 뒤룩뒤룩 살찐 붉은 얼굴은 더욱더 흥분하기 시작했다.

　"연대를 말해!"

　나는 정식으로 말했다. 그러나 상대는 아직 그런 것쯤으로는 만족하지 않았다.

　"그 연대는 지금 어디 있느냐?"

　나도 될 대로 되라는 식으로 대답했다.

"랑게마르크와 빅스쇼테 사이에 있습니다."

"뭐라고?"

소령은 다소 놀란 듯이 물었다.

그래서 나는 설명했다. 나는 바로 한 시간 전에 휴가로 전선에서 돌아온 사람이라고. 그렇게 말하면 이젠 적당히 하고 가겠지 하고 생각했으나 좀처럼 그렇게 되지 않았다.

소령은 더욱더 고자세로 되기 시작했다.

"그 전장의 관습으로 우쭐해져서 이 근처에서도 써보려고 생각하는 거냐? 그렇다면 가만히 놓아두지는 않겠다. 알았느냐, 이곳에는 질서라는 것이 있단 말이야."

그리고 소령은 명령했다.

"이십 보 물러 갓! 앞으로 와!"

나는 머리 끝까지 노기가 치밀었다. 그렇지만 나는 지금 이 소령에 대해서 아무것도 할 수 없었다. 붙잡으려고 생각한다면 소령은 즉각 나를 붙잡을 수가 있기 때문이었다. 그래서 나는 뒤로 뛰어갔다가 다시 소령쪽으로 향해서 걷기 시작했다.

그리고 전방 6미터 지점에서 위엄을 갖추고 거수주목의 경례를 하면서 소령의 후방 6미터 지점까지 걸어와서야 비로소 그 손을 내렸다.

그러자 소령은 또 나를 불렀고, 그제야 비로소 간사스런 목소리를 내면서 이번에 한해서 특별히 군기도 있지만 용서해준다는 말을 해주었다. 나는 직립부동의 자세로 감사의 뜻을 표했다.

"헤쳐!"

그때서야 소령이 명령했기 때문에 나는 절도있게 옆으로 돌아 겨우 빠져나왔다.

그런 일로 모처럼의 밤도 엉망진창이 되고 말았다. 나는 집으로 돌아오자 당장 군복을 방구석에 내동댕이쳤다. 이 군복을 벗으려고 생각하고 있었던 참인데 일찍 벗었더라면 좋았을 것이라고 후회했다. 그런 다음에 양복옷장에서 옷을 꺼내어 입었다.

아주 묘한 기분이었다. 그 양복은 벌써 상당히 짧고 작아졌다. 나는 군대에 있는 동안 자란 것이다. 칼라와 넥타이가 거추장스러웠다. 결국 누님에게 나비 넥타이를 매달라고 부탁했다. 이 양복은 참으로 가벼웠다. 마치 속옷과 셔츠만 입고 있는 것 같은 기분이었다.

나는 거울을 보았다. 참으로 이상한 꼴이었다. 거울 속에서 햇볕에 탄 약간 키가 자란 견진 성사(堅振聖事) 전의 소년이 깜짝 놀라면서 나를 바라보고 있었다.

양복을 입은 나를 보고 기뻐한 것은 어머니였다. 어머니의 눈에는 양복 차림의 내가 더 친근감이 있었다. 우리 아버지라면 틀림없이 군복 차림이 더 좋다고 말하고 군복을 입은 나를 데리고 친한 사람들을 찾아다니자고 말했을 것이다.

그렇지만 나는 싫었다.

어디든 조용한 곳에 앉아 있는 것은 참으로 기분이 좋은 일이다. 예를 들면 맞은편의 요릿집 마당에 있는 밤나무 아래는 바로 그런 곳이다. 그 옆에는 당구장이 있었다. 밤나무 잎은 마당의 테이블 위에도 땅바닥에도 떨어졌다. 하긴 아주 조금이지만 말이다. 낙엽의 시초에 지나지 않았다. 나는 맥주 한 컵을 내 앞에 놓았다.

술 마시는 것을 배운 것은 군대에 들어가서부터였다. 그 맥주 컵도 아직 반밖에 마시지 않았기 때문에 내 앞에는 아직 차갑고 맛있는 맥주가 두세 모금 남아 있었다. 그뿐만이 아니었다. 마시고 싶다면 두 컵이든지 세 컵이든지 주문할 수가 있지 않는가.

거기에는 점호도 없는가 하면 포화도 없다. 요릿집 아이가 당구장에서 놀고 있었다. 개는 내 무릎 위에 머리를 올려놓고 있었다. 하늘은 푸르렀다. 마르가레트 사원의 초록색 탑이 우뚝 솟아 보였다.

반가운 풍물이었다. 나는 이런 것을 아주 좋아한다. 그렇지만 여러 사람들에게는 질렸다. 나에게 아무것도 물으려고 하지 않는 것은 어머니 한 사람뿐이었다. 아버지까지도 벌써 어머니하고는 상당히 달라져 있었다.

아버지는 나를 보고 전장 이야기라도 조금 들려달라고 했다. 아버지가 듣고 싶다는 것은 내가 시시하다고 생각하는 일이며, 눈물이 날 것만 같은 일이었다. 내 기분은 아무래도 이젠 아버지와 꼭 맞지 않는다고 생각했다.

아버지는 무슨 일이든지 덮어놓고 듣고 싶어했다. 아무리 그렇더라도 그런 일은 말로 할 수 있는 것이 아니라는 것을 아버지는 모르고 있는 것이라고 나는 생각했다.

물론 나로서도 아버지의 마음에 들도록 하고 싶은 마음은 태산 같았다. 그렇지만 그런 일을 입 밖에 내어 지껄이는 것은 나에게 있어서는 위험했다. 왜냐하면 그 말이 과장되어서 퍼져나가 마침내는 손을 쓸 수 없게 되고 마는 것을 나는 두려워했기 때문이다. 전장에서 일어난 일체의 일을 전부 여러 사람이 분명히 알게 되었다간 어떤 일을 저지르게 될지 알 수 없었다.

그래서 나는 아버지에게는 조금쯤 우스운 이야기를 해서 들려주는 정도로 그쳐두었다. 그러나 아버지는 나도 육탄전을 한 일이 있느냐 없느냐고 물었다. 나는 없다고 대답하고, 일어서서 밖으로 나왔다.

그러나 그것만으로는 아직 끝나지 않았다. 거리로 나와서 전차가 삑삑 소리를 내는 것을 듣고 이쪽으로 윙윙 소리를 내며 날아오는 포탄이 생각나서 깜짝 놀란 것도 한두 번이 아니었는데, 그때 마침 내 어깨를 두드리는 사람이 있었다.

그 사람은 나의 국어 선생이었다. 그 사람은 당장 상투적인 질문을 퍼부었다.

"어떠냐, 전장 쪽은? 너 정말 견딜 수 없지? 견딜 수 없겠지, 그렇지? 그렇지만 견딜 수 없음에는 틀림없지만 그 정도로 녹초가 되어서는 안 된단 말이야. 게다가 내가 들은 바에 의하면 적어도 전장에서는 먹는 것만은 좋은 것을 먹여준다더군. 파울 군, 너도 그 때문인지 상당히 튼튼하고 건강해 보이는구나. 그렇지만 이 근처에서는 물론 전장보다도 형편없어. 그것도 매우 지당한 일이며 당연한 일이긴 하지만 말이야. 어쨌든 고급품, 좋은 것이라고 하면 전부 군대를 위해 빼앗아가니까 어쩔 수 없지."

이 선생은 나를 어떤 맥주집의 단골 손님들을 위해 예약해놓은 테이블로 데리고 갔다. 나는 대단한 환영을 받았다. 어느 회사의 중역이란 사람이 내 손을 잡고 말했다.

"여어, 자네는 전장에서 돌아왔는가? 어떤가, 그쪽은, 군인들의 사기는 매우 왕성하겠지. 그렇지?"

그러나 내가 누구든지 집에 돌아가고 싶어한다고 대답하자 그 선생은 울려퍼질 듯한 웃음소리를 내고 말했다.

"그야 당연하지, 당연하고 말고. 그렇지만 집으로 돌아오기 전에 그 프랑스 인이란 놈들을 처치해주어야지. 자네, 담배는 피우지 않나. 자, 여기 있으니까 한 대 피우게. 이봐, 웨이터. 이 젊은 군인 양반에게도 맥주를 갖다 드려."

권하는 대로 무의식중에 여송연을 한 개 집은 것은 확실히 내 실수였으며 그 때문에 자리를 뜰 수가 없게 되고 말았다. 누구나가 여러 가지로 붙임성있게 대해주었는데 물론 그것에 대해서 심술을 부릴 이유는 아무것도 없었다.

그렇지만 그래도 나는 내심 매우 화가 나서 될 수 있는 대로 빨리 그 여송연을 피워버리자고 생각하고 열심히 뻑뻑 담배를 피워댔다. 그런 다음에 조금은 이쪽에서도 상대가 된다는 것을 보여주기 위해 앞에 놓인 맥주를 단숨에 들이키고 말았다. 그러고는 곧 두 잔째를 주문했다. 이렇게 하는 것이 군인에 대한 자기들의 최소한의 의무라고 생각하고 있는 것 같았다.

그런 다음에 이 사람들은 이번 대전에 의해서 독일은 어느 나라를 뺏느냐 하는 문제를 토론하기 시작했다. 금시곗줄을 군자금으로 기부하고 대신 받은 쇠시곗줄을 늘어뜨리고 있는 그 중역은 그 중에서도 가장 욕심꾸러기여서, 우선 벨기에 전부와 프랑스의 탄광지방과 러시아로부터 많이 뺏는다는 것이었다.

더구나 왜 독일이 그만큼 뺏지 않으면 안 되느냐 하는 이유를 상세하게 말했다. 그래서 다른 사람들이 마침내 그 이야기에 굴복할 때까지 지지 않고 우겨댔다. 그리고 이번에는 프랑스의 어느 근처를 격파해야 하느냐 하는 것을 설명하기 시작하다가 그 이야기를 하는 사이에 내 쪽을 보고 말했다.

"자네들도 언제까지나 지구전(持久戰)만 하고 있지 말고 조금은 앞으로 나아가야 해. 그렇게 해서 적을 척척 쓰러뜨려주게나. 그렇게 하면 금방 평화가 온단 말이야."

나는 그 적을 격파한다는 것이 현재 우리들이 보는 바로는 좀처럼 불가능하다고 대답했다.

프랑스 쪽에는 얼마든지 예비군이 있으며 전쟁은 여기서 생각하고 있는 것과는 다르다고 말했던 것이다. 그렇지만 그 중역은 교만한 얼굴을 하고, 내 말은 틀렸으며, 나는 전혀 아무것도 모르고 있다고 말하고 나서 덧붙였다.

"하긴 하나하나의 점을 따지고 보면 그럴지도 몰라. 그렇지만 문제는 전체에 있는 것이고 그 전체를 자네 따위는 판단하지 못한단 말이야. 자네들은 아주 작은 일부분의, 자기들의 담당 장소밖에 보지 않고 있기 때문에 전체를 멀리 바라볼 수가 없단 말이야. 자네들은 목숨을 초개같이 여기고 군무에 전력하게나. 그것이 대장부 남아의 최고의 명예야……. 자네들은 한 사람도 빠짐없이 철십자(鐵十字) 훈장을 받지 않으면 안 된단 말이야. ……그렇지만 뭣보다도 먼저 그 프란델의 적군을 격파하고 위쪽으로부터 밀어붙여오지 않으면 안 되는 일이지."

그는 숨도 거칠게 수염을 닦고 다시 이었다.

"위쪽에서부터 이렇게 내려와서 적군을 한 사람도 남기지 않고 없애버리는 거야. 그 다음에는 드디어 파리다."

나는 이 중역이라는 사나이가 도대체 어째서 이런 공상을 가지고 있는지 알고 싶었다. 나는 석 잔째 맥주를 다 마시자 중역은 곧 또 한 잔을 가져오게 했다.

그렇지만 나는 일어섰다. 그러자 중역은 내 호주머니에 두세 개의 여송연을 쑤셔넣고 친절한 것처럼 등을 탁 치고 말했다.

"그럼 무사히 지내게. 근간에 자네들로부터 어떤 눈부신 소식이 있기를 기다리고 있겠네."

그리고는 헤어졌다.

어머니는 이 휴가귀환이라는 것을 더 다른 것으로 생각하고 있었다. 적어도 1년 전에는 더 다른 것이었다. 그 동안에 나 자신도 물론 달라져 있었다. 1년 전과 오늘 사이에는 큰 도랑이 가로놓여 있었다.

그 당시는 아직 전쟁이라는 것을 몰랐다. 그 당시에 내가 있었던 곳은 훨씬 더 조용한 보루였다. 오늘에 와서야 나는 내가 모르는 사이에 완전히 의기소침하고 있다는 것을 깨달았다.

나는 지금 여기에 있어도 아무래도 잘 어울리지 않는 것 같은 기분이 들었다. 여기는 전혀 다른 세계였다. 어떤 사람은 이것저것 묻는다. 어떤 사람은 전혀 아무것도 묻지 않는다.

그러나 아무것도 묻지 않는 사람들은 자기들이 전쟁에 대해서는 무엇이든지 알고 있다고 하면서 자랑으로 삼고 있는 것처럼 보였다.

또 너무 무엇이든지 알고 있다는 표정으로 지껄이기 때문에 옆에서 말참견도 할 수 없는 경우가 얼마든지 있었다. 누구에게나 그런 것을 알고 있다는 자부심이 약간은 있는 모양이었다.

나는 오직 혼자 있는 것이 무엇보다도 좋았다. 혼자 있으면 아무도 방해를 하지 않는다. 요컨대 누구나가 결국은 같은 것을 묻는 것이었다.

만사가 잘 되어가고 있느냐, 혹은 혹독한 꼴을 당했느냐 하는 질문에
지나지 않았다. 그래서 어떤 사람은 이렇게 생각하고, 또 어떤 사람은
이렇게 생각한다……. 그렇지만 곧 자기들 생활과 관계가 아전인수(我
田引水)의 이야기가 되고 마는 것이었다. 나도 옛날에는 그런 식으로
생활하고 있었다. 그렇지만 지금은 나와의 관계를 조금도 발견할 수가
없었다.

더구나 그런 사람들은 나를 보고 너무나도 많은 것들을 물어왔다. 이
런 사람들은 내가 이 사람들과 똑같이 이해할 수가 없는, 걱정이나 목
적이나 욕망을 가지고 있었던 것이다.

나는 가끔 이런 사람들 중의 한 사람과 함께 조그만 요릿집 마당에
앉아서 이렇게 조용히 앉아 있는 것이 나의 유일한 낙이라고 설명해보
았다. 그는 물론 내가 말하는 것을 이해해주었다. 인정해주었다. 동감
해주었다. 그렇지만 그것은 말만으로 하는 것이었다. 오직 말뿐이었다.

그렇다……. 과연 겉으로 동감은 해주었다. 그렇지만 언제나 겨우 절
반뿐이었다. 나머지 절반은 다른 일을 생각하고 있었다. 그런 식으로
둘로 갈라져 있기 때문에 아무도 마음 전부를 가지고 함께 느껴주지는
않았다. 다만 나는 내 자신의 이런 생각을, 사실은 내 자신도 분명히 말
로 표현하지는 못하는 것이었다.

나는 세상 사람들이 그 방이나 사무실에 있다든가, 혹은 직업에 종사
하고 있는 것을 보면, 물론 참을 수 없을 정도로 마음이 끌린다. 내 자
신도 그곳으로 들어가서 전쟁이라는 것을 잊어버리고 싶다.

그렇지만 동시에 곧 나를 되미는 것이 있다. 그곳은 너무나 비좁다.
어떻게 저런 곳에 들어가 있으면서 이 전생활을 활기가 넘치게 할 수가
있을까. 저런 곳에 들어가 있으면 오히려 주위를 때려부수고 싶어질 것
이다. 어떻게 저런 식으로 세상 사람들은 하고 있을까 하는 기분이 드
는 것이었다.

더구나 전장에서는 포탄 구덩이 위로는 포탄 파편이 윙윙 날고, 조명
탄은 하늘 높이 오르고, 부상자는 천막에 실려서 질질 끌려가며, 전우

는 참호 속에서 몸을 움츠리고 있지 않는가.

……여기 있는 세상 사람들은 완전히 다른 인간이다. 그것은 내가 정확하게 이해할 수 없는 인간이다. 내가 부러워하기도 하고 경멸하기도 하는 인간이다. 나는 카친스키와 크로프와 밀러와 차덴의 일이 자꾸만 생각났다. 그 친구들은 무엇을 하고 있을까. 틀림없이 주보에 죽치고 있든가, 아니면 헤엄치고 있을 것이다……. 그들은 곧 또 전선으로 나가지 않으면 안 되는 사람들이다.

내 방 안에는 테이블 뒤에 다갈색 가죽 소파가 있었다. 나는 거기에 앉았다.

사방 벽에는 내가 옛날에 잡지 등에서 오려낸 여러 가지 배가 핀으로 꽃혀 있었다. 그 중에는 내가 좋아하는 그림엽서와 스케치가 있었다. 방 구석에는 조그만 쇠난로가 있었다. 어떤 벽을 따라서는 내 책을 늘어세운 책장이 있었다.

나는 군대에 들어가기 전에는 이 방에 살고 있었다. 이 책만 하더라도 내가 시간제로 남을 가르쳐서 얻은 돈으로 조금씩 사모은 것으로 대부분은 헌책방에서 산 것이다.

예를 들면 옛날 고전 작가의 책 등도 그렇다. 단단한 푸른 폴로드 장정의 책 한 권이 1마르크 20페니였다. 나는 이 고전작품집을 전부 채워서 샀다. 나는 대체로 무슨 일이든지 철저한 것을 좋아했으며 따라서 '선집(選集)'이라는 것은 그 출판자가 과연 가장 좋은 작품도 거기에 넣고 있는지 어떤지가 의심스럽기 때문에 나는 언제나 '전집'을 사기로 했다.

물론 열심히 성실하게 읽어보기는 했지만 마음에 든 것은 그 중에서 매우 적었다. 더 새로운 작품의 책을 그 이상으로 좋아하기는 했지만 물론 이것은 값도 비쌌다. 그 중 두세 권은 그다지 좋은 방법으로 손에 넣은 것이 아니었다. 남의 것을 빌려두었다가 돌려주지 않았던 것이다. 그만큼 나는 그 책에서 떨어지는 것이 싫었다.

그 책장의 제1단에는 학교 교과서가 가득 채워져 있었다. 난폭하게 취급했기 때문에 몹시 찢겨져 있었다. 페이지도 군데군데 찢어져서 빠져나와 있었다. 무엇 때문에 이런 짓을 했느냐 하는 것은 누구나가 아는 바다. 아래쪽에는 노트북, 종이, 편지 따위를 끈으로 묶어서 넣어두었다. 도면과 쓰다 만 종이도 뒤죽박죽되어 있었다.

나는 그 시절의 추억에 잠기려고 했다. 그 시절은 아직 이 방 안에 있었다. 나는 그것을 금방 느낄 수 있었다. 이 사방의 벽이 그 시절을 잘 유지해주었던 것이다. 나는 양손을 소파 등받이에 올려놓고 양발을 위로 올려 편한 자세를 취하고 마치 소파의 팔 안에 있는 것처럼 그 구석에 앉았다.

작은 창은 열려 있었다. 아득한 저쪽에 교회 탑이 우뚝 솟아 있는 시가지의 그리운 경치가 보였다. 테이블 위에는 약간의 꽃이 놓여 있었다. 펜대, 연필, 문진(文鎭) 대용의 조개, 잉크병……. 모든 것이 옛날 그대로였다.

만약 다행히도 전쟁이 끝나고 다시 집에 돌아올 수 있다면 이 방은 이대로의 모습으로 있겠지. 나를 지금처럼 이렇게 앉아서 이 방을 둘러보고 기다리겠지.

나는 왠지 모르게 분노를 느꼈다. 그렇지만 나는 지금 그런 일을 생각하고 싶지 않았다. 그것은 잘못되어 있다고 생각했다. 나는 옛날에 내 책장 앞에 섰을 때 느낀 것과 마찬가지로 그 조용하고 황홀한 기분, 그 격렬하며 형용키 어려운, 돌진해가는 기분을 다시 느끼고 싶다고 생각했다.

이 가지각색의 책 등으로부터 떠오르는 욕망의 숨결이 다시 한 번 나를 덮쳐주기를 바랐다. 내 마음속 어딘가에 있는 그 무겁고 죽은 것 같은 덩어리를 녹여버리고 내 마음에 다시 미래의 동경을, 또 사색의 세계로 날아가는 기쁨을 일깨워주기를 바랐다. 내 청춘의 상실된 열망을 다시 되돌려주기를 바랐다.

나는 그렇게 생각하면서 가만히 앉아서 왠지 모르게 무언가를 기다리고 있었다.

나는 갑자기 켐머리히의 어머니를 찾아가지 않으면 안 된다는 것이 생각났다…… 그런 다음에 미텔슈테트도 찾아가보고 싶다고 생각했다. 그 사나이는 지금 병영에 있다. 나는 창문으로 밖을 바라보았다. …… 달이 비친 거리의 경치 뒤에 가볍게 엷은 빛을 띤 한 줄의 언덕이 떠오르고 있었다.

그것이 갑자기 가을의 밝게 개인 날로 변했다. 거기에 나는 불 옆에 앉아서 카친스키와 크로프와 함께 삶은 감자를 접시에서 집어먹고 있었다……

그렇지만 나는 이젠 그런 것을 생각하고 싶지 않았다. 나는 그런 생각을 지워버렸다. 이 방이야말로 나에게 이야기를 걸어주지 않으면 안 된다. 이 방이야말로 내 마음을 꽉 잡고 있어주지 않으면 안 된다.

나는 이 방 사람이라는 것을 마음에 느끼고, 귀에 느끼고 있다. 내가 다시 전선으로 돌아갔을 때 만약 전쟁으로부터 돌아온다는 마음이 생기면, 전쟁이라는 것은 어딘가로 가라앉아서 없어져버리게 마련이다. 전쟁은 지나가버린다. 전쟁은 우리들을 더 이상 잡아먹는 일은 없다. 전쟁은 우리들에 대해서 그저 외부적인 힘밖에 가지고 있지 않다는 자신을 갖게 해주기 바란다고 생각했다.

책의 등이 맞붙은 채 옆으로 나란히 꽂혀 있었다. 나는 이 책을 잘 기억하고 있었다. 어떤 식으로 이 책을 정리해서 꽂았는지 그것도 생각났다. 나는 이 책을 보고 마음속으로 탄원했다.

아무쪼록 나에게 말을 걸어다오……. 내 마음을 들어다오……. 내 마음을 들어다오……. 내 마음을 받아들여다오. 너야말로 옛날의 내 생명이다……. 너야말로 아름다운 병화다……. 아무쪼목 한 번 너 내 마음을 받아들여다오…….

나는 기다렸다. 나는 기다리고 있었다.

많은 광경이 지나갔다. 그렇지만 그것은 다만 그림자였다. 추억이었다. 조금도 멎는 것은 없었다.

아무것도 없다……. 아무것도 없다.

나는 불안을 느끼기 시작했다.

내 마음속에는 어떤 무서운 미지의 감정이 갑자기 솟아오르기 시작했다. 나는 돌아가야 할 길을 알 수 없는 것 같은 기분이 들었다. 나는 완전히 밖으로 쫓겨났다. 내가 아무리 열심히 탄원하고 노력해보았자 아무것도 움직이기 시작하는 것은 없었다.

나는 마치 죄의 선고를 받은 사람처럼 멍하니 한심스러운 모습으로 거기에 앉아 있었다. 과거는 딴 데를 돌아보고 말았다. 동시에 나는 과거에 지나치게 의지하고 있는 것이 무서워졌다.

이제부터 앞으로 어떤 일이 일어날지 알 수 없는데 과거 따위에 의지하고 있을 수는 없었다. 나는 한 병졸이다. 그렇기 때문에 아무래도 한 병졸이라는 것에 매달려 있지 않으면 안 되었다.

지쳐서 나는 일어섰다. 잠깐 창문으로 밖을 보고, 나는 한 권의 책을 손에 들고 읽으려고 생각하고 책장을 넘겼다. 그렇지만 그것도 내팽개치고 다른 한 권을 손에 집었다.

마침 펼친 곳에 줄이 그어져 있었다. 나는 다시 다른 책을 찾아 책장을 넘기고, 또다시 새 책을 손에 집었다. 옆에 놓은 책은 금방 쌓였으며 그것에 서류와 팜플렛도 같이 쌓이기 시작했다.

아무말도 하지 않고 나는 그 쌓인 책들 앞에 섰다. 꼭 재판관 앞에라도 선 것처럼 힘도 없이.

말이다, 말에 지나지 않는다. 말에 지나지 않는다……. 말로는 나는 만족할 수 없었다.

나는 다시 서류를 책장 틈새로 밀어넣었다.

책도 원래의 모습으로.

나는 소리도 내지 않고 방을 나왔다.

❖

나는 아직 단념하지 않았다. 하긴 내 방에는 그 이후로 들어가지 않았다. 그렇지만 단 2,3일 만으로는 아직 이러쿵저러쿵 말하는 것은 빠르다고 생각하고 내 자신을 은근히 위로했다. 아직 이 다음에……. 조금 지나면……. 얼마든지 생각할 수 있는 시간이 있다고 생각했다.

우선 나는 병영에 있는 미텔슈테트에게로 가서 그의 방에 앉았다. 그런 방의 공기는 싫기는 했지만 나는 이미 그것에 익숙해져 있었다.

미텔슈테트는 나에게 새로운 이야기를 전해주었다. 나는 그 이야기를 듣고 갑자기 전류가 통한 것 같았다. 그 이야기는 칸토레크가 국민군에 편입되었다는 것이었다. 미텔슈테트는 좋은 여송연을 두 개 내놓고 나에게 다음과 같이 이야기했다.

"생각좀 해봐. 내가 야전병원에서 돌아와 이곳에 오자 금방 딱 마주친 것이 바로 칸토레크였어. 그러자 그는 앞발을 내 쪽으로 쑥 내밀고는 개구리 같은 목소리로,

'오오, 미텔슈테트, 어떤가? 건강한가?'

고 말했기 때문에 나는 눈을 크게 뜨고 이렇게 말해주었지.

'나, 국민병 칸토레크! 공(公)은 공이고 사(私)는 사야. 그런 것쯤은 너도 잘 알고 있겠지. 상관에게 말을 할 때는 부동자세를 취햇!'

그때의 그놈의 얼굴을 보여주고 싶군. 마치 오이 초김치와 불발탄이 범벅이 된 것 같은 상판이었어. 그러자 그놈은 이상하리만큼 머뭇머뭇하면서 비위를 맞추려는 듯한 말을 꺼내지 뭔가. 그래서 나는 군인정신이 들어 있다는 것을 조금 보여주었지. 그러자 그놈은 자기의 가장 큰 무기를 꺼내지 뭐야. 매우 알랑알랑하면서,

'지원장교의 특별시험을 칠 수 있도록 알선해줄까요?'

라고 지껄이지 뭐야. 다시 말해서 나에게 그런 일을 생각해내게 하려고 하는 거야. 그래서 나는 울컥 화가 치밀었어. 나는 그놈의 일로 생각난

것이 있었어. 그래서 이렇게 말해주었지.

'이놈아 들어라, 국민병 칸토레크. 이 년 전에 너는 우리들에게 설교해서 병사구 사령관 앞으로 끌고 갔었지. 그 중에는 요셉 베어도 있었는데, 베어는 지원할 생각이라고는 조금도 없었어. 그래서 정식으로 소집당할 예정일보다도 삼 개월이나 전에 전사하지 않았느냔 말이야. 네가 쓸데없는 짓을 하지 않았더라면 그만큼 오래 살 수가 있었을 거야. 지금은 이 정도로 해둔다. 가라. 요다음에 또 얘기해주지.'

그래서 나는 칸토레크가 있는 중대로 배속시켜달라고 누군가에게 부탁했지. 그런 것쯤은 간단해. 거기서 나는 우선 처음에 그놈을 창고로 데리고 가서 멋있게 무장시켜주었지. 지금 당장 그놈을 보여주지."

우리는 연병장으로 나갔다. 마침 중대가 정렬하고 있었기 때문에 미텔슈테트는 쉬엇자세를 시켜놓고 검열했다.

나는 칸토레크의 모습을 발견했지만 웃음이 터져나오는 것을 억지로 참지 않으면 안 되었다. 어쨌든 보니 색이 바랜 남색 프록 코트의 일종인 듯한 군복을 입고, 등과 소매에는 크고 검은 바대를 대어 깁고 있었다. 그 윗옷은 어지간히 큰 사나이의 것이었던 모양이다. 그러나 그 검정바지는 아주 닳아 떨어져서 아주 깡뚱해져 있었고 겨우 정강이 절반까지 왔다.

그 대신 구두는 큰 데다가 쇠처럼 단단한 구식 구두였다. 끝은 위로 쑥 휘어져 있는데, 안쪽에서 끈으로 동여매지 않으면 안 될 정도였다. 그 대신 모자가 또 아주 작았기 때문에 매우 더럽고 비참한 부스럼딱지와 같은 꼴이었다. 그의 전체적인 인상은 참으로 불쌍하다고 할 수밖에 없었다.

미텔슈테트는 그런 칸토레크 앞에 멈추어 서서 말했다.

"국민병 칸토레크, 이 단추를 닦았다는 거냐, 너는 언제나 제대로 못하고 이 모양이야. 틀려먹었어. 칸토레크, 틀려먹었단 말이야……."

나는 내심 기뻐서 견딜 수 없었다. 칸토레크는 학교시절에 똑같은 식으로 미텔슈테트를 야단치곤 했다. 더구나 말투까지 같았다.

"틀려먹었어. 미텔슈테트. 틀려먹었단 말이야."

말투가 바로 그것이었다.

미텔슈테트의 잔소리는 아직도 그치지 않았다.

"저 뵈처를 보란 말이야. 참으로 모범병이 아니냐."

나는 내 눈을 믿을 수가 없었다. 그 뵈처라는 자도 거기 있었다. 뵈처는 우리 학교의 수위(守衛)였다. 그 자가 참으로 모범병이 되어 있었다.

칸토레크는 나를 보고 마치 나를 잡아먹기라도 할 것 같은 눈초리를 해보였지만 내 쪽에서는 오히려 태연하게 칸토레크의 얼굴을 보면서 이빨을 드러내고 웃었다. 나는 너 따위는 전혀 알지 못한다는 표정을 짓고서 말이다.

어쨌든 그 부스럼딱지 모자와 군복 차림의 칸토레크의 모습만큼 정말로 어처구니없는 것은 세상에 없었다. 이런 놈 앞에서 우리는 옛날에 부들부들 떨었던 것이다. 이 자가 교단 위에 버티고 서서 누군가가 프랑스 어의 불규칙동사를 틀리면 연필 끝으로 찌르곤 했던 것이다.

그렇지만 그때 배운 프랑스 어가 프랑스에서는 전혀 아무런 도움이 되지 못했으며 우리가 칸토레크에게 그렇게 당한 것이 아직 2년도 지나지 않았다. 그런데 지금 이렇게 국민병 칸토레크 선생은 영락(零落) 해서 항아리 손잡이처럼 굽은 무릎과 구부러진 팔에다가, 빛나지 않는 단추를 달고 우스꽝스러운 자세로 서 있었다. 정말로 두 번 다시 보고 싶지 않은 병사였다.

나는 그 교단 위에서 위협하는 모습의 칸토레크 선생과 지금의 그의 모습을 아무래도 연결지어서 생각해볼 수가 없었다. 지금 만약 이 비참한 놈이 나라는 고참병을 보고 언젠가 한번 옛날에 그랬듯이

"알레(aller)라는 동사의 현재완료형을 말해봐라."

라고 말한다면, 나는 과연 무슨 짓을 할지 내 스스로도 알고 싶다고 생각할 정도였다.

그래서 우선 미텔슈테트는 그에게 간단한 산병(散兵)을 시켜보았다.

칸토레크는 미텔슈테트의 호의로 분대장에 임명되었다.

거기에 또 미텔슈테트의 속셈이 있었다. 분대장이 되면 산병할 때는 언제든지 분대의 20보 만일 "뒤로……."라는 구령이 내리면 그 부대는 간단히 뒤로 돌아를 해버리면 되는 것이지만, 분대장은 그렇게 되지 않는다. 부대가 뒤로 돌아를 하면 자기는 20보 뒤에 있는 셈이 되기 때문에, 다시 부대의 20보 앞으로 빨리 달려가지 않으면 안 된다. 합계 40보를 앞으로 가야 한다.

그러나 겨우 거기까지 달려갔는가 싶으면, 금세 또 "뒤로 돌아……." 라고 하기 때문에 또다시 화급히 40보를 앞쪽으로 돌진하지 않으면 안 된다. 이런 식으로 해서 부대는 느긋하게 뒤로 돌아와 2,3보 걸을 뿐이다. 그 사이에 분대장은 커튼 막대에 달린 고리가 달리듯이 왔다갔다 뛰어다니지 않으면 안 된다. 더구나 이것이야말로 사실은 반장 힘멜슈토스가 직접 그에게 전수해준 효력 만점이라는 처방의 하나였다.

칸토레크로서는 미텔슈테트에 대해서 불평을 할 수 없는 까닭이 있었다. 그것은 칸토레크가 한번 미텔슈테트를 낙제시킨 일이 있기 때문이었다. 미텔슈테트도 역시 전선에 나가서 언제 죽을지 모르는 몸이기 때문에 이 절호의 기회를 이용하기로 했던 것이다. 군대가 이런 따끔한 기회를 한번 주면, 인간도 전선에 나가서 죽는 것이 비교적 편할지도 모른다.

그 동안 칸토레크는 쫓기는 멧돼지처럼 이쪽저쪽으로 뛰어다니고 있었으나 잠시 후에 미텔슈테트도 그 훈련을 그만두고 이번에는 중요한 포복 연습을 시켰다.

칸토레크는 팔꿈치를 짚고 손에는 규칙대로 총을 들고 그 알량한 꼴로 모래 위를 기어갔다. 더구나 우리들 바로 옆을 지나갔다. 그는 굉장히 숨을 헐떡이고 있었는데 그 헐떡이는 소리가 또한 음악과 같았다.

미텔슈테트는 더욱 국민병 칸토레크의 원기를 고무했는데 그 말이 또한 중학교사 칸토레크의 말투를 그대로 써서 위로했던 것이다.

"국민병 칸토레크, 우리는 이렇게 국가가 위급할 때 산다는 것을 대단한 행복으로 삼고 있다. 우리는 전원이 일치협력해서 이 국난을 극복하지 않으면 안 된다. 알았느냐."

보아하니 칸토레크는 뭔가 더러운 나뭇조각을 입에서 뱉어냈다. 기고 있는 동안에 이빨 사이로 들어간 모양이었다. 게다가 몹시 땀을 흘리고 있었다.

미텔슈테트는 몸을 구부리고 선서라도 하는 것처럼 맹렬한 기세로 쏘아붙였다.

"국민병 칸토레크. 작은 일로 해서 대사(大事)를 잊지 말자."

이것으로도 칸토레크의 몸이 펑 하고 소리를 내며 파열하지 않는 것에 나는 오히려 놀랐을 정도였다. 특히 그 후에 체조를 계속해서 했는데 미텔슈테트는 그때 칸토레크의 흉내를 참으로 잘 내보였다.

우선 철봉으로 올라갈 때 칸토레크의 바지 엉덩이를 붙잡고 철봉 위로 똑바로 턱을 내밀도록 했던 것이다. 더구나 그런 다음에 그럴 듯한 설교를 하기 시작했다. 이런 방식 역시 칸토레크가 옛날에 미텔슈테트에게 한 것과 똑같았던 것이다.

그것이 끝나자, 그는 또다시 사역을 명령했다.

"칸토레크와 뵈처는 군용빵 운반. 칸토레크는 손수레를 가지고 갈 것."

1,2분 지나자 이 두 사람은 손수레를 끌고 떠났다. 칸토레크는 몹시 화를 내고 고개를 푹 숙인 채였다. 그러나 수위인 뵈처는 매우 득의양양했다. 이 사나이 쪽이 편한 일을 맡았기 때문이다.

빵공장은 이 도시의 반대편 변두리에 있었다. 그래서 싫든좋든 간에 이 두 사람은 오고가는 동안 이 시내 전체를 지나가지 않으면 안 되었다.

"저 두 사람은 벌써 이삼 일 전부터 하고 있단 말이야."

미텔슈테트는 이빨을 드러내고 웃었다.

"그런데 이 도시에는 저 두 사람이 오는 것을 보고 싶다고 하면서 기다리고 있는 사람들이 있단 말이야."

"그것 참 멋있구나. 그런데 칸토레크는 그래도 항의를 하지 않아?"
내가 이렇게 물었다.

"그야 하지. 그렇지만 중대장 놈은 이 이야기를 듣고 배꼽을 잡고 웃더군. 이 중대장 놈도 또 학교 선생이라고 하면 주는 것 없이 미워한단 말이야. 게다가 내가 그 중대장의 딸과 연애 중이니까 말이야."

"그런 짓을 하면 이번에는 그놈이 네 시험 때 반동적으로 나오지 않을까?"

그러나 미텔슈테트는 태연하게 대답했다.

"그래서 저놈의 항의는 전혀 헛수고야. 왜냐하면 저놈의 사역이 대개 편한 일뿐이라는 것을 내가 증명해주었기 때문이야."

"저놈을 한번 대대적으로 단련시켜주면 어떠냐?"

"시시해, 저런 놈을 상대로 한다는 것은."

미텔슈테트는 의기양양하게 대답했다.

휴가란 무엇이냐……. 그것은 어떤 불안한 기분이다. 그것이 지나면 모든 일을 이전보다 더 답답하게 만드는 법이다. 지금은 벌써 이별의 기분이 겉으로 나오기 시작하고 있었다. 어머니는 입을 다문 채 내 얼굴을 보고 있었다. ……확실히 날짜를 세고 있음에 틀림없었다.

나는 잘 알고 있었다. ……아침마다 어머니는 슬픈 얼굴을 지었다. 휴가는 매일 하루씩 적어져갔다. 어머니는 내 배낭을 보이지 않는 곳으로 치워버렸다. 그런 것을 보면 또 이것저것 생각나서 안 된다는 것이었다.

이것저것 생각할 때면 시간 지나가는 것이 빨랐다. 나는 기운을 내서 몸을 털고 일어나 누님을 따라 함께 도살장에 갔다. 그곳으로 약간의 쇠뼈들 사러 갔던 것이다. 값이 많이 할인되어 싸게 살 수 있기 때문에 누구나가 아침 일찍부터 몰려들어서 팔기를 기다리고 있었다. 개중에는 붐비는 바람에 졸도하는 사람까지 생겨났지만 결국 우리는 잘 되지 않았다. 세 시간쯤 누님과 교대로 기다리고 있다가 긴 줄은 해산되고 말았다. 뼈가 매진되었기 때문이다.

내가 휴가 동안 식료품 급여를 받고 있었다는 것은 사실은 천만다행 이었던 것이다. 나는 그 일부를 어머니에게 갖다 주어서 모두들 다소나 마 힘이 붙는 음식물을 먹을 수가 있었던 것이다.

하루하루 지날수록 답답한 날이 왔다. 어머니의 눈은 차차 슬픈 눈으 로 변하기 시작했다. 남은 것은 이제 4일이었다. 나는 켐머리히의 어머 니를 방문하지 않으면 안 되었다.

나는 차마 글로 쓸 수가 없다. 몸을 떨고 흐느껴 우는 켐머리히의 어 머니는 나를 붙잡고 소리쳤다.

"그 애는 죽었는데 너는 어째서 살아 있지?"

켐머리히의 어머니는 내 몸을 눈물로 적실 것만 같이 외쳤다.

"왜 너희들은, 어째서 이런 곳에 왔단 말이냐. 만약……."

이렇게 말하려다가 금세 의자에 앉아 흐느껴 울면서 계속 말했다.

"너는 그 애를 만났느냐. 아직 살아 있을 때 만나주었느냐. 숨을 거 둘 때는 어떻게……."

나는 어머니에게는 켐머리히가 가슴에 총알을 한 발 맞고 바로 그 자 리에서 전사했다고 말했다. 그러자 어머니는 내 얼굴을 응시하고 의심 하듯이 말했다.

"너는 거짓말만 하는구나. 내가 더 잘 알고 있다. 나는 그 애가 괴로 워하면서 죽었다는 것을 느낌으로 다 알고 있다. 나는 그 애의 목소리 를 들었어. 밤이 되면 그 애의 고통을 느꼈지. ……제발 사실내로 이야 기해다오. 나는 사실을 알고 싶단 말이야. 나는 꼭 알아두지 않으면 안 된다."

"저는 거짓말을 하고 있는 것이 아닙니다. 나는 그때 마침 켐머리히 군의 옆에 있었습니다. 바로 그 자리에서 훌륭한 전사를 했단 말입니다."

내가 대답했다.

그러자 어머니는 낮은 목소리로 애원하듯이 말했다.

"제발 말해다오. 사실대로 말해주지 않으면 안 된다. 나는 잘 알고 있다. 너는 그렇게 말해서 나를 위로해주는 것이지. 그렇지만 그렇게 하면 사실을 듣기보다도 더 나는 괴로워하지 않으면 안 된다. 그것을 너는 알지 못하고 있다. 나는 거짓말을 듣고 그대로 넘길 수는 도저히 없다. 어떤 상태였는지 꼭 들려다오. 아무리 참혹한 이야기라도 듣겠다. 똑똑히 이야기해주는 편이 혼자서 이것저것 생각하기보다는 얼마나 좋은지 모른다."

켐머리히의 어머니가 나를 아무리 끈덕지게 설득하더라도 결코 이야기하지 않겠다고 나는 생각했다. 내 몸을 이 어머니가 설사 난도질을 한다 하더라도 나는 단연코 이야기하지 않겠다. 물론 어머니는 동정하지만 동시에 나에게는 이런 모습이 다소 어리석게 생각되었다.

켐머리히는 이미 죽었다. 어머니가 그것을 알았다고 해서, 또 몰랐다고 해서 그가 이미 죽은 것에는 변함이 없다. 이 어머니도 그 점을 생각하고 단념하지 않으면 안 된다. 그렇게도 많이 죽은 사람을 본 사람에게는, 단 한 사람 정도의 인간이 죽은 것을 이렇게 슬퍼하는 기분은 이젠 분명히 머리에 들어오지 않는다. 그래서 나는 좀 참을 수가 없게 되어서 이렇게 말했다.

"켐머리히 군은 정말로 그 자리에서 죽었단 말입니다. 아무런 고통도 느끼지 않고 아주 평온한 얼굴을 하고 숨을 거두었습니다."

어머니는 입을 다물어버렸다. 그런 다음에 조용히 이런 것을 물었다.

"너는 맹세코 그렇게 말하느냐?"

"맹세하고 말합니다."

"신에게 맹세코 말하는 거지?"

신은 무슨 얼어죽을 신이냐. 신 따위는 나에게는 벌써 옛날에 날아가
버렸다……. 그런 것은 우리들 사이에서는 순식간에 무엇으로든지 변
해버리는 것이다.

"그렇다면, 만약 네가 말하는 것이 거짓말이라면, 너는 두 번 다시
이곳으로는 돌아오지 않겠군."

"나는 이젠 이곳에는 오지 않겠습니다. 만약 켐머리히 군이 곧 그 자
리에서 죽은 것이 아니라면 말입니다."

나는 이 이상 어떤 책임을 짊어져도 상관없었다. 그렇지만 그 말을
듣고 어머니는 내 말을 곧이듣는 것 같은 눈치였다. 그런 다음 탄식을
하면서 오랫동안 울고 있었다.

나는 그 다음에 켐머리히의 전사한 상황에 대해서 이야기하지 않으면
안 되었다. 그래서 앞뒤가 잘 맞도록 이야기를 꾸며내서 이야기했는데
어쩐지 내 자신도 그것이 정말인 것 같은 기분이 들기 시작했다.

돌아오려고 하자 켐머리히의 어머니는 나에게 키스를 하고 켐머리히
의 사진을 한 장 주었다. 그가 초년병시절 군복을 입고 둥근 테이블에
기대고 있는 사진이었다. 테이블 다리는 껍질이 붙은 채로 있는 떡갈나
무 가지였다. 그 뒤에는 숲이 그려져 있어서 배경이 되고 있었다. 테이
블 위에는 손잡이가 달린 맥주 컵이 놓여 있었다.

드디어 집에 있는 마지막 밤이 되었다. 아무도 말을 하는 사람이 없
었다. 나는 일찍부터 자고 말았다. 나는 베개를 꽉 끌어안고 머리를 베
개 속에 파묻었다. 내가 두 번 다시 이렇게 깃털이불에 싸여서 잘 수 있
을지 어떨지, 그것은 아무도 모를 것이다.

밤이 깊어진 다음에 어머니는 내 방으로 들어왔다. 벌써 내가 잠들어
버렸다고 생각한 모양이었다. 나도 잠든 척을 하고 있었다. 눈을 뜨고
얼굴을 마주보고 이야기를 하는 것은 나에게는 너무나도 고통스러

웠다.

어머니는 몸의 통증을 느끼고는 자주 몸을 구부렸다 폈다 하면서 거의 새벽녘까지 내 옆에 앉아 있었다. 마지막에는 나도 더 이상 참을 수 없게 되어서 잠이 깬 척을 했다.

"어머니, 가서 주무세요. 이 방에서 그렇게 하고 계시면 감기에 걸리니까요."

어머니는 이렇게 말했다.

"자는 것이라면, 나는 앞으로 얼마든지 잘 수 있단다."

나는 일어났다.

"저는 지금부터 바로 전장으로 가는 것이 아니에요. 저는 지금부터 사주일 동안 강습을 받으러 병영으로 간단 말이에요. 거기서 아마도 일요일에는 한 번쯤 이리로 올 수 있을 거예요."

어머니는 잠자코 있었다. 이윽고 조용히 물었다.

"너, 무척 무섭다고 생각하고 있느냐?"

"그런 것쯤 무섭다고 생각하고 있지 않아요."

"나는 너에게 이 말만은 해두고 싶다고 생각하고 있었단다. 프랑스에 가거든 여자에게는 아주 조심해라. 프랑스 여자는 모두 질이 좋지 않으니까 말이야."

아아, 어머니, 어머니, 당신의 눈에는 아직도 나는 어린애겠지……. 왜 나는 당신 무릎에 이 머리를 올려놓고 울 수가 없단 말입니까. 왜 나는 항상 마음이 강하고 참을성이 있는 어른이 아니면 안 된단 말입니까.

나는 한 번 더 울고 싶다. 울어서 한 번 더 위로를 받고 싶다. 나는 어른이라고 해봤자 아직도 큰 아기에 지나지 않는다. 옷장 속에는 아직도 나의 짧은 어린이용 바지가 걸려 있지 않은가……. 어린 아이 시절을 떠난 지 아직 얼마 되지 않는다. 그런데 왜 그대가 벌써 지나가버린 것일까.

나는 될 수 있는 대로 침착한 척을 하고 이렇게 대답했다.

"우리 부대가 있는 곳에는 여자 따위는 없어요."

"전장에 가더라도 너 아주 조심해야 한다."

어머니, 어머니, 왜 나는 당신을 이 팔에 안고 함께 죽어버리면 안 되는 것일까요. 왜 우리는 이렇게도 불쌍한 개와 같은 운명일까요.

"네, 조심하고 말고요."

"나는 매일 네 몸에 대해서만 하나님께 기도를 하고 있단다."

어머니, 어머니, 당신도 나도 이젠 일어나서 이 방을 나갑시다. 그리고 온갖 불행과 불운이 우리들 위에서 없어져버릴 때까지 몇 년이고 몇 달이고 기다렸다가 어머니와 나만의 세계로 돌아갑시다. 어머니, 그렇게 합시다.

"너도 어떻게든지 해서 너무 위험하지 않은 곳으로 가도록 해라."

"문제없습니다. 저는 틀림없이 취사반으로 돌려질 거예요. 그 점은 문제없다고 생각합니다."

"그렇다면 다른 사람이 뭐라고 하든, 네가 그렇게 되도록 꼭 해보아라."

"문제없습니다. 어머니."

어머니는 탄식했다. 어둠 속에 어머니의 얼굴이 희미하나마 희게 빛났다.

"이제 그만 이 정도로 하고, 어머니 주무세요."

어머니는 대꾸도 하지 않았다. 나는 일어나서 어머니 어깨 위로부터 내 이불을 걸쳐드렸다. 어머니는 내 팔 위에 몸을 기댔다. 어딘가 괴로워진 것이었다. 나는 어머니 방으로 어머니를 모시고 가서 이번에는 얼마 동안 어머니 옆에 있었다.

"어머니도 더 튼튼해지시지 않으면 안 된단 말이에요. 다음에 제가 돌아올 때까지는요."

"오냐, 틀림없이 튼튼해져 있겠다."

"그리고 먹을 것을 저에게 보내주실 필요는 없어요. 거기서는 먹을 것이 많이 있으니까요. 여기서 어머니가 잡수시는 것이 훨씬 유익하단 말입니다."

침대에 누운 어머니의 모양은 참으로 가엾은 모습이었다. 이 사람이야말로 그 누구보다도 나를 사랑하고 애지중지해주는 어머니가 아닌가. 내가 그 방을 나가려고 하자, 어머니는 황급히 말했다.

"그리고 아랫 내의를 두개 더 네 것으로 사놓았다. 좋은 털이니까 입으면 틀림없이 따뜻할 거야. 잊어버리면 안 된다. 함께 싸가지고 가거라."

어머니 저는 잘 알고 있습니다. 그 두 개의 아랫 내의를 사기 위해 당신이 얼마만큼 돌아다니고 여기저기 기웃거리며, 또 거지 같은 흉내를 내셨을까요. 그런 어머니를 남겨두고 제가 떠나가지 않으면 안 되다니 말도 안 됩니다. 나에 대해서 권리를 가지고 있는 사람은 당신 이외에는 아무도 없을 것입니다. 아직 나는 여기에 앉아 있습니다. 그리고 당신은 거기에 누워 계십니다. 나와 당신은 더 많은 이야기를 하지 않으면 안 된단 말입니다. 그렇지만 이젠 그것도 할 수 없겠지요.

"그럼, 어머니 안녕히 주무세요."

"잘 자라."

방은 아직 어두웠다. 어머니의 호흡은 이 방 안에 조용히 들렸다. 그 사이에 시계의 똑딱거리는 소리가 섞여 있었다. 창 밖은 바람이 불고 있었다. 밤나무 잎이 바스락거렸다.

입구 복도에서 나는 배낭에 발이 걸려 쓰러졌다. 배낭은 완전히 채워 꾸려져 있었다. 내일 아침에는 무척 일찍 출발해야 했기 때문이다.

나는 베개를 물어뜯었다. 내 주먹은 침대의 쇠막대를 붙잡고 경련하듯이 떨었다. 나는 이렇게 돌아오지 말았어야 했다. 지금까지 나는 전장에 있으면서 아주 무사태평한 인간이었으며, 희망이라는 것을 잃어버린 일까지도 자주 있었다.

그렇지만 이제부터는 그렇게만 하고 지낼 수가 없게 될 것이다. 나는 군인이었다. 그러나 지금은 나와 어머니와, 그리고 단념할 수 없으며

184

끝도 없는 모든 것을 위해 고민하는 마음으로 나는 변하고 말았다.

나는 결코 휴가를 맡아 돌아오지 말았어야 했다.

8

하이데라거의 바라크를 나는 아직 기억하고 있다. 이곳은 반장 힘멜 슈토스가 차덴을 단련시킨 곳이다. 그렇지만 지금은 이미 아무도 이곳에 있는 사람을 모른다. 항상 그렇듯 모든 것이 바뀌어버렸다. 단 2, 3명만을 옛날에 조금 알고 있었을 뿐이었다.

근무는 기계적으로 해치웠다. 밤이 되면 나는 거의 언제나 사병클럽에 갔다. 거기에는 여러 가지 잡지 따위도 있었지만 나는 읽지 않았다. 그렇지만 피아노가 한 대 있었기 때문에 나는 자주 그 피아노를 쳤다. 웨이트리스로는 처녀가 2명 있었으며, 한 사람은 아직 나이가 어렸다. 바라크가 있는 곳은 철조망의 높은 울타리가 빙 둘러싸고 있어서, 사병 클럽으로부터 늦게 돌아오는 사람은 통행증을 가지고 있지 않으면 안 되었다. 그렇지만 보초와 잘 교섭해두면 그런 것이 없어도 통과할 수 있었음은 물론이다.

우리는 매일 두송(杜松)이 우거진 곳과 떡갈나무 숲 사이의 황무지에서 중대훈련을 했다. 분에 넘치는 것을 바라지만 않는다면 이 중대훈련은 대체로 유쾌한 편이었다. "앞으로"로 전진하고, "엎드려"로 엎드린다. 그렇게 하면 우리들의 호흡으로 이 황무지의 풀 줄기와 꽃이 이리저리 흔들렸다.

땅바닥으로 눈을 가까이 가지고 가서 보니 거기는 깨끗한 모래였다. 그것은 아주 작은 자갈이었으며 마치 실험실에서 만들어진 것처럼 청결했다. 손을 찔러넣어보고 싶을 만큼 묘하게 마음이 끌렸다.

그렇지만 가상 아름다운 것은 주위에, 빙 둘러 자란 떡갈나무 숲이었다. 이 숲은 각 순간마다 색깔이 바뀐다고 해도 좋았다. 지금 그 줄기가 빛날 정도로 하얀색이고 그 줄기 사이에 떡갈나무 잎이 크레용과 같은 초록색으로 가볍게 비단처럼 나부꼈는가 싶으면…… 벌써, 다음 순간에는 모든 것이 오팔과 같은 파란색으로 바뀌어버렸다.

그 파란빛은 다시 은빛으로 빛나고 그 은빛이 숲 가장자리로 가면 다시 초록색을 어디론가로 가볍게 지워버린다. ……그렇지만 그와 동시에 구름이 태양 앞을 가로막으면 숲의 어떤 점은 거의 검은색으로 가라앉는다. 이 햇빛의 그늘은 유령처럼 쥐색으로 보이는 나무 줄기 사이를 통과해서 아득한 황무지 위를 지평선 저쪽으로 날아간다.

이미 그 사이에 떡갈나무는 흰 막대 위에 나부끼는 장식의 만국기처럼 물든 잎의 금빛과 붉은색을 펄럭이면서 서 있었다.

나는 이 부드러운 빛과 투명한 그림자의 장난을 몇 번이나 넋을 잃고 바라보고 있었는지 모른다. 어떤 때는 명령도 듣지 못한 일까지 있을 정도였다. ……사람이라는 것은 혼자 있으면 자연을 관찰하고 사랑하기 시작하는 법이다.

나는 여기 특별히 많은 친구가 있는 것도 아니며, 또 무리를 해서까지 친구를 구하려고도 생각하지 않고 있었다. 서로 그다지 깊은 친분도 없이 시시한 이야기를 하든가, 밤이 되면 트럼프 '17과 4'를 한다든가, 손짓을 많이 하면서 수다를 떤다든가 하는 정도가 고작이었다.

우리가 있는 바라크 옆에는 커다란 러시아 군 포로수용소가 있었다. 이쪽과의 경계에는 철조망 울타리가 쳐져 있었지만 러시아 군 쪽에서 이쪽으로 오고 싶다고 생각하면 올 수 있었다.

그 사람들은 매우 흠칫흠칫하고 겁이 많은 것 같았다. 대개 수염을 기르고 있는 데다가 키가 컸는데 그 때문인지 어쩐지 그들은 두들겨맞아도 온순하게 하고 있는 베른하르트 개(犬)와 같은 느낌이 들었다.

이 러시아의 포로는 우리들 쪽 바라크로 몰래 들어와서는 쓰레기통을 뒤지고 다녔다.

찾는 것도 좋지만 도대체 무엇을 찾아낼 수 있는지 생각해보란 말이다. 우리들의 식량이 이미 결핍되어 있을 뿐만 아니라 무엇보다도 우선 그 식량의 질이 열악했다.

예를 들면 스웨덴 순무가 있으면 이것을 일단 여섯 개로 잘라서 물에 삶는다. 당근 뿌리는 아직 진흙투성이다. ……썩은 반점이 있는 감자는 무엇보다도 맛있는 요리다. 그리고 가장 사치스러운 것은 수분이 많은 쌀 수프다. 그 속에는 작게 자른 쇠고기가 헤엄치고 있지 않으면 안 될 터이지만 그것이 너무 작아서 어디를 찾아보아도 눈에 띄지 않는다.

그런 불평을 하기는 하지만 사실은 모두 먹어치웠다. 한쪽에는 먹을 것이 많아서 접시 밑바닥까지 핥을 필요가 없는 사람이 한 사람 있으면, 또 다른 한편에는 그 먹다 남은 것을 기꺼이 얻어가는 사람이 10명은 있는 법이다.

스푼이 미치지 않는 남은 음식은 물로 헹궈서 쓰레기통에 버리는데, 그래도 가끔은 순무 껍질이 두세 개는 들어 있거나 곰팡이가 생긴 빵의 딱딱한 껍질과 뭔지 알 수 없는 더러운 것이 들어 있다.

이 더럽고 흐려진 맑은 물이 바로 러시아 군 포로가 노리는 것이었다. 이 사람들은 고약한 냄새가 나는 쓰레기통으로부터 이런 것을 열심히 뒤져서, 루바시카(러시아 인 남자 상의) 밑에 감추어서 가지고 가는 것이었다.

러시아 군이라는 우리들의 적을 이렇게 가까이에서 보니 상당히 별났다. 이 사람들은 매우 생각에 잠기게 하는 얼굴을 하고 있었다. 그것은 정직해 보이는 농부의 얼굴이었다. 넓은 이마, 큰 코, 두꺼운 입술, 큰 손, 더부룩한 머리였다. 이런 포로들은 밭을 갈거나 풀을 베거나 사과를 따거나 하는 사역에 쓰기로 되어 있었지만, 보아하니 프리스란트의 우리 농부들보다는 사람이 좋아 보이는 얼굴을 하고 있었다.

그렇지만 그들이 뭔가 먹을 것을 찾는 동작이라든가, 구걸을 하는 태도를 보는 것은 매우 괴로웠다. 누구나가 모두 기운이 없고 아주 약했다. 이 사람들이 받는 음식물도 그저 굶어죽지 않을 정도에 지나지 않았다.

우리들 자신조차도 배부르게 먹어본 일은 아득한 옛날 이야기였다. 이 사람들은 이질(痢疾)에 걸려 있었다. 불안정한 눈을 한 많은 포로들은 피투성이가 된 셔츠 끝을 살짝 보이고 있었다. 그 등과 목은 새우등처럼 되고, 무릎은 굽고, 손은 뻗어서 몇 마디 배운 독일어로 구걸을 할 때는 머리를 비스듬히 하고 밑에서 올려다보듯이 했다. 그 부드럽고 작은 낮은 목소리로 구걸을 하는 것이었다. 그것은 마치 따뜻한 스토브와 고향의 조그만 방처럼 정다운 목소리였다.

그런데 이렇게 구걸해오는 사람을 쓰러질 정도로 걷어차는 사람이 있었다. ……다만 그런 사람은 극히 적었다. 많은 사람들은 못 본 체하고 그 옆을 지나갈 뿐이었다.

개중에는 너무나 비참한 모습을 하고 있으면 오히려 그 때문에 화가 나서 상대를 걷어차는 수가 있었다. 오직 이 러시아 병이 그렇게도 비참한 눈초리를 하고 보는 것이, 이쪽으로서는 괴로운 것이었다. ……엄지손가락으로 누를 수 있을 정도의 조그만 두 개의 점에 지나지 않는 그 눈 속에 도대체 얼마만큼 헤아릴 수 없는 슬픔이 담겨 있는 것일까.

밤이 되면 이 포로들은 우리들 바라크로 찾아와서 교섭을 시작했다. 그 포로들은 가지고 있는 물건 전부를 빵과 교환하자고 했다. 때로는 이 교환도 성립되는 일이 자주 있었다.

왜냐하면 이 사람들이 아주 고급 장화를 신고 있는 데 비해 우리들의 것은 아주 형편없었기 때문이다. 러시아 병의 긴 승마용 장화의 가죽은 러시아 송아지의 가죽처럼 놀랄 만큼 보들보들했다.

우리들 동료 중에서 자기 집이 농가인 사람들은 모두 고향에서 맛있는 것을 보내달라고 해서 그것을 가지고 있었기 때문에 이런 교환도 할 수 있었다. 예를 들면 한 켤레의 장화값이 대충 군용빵 두 개나 세 개, 그렇지 않으면 군용빵 하나에 약간 작은 듯한 비계가 없는 돼지고기 순대였다.

그렇지만 그런 러시아 병들도 대개는 가지고 있는 물건을 이미 다 처분해버리고 있었다. 몸에 지니고 있는 것은 초라한 옷뿐이며 조그만 조각품이라든가 포탄 파편, 구리 유도대(誘導帶)로 만든 물건 따위와 교환을 청해왔지만 물론 이런 물건으로는, 만든 사람의 수고는 많지만

그다지 값진 것과 바꿀 수가 없었다. ……두세 조각의 빵을 받고는 그
대로 가버리는 것이었다.

그것을 교환해주는 독일병 농부들은 흥정이 상당히 끈질겼을 뿐 아니
라 교활했다. 예를 들면 한 조각의 빵이나 순대를 오랫동안 러시아 병
의 코 바로 밑에 들이대고 있었다. 그러면 러시아 병은 참을 수 없이 먹
고 싶어서 얼굴빛은 창백해지고 눈이 돌 것만 같아져, 결국 독일병이
하자는 대로 흥정하고 만다. 그러면 독일병은 그 노획물을 아주 거드름
피우면서 싼 다음 큰 나이프를 꺼내서 천천히 조심스럽게 자기가 저장
하고 있는 음식물 중에서 한 조각의 빵을 꺼내어 자른다. 그리고 맛있
어 보이는 단단한 순대 한 조각을 곁들여서 자기에 대한 포상이기라도
한 것처럼 먹는 것이다.

나는 독일병들이 이런 식으로 간식을 먹고 있는 것을 보면, 뭐라고
할 수 없을 정도로 분노를 느꼈다. 그 두꺼운 머리뼈를 힘껏 후려갈기
고 싶어지는 것이었다. 독일병들은 이처럼 뜻하지 않은 물품이 생겼어
도 서로 물건을 준다든가 하는 일은 드물었다. 하긴 그들끼리도 그다지
친숙하지 않았다.

나는 자주 러시아 병의 보초를 섰다. 어둠 속에 그들이 움직이고 있
는 것이 보였다. 마치 병에라도 걸린 황새나 다른 큰 새와 같았다. 그들
은 울타리로 바싹 다가붙어서 얼굴을 직접 붙이고, 손가락을 쇠그물코
에 걸고 있었다. 많은 사람들이 밀치락달치락 늘어서 있는 일도 자주
있었다. 그렇게 황무지와 숲으로부터 불어오는 바람 속에서 호흡하고
있었다.

말을 하는 모습도 그다지 볼 수 없었다. 말을 한다 해도 아주 몇 마디
에 지나지 않았다. 이 러시아 병 포로들이 여기 있는 우리들보다도 훨
씬 인간적이었다. 그리고 적어도 나에게는 우리들보다도 훨씬 형제처

럼 서로 의지하고 돕고 있는 것처럼 보였다.

그렇지만 그것은 아마도 이 사람들이 우리들보다 더 불행한 신세라는 것을 우리들 마음속으로 느끼고 있기 때문일 것이다. 다만 이 사람들에게 있어서는 전쟁이라는 것은 이미 끝난 것이었다. 그렇지만 이렇게 이질에 걸려 있는 것도 결코 생활다운 생활이라고는 할 수 없는 것이다.

이 포로를 감시하고 있는 국민병들의 이야기에 의하면, 이들 러시아 병도 처음에는 원기가 있어서 떠들어대고 있었다고 한다. 어디서나 마찬가지로 이 사람들 사이에도 꽤 복잡한 관계가 있어서 서로 주먹질을 한다든가 나이프를 휘두르거나 하는 일도 적지 않았다고 한다.

그렇지만 지금은 전혀 감각이 둔하고 무슨 일에 대해서나 흥미를 잃는 인간이 되어 있었다. 많은 사람들은 마스터베이션(手淫)을 할 생각도 나지 않을 정도로 매우 약해져 있었다. 하긴 평소 같으면 마스터베이션이 아주 맹렬하며 모두들 병영에서는 당연한 일로 하고 있었다.

이 사람들은 울타리가 있는 곳에 내내 서 있었다. 가끔 한 사람이 느릿느릿 그곳을 비키면 다른 한 사람이 그 장소로 왔다. 누구나가 대개 말을 하지 않았다. 다만 한두 사람이 다 피운 궐련 꽁초를 달라고 조를 뿐이었다.

나는 이 포로의 검은 모습을 보고 있었다. 수염이 바람에 나부끼고 있었다. 나는 그 사람들이 포로라는 것 이외에는 아무것도 몰랐다. 더구나 그 사실이 내 마음을 움직이게 했다. 이 사람들의 생활은 생활이라는 이름도 붙일 수 없었다. 더구나 죄도 없는 생활이었다.

만약 이 사람들의 이름이 무엇이며, 어떤 생활을 하고 있는지, 무엇을 기다리고 있는지, 무엇을 괴로워하고 있는지, 그런 것들을 내가 더 많이 알고 있다면 내 마음의 감동은 하나의 목표를 가질 수가 있어서 그것이 동정심이라는 것으로 되었을지 몰랐다.

그렇지만 지금의 내가 이 사람들의 배후에서 느끼는 것은 그 생물의 고통이며, 무서운 생활의 우울이며, 인간의 무자비에 지나지 않았다.

이런 온순한 사람들이 단 하나의 명령에 의해 우리들의 적이 되었다.

그와 동시에 이 온순한 사람들은 명령 하나로 우리들의 친구로 바뀔 수도 있을 것이다. 어딘가에 있는 한 테이블 위에서 한 장의 서류가 우리가 알지도 못하는 두세 사람에 의해 서명된 다음부터 지난 몇 년 동안 우리들의 최고의 목적이었던 것은, 이 세상의 온갖 모멸(侮蔑)과 이 세상 최고의 형벌에 해당하는 것이 되고 말았다.

이 어린아이 같은 얼굴과 사도(使徒)와 같은 수염을 가지고 있는 온순한 사람들을 보고 누가 이들을 우리들의 적이라고 생각하겠는가. 신병과 하사, 학생과 교사는 우리들과 이 러시아 병 이상의 흉악한 적이었다. 그런데도 이 러시아 병이 석방된다면, 그래도 역시 우리는 이들을 상대로 포격하고 상대는 우리들에게 총을 쏘고 덤빌까.

나는 소름이 끼쳤다. 이 이상 더 깊이 생각해서는 안 된다. 더 깊이 생각해봤자 결국 끝에는 심연(深淵)이 있을 뿐이다. 아직 거기까지 외곬으로 생각할 때가 아니다. 그렇지만 나는 이 생각을 잃고 싶지 않다. 이 생각을 소중하게 가지고 이 전쟁이 끝날 때까지 간직해두고 싶다.

내 심장은 고동친다. 내가 참호에서 생각하던 목표요, 위대한 것이요, 유일한 것이란 바로 이것이 아닐까. 일체의 인간성이 멸종된 전쟁이라는 것이 끝난 후에도 여전히 유일한 존재의 가능성으로서 내가 바라고 있던 것이 이것일까. 몇 년 동안의 공포에 상당할 만한 것일까. 이것이 앞으로의 인간생활에 대한 하나의 문제일까.

나는 호주머니에서 궐련을 꺼내어 한 개비마다 둘로 꺾어 이것을 러시아 병에게 주었다. 러시아 병은 고맙다고 절을 하고 담배에 불을 붙였다. 두세 사람의 얼굴에 붉은 담뱃불이 희미한 빛을 발했다. 그것을 보고 나는 한숨 돌렸다. 그 불빛은 꼭 깜깜한 시골집에 보이는 조그만 창과 같았고 그 창 속에는 조용하고 평화스러운 방이 있는 것 같았다.

며칠인가 지났다. 안개가 짙은 어느 날 아침에 또 한 사람의 러시아 병이 죽어서 매장되었다. 요즘은 매일 죽는 사람이 생겼다. 마침 그 러시아 병이 죽던 안개낀 날 아침에 나는 보초를 서고 있었다. 러시아 병 포로 여럿이서 찬송가를 불렀다. 높고 낮은 몇 단계로 음을 나누어서 합창했다. 그것은 이미 목소리가 아니라 황무지 저 멀리 있는 오르간 소리처럼 울렸다.

그 장례식은 금세 끝나버렸다.

저녁때가 되자 포로들은 또 울타리가 있는 곳에 서 있었다. 바람은 떡갈나무 숲으로부터 이 포로들 쪽으로 불어왔다. 별빛은 차가웠다.

포로들 중 두세 명은 독일어를 상당히 잘했는데 나는 그들과 알게 되었다. 그 한 사람 가운데에는 음악가가 있었는데 그는 베를린에서 바이올린을 연주하고 있었다고 한다. 내가 조금 피아노를 친다고 말하자, 이 사나이는 바이올린을 가지고 와서 연주했다. 다른 사람들은 앉아서 울타리에 등을 기댔다.

이 사나이는 혼자 서서 연주했는데 흔히 바이올린을 연주하는 사람이 양눈을 감고 연주에 몰입하듯 그런 황홀한 표정을 여러 번 보이고, 금세 그 다음에는 악기를 다시 리듬에 맞추어서 움직이면서 내 얼굴을 보고 미소지었다.

그가 잘 연주한 것은 민요였다. 그것에 맞추어서 다른 사람들은 중얼거리듯이 노래를 불렀다. 노래하는 사람들은 어두운 언덕의 지하 깊은 데서 중얼거리고 있는 것 같았다. 바이올린의 소리는 마치 그 언덕 위에 서 있는 몸이 가느다란 소녀같이 맑고 고독한 음색이었다.

노래 부르는 소리가 그치고 바이올린 소리만 계속되었다. ……밤하늘 아래 들리는 이 바이올린은 추워서 떨고 있는 듯한 가는 소리를 냈다. 소리가 너무 작기 때문에 바로 옆에 서서 듣지 않으면 안 되었다. 이것은 차라리 방에서 듣는 편이 훨씬 좋았다……. 이렇게 밖에서 음성이 가느다랗게 주위에 떠돌면 듣는 사람은 너무나도 슬퍼진다.

나는 얼마 전에 긴 휴가를 받았다는 이유로 일요일에는 외출할 수가 없었다. 그래서 전선으로 출발하는 마지막 일요일에 우리 아버지와 맨 위의 누님이 면회를 와주었다. 우리는 함께 병사클럽에서 하루 종일 지냈다. 하긴 여기밖에 갈 곳도 없었다. 나는 바라크 안으로 들어갈 기분이 나지 않았다. 그래서 오정때 우리는 황무지 쪽으로 산책을 했다.

그 몇 시간이 나에게는 참으로 괴로웠다. 우리는 무슨 이야기를 해야 좋을지 몰랐다. 그래서 우선 어머니의 병에 관한 이야기를 했다. 확실히 암이 틀림없었다. 지금은 병원에 입원하고 있으며 근간에 수술을 한다고 했다. 의사는 제발 나아주었으면 좋겠다고 말하고 있지만 암이 나았다는 말은 우리도 일찍이 들은 일이 없었다.

"어디 병원인가요?"

내가 물었다.

"루이제 병원이란다."

이렇게 대답한 사람은 아버지였다.

"몇 등 병실입니까?"

"3등 병실이란다. 여하튼 수수료가 얼마쯤 들지 그것도 물어봐야 하는데 말이야. 네 어머니는 스스로 3등 병실로 들어가고 싶다고 말했단다. 3등 병실 쪽이 이야기 상대가 있어서 재미있고 게다가 돈도 싸니까 말이야."

"그럼 어머니는 여러 사람과 함께 누워 계시군요. 그래도 밤에 편안하게 주무실 수 있다면 좋으련만."

아버지는 고개를 끄덕였다. 아버지의 얼굴은 힘도 없이 축 늘어져서 주름투성이였다. 어머니는 오랫동안 병든 몸으로 있었다. 그렇지만 병원에 입원한 것은 강제로 입원하라는 말을 들었을 때뿐이었다. 그래도 우리 집으로서는 그 입원 비용이 대단한 것이었다. 우리 아버지의 생활은 어머니의 병 때문에 거의 엉망진창이 되었다고 해도 좋았다.

"그 수술비용이 얼마나 드는지, 그것만이라도 알았으면 좋겠는데."

아버지가 말했다.

"아직 물어보시지 않았습니까?"

"아직 직접 물어보지는 않았지만 말이야. 선뜻 물어볼 수가 없구나…

…. 그런 짓을 하면 의사 선생이 불친절해지니까 말이야. 그 선생이 어머니의 수술을 하는 사람이기 때문에 그 사람에게 물어볼 수도 없고 해서."

그렇다. 괴로운 일이지만 나는 그렇게 생각했다. 우리는 모두 그런 생활을 하고 있다. 우리들뿐만이 아니다. 가난한 사람들은 모두 그렇다. 가난한 사람들은 감히 값을 물어보지도 않는다. 그렇지만 값에 대해서는 처음부터 겁을 먹고 걱정하고 있는 것이다.

그렇지만 그런 일을 할 필요가 없는 사람들은 처음에 값을 정하는 것을 당연한 일로 알고 있다. 그런 사람들에게 오면 의사도 불친절한 얼굴을 하지는 않는다.

"게다가 붕대도 그다지 싸지는 않잖니."

아버지가 말했다.

"의료보험에서 얼마쯤 내주지 않습니까?"

내가 물었다.

"그렇지만 어머니의 병도 벌써 오래된 병이니까……."

"돈은 어떻습니까? 있습니까?"

아버지는 고개를 저었다.

"없다. 그렇지만 나는 이제부터 시간외 노동을 할 거다."

나는 알고 있다. 아버지는 매일 밤 12까지 자기 테이블 앞에 서서 종이를 접고, 풀칠을 하고, 종이를 잘라서 제본(製本) 일을 한다. 밤 8시에는 영양분이 있을 것 같지도 않은 식사를 식권과 교환해서 얻어먹는다. 그런 다음 두통약 가루약을 먹고 다시 일하기 시작하는 것이다.

나는 아버지의 마음을 북돋우려고 아버지에게 두세 가지 재미있는 군대 이야기를 생각나는 대로 이야기했다. 언젠가 들은 일이 있는 대장들과 특무상사의 이야기 따위였다.

그런 다음에 나는 두 사람을 정거장까지 배웅했다. 아버지와 누님은 나에게 잼 한 병과 감자 케이크를 한 꾸러미 주었다. 이것은 어머니가 나를 위해 구워준 것이었다.

이윽고 두 사람은 기차로 떠나고 나는 돌아왔다.

밤이 된 다음에 나는 그 잼을 케이크 위에 발라서 먹었다. 그렇지만 그다지 맛있다고는 생각하지 않았기 때문에, 그 케이크를 러시아 병에게 주자고 생각하고 밖으로 나왔다.

그러자 내 마음에 떠오른 것은 어머니가 스스로 그 빵을 구워주었다는 일이었다. 어머니는 이것을 구울 때 뜨거운 화덕 앞에 서서 틀림없이 괴로워하셨을 것이다. 나는 그 과자 꾸러미를 다시 배낭 속에 넣고 그 중에서 두 개만을 골라 러시아 병에게 갖다 주었다.

9

우리들은 2,3일 동안 계속 열차를 탔다. 최초의 비행기가 하늘에 나타났다. 우리들은 열차를 타고 자꾸만 앞으로 나아갔다. 대포, 대포, 군용열차는 우리들을 태우고 나아갔다. 나는 내가 속해야 할 연대를 찾았으나 그 연대가 어디에 있는지 아는 사람은 아무도 없었다. 어딘가에서 나는 밤을 새웠다.

어딘가에서 아침이 되면 양식을 받았다. 두세 가지의 멍청한 명령을 받았다. 그리고 내 배낭을 짊어지고, 내 소총을 메고, 다시 앞으로 나갔다.

내가 목적지에 도착하자 포격으로 파괴된 그 장소에는 이미 우리 동료는 아무도 없었다. 들은 바에 의하면 우리 연대는 유격대로 돌려져서 여기저기의 가장 위험한 장소로 배속되었다는 것이었다.

그 말을 들으니 나는 그다지 좋은 기분이 들지 않았다. 그리고 우리 연대가 입었다고 하는 큰 손해 이야기를 하는 사람도 있었다. 나는 카친스키와 크로프에 대해서 물어보았으나 아무도 이 두 사람에 대해서 조금이라도 알고 있는 사람은 없었다.

나는 그 다음에도 계속 여기저기를 찾아 헤메다녔다. 나는 이상한 기분이 들었다. 그 후 하룻밤과 다시 하룻밤을 나는 아메리카 인디언처럼 천막에서 잤다. 그런 다음에야 겨우 확실한 보고를 들을 수 있었고 오후가 되어서야 연대 사무실에 신고할 수가 있었던 것이다.

특무상사는 나를 그곳에 머물러 있게 했다. 연대는 이틀 안에 돌아오기 때문에 나를 거기까지 뒤쫓아가게 해봤자 아무런 도움이 되지 않았던 것이다.

특무상사는 이렇게 말했다.

"어땠어, 휴가는. 좋았지?"

"좋은 일도 있었고 나쁜 일도 있었지요."

내가 대답하자 상사는 탄식하며 말했다.

"그건 그럴 거야. 어차피 다시 떠나오지 않으면 안 되니까 말이야. 그렇지만 휴가도 후반은 전혀 재미가 없는 법이지."

내가 그 근처를 어슬렁어슬렁하고 있던 어느 날 아침 연대는 완전히 쥐빛으로 질퍽질퍽하게 더러워진 채 의기소침하고 한심한 꼴을 하고 돌아왔다. 나는 벌떡 일어나서 그들에게 뛰어들어갔다. 나는 눈을 왕방울같이 뜨고 나의 친구들을 찾았다. 있었다. 차덴이 있었다. 밀러가 코를 잡고 있었다. 카친스키와 크로프도 있었다.

우리들은 짚을 넣어 만든 요를 나란히 고쳐 깔았다. 나는 이 사람들의 얼굴을 보았을 때, 왠지 내가 그들에게 나쁜 짓이라도 한 것 같은 기분이 들었다.

그렇지만 그 이유라는 것은 물론 있지도 않았다. 그리고 모두 자려고 하기 전에 나는 감자 케이크와 잼 남은 것을 꺼내서 모두에게 먹이려고 했다.

감자 케이크의 아래위의 바깥쪽은 벌써 곰팡이가 슬고 있었으나 아주 못 먹을 정도는 아니었다. 나는 그것을 내 몫으로 남겨놓고 곰팡이가 슬지 않은 것을 카친스키와 크로프에게 주었다.

카친스키는 그것을 씹으면서 물었다.

"이건 틀림없이 어머니가 만드셨겠지?"

나는 고개를 끄덕였다.

"상당히 맛이 있구나. 먹어보면 금방 알 수 있어."

카친스키가 말했다.

나는 하마터면 울 뻔했다. 나는 나 자신이라는 것을 알 수 없게 되고 말았다. 그렇지만 이렇게 카친스키와 크로프와 그 밖의 친구들과 이렇게 여기서 함께 있는 이상은, 다시 전처럼 유쾌해질 것이다. 여기야말로 내가 있어야 할 곳이다.

"넌, 운이 좋았어."

크로프는 내가 자기 직전에 작은 소리로 말했다.

"잘은 모르지만 우리들은 러시아로 간다는 이야기가 있어."

러시아라. 러시아의 동부전선에는 이 전쟁이 없지 않은가.

아득히 먼 전선으로부터 우르릉하는 포성이 들렸고 바라크의 벽은 드르르 움직였다.

이것저것 모두 손질을 하고 닦았다. 세밀검사가 꼬리를 물고 있었다. 온갖 방면에서 검사를 했다. 파손되어 있는 것은 신품과 교환해주었다. 덕택에 나는 말쑥한 신품 윗옷을 받았다. 카친스키는 물론 빈틈이 없었고 한 번도 입지 않은 외투까지 받았다.

풍문에 의하면 휴전이 된다고 했으나, 또 하나의 이야기가 더 사실 같았다. 그것은 우리들이 러시아 방면으로 교체된다는 것이었다.

그렇지만 우리들이 러시아로 가는데 어째서 특별히 고급품을 지급할 필요가 있는 것일까 하고 생각하고 있는데 그때 새나온 이야기가 바로 황제가 검열하러 온다는 것이었다. 그래서 이렇게 여러 가지 검사가 있었던 것이다.

❖

이 1주일은 마치 신병 당시의 영내생활과 같은 기분이 들었다. 그만큼 고생을 하며 훈련을 받았기 때문에 누구나가 싫증이 나서 신경질적으로 변하고 말았다.

도가 지나친 훈련은 우리들에게 있어서는 시시하기도 했으며 분열행진은 더욱이 어리석은 짓이었다. 이러한 일은 병사의 몸으로서는 참호생활보다 더 화가 나는 일이었다.

드디어 그때가 되었다. 우리들이 직립부동의 자세를 취하고 있으니까 거기에 카이저가 나타났다. 우리들은 황제가 어떤 모습을 하고 있는지, 그것을 보고 싶은 호기심이 있었다.

황제는 앞줄을 따라서 걸어갔는데 나는 약간 실망했다. 여러 가지 그림에서 본 황제는, 나보다도 더 몸도 크고 훌륭한 것처럼 생각되고 있었을 뿐만 아니라 특히 우레처럼 울려퍼지는 목소리를 상상하고 있었기 때문이다.

황제는 철십자 훈장을 수여하고 아무에게나 말을 걸었다. 그런 다음 우리들은 행진하고 그곳을 물러났다.

그런 다음에 우리들은 여러 가지 이야기를 했다. 차덴은 놀라서 말했다.

"저게 독일에서 누구보다도 가장 높은 사람이구나. 저 사람 앞에 나가면 누구든지 부동자세를 취해야 된단 말이군. 어떤 인간이든지 말이야. 힌덴부르크라도 저 사람 앞에 나가면 부동자세란 말이야. 그렇지?"

"그렇고 말고."

맞장구를 친 것은 카친스키였다.

차덴은 그것만으로는 아직 만족하지 않은 듯 잠시 생각에 잠기고 있다가 물었다.

"그렇다면 어떨까? 황제보다 아래인 왕도 황제 앞에 나가면 부동자세를 취할까?"

그러나 그 점을 분명히 알고 있는 사람은 없었다. 다만 우리들은 그런 일은 없을 것이라고 생각했다. 황제도 국왕도 양쪽 다 높은 자리의 사람이니까, 그쯤 되면 똑바로 부동자세를 취하는 일 따위는 틀림없이 없을 것이라는 결론이 났던 것이다.

그러자 카친스키는 반발하며 말했다.

"넌 무슨 바보 같은 말을 지껄여대느냐 말이야. 너만 부동자세를 취하면 되지 않아?"

그러나 차덴 쪽에서는 완전히 그 문제에 열중해버렸다. 그리고 다른 일이라면 아주 냉담했던 그의 공상도 지금은 순식간에 부풀어올라서 계속 말했다.

"그렇지만 나는 아무래도 알 수가 없어. 황제도 우리와 똑같이 똥을 눈다는 것을 말이야."

"어쩌면 그렇게 용한 생각을 하셨수?"

크로프는 웃음을 터뜨렸다.

"황제가 똥을 누지 않는다면 내가 이 목을 주겠다."

이렇게 차덴이 대답했다.

"미치광이의 기발한 착상이로군."

카친스키가 이렇게 말을 덧붙이며 계속해서 말했다.

"차덴, 네 머리 속으로 이라도 들어간 것 아니냐. 너야말로 빨리 변소에라도 갔다 와서 머리를 식히고, 기저귀 냄새 나는 갓난아기 같은 말은 하지 말아라."

차덴은 어디론가 가버렸다.

그러자 이번에는 크로프가 시작했다.

"나에게도 한 가지 납득이 가지 않는 일이 있어. 노대제 서 황세가 좋다고 하지 않더라도 전쟁이란 것이 시작되었을까?"

"그야 물론이지."

나는 말참견을 했다.

"잘은 모르지만 황제는 처음부터 전쟁을 할 생각은 없었다고 하지 않더냐."

"그것은 황제 혼자서 하지 않겠다고 해봤자 소용없는 일이야. 세상에서 스무 명이고 서른 명이고 전쟁을 하지 않겠다고 그에게 말을 해주었어야 했단 말이야."

"바로 그 점이야. 그러나 모두들 전쟁을 하고 싶어 하지."

나는 찬성했다.

"그렇지만 정말 우스꽝스럽지 뭐야. 우리들은 여기서 이렇게 우리들의 조국을 지켜야겠다고 하고 있지, 저쪽 프랑스 인들 역시 자기 나라를 지키겠다면서 서로 싸우고 있는 모습이 말도 안 되는 거야. 도대체 어느 쪽이 옳은 거지?"

크로프가 말했다.

"양쪽 다겠지."

내가 이렇게 말했지만 특별히 양쪽 다 옳다고 생각하고 있는 것은 아니었다.

"그럴지도 모르지만 말이야."

크로프가 말했지만 분명히 그 안색에는 나를 추궁하려고 하는 마음을 읽을 수 있었다. 그리고 그는 말을 이었다.

"그렇지만 독일의 훌륭한 학자나 신부나 신문이 말하는 바로는 우리들만이 옳다고 말하지 않더냐. 뭐 아무래도 좋으니까 될 수 있으면 그렇다고 해두고 싶지만 말이야……. 그렇지만 프랑스의 훌륭한 학자나 목사나 신문 따위도 역시 자기들만이 옳다고 말하고 버티고 있는데 그럼 그 점은 어떻게 되는 거야?"

"그렇게 되면 나도 알 수 없어. 그렇지만 뭐라고 하든 간에 이미 전쟁이 시작되었단 말이야. 매월 여러 나라들이 이 전쟁에 참가하고 있다는 소리라구."

그때 차덴이 다시 얼굴을 내밀었다. 이 사나이는 신바람이 나서 우리들 이야기에 금방 끼어들었고 또 이런 문제를 제기했다.

즉, 도대체 전쟁은 어떤 이유로 일어나느냐 하는 문제였다.

그러자 크로프는 다소 뽐내는 듯한 표정을 짓고 대답했다.

"대체로 말이야, 한 나라가 다른 나라를 매우 모욕했을 경우지."

차덴은 일부러 멍청한 얼굴을 하고 말했다.

"뭐야, 한 나라라고? 그것을 알 수 없단 말이야. 도대체 독일의 산이 프랑스의 산을 모욕한다는 것은 있을 수 없는 일이 아니냐. 산이 아니라도 좋아. 강이든 숲이든 보리밭이든 마찬가지야."

이 말을 듣자 크로프는 끙끙거리면서 말했다.

"너는 도대체 그런 것도 모르는 바보란 말이냐. 그렇지 않으면 일부러 그런 말을 하는 거냐. 내가 말한 것은 그런 의미가 아니야. 어떤 국민이 다른 국민을 모욕했을 경우야……."

"그렇다면 우리들은 여기서 아무런 볼일도 없지 않느냐. 나는 조금도 모욕당한 것 같은 기분이 들지 않다구."

차덴은 이렇게 대답했다.

"좋다, 그럼 내가 강의를 해주지. 너 같은 시골뜨기는 문제가 되지 않아."

크로프는 화가 난 것처럼 말했다.

"그렇다면 나는 집에 돌아가도 좋겠구나."

이렇게 차덴이 버티었기 때문에 일동은 와하하 하고 웃음을 터뜨렸다.

"무슨 소릴 하고 있는 거야. 국민이라고 하는 것은 전체야, 다시 말해서 국가라는 거야……."

외친 것은 밀러였다.

"뭐가 국가냐? 헌병이니, 경찰이니, 세금이니 하는 것이 네가 말하는 국가야. 그런 것의 강의라면 딱 질색이야."

차덴은 간사스럽게 딱 하고 손가락으로 소리를 내면서 말했다.

"그것 참 좋은 말 했구나. 너는 처음으로 옳은 말을 했단 말이야. 국가라는 것과 고향이라는 것은 같은 것이 아니야? 확실히 그렇다."

카친스키가 말했다.

"그렇지만 그것은 양쪽 다 한 가지 것에 붙어 있게 마련이지. 국가가 없는 고향이라는 것은 세상에 없어."

크로프는 고개를 갸우뚱하면서 말했다.

"그건 그렇다. 그렇지만 생각해보아라. 우리들은 모두 가난한 사람들 뿐이야. 그리고 프랑스 인도 대부분의 사람들은 노동자나 직공이나, 그렇지 않으면 말단 월급쟁이야. 그런데 어째서 그 프랑스 인 자물쇠 장수와 구두 수선공이 우리들과 전쟁하기를 원한다고 생각하지? 그럴 이유는 없단 말이야. 그것은 전부 정부가 하는 짓이야. 나는 여기에 올 때마다 프랑스 인이라고는 한 번도 본 일이 없어. 대부분의 프랑스 인도 우리들과 마찬가지로 뭐가 뭔지 도무지 모르고 있단 말이야. 요컨대 그들도 정신없이 전쟁에 끌려나왔단 말이야."

"그렇다면 도대체 어째서 전쟁이라는 것이 있는 거지?"

이렇게 물은 것은 차덴이었다.

카친스키는 어깨를 으쓱거렸다.

"어쩌면 이것은 전쟁으로 득을 보는 놈들이 있기 때문일 거야."

"미안하지만 나는 그런 인간이 아니야."

이를 드러낸 것은 차덴이었다.

"너는 아니고 말고. 여기엔 그런 놈은 아무도 없어."

"그렇다면 누구냐? 황제도 조금도 득이 되지 않는단 말이야. 황제쯤 되면 갖고 싶은 물건은 무엇이든지 가지고 있으니까."

차덴은 여전히 고집을 부렸다.

"그건 알 수 없어. 황제도 전쟁을 하는 것은 이번이 처음이 아니냐. 좀 다른 놈보다 영리한 황제는 누구나가 적어도 한 번은 전쟁을 하고 싶어하는 법이지. 전쟁을 하지 않으면 유명해지지 않으니까 말이야. 학교 교과서를 보란 말이야."

카친스키가 대답했다.

"장군들이 유명해지는 것도 전쟁 덕분이야."

이렇게 말한 것은 데터링이었다.

"황제보다 더 유명해지니까 말이야."

카친스키는 다짐하듯이 말했다.

"그렇기 때문에 전쟁의 배후에는 틀림없이 전쟁으로 득을 보려고 생각하고 있는 놈이 숨어 있단 말이야."

데터링은 투덜댔다.

"그렇지만 나는 전쟁이란 것은 오히려 일종의 열병이라고 생각해. 아무도 전쟁을 하고 싶어하는 놈은 없다. 그런데도 갑자기 불쑥 전쟁이 터져버렸지 않느냐. 우리들은 전쟁 따위는 조금도 하고 싶지 않았어. 다른 놈들도 모두 같은 말을 하고 있고……. 그런데도 어떠냐, 이렇게 세계의 절반이 정신없이 덤벼들고 있지 않느냐 말이야."

크로프가 말했다.

"그렇지만 우리들보다도 적이 더 속고 있어. 포로가 가지고 있던 그 선전 팜플렛을 보란 말이야. 그 속에는 우리들이 벨기에서 어린애를 잡아먹었다고 씌어 있다구. 그런 것을 쓴 놈은 붙잡아서 목을 매달아놓으면 좋을 텐데. 진짜 나쁜 놈이란 말이야."

내가 대답했다.

밀러는 일어서서 말했다.

"어쨌든 이 전쟁이 독일 국내가 아니어서 다행이야. 보란 말이야. 저 포탄 구덩이의 전장을……."

"맞아. 하지만 가장 좋은 것은 전쟁 따위를 하지 않는 것이지."

이 말을 차덴은 우리들 지원병을 납작하게 만들었다고 생각했는지 매우 득의양양해져 있었다. 하긴 차덴의 생각은 독특한 것이어서 우리는 그의 생각에 반박하려고 했지만 곧 그의 말 한 마디에 뒤죽박죽이 되곤 했다. 그 까닭은 우리의 다른 관계를 생각하는 이해력이 차덴의 언변술에 휘말려 멎어버리기 때문이었다.

차덴의 국민적 감정이라는 것은 그가 전장에 있다는 것뿐이었다. 그 밖의 모든 것은 완전히 실제적으로 자기 입장에서 판단하는 것이었다.

크로프는 화가 난다는 듯이 풀 속에 벌렁 자빠져서 말했다.

"그런 쩨쩨하고 사소한 일은 일체 지껄이지 않는 것이 제일이야."

"지껄여봤댔자 어떻게 되는 것도 아니고 말이야."

카친스키도 맞장구를 했다.

새로 수령한 물건은 이제 우리들에게 쓸데없다고 거의 전부 반품하라는 명령을 받고, 우리는 전의 낡은 물건을 다시 되돌려받았다. 고급 신품은 그저 검열을 위한 것일 뿐이었다.

러시아로 가는 대신 나는 전과 같이 전선으로 되돌아왔다. 그 도중에서 줄기가 찢어지거나 땅바닥이 뒤집혀 있는 한심한 꼴의 숲속을 지났다. 두세 군데에는 무서운 구덩이가 생겨 있었다. 이것을 본 나는 카친스키에게 말했다.

"이건 정말 굉장하구나. 아주 지독하게 쏘아댄 모양이지?"

"지뢰야."

카친스키는 이렇게 말하고, 위쪽을 가리켰다.

위를 보니 나뭇가지에 죽은 사람이 걸려 있었다. 발가벗은 병사 한 사람이 갈라진 나무 줄기 사이에 책상다리를 하고 앉아 있었다. 머리에 철모를 쓰고 있었지만, 그 밖에는 발가숭이였다. 책상다리를 하고 있는 것처럼 보였던 까닭은 목의 절반만이 나무 줄기 위에 올라타고 있었기 때문이었다. 그것은 다리가 없는 상체였다.

"도대체 어떻게 된 것일까?"

내가 묻자 차덴은 신음하듯 대답했다.

"옷 속으로부터 몸뚱아리만 홀랑 날아간 거야."

카친스키는 이렇게 말했다.

"우리들은 저런 것을 벌써 두세 번은 보았지. 정말 우스꽝스럽지 뭐야. 지뢰를 밟으면 사람의 몸뚱아리는 정말 옷 속으로부터 홀랑 빠져버리게 되지. 공기의 압력 때문이겠지."

나는 그런 시체가 있는지를 더 찾아보았다. 과연 그대로였다. 저쪽에는 찢어진 군복만이 걸려 있었다. 다른 곳에는 피투성이의 끈적끈적한 풀 같은 것이 달라붙어 있었다. 이 풀도 한때는 사람의 손발이었던 것이다.

거기에 굴러다니는 또 한 사람의 육체는 한쪽 다리에만 바짓자락이 붙어 있고, 목 둘레에는 군복 저고리의 깃이 붙어 있을 뿐 그 밖에는 벌거숭이였다. 군복은 나무에 걸려 있었다. 마치 두 개 다 몸통에서 잡아 뽑은 것같이 양팔은 빠져 달아나고 없었다. 결국 그 한쪽 팔은 거기서부터 20보쯤 떨어진 나무가 우거진 수풀 사이에서 발견되었다.

그 시체는 얼굴을 땅바닥으로 향하고 쓰러져 있었다. 팔의 상처에서 흘러나온 끈적끈적한 피로 땅바닥은 검게 되어 있었고 발 밑의 나뭇잎은 엉망진창이 되어 있었다. 죽기 전에 이 사나이가 마구 짓밟았을 것이다.

"말도 안 되는군."

내가 말하자, 카친스키는 어깨를 으쓱거리고 말했다.

"배때기 속으로 포탄 파편이 들어오는 것은 정말 질색이야."

"너무 침울한 이야기는 하지 말자꾸나."

차덴도 동의하듯 말했다.

그 피가 아직 생생한 점으로 보아 이 참사가 있고서 그다지 시간이 경과하지 않은 모양이었다. 여기서 눈에 띈 인간은 모두가 죽은 사람이었기 때문에, 우리들은 그곳에 더 이상 발을 멈추지 않고 바로 이 사실을 가장 가까운 곳에 있는 위생대 본부에 보고해두었다.

물론 담가병이 할 그런 일을 대신 해주는 것으로 여하튼 간에 이것은 우리들이 할 일은 아니었다.

적이 어느 정도까지 진출하고 있는지, 그 점을 확인하기 위해서 척후병을 뽑기로 되었다. 나는 휴가를 갔다 왔기 때문에 아무래도 다른 사람들에 대해서 어쩐지 체면이 안 섰기 때문에 척후에 나가고 싶다고 자청했다.

　그래서 우리들은 계획을 의논하고 몰래 철조망을 빠져나갔다. 거기서 뿔뿔이 흩어져서 한 사람씩 앞으로 기어나갔다. 얼마쯤 가자 나는 얕은 포탄 구덩이를 발견하고는 그리로 기어들어가서 전방을 살폈다.

　그 근처는 사방팔방으로부터 사격당하고 있었으나 그다지 맹렬하다고 할 정도는 아니었다. 그렇지만 공공연하게 몸을 일으킬 수 없을 정도로 상당히 쏘고 있었다.

　조명탄이 하나 터졌다. 그 희미한 빛 속에서 사방의 지형은 꼼짝않고 누워 있었다. 그 빛이 꺼지자, 전보다도 더 검게 어둠은 그 위로 덮어씌워졌다.

　우리들은 참호 속에서 전면에 검은 적의 그림자가 보인다는 말을 들었지만 그것이 분명히 눈에 들어오지 않는 것은 기분이 나빴다. 게다가 적의 척후병도 상당히 민첩했다.

　다만 이상하게도 적의 척후병은 가끔 어리석은 짓을 저질렀다⋯⋯. 예를 들면 카친스키와 크로프가 척후에 나간 도중에서 검둥이 척후병을 아주 쉽게 쏘아 죽인 일이 있었다. 그것은 이 사람들이 궐련을 피우고 싶은 나머지 도중에서 뻐끔뻐끔 피워댔기 때문이었는데 카친스키와 크로프는 그 궐련이 어렴풋이 빛나고 있는 머리를 겨냥하고 쏘기만 하면 되었던 것이다.

　작은 포탄이 내 바로 옆의 땅바닥에 떨어졌다. 나는 그 포탄이 날아오는 소리가 들리지 않았기 때문에 적잖이 당황했고 그 순간에 뭐라고 말할 수 없는 불안이 내 마음을 덮었다. 나는 여기서 이렇게 혼자서 어둠 속에서 누구를 부를 수도 없다……. 아마도 전방의 포탄 구덩이에서 아까부터 나를 지켜보고 있는 적의 두 눈이 있을지도 모른다.

더욱이 적은 나를 분쇄하기 위해 수류탄을 언제든지 던질 수 있도록 준비하고 있을 것이다. 나는 기분을 새로이 하려고 했다. 그때 나는 처음으로 척후에 나온 것도 아니며 또 특별히 위험한 경우도 아니었지만, 그것은 내가 휴가 후 처음 나온 척후였고 또 이 부근의 지형에 익숙하지 못했다.

이렇게 흥분하고 있는 나는 바보이며 또 어둠 속에서는 아마도 나를 노리고 있는 사람은 아무도 없을 것이다. 만약 노리고 있는 사람이 있다면 이렇게 낮게 쏘는 일은 없다고 내 자신에게 타일렀다.

그렇지만 그것은 헛된 일이었다. 금세 내 머리 속에서는 생각이 뒤죽박죽으로 돌아가기 시작했다. ……이것저것 조언(助言)하는 어머니의 목소리가 들리기도 하고 수염을 바람에 나부끼면서 울타리에 기대고 있는 러시아 병이 보이기도 하고 긴 의자가 놓인 주보의 밝고 이상한 광경이 비쳤다. 또 발렌시엔느의 영화관이 보였다.

나는 내 환상 속에 회색의 감각이 없는 총구가 나를 괴롭히듯이 무서운 모양으로 나타나는 것을 보았다. 내가 머리를 돌리려고 하자 그 총구는 소리도 내지 않고 나를 겨누면서 함께 움직이는 것이었다. 나는 전신의 털구멍에서 진땀이 배어나오기 시작했다.

나는 아직도 그 움푹 패인 곳에 몸을 엎드리고 있었다. 시계를 보니 겨우 2,3분 지났을 뿐이었다. 내 이마는 젖고, 눈구멍은 축축해지고, 양손은 떨렸다. 나는 낮은 소리를 내면서 헐떡였다. 그것은 무서운 불안의 발작이었다. 머리를 내밀고 더 앞으로 기어가기에는 너무나 무섭고 불안했다.

내 긴장은 차차 납처럼 가라앉기 시작하고 여기에 머물러 있고 싶다는 소원으로 바뀌기 시작했다. 내 손발은 땅바닥에 찰싹 들러붙었다. 아무리 떼려고 해도 소용없었다. ……아무리 해도 손발은 땅바닥에서 떨어지려고 하지 않았다. 나는 내 몸을 땅바닥에 꽉 눌렀다. 아무래도 앞으로 나갈 수가 없었다. 그래서 나는 여기에 머물러 있을 결심을 했다.

그렇지만 금세 내 마음에 다시 넘쳐 흐르는 물결이 있었다. 그것은 부끄러움과 후회와 동시에 문제없다고 생각하는 마음의 물결이었다. 나는 몸을 일으켜서 형세를 살피려고 했다.

내 눈은 불탔다. 그 정도로 어둠 속을 응시했다. 그랬더니 조명탄이 한 발 높이 올라갔다. 나는 다시 머리를 움츠렸다.

나는 그런 시시하고 까닭을 알 수 없는 싸움을 하면서 움푹 패인 곳으로부터 나오려고 생각했다가는 다시 그 속으로 기어들어가고 말았다. 나는 나 자신에게 말했다.

"나가야 한다. 전우를 위해서다. 우리는 결코 어처구니없는 명령을 받고 있는 것이 아니다."

그러다가 바로 뒤에 다른 말이 있었다.

"그렇지만 그런 일은 아무래도 좋다. 뭐니뭐니해도 목숨이 제일이다."

나의 이런 생각은 모두 휴가를 받아서 긴장이 풀린 탓이라고 나는 스스로 강하게 변명하면서도 그 변명을 믿지 않았다.

나는 무서울 정도로 기분이 우울해지기 시작했다. 그래서 몸을 들어올려 팔을 앞으로 버티고 등을 뒤로 당겨 몸을 반쯤 포탄 구덩이의 가장자리로 내밀었다.

그러자 어떤 소리가 들려왔다. 나는 움칫하면서 올렸던 몸을 다시 떨어뜨렸다. 그 소리는 포병이 쏘는 박격포 소리에도 지워지지 않았으며 어떤 소리인지도 알 수 없었지만 분명히 들려오는 것이었다.

나는 귀를 기울였다. ……그 소리는 우리들 후방에서 들렸다. 그것은 아군이 참호를 지나가는 발자국 소리였다. 낮은 소리로 지껄이는 소리가 들렸다. 거기서 지껄이고 있는 것은 카친스키의 목소리일지도 모른다.

일시에 내 몸 속을 보통이 아닌 따뜻함이 흘러 지나갔다. 이 목소리가, 몇 마디 안 되는 이 낮은 말이, 등뒤의 참호 속의 이 발소리가 금세 나를 꽉 붙잡고 당장에라도 나를 졸도시키려고 하고 있었으나 무서운 죽음의 불안의 고독으로부터 나를 끌어내주었다. 이 목소리는 내 생명 이상의 것이었다. 어머니의 다정함, 그리움 이상의 것이고 두려움 이상의 것이었다. 그것은 이 세상에 가장 강하고, 가장 나를 감싸주는 것이었다. 그것은 바로 우리 전우들의 목소리였다.

이것을 들은 나는 이미 홀로 이 어둠 속에서 떨고 있는 한 조각의 생존이 아니었다. ……나는 이 전우의 것이고 전우는 내 것이었다. 우리는 서로 함께 같은 불안을 불안으로 삼고, 같은 생명을 생명으로 삼고 있었다.

우리들은 단순하면서도 강한 힘으로 맺어져 있었다. 내 얼굴을 이 전우들 속으로, 이 목소리 속으로 처넣고 싶어졌다. 그 목소리는 불과 두세 마디라 하더라도 나를 구하고 나를 도와준 목소리였다.

나는 조심을 하면서 포탄 구덩이의 가장자리를 미끄러져 나와서 앞쪽으로 기어갔다. 나는 네 발로 쑥쑥 포복해나갔다. 그리고 대강 방향을 목측(目測)하면서 돌아갈 방향을 찾아내려고 했다. 포화의 방향을 머리에 두고 거기서 아군 쪽으로 연락을 취하려고 했던 것이다.

그렇지만 아직도 이것은 이유가 있는 불안이었다. 극도의 조심에서 온 기분이었다.

바람이 강한 밤이었다. 쏠 때마다 포구에서 나오는 포화에 물체의 그림자는 이쪽저쪽으로 움직였다. 그 때문에 모든 것이 실제보다 많게 보이기도 하고 적게 보이기도 했다. 몇 번이나 나는 앞을 응시했다. 그렇지만 결국 아무것도 보이지 않았다.

그럭저럭하는 사이에 나는 상당히 앞으로 나왔기 때문에 이번에는 호형(弧形)을 그리며 후퇴했다. 아군과의 연락은 역시 취할 수 없었다. 그렇지만 아군의 참호로 1미터 다가갈 때마다 내 안심은 차차 증가되기 시작했다……. 동시에 기분은 더욱더 조급해졌다. 여기서 잘못하면 큰일이라고 생각하면서…….

이윽고 새로운 공포심이 나를 덮쳤다. 어느 쪽을 보아도 방향을 알 수 없게 되었기 때문이다. 나는 어떤 포탄 구덩이 속에 꼼짝 않고 앉아서 방향을 확실히 확인하려고 했다. 왜냐하면 기뻐하면서 뛰어들었더니 그것이 기껏 다른 참호였던 때가 자주 있었기 때문이다.

잠시 나는 다시 귀를 기울였다. 그렇지만 아직도 분명히 방향을 알 수 없었다. 포탄 구덩이가 뒤죽박죽으로 있기 때문에 전망이 서지 않은 것이었다. 나는 흥분해서 어느 쪽을 향해야 좋을지 알 수 없게 되고 말았다. 아마도 나는 참호와 평행으로 기어왔던 것 같다. 그렇다면 어디까지 가보아도 끝이 없을 것이다. 그래서 나는 ㄱ자꼴로 돌아가려고 했다.

미운 놈은 조명탄이었다. 한 시간쯤 타고 있는 것 같았다. 그 동안 조금이라도 움직일 수가 없었다. 움직이면 금방 사방으로부터 탄환이 핑 날아오기 때문이었다.

그렇지만 어떻게 할 수도 없었다. 나는 이 구덩이에서 나가지 않으면 안 되는 것이었다. 멈칫멈칫하면서 나는 나아갔다. 땅바닥 위를 엉금엉금 기기 때문에 포탄 구덩이의 뾰족한 포탄 파편으로 양손에 형편없이 상처를 입었다. 그 뾰족한 끝은 면도날처럼 예리했다.

가끔 지평선 부근이 하늘이 약간 밝아진 것 같은 기분이 들었지만 그것도 눈의 착각일지도 몰랐다. 그럭저럭하는 사이에 나는 이렇게 언제까지나 어정어정 기어다니고 있다가는 목숨이 위험해진다는 기분이 점점 들기 시작했다.

한 발의 포탄이 파열했다. 곧 그 뒤를 이어서 또 한 발이 터졌다. 드디어 불의 습격이 시작되었다. 기관총이 울리기 시작했다. 이렇게 되면 우선 구덩이 속에 꼼짝하지 않고 가만히 있는 수밖에 없었다. 돌격이 시작될 것 같은 낌새였다. 도처에서 신호탄이 끊임없이 올라갔다.

나는 커다란 포탄 구덩이 속에 등을 구부리고 움츠러들고 있었다. 양말에서 배까지 물에 잠겨 있었다. 돌격이 시작되면 나는 이 물 속으로 될 수 있는 대로 깊이 뛰어들어서 질식하지 않을 정도로 얼굴을 진흙 속으로 처박을 작정으로 있었다. 죽은 사람의 흉내를 내야 했던 것이다.

그러자 갑자기 저지포격이 시작되는 소리가 들렸다. 나는 물 속으로 깊이 미끄러져 들어가서 철모를 목덜미에 걸고 겨우 호흡을 할 수 있는 정도로 입을 될 수 있는 대로 크게 위로 돌렸다.

그런 다음에 나는 가만히 움직이지 않고 있었다. ……어쩐지 어디선가 찰가닥하는 소리가 나고 숨막힐 듯한 바스락바스락하는 소리와 발을 내딛으면서 토닥토닥 달리는 소리가 가깝게 들렸다. 내 신경은 얼음장처럼 얼어붙었다. 그러자 내 머리 위를 찰칵찰칵하는 소리가 지나갔다. 제1대가 지나간 것이었다.

그러자 내 머리 속에 퍼뜩 어떤 생각이 떠올랐다. 만약 누군가가 지금 내가 있는 포탄 구덩이로 뛰어들어온다면 나는 어떻게 할까 하는 생각이……. 나는 금세 작은 칼을 뽑아 단단히 쥐고 그것을 다시 손으로 진흙 속에 숨겼다.

만약 누군가가 뛰어들어온다면 재빨리 찔러버리자. 그런 생각이 내 머리를 쾅쾅 쳤다. 누군가 뛰어들어온다면 나는 당장 목구멍을 찔러서 큰소리를 지를 틈도 주지 않겠다. 그렇게 하는 수밖에 도리가 없다. 그 상대는 나와 마찬가지로 놀랄 것이 틀림없다. 양쪽 다 무서워서 서로 맞붙잡고 쓰러졌을 때 나는 승리자가 되지 않으면 안 된다.

그러자 아군의 포병이 포탄을 쏘기 시작했다. 그 탄환이 배 가까이에 떨어졌다. 그것이 나를 미칠 것만 같이 초조하게 만들었다. 이렇게 되면 언제 어느 때 아군의 탄환으로 당할지도 몰랐다. 나는 마음속으로 저주하면서 진흙 속으로 기어들어갔다. 마치 미친 듯이 날뛰는 발작과 같은 기분이었다. 다만 마지막에는 신음하면서 신의 가호를 빌 수밖에 없었다.

포탄이 파열하는 소리가 내 귀에 부딪쳐왔다. 만약 아군이 역습을 한다면 나는 살아날 수 있다. 나는 땅바닥에 머리를 꽉 누르자 날카로운 뇌명 같은 소리가 들렸다. 마치 먼 데서 광산이 폭발이라도 하고 있는 것 같은 소리였다. ……나는 다시 한 번 머리를 들어서 하늘 쪽의 소리에 귀를 기울였다.

기관총이 울리기 시작했다. 나는 아군측의 철조망 울타리가 견고해서 거의 손해를 입지 않고 있다는 것을 믿고 있었다. ……그 일부분에는 강렬한 전류가 통하고 있었다. 소총사격이 활발해지기 시작했다. 적은 지탱하지 못하고 퇴각하지 않으면 안 되었다.

나는 다시 물 속으로 가라앉았다. 극도로 긴장했다. 찰칵찰칵하는 소리, 발소리를 죽이고 걷는 소리, 퉁탕퉁탕하는 소리가 귀에 들렸다. 그 사이에 요란한 한 사람 한 사람의 부르는 소리가 들렸다. 적이 사격을 당하고 있는 것이었다. 습격은 격퇴당했던 것이다.

조금 밝아지기 시작했다. 내 옆을 구보 소리가 지나갔다. 제1대였다. 그것이 지나갔다. 그러자 제2대가 지나갔다. 기관총의 드르럭거리는 소리가 끊임없이 계속해서 들렸고 나는 몸을 조금 돌리려고 했다. 그 순간 내 옆쪽에 쾅 하는 소리가 나는 동시에 하나의 몸뚱아리가 내가 숨어 있는 포탄 구덩이로 주루룩 미끄러져 떨어졌는가 싶더니, 내 머리를 덮쳤다…….

나는 아무것도 생각하지 않고 결심할 여유도 없이 미친 사람처럼 그것을 푹 찔렀다. 그 몸이 꿈틀꿈틀 움직였는가 싶더니 곧 축 늘어져서 물렁물렁해졌고 결국은 비실비실 맥없이 쓰러진 것을 나는 느꼈다. 정신을 차리고 보니 내 손은 끈적끈적하게 젖어 있었다.

그 사나이는 가르랑거리기 시작했다. 그 소리는 마치 이 사나이가 화가 나서 으르렁거리고 있는 것처럼 들렸다. 숨소리 하나하나가 마치 외침 소리와 같았다. 뇌명과 같았다……. 그렇지만 고동치고 있는 것은 내 맥박뿐이었다.

나는 그 사나이의 입을 틀어막아 한 번 더 찔러주고 싶었다. 어쨌든 조용히 하고 있지 않으면 내가 있다는 것이 들킬 판이었다. 그렇지만 나는 이미 제 정신을 차리고 있었으며 동시에 갑자기 마음이 약해져버렸다. 나는 그 사나이를 향해서 손을 댈 만한 용기가 없었다.

그런 다음 나는 가장 멀리 떨어진 구석으로 기어갔다. 거기서 멈추고 눈을 그 사나이 쪽으로 물끄러미 돌리고, 만약 움직이기만 하면 언제든지 그 사나이에게 덤벼들 수 있도록 자세를 취하고 총검을 단단히 꽉 쥐고 있었다. 그렇지만 그 사나이는 이젠 아무것도 하지 않을 모양이었다. 나는 그의 가르랑거리는 소리를 듣고 그것을 알 수 있었다.

그 사나이의 모습은 나에게는 분명히 보이지가 않았다. 빨리 이곳을 뛰쳐나가고 싶다는 것이 나의 유일한 바람이었다. 빨리 하지 않으면 주위가 밝아지기 때문이었다.

지금에 와서 그것은 좀 어렵게 되어가고 있었다. 그렇지만 이 구덩이를 나간다는 것은 도저히 생각도 할 수 없는 일이라는 것을 알았다. 구덩이 위에는 기관총 탄환이 빗발처럼 쏟아지고 있었다. 한 번 뛰어오르기 전에 벌써 내 몸뚱아리 따위는 벌집 모양으로 구멍투성이가 될 것이 틀림없었다.

나는 철모를 벗고 머리를 조금 들어올려서 한 번 더 탄환의 높이를 살펴보려고 했다. 그 다음 순간이었다. 손에 든 철모가 금방 탄환에 맞아 날아가버렸다.

그리고 보니 탄환은 어지간히 땅바닥 위를 낮게 스쳐서 날고 있는 것 같았다. 내가 있는 위치는 적의 전선에서 그다지 멀리 떨어져 있지는 않았던 것이다. 그러므로 내가 뛰어나가려고만 하면 즉각 저격당해버릴 것이었다.

빛이 더 밝아지기 시작했다. 나는 전신이 타는 것 같은 심정으로 아군의 돌격을 기다리고 있었다. 내 손은 뼈가 하얗게 보일 정도로 단단히 꽉 쥐었다. 나는 빌었다. 아무쪼록 이 포화가 멎고 빨리 전우가 와 주십사 하고…….

일분 일분이 느릿느릿 지나갔다. 나는 이 포탄 구덩이 속의 검은 시체는 아예 거들떠보지도 않았다. 나는 애써 그것을 보지 않도록 하고 오직 기다리고 있었다. 탄환은 핑핑 어지러이 날고 있었다. 그것은 마치 강철 그물과 같았다. 언제까지나 그치지 않았다.

정신을 차리고 보니 내 손은 피투성이였다. 그것을 보자 몹시 기분이 언짢아졌다. 나는 진흙을 집어서 손에 문질렀다. 손은 진흙투성이가 되었다. 그렇지만 피만은 보이지 않게 되었다.

포격은 조금도 수그러들지 않았다. 적도 아군도 모두 똑같이 맹렬한 포격전이었다. 아군 쪽에서는 나 따위는 벌써 죽은 사람으로 치고 있음에 틀림없었다.

환해지기 시작한 잿빛 새벽이었다. 가르랑거리는 소리는 아직도 계속되고 있었다. 나는 귀를 막았다. 그렇지만 금방 또 손가락을 떼었다. 그렇게 하지 않으면 가르랑거리는 소리는 들리지 않게 되지만, 다른 소리도 들리지 않기 때문이었다.

그러자 저쪽의 몸뚱아리가 움직였다. 나는 오싹해져서 무의식중에 그쪽을 보았다. 내 눈은 그 몸에 달라붙어서 떨어지지 않았다.

거기에 뒹굴고 있는 것은 짧은 수염을 기른 사나이였다. 머리를 옆으로 쓰러뜨리고 팔을 반쯤 구부리고 있었는데 그 팔 위에 머리를 맥없이 꽉 늘어뜨리고 있었다. 한쪽 손은 가슴 위에 얹혀 있고 피로 물들어 있었다.

이 사나이는 이미 죽었다. 그리고 죽어 있어야 한다고, 나는 내 자신을 향해서 말했다. 아무것도 느끼지 못하고 있다. 저 가르랑거리는 소리는 오직 육체만의 것이다. 그러나 바로 그 몸뚱아리가 일어나려고 하

고 있었다. 좀 신음하는 소리가 강해졌는가 싶더니 이마가 다시 팔 위
로 털썩 쓰러졌다.

이 사나이는 아직 죽은 것이 아니었다. 죽어가고 있는 것이었다. 그
렇지만 완전히 숨을 거둔 것은 아니었다. 나는 그쪽으로 바싹 다가가서
잠깐 멈추었다가 양손을 땅바닥에 짚고 다시 한발 한발 옆으로 다가
갔다. 다시 멈추고 있다가, ……계속해서 조금씩 한발 한발 다가갔다.

그 사이의 3미터야말로 견딜 수 없이 기분 나쁜 거리였다. 길고 긴 무
서운 3미터였다. 마침내 나는 그 사나이 옆에 도착했다.

그러자 그 사나이는 눈을 번쩍 떴다. 내가 다가오는 것이 귀에 들렸
던 모양이다. 놀란 것 같은 무서운 표정으로 나를 뚫으게 바라보
았다. 몸은 가만히 움직이지 않고 있었다. 그렇지만 그 눈 속에는 소름
이 끼칠 것만 같은 저주의 빛이 보였다.

나는 그것을 본 순간 그 눈이 나의 몸뚱아리를 함께 낚아채갈 힘이
있는 것처럼 생각되었다. 몇백 킬로미터라도 한번에 날 것 같은 기색이
었다. 몸은 가만히 움직이지 않았다. 완전히 움직이지 않았다. 아무 소
리도 나지 않았다. 가르랑거리는 소리도 멎어버렸다.

그렇지만 눈이 외치고 있었다. 눈이 짖고 있었다. 그 눈 속에는 전생
명이 내 앞에서, 죽음 앞에서 달아나려고 하는 생각할 수 없을 정도의
노력과 무서운 전율로 되어서 응결되었다.

나는 무릎을 끓어 팔꿈치를 짚고 작은 소리로 말했다.

"그만둬, 그만둬."

상대의 눈은 내가 하는 짓을 물끄러미 보고 있었다. 나는 그 눈을 읽
고 있는 동안은 아무래도 몸을 움직일 수가 없었다.

그러자 상대의 한쪽 손은 조용히 가슴에서 미끄러져 내렸다. 그것은
아주 약간이었다. 불과 2,3센티미터만 미끄러져 내렸던 것이다. 그러자
이것만 움직였을 뿐인데도 벌써 눈의 힘이 사라져버렸나.

나는 앞으로 몸을 구부리고 머리를 흔들면서 속삭였다.

"이봐, 이봐, 이봐."

나는 한쪽 손을 들었다. 나는 이 사나이에게 지금 구해주겠다는 것을 보여주지 않으면 안 된다고 생각하고, 이 사나이의 이마를 쓰다듬어주었다.

손이 닿자 상대의 눈은 움츠러들 듯이 들어갔다. 이제는 완전히 눈의 응시력(凝視力)이 없어졌다. 속눈썹이 차차 낮게 처지고 긴장력이 없어졌다. 나는 그 사나이의 칼라(깃)를 열어주고 머리를 다소나마 편하게 해주었다.

이 사나이는 입을 반쯤 벌리고 뭔가 말하려고 하는 것 같았다. 입술은 말라 있었다. 내 수통은 없었다. 나는 수통을 가지고 오지 않았던 것이다. 그렇지만 포탄 구덩이 밑바닥의 진흙 사이에 물이 조금 있었다.

나는 거기까지 내려가서, 손수건을 꺼내어 펴고 물 밑바닥에 꽉 눌렀다. 그리고 그 손수건에 여과되어오는 누런 물을 손으로 떴다.

그 사나이는 이 물을 홀짝홀짝 마셨다. 나는 한 번 더 손바닥으로 물을 떠가지고 왔다. 그러고서 그의 저고리 단추를 끌러주고 또 가능하다면 붕대를 감아주려고 생각했다. 그 정도의 일은 내가 꼭 해주어야 한다. 그렇게 하면 내가 포로가 되더라도 적은 내가 이 사나이를 구하려고 했다는 것을 인정해주고 총살하는 일은 없겠지.

이 사나이는 내 손을 막으려고 했다. 그렇지만 그 손은 끈적끈적하고 힘이 없었다. 셔츠는 달라붙어서 양쪽으로 밀어젖히려고 해도 밀어지지 않았다. 그래서 자세히 보았더니, 단추가 등에 붙어 있었다. 그래서 셔츠를 찢는 수밖에 방법이 없었다.

나이프로 셔츠를 자르려고 하자, 상대는 눈을 다시 떴다. 그 눈 속에는 다시 외침과 미친 사람 같은 표정이 나타났다. 그 때문에 나는 셔츠를 다시 닫고 꽉 누르면서 작은 목소리로 그에게 속삭였다.

"이봐, 나는 너를 구해주겠단 말이야. 이봐, 너, 너, 너……."

어떻게든지 해서 그 사실을 알게 해주려고 강하고 날카롭게 말을 걸었다.

찔린 상처는 세 군데였다. 나는 가지고 있는 붕대를 감았다. 피는 그 밑으로부터 흘러나왔다. 내가 그 위를 단단히 눌렀더니, 사나이는 신음소리를 냈다.

지금의 나로서는 그만한 일밖에 하지 못했다. 우리는 오직 기다릴 뿐이며 또 기다리고 있는 것 이외에 아무것도 손을 쓸 수가 없었다.

이 시간. ······가르랑거리는 소리가 또 시작되었다. ······인간은 어째서 이렇게 천천히 죽어가는 것일까. 이젠 이 사나이는 어떤 짓을 하더라도 살아날 가망은 없었다. 그것은 나도 알고 있었다. 나는 이 사나이가 살아날 수 없다는 것을, 어떻게든지 해서 내 자신에게 납득시키려고 했다.

그렇지만 오정때가 되고 상대의 신음 소리를 계속 듣다보니 이 변명도 맥없이 박살이 나고 사라져버렸다. 내가 기어왔을 때 권총을 떨어뜨리지만 않았더라면 나는 틀림없이 이 사나이를 쏘아죽였을 것이다. 찔러 죽일 용기는 이미 나에게는 없었다.

오정때에는 나는 이미 기진맥진해버렸다. 배가 고프기 시작해서 내 온몸은 휘저어지는 것 같았다. 뭔가 먹고 싶다고 생각하니 그만 울고 싶어졌다. 그렇지만 아무리 해도 배가 고픈 것을 참고 있을 수는 없었다. 죽어가는 이 사나이에게 몇 번이나 물을 가져다 주었고 나도 그 물을 마셨다.

내 손으로 사람을 찌르고, 더구나 그 죽어가는 꼴을 눈 앞에서 가까이 볼 수가 있었던 것은 이 사나이가 처음이었다. 이 사나이의 죽음은 바로 내 소행이었다.

카친스키와 크로프와 밀러도 상대를 쏘아죽이고, 이렇게 바로 곁에서 본 경험은 있었다. 이런 경험은 많은 사람들이 기지고 있었고 특히 육탄전의 경우는 말할 것도 없었다······.

그렇지만 이 사나이의 한 호흡마다 내 심장은 발가숭이로 노출되어

가는 듯한 기분이 들었다. 이 사나이는 숨을 거두면서도 자기 시간을
충분히 가지고 눈에 보이지 않는 단검을 휘둘러서 나를 찔렀던 것이다.
이 시간과 나의 괴로움이라는 단검으로 말이다.

만약 이 사나이가 살아날 수 있었다면 나는 많이 노력했을지도 모
른다. 그렇지만 함께 뒹굴고 죽어가는 사나이를 바라보면서 신음 소리
를 듣고 있다는 것은 도저히 인간으로서 할 수 있는 일이 아니었다.

오후 세시경에 이 사나이는 죽어버렸다.

나는 한숨 돌렸다. 그렇지만 어깨의 짐을 내려놓은 것 같은 그 기분
은 오래 계속되지 못했다. 곧 신음 소리를 듣는 것보다도 침묵이 더 나
에게는 괴로운 것으로 생각되기 시작했다.

그 가르랑거리는 소리가 발작적으로 또는 쉰 목소리로 한 번은 낮게
획 하는 소리가 나고 또 한 번은 크게 들려와도 좋다고 생각할 만큼 이
침묵의 상태는 나에게 괴로운 것이었다.

내가 하는 일은 그야말로 어이없는 일이었다. 그렇지만 뭔가 하지 않
고는 배길 수 없게 되었다. 나는 시체를 한 번 더 편한 자세로 눕혀주
었다. 하긴 어떻게 하든 간에 죽은 사나이는 느낄 수 없었지만 말이다.
그 다음에는 눈을 감게 해주었다. 다갈색 눈이었다. 머리는 검고 양옆
이 조금 곱슬머리였다. 입술은 수염 밑에 두텁고 부드러웠으며 코는 조
금 구부러지고 살갗은 다갈색이었다. 그 살빛은 살아 있을 때처럼 탁한
회색이 아니었다. 잠깐 동안이나마 그 얼굴은 마치 건강한, 살아 있는
색깔을 하고 있는 것처럼 보였다. 그렇지만 금세 형상이 변한 죽은 사
람의 얼굴로 빛이 바래고 말았다. 그것은 나도 자주 보았던 것으로 죽
은 사람이면 누구나 마찬가지로 보이는 얼굴이었다.

이 사나이의 마누라는 지금쯤 이 사나이에 대해서 틀림없이 생각하고
있을 것이다. 그렇지만 지금 어떠한 일이 일어났는지, 그것은 모를 것
이다. 모습으로 보면 마누라에게는 자주 편지를 보낼 것 같은 사나이
였다. 마누라는 이 사나이로부터 온 편지를 받을 것이 틀림없다…… 내
일이라도, 혹은 1주일 내에라도…… 혹은 아마도 1개월 내에는 여기저

기 헤매다 온 편지가 마누라의 손에 도착할 것이다.

여자는 이 편지를 읽고 남편은 그 편지 속에서 마누라에게 이야기를 할 것이다.

내 마음은 더욱더 어지러워지기 시작했다. 나는 내 생각을 더 이상 억제할 수가 없게 되고 말았다. 이 사나이의 마누라는 어떤 얼굴을 하고 있을까. 그 도랑 저쪽의 검은 머리에 몸이 가는 여자와 같을까. 그 여자는 이미 나에게는 남이 아닌 것이 아닐까. 아마도 지금은 이렇게 그 여자를 생각하고 있으니까 내 것이 되지는 않을까. 칸토레크가 지금 내 옆에 앉아 있다면 좋으련만.

만약 우리 어머니가 나의 이 꼴을 보면 어떨까. ……만약 내가 참호로 돌아가는 길을 머리 속에 분명히 새겨두었더라면 이 죽은 사람은 앞으로 30년은 더 살아 있었을 것이다. 만약 이 사나이가 2미터쯤 더 왼쪽으로 향해서 달려갔더라면, 지금쯤은 참호로 들어가 있으며 마누라에게 또 새로운 편지를 쓰고 있을 것이다.

그렇지만 나는 그 이상은 차마 생각할 수가 없었다. 그런 것이 모두 우리들의 운명인 것이다. 켐머리히의 말이 10센티미터만 더 오른쪽으로 다가가 있었더라면 어떻게 되었을까. 베스트후스가 5센티미터만 더 앞으로 구부리고 있었더라면 어떻게 되었을까…….

침묵이 퍼지기 시작했다. 나는 지껄이고 싶어졌다. 지껄이지 않고는 배길 수 없게 되었다. 그래서 나는 이 사나이에게 말을 걸었다.

"이봐, 전우, 나는 절대로 너를 죽이려고는 생각하지 않았어. 만약 네가 다시 한 번 이리로 뛰어들어온다 하더라도, 네가 나를 죽일 생각이 아니라면, 절대로 나는 너를 죽이는 일 따위는 하지 않을 기야. 그렇지만 너는 나에게 있어서는 처음에 오직 적이라는 관념뿐이었어. 하나의 추상(抽象)이었던 거지. 그것이 내 머리 속에 작용해서 너를 죽이라는 결의를 불러일으켰던 것이다. 나는 이 관념을 찔렀단 말이야.

지금에 와서야 비로소 나는 알게 되었어. 너도 역시 나와 같은 인간이라는 것을 말이야. 나는 네 수류탄과, 네 총검과, 네 무기를 생각하고 있었어……. 그러나 지금 나는 네 마누라를 생각하고, 네 얼굴을 생각하고, 너와 나의 공통점을 생각하고 있단 말이야. 전우여, 제발 용서해다오. 우리는 너무 늦게 서로 만나게 되었다. 왜 우리들에게 말해주는 사람이 없었을까.

너희들도 우리와 마찬가지로 불쌍한 개라는 것과, 너희들 어머니도 우리들 어머니와 마찬가지로 걱정하고 있다는 것과, 우리는 다 같이 죽음을 무서워하고 있다는 것과, 같은 죽음과 같은 고통을 가지고 있다는 것을 말이야. ……전우여, 제발 용서해다오. 어째서 너는 내 적이 되었을까. 우리가 이 무기와 이 군복을 벗어던져버리면 너도 카친스키나 크로프와 마찬가지로 내 형제가 될 수 있지 않는가.

제발 내 수명에서 이십 년을 네 것으로 가지고 가줘. 그리고 다시 일어나…… 아니, 그것보다도 더 많이 가지고 가줘. 나 따위는 아무리 오래 살아봤자, 과연 무엇을 해야 좋을지 모르고 있으니까 말이야."

주위는 조용해졌다. 전선은 소총의 팡팡 하는 소리만이 들릴 뿐이고 그것 이외는 조용해졌다. 그 탄환은 밀집해서 날아왔지만 엉망진창으로 마구 쏘고 있는 것이 아니었다. 사방으로 날카롭게 겨냥을 하고 있었다. 나는 또 밖으로 나갈 수가 없게 되고 말았다.

"나는 네 마누라에게 편지를 써보낼 거야. 나는 네 마누라에게 써보낼 거라구. 내가 모든 것을 알려주지. 내가 너에게 말한 것을 모두 이야기해줄 거란 말이야. 네 마누라는 절대로 낙심해서는 안 돼. 나는 네 마누라를 도와주겠어. 네 부모도 네 자식도……."

나는 조급히 시체를 보고 말했다.

이 사나이의 군복은 아직 반쯤 가슴이 헤쳐져 있었다. 잡낭(雜囊 : 여러 가지 자질구레한 물건을 넣은 것)을 찾아내는 것은 쉬웠다. 그렇지만 그 군복의 가슴을 헤치는 것을 나는 주저했다. 잡낭 속에는 병사의 이름은 쓴 군대수첩이 들어 있을 것이다.

내가 이 사나이의 이름을 모르면 아마도 이 사나이의 일을 잊을 수도 있을 것이다. 시간이라는 것이 이 광경을 지워주기 때문이다. 그렇지만 이 사나이의 이름은 나에게 있어서 한 개의 못과 같다. 그 못이 내 마음속에 박혀버린다면 두 번 다시 뽑을 수 없는 못이 될 것이다.

그 이름은 모든 것을 언제 어느 때든지 다시 모을 힘을 가지고 있다. 더구나 어떤 때든지 그 이름은 되돌아와서 내 눈앞에 나타나게 된단 말이다.

우물쭈물하면서 나는 그 잡낭을 손에 들고 말았다. 그러자 그 잡낭은 내 손에서 미끄러 떨어져서 저절로 열려버렸다. 속에서 두세 장의 사진이 나왔다. 나는 그것을 주워모아서 다시 그 잡낭 속에 넣으려고 했다. 그렇지만 지금 나를 꽉 누르고 있는 이 압박, 이 불안한 위치, 이 굶주림, 이 위험, 이 죽은 사람과 지낸 시간이 나를 절망시켰다.

나는 한시라도 빨리 지금의 이 기분으로부터 구제되고 싶었다. 아픈 손을 참지 못한 나머지, 나중에야 삼수갑산을 가더라도 나무에 부딪치는 것과 마찬가지로 차라리 이 괴로움을 더 크게 해서 빨리 결말을 내고 싶은 것이 지금의 내 심정이었다.

그것은 한 여인과 어린 딸의 사진이었다. 담쟁이덩굴의 울타리를 배경으로 한 길쭉한 판의 아마추어 사진이었다. 그 옆에 편지가 끼워넣어져 있었다. 나는 그 편지를 꺼내서 읽어보려고 했다. 그렇지만 그 대부분의 글자는 읽을 수가 없었다. 알아보기 힘든 글자였다. 더구나 내 프랑스 어 지식은 매우 어설펐다. 그렇지만 내가 번역해본 하나하나의 말은 내 가슴속으로 총알처럼 ……가슴속을 한 번 찔린 것처럼 뚫고 나갔다.

내 머리는 극도로 자극받았다. 그렇지만 앞에서 생각한 것처럼 이런 사람들에게 편지를 낸다는 것은 절대로 안 된다고 생각했다. 그 정도는 내 머리로도 알고 있었다. 쓴다는 것은 불가능하다.

나는 그 사진을 한 번 더 바라보았다. 결코 돈이 있는 사람들로는 보이지 않았다. 만약 내가 앞으로 돈을 벌 수 있게 된다면 이름은 밝히지 않고 이 사람들에게 돈이라도 보내줄까. 나는 우선 그렇게 결심했다. 최소한 그렇게 생각하는 것이 지금의 나에게는 약간의 위로가 되었다.

죽은 이 사나이는 내 생명과 결부되어 있다. 그렇기 때문에 나는 할 수 있는 모든 일을 하지 않으면 안 된다. 내 자신을 구할 수 있는 일을 약속하지 않으면 안 된다. 나는 이 사나이와 그 가족을 위해서만 살 겠다는 것을 눈을 감고 맹세하자. ……나는 젖은 입술로 이 사나이를 향해서 이렇게 말했다. 내 마음속 깊은 곳에는, 이렇게 함으로써 내 자 신이라는 것을 되찾고, 또 필시 지금의 이 기분을 탈피할 수 있을 것이 라는 희망이 솟기 시작했다. 그것은 자기 자신에 대한 조그만 속임수 였다. 장래는 장래대로 또 어떻게든 되겠지 하고 내 자신을 속이는 기 분이었다. 그렇게 생각하고 나는 군대수첩을 펴서 조용히 읽어보았다.

'제랄, 뒤발, 인쇄업'

이렇게 적혀 있었다.

나는 그 주소 성명을 죽은 사람의 연필로 봉투 뒤에 쓰고 갑자기 거 기에 있는 모든 물건을 죽은 사람의 군복저고리에 처넣고 말았다.

나는 인쇄업자 제랄 뒤발을 죽인 것이었다. 내 머리는 어질어질해지 기 시작했다. 나는 인쇄업자가 되자, 인쇄업자가, 인쇄업자가……

오후가 되자 나는 조금 침착해지기 시작했다. 내 공포심은 좀 어처구 니가 없었다고 생각했다. 죽은 남자의 이름도 이젠 내 마음을 어지럽히 지 않게 되었다. 발작하는 기분도 이젠 지나가버렸다. 나는 저쪽에 뒹 굴고 있는 시체를 보고 침착하게 말했다.

"이봐, 전우. 오늘은 네 차례지만 내일은 내 차례가 될지도 몰라. 그 렇지만 만약 다행히 내가 살아난다면 나는 우리 두 사람을 이렇게 박살 낸 것에 대해서 싸우겠다. 그것은 네 생명을 뺏었다. ……그리고 이제 내 생명도 역시 뺏으려고 하고 있다. 전우여, 나는 너에게 약속한다. 전쟁은 두 번 다시 있어서는 안 된다."

태양이 비스듬히 떠오르고 있었다. 나는 피로와 굶주림에 무신경해지기 시작했다. 어제는 나에게 있어서 마치 안개와 같았다. 나는 이 구덩이를 기어나가려고 하는 희망도 없어졌다. 그저 꾸벅꾸벅하면서 거기서 뒹굴었고 해가 저물기 시작한 것도 전혀 몰랐다.

땅거미가 지기 시작했다. 어쩐지 갑자기 어두워진 것 같았다. 이젠 앞으로 한 시간이다. 지금이 여름이라면 앞으로 세 시간이다. 그렇지만 지금은 앞으로 한 시간이다.

갑자기 나는 몸이 떨리기 시작했다. 어쩐지 묘한 일이 일어나기 시작한 것 같은 기분이었다. 나는 이젠 시체에 대한 것 따위는 생각하지 않았다. 이젠 그런 것은 지금의 나에게는 아무래도 좋은 것으로 되었다.

생존에 대한 욕망이 갑자기 뛰어올라와 지금껏 생각하고 있었던 일은 모든 것이 그 앞에 가라앉아 사라져버렸다. 이 이상의 괴로움은 도저히 견딜 수 없다고 나는 생각하고 기계적으로 재잘재잘 지껄이기 시작했다.

"나는 너에게 약속한 것은 무엇이든지 지키겠다. 무엇이든지 약속은 지킨단 말이야……."

그렇지만 나는 내심으로 누가 그 따위 약속을 지킬 것 같으냐 하고 생각하고 있었다.

그러자 갑자기 만약 내가 기어나갔다가 아군의 총알을 맞지나 않을까 하는 생각이 문득 떠올랐다. 물론 아군은 나라는 것을 알 턱이 없었다. 될 수 있는 대로 빨리 큰소리로 아군에게 나라는 것을 알려주자. 그렇게 하고 아군이 나에게 대답을 해줄 때까지 참호 앞에 누워서 가만히 있자.

샛별이었다. 전선은 조용했다. 나는 크게 호흡하고 흥분한 나머지 혼잣말을 지껄이기 시작했다.

"이제 더 이상은 바보 같은 짓을 하지 말아라. 파울…… 침착해라.

침착해라, 파울…… 침착하게 있으면 살아날 수 있단 말이야.”

이렇게 내 이름을 파울이라고 입 밖에 내서 말하니 마치 남이 부르고 있는 것처럼 들렸다. 더구나 그쪽이 훨씬 힘이 들어 있었다.

점점 어두워지기 시작했다. 내 흥분은 가라앉았다. 나는 조심을 하고 첫 번째 신호탄이 쏘아올려질 때까지 가만히 기다리고 있었다. 그런 다음 나는 포탄 구덩이를 기어나왔다. 시체에 대한 것 따위는 벌써 잊고 있었다.

내 눈앞에는 끝없는 창망(蒼茫)과 저물기 시작한 밤과 파래진 색깔로 빛나고 있는 전장이 있었다. 나는 한 포탄 구덩이를 가만히 노리고 있다가 신호탄이 꺼진 순간에 재빨리 그쪽으로 뛰어갔다. 그리고 그 앞을 손으로 더듬으면서 다시 다음 구덩이를 잡고 머리를 움츠렸다가는 다시 다음 포탄 구덩이로 재빨리 뛰어들어갔다.

점점 아군 쪽으로 다가왔다. 신호탄 빛을 보니 철조망 속에 뭔가 움직이고 있는 것 같더니 그것은 꼼짝도 하지 않고 있었다. 나는 그것을 확실히 보려고 꼼짝하지 않고 조용히 주시하고 있었다. 그것은 틀림없이 우리들 참호의 전우였다. 그렇지만 나는 서두르지 않고 다시 살펴보고는 그것이 겨우 아군의 철모라는 것을 알게 되었다. 나는 큰소리를 질러서 그들을 불렀다.

그러자 곧 대답 대신 내 이름을 부르는 소리가 들렸다.

“파울…… 파울…….”

나는 다시 한 번 불렀다. 그것은 나를 찾으러 들것을 가지고 나온 카친스키와 크로프였다.

“너 부상당했느냐?”

“부상당하지 않았어, 부상당하지 않았어…….”

우리들은 참호 속으로 미끄러져 들어갔다. 무엇보다도 먼저 먹을 것을 달라고 해서 게걸스럽게 삼키고 먹었다. 밀러는 나에게 궐련을 주었다. 나는 지금까지의 일을 간단히 이야기했다. 별로 보기 드문 일도 아니기 때문이었다.

이런 일은 이미 전에도 자주 있었던 일이다. 그 중에서 특별히 보기 드문 일이라고 하면 적의 돌격 정도였다. 그렇지만 카친스키는 러시아에서 이틀 동안이나 러시아 군의 전선 후방으로 가버렸다가 간신히 빠져나온 일이 있었다.

죽인 인쇄업자에 대해서는 아무것도 지껄이지 않았다.

그 이튿날 아침이 되자, 나는 더 이상 참을 수 없게 되어 이 이야기를 카친스키와 크로프에게 이야기했다. 그 두 사람은 나를 위로해주었다.

"하지만 너도 그렇게 할 수밖에 없었잖아. 도대체 달리 어떻게 할 작정이었나. 적어도 넌 사람을 죽이러 여기에 온 거란 말이야."

나는 이 두 사람의 말을 가만히 듣고 있었으나, 이 두 사람이 옆에 있다는 것으로 안심했다. 그 포탄 구덩이 속에 있으면서 나는 참으로 바보 같은 생각을 하고 있었던 게 아닌가.

"저기를 보란 말이야."

카친스키가 말했다.

참호의 흉벽 앞에 두세 사람의 저격병이 서 있었다. 이 사람들은 조준 망원경을 장착(裝着)한 소총을 흉벽에 올려놓고 적의 전선을 살피고 있었다. 여기저기에 탄환이 탁탁 맞았다.

그러자 외침 소리가 들려왔다.

"맞았다!······너 보았느냐. 높이 뛰어오른 저 사나이를?"

중사 윌리히는 득의양양하게 뒤돌아보고 자기 득점을 매기고 있었다. 이 하사는 오늘의 사격표에 세 개의 완전한 명중판을 기입했다.

"솜씨가 어떠냐?"

카친스키가 물었다.

나는 고개를 끄덕였다.

"저놈은 이 상태로 간다면 오늘 밤 단춧구멍에 훈장을 붙일 수 있겠는데."

크로프가 말했다.

"그렇지 않으면 곧 상사가 될 거야."

카친스키가 말을 덧붙였다.

우리는 서로 얼굴을 마주보았다.

"나는 싫어, 저런 저격은."

내가 말했다.

"그렇지만 지금 네가 저것을 보아둔 것은 잘한 거야."

중사 윌리히는 다시 흉벽으로 다가갔다. 이 중사의 총구는 이쪽저쪽으로 움직였다.

"저것을 보고 이젠 너도 자기가 한 일 따위에 대해서 할 말은 한 마디도 없겠지?"

크로프는 고개를 끄덕였다.

그렇게 되자 나는 내 자신에 대해 알 수 없게 되고 말았다.

"그건 말이야, 내가 그 시체와 꽤 오랫동안 함께 뒹굴고 있었으니까, 그 때문에 그런 거지."

내가 말했다. 전쟁은 결국 전쟁이 아니냐.

중사 윌리히의 소총은 날카롭고 냉랭한 소리를 내고 울었다.

10

우리는 좋은 임무를 맡았다. 우리 일행 8명은 어떤 촌락을 수비하기로 되었던 것이다. 그 마을은 여지없이 포격당해서 마을 사람들은 모두 철수해버리고 없었다.

우리들은 주로 병참부(兵站部)에 신경쓰기로 했다. 그곳은 아직 텅 비지는 않았지만 우리가 먹고 자고 하는 것은 이 마을에 있는 물건으로 우리들 스스로 조달해야 했다.

하긴 그런 일에 있어선 모두 일기당천(一騎當千)의 인물들이었다……. 카친스키, 크로프, 밀러, 차덴, 레이, 데터링이라는 쟁쟁한 우리 동료가 있었다. 다만 베스트후스는 죽었다. 그렇지만 이만큼 모여 있는 것도 무척 다행한 일이었다. 우리들 동료 이상의 손해를 입고 있는 사람들이 얼마든지 있었다.

지하의 엄폐부로서 택한 곳은 콘크리트로 만든 지하실이었다. 그 속에 들어가려면 밖에서 계단으로 내려가도록 되어 있었다.

입구 부분은 특별한 콘크리트 담으로 되어 있었다.

거기서 이번에는 우리들의 큰 일이 시작되었다. 그것은 발을 뻗을 뿐만 아니라 마음을 뻗을 수 있는 기회였다. 우리들은 그런 기회를 활용할 수가 있었다.

언제까지나 감상적으로 있기 위해서는 우리들의 위치가 너무나도 절망적인 것이었다. 감상적으로 있을 수 있는 것은 아직 이야기가 이렇게 가혹해지기 전에만 가능했었다. 지금의 우리들에게는 오직 사실에 대해서, 사실을 판단할 수밖에 없었다.

더구나 어떤 순간에 이전의 생각이, 전쟁 전의 생각이, 지금의 머리속으로 잘못 들어오면 나는 스스로 소름이 끼칠 정도로 사실적이고 실제적이었다. 그렇지만 그것도 오래 계속되지는 않았다.

우리들은 우리들 자신의 위치를 될 수 있는 대로 무사태평하게 해석하려고 하고 있었다. 그렇기 때문에 온갖 기회를 그것을 위해 이용했다. 따라서 시시한 일과 무서운 일이 단단하게 서로 접하고 서로 이웃하고 있었다.

우리들은 달리 어떻게 할 방법이 없었다. 우리들은 그 속으로 빠져들어갔다. 그래서 지금은 놀랄 만큼 열심히 이곳에 목가적(牧歌的) 풍물을 만들어내려고 했던 것이다. 물론 그것은 먹고 마시고 자는 것의 목가였다.

우리들은 우선 그 근처의 집으로부터 침실의 짚을 넣어서 만든 요를 질질 끌고 와서 그것을 방에 깔기로 했다. 아무리 병사의 엉덩이라고 하더라도 그것을 올려놓는 데는 말랑말랑한 것이 더 좋았다. 그리고 방한복판에는 아무것도 깔지 않았다.

그런 다음에 담요와 깃털이불을 찾아왔다. 아주 부드럽고 기분이 좋은 물건이었다. 어쨌든 이 마을은 물자가 풍부했다. 크로프와 나는 집는 식의 마호가니 침대를 찾아내어 가지고 왔다. 그것에는 파란 비단과 레이스 커버를 씌운 천개(天蓋)가 붙어 있었다.

그것을 운반할 때는 고양이처럼 땀을 흘렸지만 이런 좋은 물건을 놓쳤다간 큰일이었다. 영낙없이 2,3일 중에는 포탄에 맞아 파괴될 것이 틀림없기 때문이었다.

카친스키와 나는 여기저기 있는 집들의 내부 상황을 살피러 잠깐 척후를 나갔는데 곧 손에 넣은 것은 계란 열두 개와 아직 상당히 신선한 버터 2파운드였다. 그리고 어떤 집 응접실로 들어갔더니 쾅 하는 소리가 났다. 쇠 스토브가 벽을 꿰뚫고 우리들 바로 옆을 날아 다시 우리들 옆 1미터쯤 떨어진 곳의 벽을 꿰뚫었다. 두 개의 구멍이 생긴 셈이었다. 이 난로는 포탄을 맞은 맞은편 집으로부터 날아온 것이었다.

"운이 좋았군."

카친스키는 이를 드러내고 말했다. 우리는 다시 먹을 것을 찾기 시작했다. 그러자 갑자기 우리들은 두 사람 다 귀를 쫑긋 세우고 성큼성큼 걷기 시작했다. 이윽고 우리들은 마법에라도 걸린 것처럼 거기에 멈추어 섰다.

조그만 가축우리 안에 두 마리의 원기가 좋은 돼지새끼가 뛰어다니고 있는 게 아닌가. 꿈이 아닐까 하고 눈을 비비고 한 번 더 자세히 보니, 틀림없이 거기에 돼지가 두 마리가 있었다. 우리는 금방 그것들을 붙잡았다. ……틀림없는, 정말로 어린 두 마리의 돼지새끼였다.

이것은 아주 호화판 요리였다. 우리들이 있는 엄폐부로부터 50미터쯤 떨어진 곳에 작은 집이 한 채 있는데, 그것은 장교의 숙사로 쓰이고 있었다. 그 집 부엌에 큰 화덕이 있고, 게다가 석쇠가 둘, 프라이팬, 항아리, 솥이 있었다. 이것으로 모든 것이 갖추어진 셈이었다. 더구나 작게 쪼갠 장작까지 광에 산더미처럼 있었다. ……이것이야말로 진짜 극락이었다.

그런 다음 우리 동료 두 사람은 아침부터 밭에 가서 감자와 당근과 어린 완두콩을 찾았다. 우리들은 완전히 우쭐해져서 병참부의 통조림 따위는 거들떠보지도 않고, 신선한 식품만을 먹고 싶어했다. 식료품 저장실에는 모란채(牡丹菜)의 대가리가 두 개나 뒹굴고 있었다.

돼지새끼는 카친스키가 해치웠다. 우리들은 이 고기를 찜구이로 하고 이것에 감자 빵케이크를 바르려고 생각했으나 감자를 갈 만한 물건이 없었다. 그래서 투덜거리고 있을 때 좋은 것을 생각해냈다.

함석 뚜껑에 못으로 구멍을 많이 뚫었더니 순식간에 강판이 되었다. 동료 3명이 두꺼운 장갑을 끼고 강판에 갈 때 손가락을 다치지 않도록 하고 다른 두 사람은 감자 껍질을 벗겼다. 만사 요령있게 일이 빨리 진행되었다.

카친스키는 우선 이 돼지새끼와 당근과 완두콩과 모란채를 담당하고 모란채에 끼얹은 흰 소스까지 만들었다. 나는 감자 빵케이크를 구웠다. 한 번에 네 개씩 구웠다. 10분쯤 지나는 동안에 우리는 아주 요령이 좋아졌다.

냄비를 힘차게 위로 쳐들어서 한쪽 면이 구워진 케이크를 휙 던져올려 공중에서 빙그르 뒤집어서 다시 냄비로 받는 재주까지 부릴 수 있게 되었다. 돼지새끼는 자르지 않고 통째로 굽고 이것에 곁들이는 모든 것은 돼지새끼 둘레에 성단(聖檀)처럼 둘러싸였다.

그런데 그 사이에 손님이 찾아왔다. 무선전신병 2명이었는데 우리는 인심좋게 두 사람을 식사에 초대했고 두 사람은 피아노가 놓여 있는 거실에 앉아 있었다.

한 사람은 피아노를 치고, 한 사람은 노래를 불렀다. 노래는 〈베저 강가에서〉였다. 노래 부르는 소리는 애절한 데가 있었으나, 작센 사투리였다. 그래도 우리들의 마음은 감동되었다. 우리들은 이 노래를 들으면서 화덕 앞에서 맛있는 좋은 요리 준비를 했다.

그렇게 하고 있는 동안에 우리들은 적의 사격을 받기 시작하고 있다는 것을 깨달았다. 계류기구가 우리들이 있는 집 굴뚝에서 나오는 연기를 알아차리고 이리로 향해서 포탄을 쏘기 시작했던 것이다.

그것은 저주스러운 조그만 탄환으로 조그만 구멍을 뚫고는 높게 낮게

산개해서 날아왔다. 그것이 점점 우리들 바로 가까이로 핑핑 날아왔지
만 우리들도 모처럼의 요리 준비를 그만둘 수는 없었다.

1소대 정도의 적이 저격하고 있었는데 두세 방씀이 부엌 창을 꿰뚫고
우리들 머리 위로 날아왔다. 찜구이 쪽은 조금만 더 있으면 완성될 판
이었다. 그렇지만 빵케이크 쪽은 어렵게 되었다.

탄환이 날아오는 것이 점점 심해지기 시작하고 그 파편이 몇 번이나
집 벽에 부딪치고 창을 통해서 스쳐 날아왔다. 그 탄환이 핑하고 날아
오는 것이 귀에 들리면, 나는 냄비와 빵케이크를 손에 든 채로 무릎을
꿇고 달아나 창이 있는 벽 밑에 움츠리고 있었다. 그것이 끝나면 나는
다시 무릎을 펴고 빵을 굽기 시작했다.

손님인 작센의 시골뜨기 두 사람은 피아노도 노래를 부르는 것도 그
만두었다. 탄환의 파편 하나가 피아노에 맞았기 때문이다. 그럭저럭하
는 사이에 요리도 완성되었고 우리는 엄폐부로 돌아갈 준비를 했다.

그리고 한 발의 탄환이 맞았다고 생각한 순간, 두 사람이 야채 사발
을 안고 뛰기 시작했다. 지하 엄폐부까지 꼭 50미터가 되는 곳을 말
이다. 벌써 두 사람의 모습은 사라지고 없었다.

그 다음 탄환이 날아온 후였다. 다 머리를 움츠리고 있었으나, 그때
또 두 사람이 고급 콩커피가 든 큰 깡통을 하나씩 안고 뛰기 시작하더
니 그 다음의 탄환이 오기 전에 엄폐부에 도착했다.

그리고 이번에는 카친스키와 크로프가 중요한 특별요리를 끌어안
았다. 다갈색으로 구워진 돼지새끼를 담은 큰 냄비였다. 영차 하는 큰
소리와 함께 허리를 구부렸는가 싶더니, 순식간에 50미터나 되는 아무
지물(地物)도 없는 공터를 뛰기 시작했다.

나는 아직 4개 남은 빵케이크를 구웠다. 그 사이에 두 번이나 몸을 움
츠리지 않으면 안 되었다. ……그렇지만 그것을 참으면 빵케이크는 4개
느는 것이었다. 특히 내가 좋아하는 음식이니 굽지 않을 수가 없었다.

다 굽고 나자 그것을 수북하게 쌓은 쟁반을 안고 문 뒤에 몸을 딱 붙
였다. 핑 하고 날아오고 펑 하고 파열되었다. 그때 나는 양손에 쟁반을

들고 그것을 가슴에 꽉 누르고 쏜살같이 뛰기 시작했다. 엄폐부에 닿을까말까 했을 때 전보다도 더 심하게 탄환이 핑핑 날아왔다.

나는 숫사슴처럼 단번에 뛰어서 콘크리트 담을 빙그르 스쳐 돌았다. 탄환은 그 벽에 쾅 하고 맞았다. 나는 지하 엄폐부로 들어가는 계단을 굴러 내려갔다. 양쪽 팔꿈치는 까졌다. 그렇지만 어떠냐. 단 한 개의 빵케이크도 떨어뜨리지 않고 손에 든 쟁반도 뒤집지 않았잖는가.

드디어 식사를 시작한 것은 두시였다. 다 먹고 난 것이 여섯시. 여섯시 반까지 커피를 마셨다……. 커피라 해도 병참부의 장교용 커피였다. 말하자면 1급 장비용 커피였다……. 게다가 장교용 궐련과 여송연이었다……. 역시 이것도 병참부에서 가지고 온 것이었다.

그리고 정작 여섯시 반에 이번에는 만찬을 시작했다. 열시에는 이 돼지새끼의 뼈를 창 밖으로 버렸다. 그 다음이 코냑과 럼주였다. 이것 또한 모두 물자가 풍부한 병참부에서 가지고 온 것이었다.

그 다음에는 또다시 은종이 띠를 두른 길고 굵은 여송연이 나왔다. 우리 친애하는 차덴은 주장했다. 유감스럽게도 한 가지 빠진 것이 있다. 즉 그것은 장교용 위안소의 여자라고.

밤이 이슥해진 다음이었다. 고양이의 울음소리가 들려왔다. 조그만 회색 고양이가 입구에 앉아 있었다. 우리들은 그 고양이를 오라고 불러서 먹을 것을 먹여주었다. 고양이가 먹는 것을 보자 다시 우리들도 먹고 싶어졌다. 그래서 입 속에서 음식을 우물우물하다가 마침내 자고 말았다.

그렇지만 밤중에는 혼쭐이 났다. 우리들은 너무 기름기가 있는 것을 과식했던 것이다. 어린 젖돼지는 창자를 맹렬하게 자극했다. 이 지하 엄폐부 속으로부터 누구나가 교대교대로 들락날락을 계속했다.

끊임없이 2,3명은 바지를 아래로 까내리고 엄폐부 바깥 주위에 쭈그리고 앉아서는 저주했다. 나도 아홉 번이나 밖으로 나갔다. 새벽녘 네시에는 드디어 최고기록에 달해서 전원 11명이 모두 손님과 함께 밖으로 나가서 쭈그리고 앉는 상황에 이르렀다.

화재를 일으킨 집들은 깜깜한 밤 속에 횃불처럼 서 있었다. 포탄이 자꾸 날아와 떨어졌다. 탄약부대가 길을 맹렬하게 달려갔다. 병참부 건물의 한쪽 면은 깨끗이 벗겨져 날아가버렸다.

그 포탄 파편이 빗발처럼 떨어지는 속을 탄약부대의 운전병이, 벌떼처럼 병참부로 몰려와서는 빵을 훔쳐가지고 갔다. 우리들은 그들이 하는 대로 내버려두었다. 뭐라고 우리가 말을 했다가는 실컷 두들겨 맞을 뿐이었기 때문이다.

우리들은 다른 방법을 취하기로 했다. 우리는 이곳 수비병이라고 말해놓고 우리들은 상황을 알고 있었기 때문에 통조림을 훔쳐냈다. 이렇게 하면 나중에 우리들 쪽에 없는 것과 교환할 수 있기 때문이었다.

가지고 왔다고 해서 나쁠 것은 없겠지……. 어차피 좀더 지나면 모든 것이 포격을 당해서 박살이 나버리는 것이다. 다만 우리들 자신을 위해서는 창고에서 초콜릿을 가지고 나와서 통째로 입에 넣었다. 카친스키는 설사에는 초콜릿이 제일이라고 말했다.

이런 식으로 해서 먹고 마시고 빈둥빈둥하면서 약 14일쯤 지나고 말았다. 아무도 우리들을 방해하는 사람은 없었다. 촌락의 모양은 포탄 덕택으로 차차 사라져갔다. 우리들은 매우 재미있는 생활을 하고 지냈다. 병참부가 아직 남아 있는 한 우리들은 아주 무사태평했다. 어떻게든지 해서 여기서 전쟁이 끝날 때까지 지내고 싶다고 생각하고 있었다.

차덴은 아주 고상한 체하고 여송연 따위도 반밖에 피우지 않았다. 이것이 내 버릇이어서 말이야 하고 코를 벌름거리고 있었다. 카친스키도 매우 기분이 좋아져서 매일 아침 제일 먼저 말했다.

"에밀, 소금에 절인 상어 알과 커피를 가지고 와주게나."

어쨌든 우리들은 놀랄 만큼 고상해져버렸다. 누구나가 동료들을 자기의 당번병처럼 알고, '자네'라는 고상한 말로 부르거나 여러 가지로 주문을 하곤 했던 것이다.

"크로프, 발바닥이 가려운데 자네 그 이를 잡아주지 않겠나?"

이렇게 말하면서 레이는 크로프에게 여배우처럼 자기 발을 내밀었다. 그렇게 하면 크로프는 그 발을 붙잡고 계단으로 끌어올렸다.

"차덴."

"뭐야."

"쉬엇자세로 있어도 좋다. 그렇지만 뭐야라는 대답은 틀려먹었어. 넷하고 말해야 한다. 알았나? 다시 해봐, 차덴."

그러면 차덴은 또 괴테의 '괴츠 폰 베를리힝겐'의 대사투로 대답을 했다. '괴츠 폰 베를리힝겐'이야말로 차덴의 십팔번이었다.

그 후 8일쯤 지나서 우리들은 퇴각 명령을 받았다. 이 무사태평하고 재미있는 생활도 끝나고 말았다. 큰 트럭이 두 대 와서 우리들을 수용했다. 자동차 위에는 산더미처럼 판자를 싣고 있었는데 다시 그 판자 위에 크로프와 나는 파란 비단 천개가 붙은 우리들 침대를 실었다. 그리고 요와 두 개의 레이스 커버를 얹었다.

뒤쪽의 베개가 있는 곳에는 최고급 식료품을 넣은 자루를 한 사람이 하나씩 얹었다. 우리들은 자주 그 자루 위를 손으로 더듬어보았다. 단단한 돼지고기 순대, 간 순대의 통조림, 그 밖의 통조림류, 여송연 상자들이 우리들 마음을 설레게 했다. 누구나 모두 가득 채운 그런 자루를 하나씩 가지고 있었다.

크로프와 나는 또 이것 이외에 두 개의 빨간 비로드를 씌운 안락의자를 주워올리고, 그것을 침대 안쪽에 놓았다. 그리고 극장 관람석에라도 자리잡은 것 같은 기분으로, 우리는 그 의자 위에 꼴사납게 손발을 뻗고 앉았다.

우리들 머리 위에는 커버의 비단이 천개처럼 쳐져 있었다. 누구나 각자 입에는 긴 여송연을 물고 있는 판국이었다. 그렇게 하고 높은 곳으로부터 사방을 천천히 바라보았다.

우리들 사이에는 앵무새의 새장이 놓여 있었다. 이것은 고양이를 위해 발견한 것이었다. 우리들은 고양이를 함께 데리고 와서 그 새장 속에 넣었다. 고양이는 새장 속에서 고기 항아리 앞에 뒹굴고 꼬르륵꼬르록 소리를 내고 있었다.

자동차는 천천히 길을 달리기 시작했다. 우리들은 노래를 불렀다. 우리들 배후에는 사람이라고는 한 사람도 없는 버려진 그 촌락에, 포탄이 분수처럼 뿜어올라오고 있었다.

2,3일 지나자 우리들은 어떤 마을을 명도(明度)시키기 위해 출발했다. 그 도중에서 피난가는 주민들을 만났는데, 그들은 모두 철수 명령을 받은 사람들이었다. 여러 가지 소지품을 손수레와 유모차에 싣고 끌고 갔으며 또 등에 메고 가는 사람도 있었다. 그 사람들의 꼴은 모두 앞으로 구부리고, 그 얼굴에는 괴로움과 절망과 서두르는 마음과 체념의 빛이 나타나 있었다.

아이들은 어머니의 손에 매달리고, 또 연상의 처녀들도 작은 아이의 손을 끌고 갔다. 그 작은 이이들은 앞쪽으로 아장아장 걸어가서는 뒤쪽을 돌아보았다. 개중에는 불쌍한 인형을 안고 있는 아이도 있었다. 우리들 옆을 지나갈 때는 모두 입을 다물고 갔다.

우리들은 보통 행군의 대형으로 전진했다. 프랑스 인은 아직 사람들이 살고 있는 마을을 사격하는 일은 없었다. 그러나 그로부터 2,3분 지난 다음이었다. 순식간에 공기는 으르렁거리고 땅바닥은 떨리고 외침 소리가 들렸다. ……포탄이 맨 뒤의 일대(一隊)를 전멸시켰던 것이다.

우리들은 사방으로 흩어져서 땅바닥에 몸을 던져 엎드렸다. 그렇지만 그 순간에 여느때 같으면 이런 사격을 당했을 때는 저도 모르게 가장 정확한 조치를 취할 만한 긴장이 지금의 나에게는 없어졌다는 것을 깨달았다.

'너는 이미 졌구나.'

이런 생각이 질식시킬 듯한 무서운 불안과 함께 솟아오르기 시작했다. ……그 다음 순간이었다. 내 왼쪽 다리를 채찍으로 치듯이 찰싹

하고 스치는 것이 있었다. 나는 옆에 있던 크로프가 외치는 것을 들었다.

"정신 차려, 일어서라 크로프!"

나는 신음했다. 나와 크로프는 아무런 지물(地物)도 없는 들판에 벌렁 자빠져 있었던 것이다.

크로프는 비실비실 일어섰는가 싶더니 달리기 시작했다. 나는 그 옆을 따라갔다. 그러나 거기에 있는 생울타리를 뛰어넘어야 했다. 그러나 그것은 내 키보다도 높았다.

크로프는 그 울타리의 가지를 붙잡았다. 나는 그 발을 떠받쳐주었다. 그랬더니 크로프는 큰소리로 외쳤다. 나는 크로프의 몸을 한 번 흔들어 반동을 붙여주었다. 크로프는 뛰어넘었다. 나도 그 뒤를 따라 거뜬히 뛰어넘었으나 바로 그 생울타리 뒤에 있는 못 속으로 풍덩 빠지고 말았다.

우리 두 사람의 얼굴은 수초(水草)와 진흙으로 말미암아 진흙투성이가 되고 말았다. 그렇지만 엄폐물로서는 성공이었다. 우리는 그 물 속에 목까지 잠겼다. 탄환이 올 것 같으면 머리를 물 속으로 처박아버리면 되었다.

우리는 열서너 번이나 물 속에 숨었지만 그럭저럭하는 사이에 이젠 지쳐버렸다. 크로프는 한숨을 쉬면서 말했다.

"이제 그만 나가자. 이렇게 하고 있다간 나는 쓰러져서 물에 빠져 죽을 것만 같단 말이야."

"어디를 맞았니?"

내가 물었다.

"무릎인 것 같아."

"달릴 수 있니?"

"어떻게 되겠지……."

"그렇다면 나가자."

이번에는 길쪽의 도랑으로 뛰어들어서, 그 속을 머리를 수그리고 달리기 시작했다. 탄환은 우리들을 뒤쫓아왔다. 그 길은 마침 탄약 집적소(集積所) 방향으로 향하고 있었다. 저것이 만약 폭발이라도 한다면 우리들 몸에서는 단추 하나도 찾을 수 없을 것이다. 그래서 계획을 변경해서 대각선 방향으로, 들판을 달리기 시작했다.

그러자 크로프의 발은 점점 느려지기 시작했다.

"너 먼저 가라. 나는 나중에 갈 테니까."

크로프는 말했는가 싶더니 땅바닥에 픽 쓰러졌다.

나는 크로프의 팔을 잡아 일으키고 몸을 흔들면서 말했다.

"일어나라. 한 번 뒹굴면 더 이상 앞으로 걸을 수 없게 된단 말이야. 빨리, 빨리, 일어나. 내가 도와줄 테니까 문제없어."

간신히 우리들은 조그만 참호의 엄폐부에 당도했다. 크로프는 축 늘어져서 몸을 내던졌다. 나는 붕대를 감아주었다. 탄환은 무릎 바로 위 근처에 맞았다. 그것이 끝난 다음, 이번에는 내 몸을 살펴보았더니 바지는 피투성이었고 팔도 피투성이었다.

크로프는 자기 붕대로 내 상처를 묶어주었다. 크로프는 이젠 발을 움직일 수도 없게 되었지만 서로 여기까지 용케도 당도할 수 있었구나 하고 놀랐다. 그것은 오직 공포심 하나만으로 왔던 것이다. 양발에 총알이 맞아 날아갔더라도 역시 달려왔을 것이다……. 넓적다리만으로도 달려왔을 것이라고 생각할 정도였다.

나는 아직 조금 길 수가 있었기 때문에 그곳을 지나는 부상병 수송차를 불러세우고 그것에 우리 두 사람을 태워달라고 했다. 차 위에는 부상병으로 가득 찼다. 간호병이 한 사람 타고 있어서 우리들에게 파상풍(破傷風) 예방주사를 가슴에 놓아주었다.

야전병원에 온 다음에 우리는 부탁해서 옆자리에 나란히 누울 수 있도록 했다. 묽은 수프를 받는데 맛이 없다. 맛이 없다고 생각하면서도 게걸스럽게 떠먹었다. 얼마 전까지 맛있는 것을 먹고 있었기 때문이지만 배가 고픈 데는 견딜 수 없었다.

"이것으로 드디어 고향으로 돌아갈 수 있겠구나."

내가 말했다.

"그렇게 되기를 바라고 싶군. ……그렇지만 나의 이 상처로는 말이 야."

크로프가 대답했다.

통증은 더욱더 심해졌다. 붕대 밑은 불처럼 화끈거리기 시작했다. 우리들은 계속해서 컵으로 연달아 물을 마셨다. 크로프는 물었다.

"내 상처는 무릎 위 얼마쯤 되는 곳에 있는 거냐?"

"적어도 십 센티미터쯤이야."

내가 대답했지만 사실은 3센티미터쯤 되는 곳이었다.

잠시 후에 크로프는 이렇게 말했다.

"나는 이제 결심했어. 만약 이 다리의 뼈를 자르게 되다면 나는 죽어 버리겠어. 불구자가 되어서 이 세상에 살고 있다는 것은 딱 질색이야."

우리는 누워서 각기 다른 생각을 하면서 기다리고 있었다.

저녁때가 되자 우리들은 드디어 도마가 아닌 수술대 위로 올라가게 되었다. 나는 순간적으로 깜짝 놀라서 어떻게 하면 좋을까 하고 생각했다. 이런 야전병원의 군의관들이란 누구나 알고 있듯이 손이든 발이든 금방 잘라버리는 것을 좋아하기 때문이었다.

이렇게 병원이 만원일 경우에는 꿰매거나 하는 공이 많이 드는 일보다도 간단히 잘라버리는 편이 빨랐다. 나는 켐머리히의 일이 생각났다. 어떤 일이 있더라도 나는 클로로포름을 맡고 싶지 않았다. 꼭 맡게 하려고 한다면 그런 놈들 2,3명의 대갈통을 때려부수어주겠다.

그러나 우선 그것만은 면했으나 군의관이 와서 상처 속을 휘저었다. 그 아픔이란 눈앞이 캄캄해질 정도였다. 그러자 군의관은 말했다.

"그런 꼴을 하면 안 돼!"

이렇게 화를 내고 싹둑싹둑 잘라나갔다. 메스와 그 밖의 수술기계는 밝은 빛 속에 사나운 동물처럼 반짝거렸다. 그 아픔이란 뭐라고 말할 수가 없었다. 간호병 둘이서 내 양팔을 꽉 눌렀지만 나는 겨우 한쪽 팔을 빼내어 바로 군의관의 안경을 향해서 후려치려고 했다. 그러자 군의관은 눈치채고 잽싸게 물러서고 외쳤다.

"이놈을 마취시켜라!"

그 말을 듣자 나는 축 늘어져서 용서를 구했다.

"제발 용서해주십시오. 가만히 있을 테니까 제발 마취만은 하지 말아주십시오."

"그럼 얌전히 하고 있어."

군의관은 집오리가 우는 것 같은 목소리를 내고 다시 메스를 내 앞으로 들이댔다. 군의관은 금발의 젊은 사나이로, 나이도 이제 겨우 30세쯤 되었을 것 같았다. 얼굴에 결투의 상처 자국이 있고 아니꼬운 금테 안경을 쓰고 있었다.

나는 이 사나이가 일부러 나를 괴롭히는 것이라고 알아차렸다. 어쨌든 이런 식으로 상처 속을 휘젓고는 안경 너머로 힐끗힐끗 내 얼굴을 보았다. 내 양손은 수술대의 손잡이를 짓눌러 부술 정도로 단단히 쥐었다.

군의관의 귀에 나의 "으음"하는 신음 소리가 들리기 전에 나는 이미 뻗어버리고 있을 것이다.

군의관은 상처 속에서 포탄 파편을 꺼내올리고 그것을 내 눈앞에 내팽개쳤다. 내가 참는 것을 보고 만족한 듯한 표정으로 이번에는 친절한 체하며 말했다.

"내일은 집으로 돌아갈 수 있겠다."

그런 다음 깁스를 하게 되었다. 그것이 끝나고 다시 크로프와 함께 있게 되자, 나는 아마도 내일쯤 야전병원 열차가 도착할 것이라고 크로프에게 이야기했다.

"간호장에게 이야기해서 우리가 함께 있을 수 있도록 하자."

내가 크로프에게 말했다.

238

나는 간호장에게 두세 마디 달콤한 말을 해주고 그와 동시에 띠가 감긴 여송연 두 개를 쥐어주었다.

그러자 간호장은 그것을 코 밑으로 가지고 가서 쿵쿵 냄새를 맡고 말했다.

"이거 좀더 가지고 있는가?"

"아직도 한 줌쯤은 있지. 그리고 이 친구도 말이야."

나는 크로프를 가리키고 계속 말을 이었다.

"이놈도 가지고 있단 말이야. 어쨌든 내일 모두다 거두어서 병원열차 창문으로 너에게 주겠다."

간호장은 물론 납득해주었으며 다시 한 번 여송연 냄새를 맡고 만족한 듯이 말했다.

"좋았어."

밤에는 1분도 자지 못했다. 우리들 방 안에서도 7명쯤 죽었다. 그 중한 사람은 한 시간쯤이나 변성기(變聲期)와 같은 목소리로 찬송가를 부르고 있었다. 그런 다음에 흐느껴 울기 시작했다. 또 어떤 사람은 일부러 침대에서 창까지 기어가서 이 세상을 마지막으로 보기 위해 밖이라도 보려고 생각하는 것 같은 모양을 하고 창 앞에서 죽었다.

우리가 실린 들것은 정거장의 플랫폼으로 운반되었다. 기차를 기다리고 있는 것이었다. 비가 내리기 시작했으나 플랫폼에는 지붕이 없었다. 뒤집어쓴 담요는 얇았다. 우리들은 거기에서 두 시간이나 기다려야 했다.

간호장은 우리를 어머니처럼 보살펴주었다. 나는 매우 기분이 나빴으나 머리에서는 그 계획이 떠나지 않았다. 그래서 조그맣게 싼 여송연을 가끔 살짝 보이고는 그 중에서 한 개를 선불(先拂)로 주었다. 그 대신 간호장은 우리 머리 위에 휴대용 천막을 덮어주었다.

"이봐, 크로프. 어떠냐, 그 천개침대와 고양이는……."

나는 생각이 나서 말했다.

"그리고 그 안락의자가 말이야."

크로프는 말을 덧붙였다.

참 그 빨간 비로드를 입힌 안락의자는 어땠는가. 우리는 밤이 되면 영주님처럼 그것에 앉아서, 더 훗날에는 이 의자를 한 시간씩 돈을 받고 빌려주자고 계획했던 것이다. 한 시간 동안의 세(貰)가 궐련 한 개다. 틀림없이 먹고 사는 데는 곤란하지 않고 좋은 장사가 되었을 것이다. 나는 또 다른 것을 생각해냈다.

"이봐, 또 있어. 그 우리들의 맛있는 것을 넣어두는 자루 말이야."

두 사람은 서로 우울해져버렸다. 그 자루 속의 물건이야말로 아직 훌륭하게 도움이 되었던 것이다. 이 기차가 하루만 더 늦게 출발한다면, 카친스키는 틀림없이 우리를 찾아내서 그 여러 가지 물건들을 가지고 왔을 것이다.

저주할 운명이었다. 우리들 위(胃) 속에 들어 있는 것은 밀가루 수프라는 야전병원의 묽은 음식물이었다. 더구나 우리들 자루 속에는 돼지찜구이 통조림이 들어 있지 않는가. 그렇지만 우리는 이미 그런 일에 일일이 분개하고 있을 수도 없을 정도로 기력이 쇠진해 있었다.

그날 아침에 기차가 플랫폼으로 들어왔을 때는 들것이 흠뻑 젖어 있었다. 간호장의 특별배려로 우리는 같은 찻간에 탈 수 있었다. 거기에는 적십자의 간호사가 많이 타고 있었다. 크로프는 아래쪽에 태우고 나는 높이 들어올려서 크로프의 머리 위의 침대에 눕히려고 했다.

"이건 당치도 않아!"

내가 갑자기 외쳤다. 그러자 간호사는 놀라며 물었다.

"왜 그러십니까!"

나는 한 번 더 그 침대를 보았다. 거기에는 눈처럼 흰 마포(麻布)가 씌워져 있었다. 그것은 눈부실 정도로 깨끗한 마포였는데 아직 다리미질 한 흔적마저 남아 있을 정도였다. 그렇지만 그것에 비해 내 셔츠는 6

240

주일 동안이나 세탁한 일이 없는 아주 더러워진 것이었다.

"당신 혼자서는 침대에 들어갈 수 없습니까?"

간호사는 상냥하게 물어주었다.

"들어갈 수는 있지만, 그 전에 저 시트를 벗겨주시오."

"어머나, 어째서요?"

나는 내 자신이 돼지 같은 기분이 들었다. 그 돼지가 이런 청결한 곳에 누울 수 있느냔 말이야…….

"그건 저……."

나는 주저했다.

"더러워지기 때문인가요? 그런 것은 상관없어요. 더러워지면 나중에 빠니까 괜찮아요."

간호사는 힘을 돋구려는 듯이 말했다.

"그건 그게 아니지만……."

나는 흥분해서 말했다. 나는 그런 품위 있는 돌격에 응할 수 있을 만한 주제가 못 되었다.

"당신들이 전장의 참호 속에서 누워 계신 대신에, 저희들도 시트의 세탁쯤은 한답니다."

간호사는 말해주었다.

나는 그 간호사의 얼굴을 보았다. 아직 나이도 젊고 쾌활한 태도였으며 살결도 곱고 아름답게 보였다. 그것은 여기 있는 다른 간호사도 마찬가지였다. 그러나 이런 간호사가 장교를 위해서만 있는 것이 아니라는 것을 도대체 알 수 없었다. 그래서 어쩐지 기분도 나쁠 뿐만 아니라 어쩐지 위협당하고 있는 것 같은 기분까지 들었다.

그러나 이 상냥한 간호사도 나에게 있어서는 참수(斬首)하는 사람이나 마찬가지였다. 어거지로 뭣이든지 말을 시키려고 했기 때문이다.

"그것은 저……."

나는 말을 꺼냈지만 사실은 내가 생각하고 있는 의미를 헤아려주기를 바랐던 것이다.

"어쨌다는 건가요?"

"사실은 이를 짊어지고 있어서요."

나는 신음하듯이 말했다.

그러자 간호사는 웃으면서 말했다.

"이에게도 좀 편하게 해주어야지요."

그래서 나는 에라 모르겠다 생각하고 그 침대 속으로 기어들어가서 담요를 뒤집어썼다.

그러자 그 담요 위로 하나의 손이 더듬으면서 찾아왔다. 간호장이 었다. 그는 여송연을 받자 가버렸다.

한 시간쯤 지나자 열차가 움직이기 시작하고 있음을 깨달았다.

밤중에 잠이 깼다. 크로프도 몸을 꾸물꾸물하고 있었다. 열차는 낮은 소리를 내면서 레일 위를 달리고 있었다. 모든 일을 나는 도무지 알 수 없을 것 같은 기분이 들었다. 침대다. 기차다. 고향으로 간다. 나는 작은 소리로 불렀다.

"이봐, 크로프."

"뭐야……."

"너, 변소가 어딘지 알고 있니?"

"저쪽 문의 오른쪽일 거야."

"좋아, 가보고 오겠다."

그 부근은 어두웠다. 나는 침대 가장자리를 손으로 더듬으면서 조심해서 아래로 내려가려고 했다. 그렇지만 발디딜 곳이 하나도 없었다. 나는 갑자기 미끄러져 떨어지고 말았다. 깁스를 한 다리로는 아무런 쓸모도 없었다. 쾅 하는 소리와 함께 나는 마루 위에 떨어져서 쓰러졌다.

"제기랄."

내가 말했다.

"어디 부딪치지나 않았니?"

크로프가 물었다.

"너에게도 잘 들렸지? 머리뼈를……."

나는 끙끙거리면서 말했다.

그러자 열차 뒤쪽 문이 열리고 간호사가 등불을 들고 와서 나를 보았다.

"이 사나이는 방금 침대에서 떨어졌단 말입니다……."

간호사는 내 맥을 짚어보고 이마에 손을 댄 후 말했다.

"당신 열은 없지 않습니까?"

"없습니다."

나는 그것을 인정했다.

"그럼 꿈이라도 꾸어서 어리둥절해진 것이로군요."

간호사는 물었다.

"그런 것 같습니다."

나는 일부러 능청을 떨었다. 그래서 또 여러 가지 일을 질문하기 시작했다. 간호사는 그 밝은 눈으로 나를 보았다. 남자가 좋아하는 타입의 귀여운 여자였다. 그런 까닭에 나는 기가 죽어서 생각하고 있는 것도 말로 할 수 없었다.

그래서 나는 다시 위의 침대로 들어올려졌다. 그래서 나는 또 난처해졌다. 왜냐하면 간호사가 가버리자 나는 곧 또 침대에서 내려오지 않으면 안 되었던 것이다.

만약 이것이 할머니 간호사라면 상관없었다. 나는 금방 내 볼일을 말했을 것이지만 이 간호사는 아직 매우 젊은 여자로 고작해야 25세 정도일 것이다. 그래서 나는 어떻게 할 수도 없었다. 이 여자에게 그런 말을 꺼낸다는 것은 나로서는 불가능했다.

그래서 나를 도와준 것이 크로프였다. 크로프는 그런 것을 부끄러우니 어떠니 하고 생각하는 사나이가 아니었다. 하긴 크로프는 자신의 일이 아닌 탓도 있었기 때문에 금방 간호사를 불렀다. 간호사는 뒤돌아보았다.

"간호사님, 이놈이……."

여기까지는 말했지만 크로프로서도 문제점을 차분하게 저속해지지 않도록 말하기 위해서는 뭐라고 해야 좋을지, 이 사나이도 알지 못했다.

이것이 전장에서 우리들끼리 사이라면 단 한 마디로 표현할 수가 있었지만 여기에 이렇게 더구나 부인 앞에서는…… 하고 생각하고 있는 동안에 금세 옛날 학교시절을 생각해내고 크로프는 술술 말해버렸던 것이다.

"간호사님, 이 사나이가 잠깐 밖에 나가고 싶다고 합니다."

"어머 그랬었군요. 그렇다면 깁스를 하고 있으면서 일부러 침대에서 내려오실 필요는 없답니다. 그런데 어느 쪽이지요?"

간호사는 내 쪽을 돌아보았다.

간호사가 이렇게 새삼스레 돌아섰기 때문에 나는 정말로 뭐라고 말할 수 없을 정도로 놀라버렸다. 도대체 이런 것을 전문적으로는 뭐라고 하는지 나는 전혀 짐작도 할 수 없었다. 그러자 간호사 쪽에서 도와주면서 말했다.

"작은 것인가요, 아니면 큰 것인가요, 어느 쪽이지요?"

쥐구멍이라도 찾고 싶은 기분이었다. 나는 원숭이처럼 땀을 흘리면서 횡설수설 대답했다.

"사실은 저, 작은 것이……."

여하튼 그것으로 다행히 그럭저럭 볼일을 볼 수 있었다.

나는 간호사로부터 변기를 받았다. 한두 시간 후에는 이미 나 혼자만이 그런 짓을 하는 것이 아니었다. 아침이 되자 우리들은 이미 그런 일에는 아무렇지도 않게 되어버렸으며 창피고 체면이고 없이 필요할 때는 가지고 와주십시오라고 말했던 것이다.

열차는 매우 느리게 달려갔다. 가끔 정거해서 사망한 환자를 내렸다. 열차는 몇 번이나 섰다.

크로프는 열이 났다. 나도 견딜 수 없었다. 아프기도 아팠지만 더 견딜 수 없게 된 것은 깁스를 한 그 밑에 아직 이가 있는 것 같았다. 매우 가려웠다. 더구나 긁을 수가 없었다.

낮에는 꾸벅꾸벅 졸았다. 창으로부터는 조용하게 바깥 경치가 보였다. 3일째 밤이었다. 우리들은 헤르베스탈에 도착했다. 간호사가 말하는 바에 의하면, 크로프는 열이 났기 때문에 다음 정거장에서 내려놓지 않으면 안 된다는 것이었다.

"이 기차는 어디까지 갑니까?"

내가 물었다.

"퀼른까지 가요."

"이봐, 크로프, 우리는 떨어지면 안 돼. 알았니?"

내가 말했다.

그 다음 번 간호사 순회 때, 나는 숨을 죽이고 배에 힘을 잔뜩 주었다. 얼굴은 부풀어서 벌겋게 되기 시작했다. 이것을 본 간호사는 멈추어 서서 물었다.

"아픕니까?"

나는 신음하듯이 말했다.

"괴롭습니다. 어쩐지 갑자기."

간호사는 검온기를 나에게 주고 가버렸다. 거기서 크게 도움이 된 것이 전에 배워두었던 카친스키의 요령이었다. 원래 군대용 검온기라는 것은 경험이 있는 병사에게는 절대로 쓸모가 없는 것이었다.

이 검온기야말로 단순히 수은을 위로 밀어올리기만 하는 것이었다. 수은이 그 가는 관 속으로 올라가서 멎으면 다시는 내려오는 일 따위는 없었다.

나는 이 검온기를 겨드랑이 밑에 비스듬히 아래로 향해서 찔러넣고 집게 손가락으로 끊임없이 가볍게 퉁겼다. 그리고 다음에는 위쪽으로 향해서 흔들어보았는데 그것으로 수은이 올라간 높이가 37도 9분이었다. 이것으로는 아직 안 되었다. 그래서 성냥불을 조심하면서 옆으로 가까이 가지고 가서 겨우 38도 7분까지 올렸던 것이다.

간호사가 돌아오자 나는 숨이 찬 체하고 가볍게 헐떡이고 호흡하면서 큰 눈을 뜨고 물끄러미 바라보듯이 간호사의 얼굴을 보았다. 그리고 침착하게 있을 수 없다는 듯이 몸을 움직이고 작은 목소리로 이렇게 말했다.

"나는 더 이상 참을 수 없습니다."

간호사는 내 이름을 메모에 적었다. 깁스는 어지간한 일이 없는 한 떼어내는 길이 없다는 것은 나도 이미 알고 있었다.

이렇게 해서 크로프와 나는 함께 열차에서 내려졌다.

우리는 어떤 카톨릭 병원에 수용되었고 더구나 같은 방에 눕혀졌다. 이것은 우리들에게 있어서는 완전히 횡재였다. 카톨릭 병원에서는 환자에게 무척 친절하다는 것과 식사가 좋다는 것은 누구나 알고 있는 바였다.

이 병원은 우리가 타고 온 열차에서 내려진 환자로 가득 찼다. 그 중에는 상당히 중태인 사람도 있었다. 도착한 날 밤에는 진찰이 없었다. 의사의 손이 모자랐기 때문이다. 복도로 끊임없이 고무바퀴가 달린 평평한 수레가 지나갔다. 그 위에는 반드시 누군가가 길게 누워 있었다.

저렇게 하고 있는 몸이야말로 견딜 수 없을 것이다……. 저렇게 누워 있을 때가……. 다만 편한 것은 잠자코 있을 때뿐이었다.

그날 밤은 매우 시끄러웠다. 아무도 잠을 잔 사람은 없었다. 아침결에 조금쯤 꾸벅꾸벅 졸았다. 눈을 떴더니 벌써 밝았다. 문이 열려 있기 때문에 복도로부터 사람들 소리가 들렸다. 다른 사람들도 눈은 떴다. 그러자 2,3일 전부터 이곳에 있는 어떤 사나이가 그 까닭을 자세히 설명해주었다.

"이 위층 복도에서 매일 아침 간호사들이 기도를 올린단 말이야. 아

침 기도하고 하는 것이지. 너희들에게도 그것을 들려주기 위해, 저렇게
문을 열어두는 것이고."

그건 참으로 친절하고 고마운 일이었다. 그렇지만 우리들 몸의 뼈나
머리뼈에는 욱신욱신 울렸다.

"어처구니없는 상황이야. 이제 막 좀 잠을 잘 수 있는 판인데."

내가 말했다.

"여기 위층에는 경증(輕症) 환자가 있는데 그놈들이 저렇게 하고 있
는 거야."

그 사나이는 대답했다.

크로프는 신음했다. 나도 화가 나서 견딜 수 없기 때문에 밖에다 대
고 크고 소리쳤다.

"밖의 놈들, 좀 조용히 해라!"

1분쯤 지나자, 한 사람의 간호수녀가 왔다. 그 흰색과 검은색 복장을
입은 모습은 아름다운 커피 덮개의 인형과 같았다.

"간호사님, 문을 닫아줘요."

누군가가 말했다.

"기도를 올리고 있기 때문에 문을 열어두는 거예요."

간호수녀가 대답했다.

"우리들은 더 자고 싶은데……."

"자는 것보다 기도가 더 좋답니다."

간호수녀는 멈추어 서서 천진스럽게 미소짓고 말했다.

"그건 그렇다 하더라도, 벌써 일곱시가 아닌가요?"

크로프는 또 신음했다.

"문을 닫아줘."

나는 무뚝뚝하게 말했다.

간호수녀는 어안이 벙벙해졌다. 아마도 간호수녀는 이런 태도를 이
해할 수 없을 것이다.

"그렇지만 저것은 여러분을 위해서도 기도를 하고 있는 것이랍니다."

간호수녀는 가버렸다. 문은 열린 채였다. 교대교대로 연도(連禱) 소리가 다시 들려왔다. 나는 화를 내고 소리쳤다.

"내가 지금 하나, 둘, 셋하고 셀 테니까 그때까지 그치지 않으면 날려버리겠다."

그러자 누군가도 동의했다.

"나도야."

나는 하나에서 다섯까지 세었다. 나는 병을 손에 들고 겨냥을 하고 문으로부터 복도를 향해서 내던졌다. 병은 산산조각으로 부서졌다. 금세 기도 소리가 멎더니, 간호수녀들이 떼를 지어 몰려와서 저마다 몹시 성난 얼굴로 화를 냈다.

"문을 닫아라!"

우리들은 큰소리로 질타했다.

간호수녀들은 하나하나 돌아갔다. 아까 그 젊은 수녀가 맨 마지막까지 남아 있었다.

"어쩔 수 없는 사람들이군요."

그 수녀는 참새처럼 재잘거렸으나 결국 문은 닫고 갔다. 우리들의 대승리였다.

그러나 정오쯤 되어서 병사 감시장이 왔다. 이놈은 우리들을 호통치고 위수감옥(衛戍監獄)이나 더 참혹한 꼴을 당하게 해주겠다고 말했다. 이 병사 감시장이란 자는 병참부 창고의 감시장과 똑같았으며, 긴 사벨을 차고 견장(肩章)은 붙이고 있지만 원래는 말단직의 관리에 지나지 않았다.

그렇기 때문에 신병들까지도 장교와 마찬가지로 보고 있지 않았다. 우리들은 이 사나이에게 지껄이고 싶은 대로 지껄이게 해두었다. 어차피 대단한 일은 있을 리 없다고 생각했기 때문이다.

"병을 던진 것은 누구냐?"

이 사나이가 물었다. 그러자 내가 했다고 밝힐까말까 하고 생각하기보다도 먼저 말한 사람이 있었다.

"나다."

일어선 사람을 보니 수염을 덥수룩하게 기른 사나이였다. 왜 이 사나이가 자기가 했다고 나섰는지 알 수 없기 때문에 누구나가 긴장했다.

"너냐?"

"납니다. 볼일도 없는데 깨웠기 때문에 발끈 흥분해서 정신없이 던졌던 것입니다. 그렇기 때문에 무슨 짓을 했는지 조금도 기억나지 않습니다."

마치 책이라도 읽듯이 이 사나이는 말했다.

"네 이름은 뭐냐?"

"보충병 요셉 하마허."

감시장은 가버렸다.

누구나가 호기심이 생겼다.

"왜 너는 그렇게 범인이라고 나섰느냐? 던진 것은 네가 아닌 주제에 말이야."

그러자 그 사나이는 이빨을 드러내고 웃으면서 말했다.

"걱정할 것 없어. 나는 책임 무능력(責任無能力) 증명을 가지고 있단 말이야."

이 말을 듣고 일동은 과연 그렇군 하고 생각했다. 책임무능력 증명서를 가지고 있는 사람은 무엇이든지 하고 싶은 일을 할 수 있었던 것이다.

그 사나이는 말을 이었다.

"사실은 나는 머리에 총알을 맞았어. 그런 다음부터 나보고 가끔 정신상태가 이상해진다는 증명서를 가지고 있으라고 하더군. 그 다음부터 나는 이것을 가끔 써먹고 잘 해나가고 있지. 누구든지 나를 화나게 하면 안 되는 것으로 되어 있으니까 말이야. 나는 절대로 처벌을 당하

는 일이 없단 말이야. 밑으로 내려간 저놈은 틀림없이 화를 내고 있겠
지. 그렇지만 나는 물건을 던지는 것이 재미있기 때문에 나라고 밝힌
거야. 내일도 또 문을 열기만 하면, 상관없으니까 또 뭔가 던져주겠
어.”

　기뻐한 것은 우리들이었다. 이제는 보충병 요셉 하마허 군을 중심으
로 해서 우리들은 어떤 일이든지 대담하게 해치울 수 있었던 것이다.

　그런 다음에 소리가 울리지 않는 평평한 수술차가 와서 우리들을 운
반했다.

　붕대는 완전히 피로 달라붙어 있었다. 우리는 병이 든 황소처럼 신음
했다.

　우리 방에는 8명이 누워 있었다. 누구보다도 중상을 입고 있는 것은
페터라는 검은 곱슬머리의 사나이였다. ······잘은 모르지만 엉망진창으
로 폐에 총알을 맞고 있었던 것이다.

　그 옆의 프란츠 베히터라는 사나이는 팔에 총알을 맞아 박살이 나 있
었다. 이 팔은 처음에는 대단한 일도 없을 것 같았으나, 3일째 되는 날
밤에 이 사나이는 우리들을 불러서 벨을 울리게 했다. 몹시 출혈을 하
기 시작했다고 생각했기 때문이었다.

　나는 심하게 벨을 울렸다. 그러나 야근 간호수녀는 오지 않았다. 우
리들은 자기 전에 상당히 여러 가지 주문을 해서 이 간호수녀를 애먹
였다.

　그것은 우리들이 모두 붕대를 새로 감은 탓에 몹시 아팠기 때문이
었다. 어떤 사람은 발을 이렇게 하고 싶다든가, 어떤 사람은 저렇게 하
고 싶다든가, 또 물을 먹여달라는 사람, 베개를 고쳐서 높게 해달라는
사람 등, 여러 가지였다.

　마지막에는 이 뚱뚱한 할머니 간호수녀는 몹시 화를 내고 사방의 문

을 닫아버렸다. 그렇기 때문에 지금 울리는 벨도 필시 또 그런 일이라고 생각하고 있음에 틀림없었다. 오지 않는 것이 그 증거였다.

우리들은 기다리고 있었다. 이윽고 프란츠가 말했다.

"한 번 더 울려주게나."

나는 한 번 더 울려보았다. 그러나 역시 간호수녀는 얼굴을 나타내지 않았다. 우리가 있는 병실에는 밤에는 단 한 사람의 간호수녀가 대기하고 있을 뿐이었다. 어쩌면 그 여자는 지금 마침 다른 병실에서 뭔가 하고 있는 것인지도 몰랐다.

"이봐, 프란츠, 출혈하기 시작했다는 것은 확실한가? 그렇지 않으면 또 호되게 야단을 맞는단 말이야."

내가 말했다.

"어쩐지 축축해. 누군가 등불을 켜주지 않겠나?"

그러나 등불을 켤 수도 없었다. 스위치는 문 옆에 있지만 일어나는 사람은 한 사람도 없었다. 나는 벨을 누르는 곳을 마지막에는 엄지손가락의 감각이 없어질 정도까지 가만히 계속 눌렀다. 그 간호수녀는 틀림없이 선잠을 자고 있을 것이다. 이 사람들도 매우 바쁘고 일은 과격했다. 게다가 아침부터 밤까지 일하는 데다가 걸핏하면 그 기도를 했다.

"어때, 또 병이라도 내동댕이쳐줄까."

책임무능력 증명을 가지고 있는 요셉 하마허가 말했다.

"그런 소리는 벨소리보다 더 그 사람들 귀에는 들리지 않는단 말이야."

겨우 문이 열렸는가 싶더니 할머니 간호수녀가 화가 난 얼굴로 들어왔다. 그러나 프란츠의 상처 상태를 보자 금세 당황하면서 우리들을 나무랐다.

"왜 아무도 빨리 알려주지 않았나요?"

"그렇기 때문에 벨을 울렸지 않았느냐 말이야. 걸을 수 있는 사람은 한 사람도 없어."

프란츠는 몹시 출혈이 심했다. 간호수녀는 붕대를 감아주었으나 프란츠의 얼굴은 홀쭉하고 노랗게 변해가고 있었다. 그 전날 밤에는 아직 매우 건강해 보였던 프란츠였다. 그 뒤로는 어떤 한 간호수녀가 자주 왔다.

가끔은 적십자의 임시 간호사가 도우러 왔다. 이 사람들은 모두 사람이 좋았지만 그 중에는 솜씨가 서투른 사람도 없지는 않았다. 예를 들면 다른 침대로 옮겨줄 때 등에 자주 따끔한 꼴을 당하게 하는 수가 있었다. 그렇게 해놓고는 스스로 놀라서 오히려 더 따끔한 꼴을 당하게 하는 일이 있었다.

그것에 비하면 간호수녀가 훨씬 더 믿음직스러웠다. 간호수녀는 우리들을 다루는 방법을 잘 알고 있었지만 우리들 눈으로 볼 때는 좀더 쾌활했으면 싶었다.

하긴 개중에는 아주 재미있는 여자가 있었는데 그런 간호수녀는 참으로 근사한 사람이었다. 리베르티네라는 수녀가 아주 인기를 얻고 있는 간호수녀였는데, 이 여자의 말이라면 무엇이든지 듣지 않는 사람이 없었다. 먼 데서 이 수녀의 모습이 보이기만 해도 우리가 있는 병사 전체가 신바람이 나서 마음이 들뜨곤 했던 것이다. 그런 수녀는 그 밖에도 또 있었다. 우리는 이런 수녀를 위해서라면 불 속으로라도 뛰어들겠다는 기분이 되었다. 실제로 불평이라고는 한 마디도 할 수가 없었다.

우리들은 이 병원에서 이런 간호수녀로부터, 마치 군대가 아닌 민간인과 같은 취급을 받았기 때문이다. 이것에 비해서 위수병원의 일을 생각하면 정말 소름이 끼칠 것만 같았다.

프란츠 베히터는 결국 회복하지 못했다. 어느 날 밖으로 운반되어 나가더니 그대로 돌아오지 않았다.

요셉 하마허는 사정을 알고 있었다.

"그놈은 이제 만날 수 없게 되었어. 시체실로 운반되어 갔으니까 말이야."

"시체실이란 뭐냐?"

이렇게 물은 것은 크로프였다.

"다시 말해서 사망실로 운반해갔단 말이야……."

"뭐냔 말이야, 그 사망실이라는 것은?"

"이 병실 모퉁이에 있는 조그만 방이야. 뒈지기 시작하면 그 방으로 데리고 가지. 안에는 침대가 두 개 있는데, 어떤 병원에서도 사망실이라는 이름이 붙어 있어."

"왜 그런 짓을 하는 거야?"

"그리로 가지고 가는 편이 나중에 편하기 때문이야. 게다가 시체 안치실로 가는 엘리베이터가 바로 옆에 있기 때문에 그것이 더 편리하지. 많은 사람이 있는 병실 안에서 죽는 것을 보여주지 않는 편이 다른 환자들을 위해 좋다고 해서 그런 일도 하는 것이겠지. 게다가 상대가 한 사람이라면 간호하는 쪽도 하기 쉽지."

"그렇지만 환자 쪽에서는 어떠냐?"

요셉은 어깨를 으쓱했다.

"본인 쪽에서는 그런 곳에 넣어졌다는 것을 그다지 깨닫지 못하는 것 같아."

"그런 일을 누구나 알고 있나?"

"여기 오래 있으면 물론 알게 되지."

그날 오후에 프란츠 베히터의 침대는 새 시츠로 갈렸다. 하루이틀 지나는 동안에 또 새로운 환자가 운반되어 나갔다. 요셉은 저것 보라는 듯이 손짓을 했다. 이렇게 해서 우리들은 더 많은 환자가 들락날락하는 것을 보았다. 환자의 가족들이 침대 바로 옆에 앉아서 울기도 하고, 조그만 소리로 이야기를 하기도 하고, 허둥지둥하고 있는 것을 보는 일도 자주 있었다. 어떤 한 늙은 여자는 아무래도 옆을 떠나려고 하지 않았다. 그렇지만 여기서 밤을 샐 수는 없었다.

그래서 그 여자는 이튿날 일찍부터 왔으나 사실은 그래도 이미 늦었다. 이 여자가 침대 옆까지 다가왔을 때, 그 침대에 누워 있는 사람은 벌써 다른 사나이였다. 그 여자는 곧 시체안치실로 가지 않으면 안 되었다. 그 여자는 가지고 온 사과를 우리들에게 나누어주었다.

키가 작은 페터도 상태가 나빠지기 시작했다. 열도표(熱度表)를 보니 상태가 좋지 않았다. 어느 날 그 침대 옆에 평평한 환자 운반차가 왔다.

"어디로 가는 거야?"

페터가 물었다.

"붕대실로요."

이렇게만 대답할 뿐이었다. 그래서 페터는 운반차에 실렸다. 그러나 간호수녀가 실수를 해서, 페터의 군복 상의를 못에서 벗겨서 그것도 함께 운반차 위에 올려놓았다. 다시 가지러 돌아오지 않기 위해서였을 것이다. 그러자 페터는 금방 눈치를 차리고 운반차에서 발버둥치며 내리려고 했다.

"나는 여기에 있겠단 말이야."

간호수녀들은 페터를 밑으로 꽉 눌렀으나 페터는 총알을 맞아 엉망진창이 된 폐로부터 작은 소리를 짜내면서 외쳤다.

"나는 사망실 따위에 가는 것은 싫어!"

"그런 곳이 아니란 말이에요. 붕대실이라니까요."

"그렇다면 내 상의를 어떻게 하겠다는 거야."

여기까지는 말했지만 그 이상 목소리가 나오지 않았다. 목이 잠기는 목소리로 흥분해서 작게 외쳤다.

"나는 여기에 있겠단 말이야."

간호수녀들은 대답하지 않고 페터를 방 밖으로 데리고 나갔다. 문 앞에서 페터는 몸을 일으키려고 했다. 검은 곱슬머리의 머리가 움직이고 눈에는 눈물이 가득 괴어 있었다.

"나는 돌아온다. 틀림없이 돌아온다."

페터는 외쳤다.

문은 닫혔다. 우리들은 모두 흥분했다. 그렇지만 아무도 말을 하는 사람은 없었다. 겨우 요셉이 입을 열었다.

"저런 말은 누구나 했었지, 그렇지만 한 번 그곳에 들어가면 그만이야. 다시 나올 수가 없어."

나는 수술을 받고 이틀 동안 계속 토했다. 의사를 따라온 서기가 말하는 바에 의하면, 내 뼈는 이젠 붙지 않는다는 것이었다. 어떤 사람은 뼈가 구부러져서 붙고 그것이 또 부러져버렸다. 그렇게 되면 정말 견딜 수 없다.

우리들의 보충대 속에 젊은 병사로 마당발인 사나이가 두 사람 있었다. 회진 때 부의장(副醫長)이 그것을 발견하자 크게 기뻐하면서 멈추어 서서 말했다.

"이 정도는 고칠 수 있다. 조금 수술을 하면 네 발은 완전한 것이 된단 말이야. 간호수녀, 좀 적어두어요."

부의장이 가버리자 무엇이든지 알고 있는 요셉은 충고를 했다.

"수술 따위는 받지 말아. 그건 저 영감태기의 연구재료가 될 뿐이란 말이야. 연구에 쓰기 위해 붙잡히는 날엔, 누구에게나 아주 가혹한 짓을 하지. 마당발 수술은 받아보아라, 수술을 받은 후에는 마당발을 고쳐주겠지만 그 대신 몹시 휘어진 새우발이 되어서 평생 동안 지팡이를 짚고 걷지 않으면 안 된단 말이야."

그러자 한 사람이 물었다.

"그럼 어떻게 하면 좋을까?"

"싫다고 딱 잘라서 말하면 되는 거야. 너희들은 총상(銃傷)을 고치러

온 거지, 마당발을 고치러 온 것은 아니야. 아니면 전지에서 총상 하나
도 입지 않았느냐? 그렇지는 않겠지. 그것 봐라, 지금은 너희들도 아
직 제대로 걸을 수 있지만, 그 영감태기의 메스에 걸려봐. 깨끗이 불구
자가 될 뿐이야. 저놈은 실험재료를 찾고 있는 거야. 그렇기 때문에 저
런 놈에게 있어서는 이 전쟁이 매우 고마운 때지.

저놈뿐만이 아니야, 어느 의사나 다 그래. 저쪽 아래 대기실을 보라
구. 저기에 많이 기어다니고 있는 사람들이 있지? 저놈들은 모두 그
의사의 손으로 수술을 받은 사람들이지. 저 속의 대부분의 놈들은 1914
년이나 1915년쯤부터 여기에 있었어.

아무도 수술을 받아서 전보다 잘 걸을 수 있게 된 놈은 없단 말이야.
그렇기는커녕 오히려 상태가 나빠져버렸다구. 깁스를 한 발로 겨우 걷
고 있는 놈이 많단 말이야. 약 반 년 만에 그런 사람들을 붙잡아서는 또
그 다리를 부러뜨리곤 하지. 그러면서도 언제든지 훌륭하게 성공한다
고 말하고 있는 거야. 어쨌든 조심하는 것이 좋을 거야. 싫다고 하면 아
무리 그놈이라도 어쩔 수 없으니까."

그러자 그 두 사람 중의 한 사람이 지쳤다는 듯이 말했다.

"그렇지만 그래도 발 쪽이 머리뼈보다는 낫단 말이야. 생각해봐. 한
번 더 전장에 간다면 어떤 꼴을 당할까. 집에만 돌아갈 수 있다면 어떻
게든지 해서 저놈들이 하자는 대로 하겠어. 아무리 절름발이라도 우선
목숨을 부지하고 나서 볼일이야."

다른 한 사람 쪽의 우리들과 같은 정도의 젊은 사나이는 싫다고 말
했다. 그 이튿날 아침에 영감태기 의사가 와서 그놈을 붙잡고 끈덕지게
설득하면서 화를 내기도 하고 달래기도 해서 결국 두 사람을 승낙시키
고 말았다.

하긴 두 사람으로서도 마지못해 승낙할 수밖에 없었을 것이다…….
이 두 사람은 병사였고 상대는 신분이 높은 짐승이었다. 깁스를 하고
클로로포름을 맡고서 두 사람이 다시 돌아왔다.

❖

크로프의 상태가 좋지 않았다. 저쪽으로 데리고 가서 다리를 절단당했다. 다리 하나가 위쪽에서부터 잘려버렸다. 지금은 말을 하는 것도 아주 적어져버렸지만 어느 날 자기 권총에 손이 닿으면 한방으로 자살해버리겠다고 말했다.

그런데 또 새로운 환자반이 도착했다. 우리 방에는 장님이 두 사람 들어왔다. 그 중의 한 사람은 아직 나이가 매우 어린 음악가였다. 간호수녀가 이 사나이에게 식사를 줄 때는 절대로 나이프를 가지고 오지 않았다. 이미 한 번 간호수녀의 손에서 나이프를 뺏은 일이 있었기 때문이다.

이렇게 주의를 하고 있어도 다시 그런 일이 일어났다. 어느 날 저녁 식사 때 간호수녀가 이 사나이의 침대에서 멀리 떨어진 곳으로 불려갔기 때문에 그 동안 접시와 포크를 이 사나이의 테이블 위에 놓아두었다. 그러자 이 사나이는 포크를 손으로 더듬어 찾아 손에 쥐는 동시에 힘껏 자기 심장에 꽂은 다음 구두를 집어서 혼신의 힘을 기울여서 그 포크 자루를 때려 박았다.

우리들은 금방 사람을 불렀지만 남자 세 사람의 힘으로 겨우 그 포크를 손에서 뺏을 수가 있었다. 무디어진 포크 끝은 이미 그의 가슴을 깊이 뚫고 나가 있었다. 이 사나이는 밤새도록 우리들을 욕하고 있었기 때문에 아무도 잠들 수 없었다. 아침이 되자 이 사나이는 목구멍 근육의 경련을 일으켰다.

몇 개의 침대는 또 비었다. 매일매일이 고통과 불안과 신음과 가르랑거리는 소리 속에 지나갔다. 사망실이 있어봤자 아무런 도움이 되지 않았다. 지금은 너무 비좁았기 때문이다. 우리들 방 안에서도 밤중에 죽은 사람이 생기기 시작했다. 간호수녀가 머리를 갸우뚱하고 있는 것보다도 죽는 쪽이 빨랐다.

그렇지만 어느 날의 일이었다. 문이 활짝 열리는 동시에 평퍼짐한 운반차가 들어왔다. 그 운반차 위에는 파란 얼굴을 한 여윈 페터가 검은 곱슬머리를 터부룩하게 기르고 기쁨에 넘친 모습으로 타고 있었다.

리베르티네 수녀도 유쾌한 얼굴로 페터를 전에 있던 곳으로 밀고 왔다. 페터는 사망실로부터 돌아온 것이었다. 우리들은 이 사나이는 벌써 죽은 것으로 생각하고 있었다. 페터는 주위를 둘러보고 말했다.

"어때? 여러분."

경험이 많은 요셉도 이런 일은 처음이라고 말하지 않을 수가 없었다.

그럭저럭하는 사이에 우리들 패거리에서도 2, 3명이 설 수가 있게 되었다. 나도 그 근처를 절름거리면서 걸을 수 있도록 목발을 받았지만 쓰는 일은 적었다.

내가 방 안을 걸을 때 이것을 보는 크로프의 눈초리를 나는 도저히 견딜 수 없었기 때문이다. 언제든지 나를 이상한 눈초리로 바라보기 때문이었다. 그래서 나는 가끔 복도까지 살짝 빠져나갔다……. 거기까지 나오면 비교적 자유롭게 몸을 움직일 수가 있었다.

한 층 밑의 병실에는 복부, 척수, 머리의 총상, 양손, 또는 양다리를 잘린 환자들이 있었다. 오른쪽의 한 동(棟)에는 턱의 총상, 독가스 중독, 코, 귀, 목에 총알을 맞은 사람들이 있었다. 왼쪽의 한 동에는 장님, 등의 총상, 허리뼈, 관절, 간장, 고환(睾丸), 위(胃)의 총상환자가 들어 있었다. 이곳에 와보니 사람이 어쩌면 이렇게도 여러 곳에 총알을 맞을 수 있을까 하고 감탄할 정도였다.

두 사람이 파상풍(破傷風)에 의한 경직경련(硬直痙攣)으로 죽어버렸다. 피부는 잿빛으로 되고 손발은 응고(凝固)되었다. 마지막까지 살아 있었던 사람은 상당히 오랫동안……. 움직이고 있었던 것은 눈뿐이었다.

부상병의 대부분은 총알을 맞아 부서진 손발을 가로대에 매달아 흔들 흔들하게 하고 있었다. 상처 밑에는 사발을 대고 있었는데 그 속에 고름이 뚝뚝 떨어졌다. 그 그릇도 두세 시간마다 비우지 않으면 안 되었다.

그 밖의 사람들은 신장(伸張) 붕대를 감고 침대 끝에 아래로 끌어당기도록 무거운 추(錘)를 달아놓았다. 나는 언제나 똥이 가득 차 있는 창자의 상처를 보았다. 의사의 서기는 박살이 난 턱과 무릎과 어깨의 뼈를 뢴트겐 사진으로 찍은 것을 보여주었다.

우리들에게 이상하게 생각된 것은, 이렇게 분쇄된 육체 뒤에 아직도 사람의 얼굴이 붙어 있으며, 더구나 그 얼굴에는 매일매일의 생명이 계속 살아나간다는 것이었다. 더구나 이것은 겨우 단 하나의 병원이며, 난 한 군대에 지나지 않았다……. 이런 얼굴은 독일에 몇십만이나 있으며, 프랑스에도 몇십만이 있으며, 러시아에도 몇십만이나 있는 것이다. 지금의 세상에 이런 일이 있을 수 있다고 한다면, 종이에 씌어진 모든 일, 행해진 일, 생각된 일은 전부 무의미하다.

이 세상에 이만큼 피의 흐름이 용솟음치고 몇십만 명의 인간을 위해 고뇌(苦惱)의 감옥이 존재한다는 것을, 과거 천 년의 역사라 할지라도 끝내 이것을 막을 수 없었다고 한다면, 이 세상의 모든 것은 거짓말이며 무가치하다고 말해야 할 것이다. 야전병원이 보여주는 것이야말로 바로 전쟁 그것 자체임에 틀림없다.

나는 아직 젊다. 20세의 청년이다. 그렇지만 이 인생에서 알 수 있었던 것은 절망과 죽음과 불안과, 심연(深淵)과 같은 괴로움과, 전혀 무의미한 천박조잡(淺薄粗雜)이 결부된 것 뿐이다.

국민이 서로 마주보게 되고, 내몰리고, 아무 말도 하지 않고, 아무것도 모르고, 우둔하고 유순하며 죄도 없이 서로 죽이는 것을 나는 보아왔다. 이 세상의 가장 영리한 머리가 무기와 말을 발견해서 전쟁이라는 것을 더욱더 교묘하게, 더욱더 오래 계속시키려고 하고 있는 것을 나는 보아왔다.

이런 모든 것을 나와 같은 연령의 사람들은 나와 함께 여기저기서 보아온 것이다. 전세계에서 나와 같은 시대의 사람들이 나와 함께 체험한 것이다. 만약 우리들이 오늘날 우리들 아버지 앞에 서고 그 앞으로 나가서 이것에 대해 변명을 요구한다면, 아버지들은 과연 뭐라고 할까. 만약 전쟁이 끝날 때가 왔다고 한다면 아버지들은 우리들로부터 무엇을 기대할까.

몇 년 동안 우리들이 하는 일은 사람을 죽이는 일이었다……. 사람을 죽이는 것이 우리들 생활에서 최초의 직무였다. 우리들이 이 인생으로부터 알 수 있었던 것은 죽음이라는 것에 국한되어 있었다. 도대체 앞으로 어떤 일이 일어날까. 더구나 우리들은 도대체 어떻게 될까.

우리들 병실 안에서 가장 나이가 많은 사람은 레반도브스키였다. 나이는 40세이며, 이 병원에서 가장 중상인 복부총상으로 벌써 10개월이나 이곳에 있었다. 겨우 최근 1,2주일 전부터 절름거리면서 목발을 짚고 걸을 수 있는 정도가 되었던 것이다.

그러나 2,3일 전부터 이 사나이는 매우 흥분하기 시작했다. 네덜란드의 벽촌에 살고 있는 아내로부터 온 편지에 의하면 기차요금을 지불하고 이 병원까지 방문하러 올 만큼의 돈을 모았다는 것이었다.

그래서 아내는 이미 오고 있는 도중이며 오늘 내일에라도 이곳에 도착한다는 것이었다. 레반도브스키는 먹을 것도 제대로 먹을 수 없는 상태였으며 구운 순대에 붉은 양배추조차도 두세 입 먹고는 다른 사람에게 주어버렸다.

그런 다음에 그 아내의 편지를 안고 끊임없이 병실 안을 걸어다니고 있었다. 그 편지는 누구나가 열두 번쯤은 읽었다. 우체국의 소인(消印)도 몇 번이나 살펴보았는지 모르며 편지의 문자는 손의 기름과 때와 손가락 자국으로 이젠 읽기도 어렵게 되고 말았다. 더구나 올 것이 왔다.

레반도브스키는 열이 나서 다시 침대에 눕지 않으면 안 되게 되었다.

레반도브스키는 아내의 얼굴을 보지 못한 지가 벌써 2년이 되었다. 그 동안에 아이가 태어났는데 그 아이도 아내는 데리고 오기로 되어 있었다. 그렇지만 레반도브스키는 전혀 엉뚱한 생각을 하고 있었다.

아내가 오면 외출 허가를 받고 싶다고 부탁하고 있었다. 물론 그 이유는 분명했다. 아내를 만나는 것은 물론 반갑겠지만 자기 마누라와 이렇게 오래간만에 만난 이상에는 가능하다면 좀더 다른 일이 있어도 좋을 것이다.

레반도브스키는 그런 일을 몇 시간에 걸쳐서 우리들과 이야기했다. 병사들 사이에서는 그런 일은 결코 비밀도 아무것도 아니었다. 또 아무도 그것에 트집을 잡는 놈도 없었다. 우리들 패거리 중에서 이미 외출을 할 수 있었던 사람은, 이 시내에서 그런 짓을 하는데 나무랄 데 없는 장소를 두세 곳 레반도브스키에게 가르쳐주었다. 아무 방해꾼이 들어오지 않는 공원 같은 곳이었다. 어떤 사람은 조그만 셋방까지 알고 있었다.

그렇지만 그런 것도 지금은 아무런 쓸모가 없었다. 주인공인 레반도브스키가 침대 속에 누워서 번민하고 있기 때문이었다. 만약 이 기회를 놓친다면 레반도브스키의 입장으로서는 살아 있는 보람이 없다. 우리들은 이 사나이를 위로해주면서 반드시 방해꾼이 들어오지 않도록 해주겠다고 약속해주었다.

이튿날 오후에 아내가 왔다. 몸이 작고 어쩐지 메마른 느낌의 여자였는데 불안한 듯 두리번두리번하는 새와 같은 눈을 하고 있었다. 주름과 리본이 달린 검고 짧은 외투의 일종을 입고 있었다. 누구로부터 이런 되물림을 받았을까 싶을 정도의 물건이었다.

아내는 조그만 목소리로 뭔가 중얼거리고 주뼛주뼛하면서 출입구에 멈추어 서 있었다. 우리들이 6명이나 있는 데 놀란 모양이었다.

"이봐, 마리아, 상관없으니까 들어와요, 아무도 어떻게 하지는 않는단 말이야."

레반도브스키가 말했다.

아내는 주위를 빙 돌면서 한 사람 한 사람 악수를 하면서 걸었다. 그런 다음에 배내옷에 싸가지고 온 아이를 내보였다. 아내는 조그만 유리 구슬로 수놓은 큰 손가방을 가지고 있었는데, 그 속에서 깨끗한 천을 꺼내어 그것으로 아이를 재빨리 감쌌다. 그렇게 함으로써 처음의 허둥지둥하던 기분도 없어지고 곧 두 사람은 이야기하기 시작했다.

레반도브스키는 매우 초조해하면서 원망스러운 듯이, 그 둥글고 튀어나온 눈으로 몇 번이나 우리들 쪽을 흘낏 보았다.

그러나 좋은 시기가 왔다. 회진은 이미 끝났다. 고작해야 간호수녀가 한 사람쯤 감시하고 있을 정도였다. 어떤 한 사람이 밖으로 나가서…… 사방을 살펴보았다. 그 사나이는 곧 돌아오더니 말했다.

"요한, 부인에게 말해라. 아무도 없다. 빨리 해치워."

두 사람은 시골 사투리로 이야기했다. 아내는 약간 얼굴을 붉히고 불안정한 듯이 우리들을 보았다. 우리들은 지금이 기회다라는 기분으로 빨랑빨랑하라는 식으로 손을 흔들어 보이고 순진하게 큰 입을 벌리고 웃었던 것이다.

세상 사람들의 점잔빼는 모든 선입관은 악마에게 주어버리는 것이 좋을 것이다. 그런 것은 우리들을 위해서 있는 게 아니다. 이 침대에 누워 있는 사나이는 적어도 소목장이 요한 레반도브스키, 명예의 부상에 의해서 불구자가 된 한 병졸이다.

그 옆에 있는 것은 원래 이 한 병졸의 마누라가 아닌가. 언제 이 두 사람이 다시 만나게 될까. 남편은 아내를 안고, 아내는 남편을 안는데 꺼릴 것이 무엇이 있단 말인가.

두 사나이는 출입구 앞에 서서 만약 간호수녀가 불쑥 앞을 지나는 일이라도 있으면, 이것을 붙잡고 어떻게든지 오랜 시간 이야기에 열중해서 속이기로 했다. 약 15분쯤 이렇게 해서 버티고 있자고 말했다.

레반도브스키는 몸을 옆으로 하지 않으면 누울 수가 없었다. 그래서 누군가가 등에 베개를 두세 개 대주었다. 크로프는 갓난아기를 안아주기로 했다. 그런 다음에 우리들은 약간 뒤로 몸을 돌렸다. 검고 짧은 여자의 외투가 침대 이불 밑으로 숨겨졌다. 우리들은 큰소리를 내고 와자지껄하면서 트럼프놀이를 시작했다.

그래서 만사가 잘 진행된 것이다. 나는 손에 클로버 하나와 잭을 네 개 가지고 있었다. 내가 이길 것 같았다. 그런 일로 우리들은 레반도브스키를 거의 잊고 있었다.

얼마쯤 지나자 크로프가 안고 있던 갓난아기가 앙앙 울기 시작했으며, 아무리 크로프가 열심히 흔들며 달래도 좀처럼 울음을 그치지 않았다. 그리고 조금 옷이 스치는 소리가 들렸다. 이윽고 우리들은 슬며시 흘끗 뒤를 돌아보았다. 아이는 벌써 입에 우유병을 물고 엄마 팔에 안겨 있었다. 순조롭게 끝난 셈이었다.

지금이야말로 우리들은 모두 큰 일가족인 것 같은 기분이 들었다. 레반도브스키의 아내도 완전히 원기가 난 것 같았다. 레반도브스키는 땀이 난 명랑한 얼굴을 하고 거기에 누워 있었다.

레반도브스키는 수를 놓은 손가방을 열었다. 안에서는 맛있어 보이는 순대가 두 개 얼굴을 내밀었다. 레반도브스키는 나이프를 꽃다발처럼 야단스럽게 쥐고, 그 고기를 톱질하듯이 잘라서는 크게 손을 흔들어서 그 고기를 우리들 쪽으로 던져주었다. ……몸이 작고 쭈글쭈글한 아내는 우리들 사이를 차례차례로 돌아다니고 웃으면서 그 순대를 나누어주었다.

그 모습은 까닭없이 아름답게 보였다. 우리들은 이 아내를 엄마라 불렀고 여자는 신명이 나서 우리들 베개를 두들겨 편안하게 고쳐주었다.

1, 2주일이 지나자 나는 매일 아침 마사지 치료과에 다니지 않으면 안 되었다. 거기서 내 다리는 죔쇠로 단단히 고정되어서 움직이도록 해 주었다. 팔은 이미 오래 전에 나아 있었다.

전장으로부터는 새로운 환자만이 연달아 도착했다. 그 사람들의 붕대를 보니 이미 천이 아니라 흰 크레이프 페이퍼를 쓰고 있었다. 전장에서는 붕대재료까지 결핍되기 시작한 것이었다.

크로프의 다리도 나았다. 상처는 이미 거의 잘 아물어서 1,2주일내에는 의수와 의족을 만드는 치료실로 가기로 되었다. 그렇지만 그의 말수는 여전히 적고 전보다도 더 언짢은 얼굴을 하고 있었다. 만약 우리들과 이렇게 함께 있지 않았더라면 벌써 오래 전에 자살해버렸을 것이 틀림없었다. 그렇지만 지금은 그토록 어려운 고비도 넘겼기 때문에 가끔은 트럼프놀이에도 얼굴을 내밀게 되었다.

나는 요양휴가를 받았다.

어머니는 두 번 다시 나를 놓지 않으려고 했다. 몸도 마음도 완전히 약해진 어머니였다. 지난번에 돌아왔을 때보다 모든 것이 한심한 꼴로 되어 있었다.

곧 나는 연대로부터 소환되어 세 번째로 전장으로 향했다.

나의 벗 알베르트 크로프와 헤어지는 심정은 정말 견딜 수 없었다. 그렇지만 그것은 군대였다. 시간과 함께 나는 어느새 익숙해져버렸다.

11

우리들은 이젠 날짜를 세지 않았다. 내가 도착했을 때는 겨울이었다. 포탄이 날아와서 맞았을 때, 그 파편과 마찬가지로 위험한 것은 꽁꽁 언 흙덩어리였다.

그렇지만 지금은 벌써 나무가 푸르게 되었다. 우리들의 생활은 전장과 바라크 사이를 왕복했다. 우리들은 지금은 이미 어느 정도까지 전쟁이라는 것에 익숙해져버렸다. 전쟁은 암이나 결핵이나 유행성 감기와 마찬가지로 죽음의 한 원인이었다. 다만 전쟁의 경우에는 그 죽을 때의 모습이 가지각색이며 훨씬 잔혹하고, 또한 숫자로 말해도 많을 뿐이었다.

우리들의 생각은 마치 벽토(壁土)와 같은 것이었다. 그날그날의 변화에 따라 어떻게든지 반죽할 수 있었다. 평온한 날이라면 기분이 좋지만 탄환이 날아오는 날이라면 마치 죽은 것처럼 되었다. 전장은 마음속에도 밖에도 있었다.

그것은 여기에 있는 우리들뿐만 아니라, 누구나 다 그런 것이었다. 전에 있었던 일은 이미 지금은 아무런 쓸모가 없었다. 또 오늘이라 하더라도 도대체 뭣이 어떻게 되는 건지 도무지 짐작이 가지 않았다.

교양이나 학문에 의해서 만들어진 차별은 완전히 없어져버리고 거의 그 그림자도 인정할 수가 없었다. 물론 그런 종류의 것은 있었다. 어떤 경우에는 이익이 되는 수도 있었다. 그렇지만 동시에 불이익을 가져오는 일도 없지는 않았다. 오히려 교양이나 학문이 장애를 불러일으키기 때문에 우선 그 장애를 극복해나가지 않으면 안 되는 경우가 있었다.

우리들은 전에는 마치 각국의 모양이 다른 화폐와 같은 것이었다. 그 화폐를 하나로 묶어서 녹여버려서, 지금은 누구나 같은 모양의 화폐로 주조(鑄造)되고 있는 것이었다. 만약 그 사이의 구별을 알기 위해서는 그 재료를 아주 세밀하게 검사하지 않으면 안 되었다. 우리들은 우선 병사다. 그런 다음에 부끄럽지만 간신히 하나의 인간인 것이다.

세상에는 형제의 사랑과 같은 위대한 우애라는 것이 있다. 민요에 나타난 친구끼리의 사랑이라든가, 죄수끼리의 단결의 감정이라든가, 사형 선고를 받은 자의 절망적인 상호협조하는 마음이라든가, 그런 것이 가지고 있는 어렴풋한 빛이 어떤 생명의 한 분위기를 이상하게 만들어낸 것이 이 우애인 것이다.

그 생명이야말로 위험의 한복판에 있으며, 노력과 죽음의 고독 속으로부터 떠올라 살아 있는 시간이 있는 한, 이것을 약간이나마 서로 즐기려고 하는 마음이다. 더구나 그것도 전연 격앙되는 일이 없는 심정이다. 만약 이런 심정을 비평해본다면 비장(悲壯)하고 평범하다. ……그렇지만 과연 누가 그런 것을 바라겠는가.

예를 들면 그런 마음은 이런 것 속에도 들어 있었다. 차덴이라는 사나이는 적의 습격이라는 소식을 들으면 놀랄 만큼 빨리 햄을 넣은 자기 콩수프를 스푼으로 떠서 마셔버린다. 왜냐하면 한 시간 후에 아직 자기 목숨이 붙어 있을지 어떨지, 그런 것은 알 수 없기 때문이라고 했다.

우리들은 그런 짓을 하는 것이 옳으냐 옳지 않느냐로 많이 토론을 하곤 했었다. 카친스키는 이렇게 주장하는 것이었다.

"그런 짓을 했다가 배에 탄환이 맞아봐. 가득 채운 위는 비어 있는 위보다 더 위험하다구."

이런 일은 우리들에게 있어서 매우 진지한 실제문제였으며 더구나 이것은 어떻게 할 수 없는 문제였다. 죽음과 경계를 접한 전선에서의 생활은 놀랄 만큼 단순한 선을 그리고 있었다.

그것은 모든 것이 가장 필요한 것이라는 점에 국한되고 그것 이외의 모든 것은 전부 감각도 없이 잠자고 있었다. ……거기에 우리들 생활의 단순성이 있으며 또 그것이 우리들을 구해주는 것이었다.

만약 우리들 생활에 여러 가지 차별이 있다고 한다면 우리들은 벌써 미쳐버렸거나 탈영하고 있거나, 그렇지 않으면 전사해버렸을 것이다. 그것은 마치 북극탐험과 같은 생활이었다. ……생활상에 나타난 모든 것은 오직 생존을 유지하는 일에만 도움이 되는 것이어야 했다. 또 절대적으로 그 점에만 집중되어 있었던 것이다.

그 밖의 것은 불필요하게 힘을 낭비시킨다는 이유로 모두 제거되고 있었다. 더구나 그것이 우리들의 생명을 구해주는 유일한 길인 것이다. 나는 마치 낯선 사람을 대하는 것 같은 기분으로 내 자신 앞에 서로 대하는 일이 자주 있었다.

그때는 과거라는 것의 수수께끼 같은 반사가 조용한 시간 속에 엷게 흐려진 거울처럼, 내 현재의 생존의 윤곽을, 나라는 것 이외의 것을 떠올려주는 것이다. 내가 스스로 놀라지 않을 수가 없는 것은 지금까지 생활이라고 스스로 명명하고 있는 이 형용할 수 없는 주동적인 것이, 이 단순한 형식에 스스로를 적응시켜나가는 일이었다.

그 밖의 생활상에 나타나는 모든 것은 모두 동면(冬眠)하고 있는데 지나지 않았다. 생명이라는 것은 죽음의 공포를 끊임없이 은밀히 감시하고 있는 법이다. 그것은 우리들에게 본능이라는 무기를 주기 위해 우리들을 약간 생각하는 정도의 동물로 만들었다.

그 외에 우리들에게 공포라는 것을 주었다. 이것은 우리들이 무서워해야 할 경우에도 태연하게 있을 수 있도록 하기 위해서다. 더구나 그 둔감함이야말로 만약 확실한 사고력을 가지고 생각한다면 우리들을 압도하고야 마는 것이다……. 그것이 우리들 마음속에 전우끼리의 결합의식을 눈뜨게 하고 이것에 의해서 고독의 심연을 벗어나게 하는 것이다.

또 그것이 우리들에게 야수(野獸)가 가지고 있는 무관심을 주었다. 그것이 우리들로 하여금 모든 경우에도 능동적인 생명의 순간을 느끼게 하고 덮쳐오는 허무에 대해서 예비로서 간직해두게 하는 것이다.

이렇게 해서 우리들은 극단적으로 피상적이고 견고하고 긴장된 존재로 생활하고 있는 것이다. 그리고 다만 때때로 어떤 일이 불꽃을 발했다. 그렇지만 그 뒤에 무겁고 무서운 열망의 불길이 홀연히 발발해오는 것이다.

이것이 위험한 순간이었다. 그것은 이러한 순응성(順應性)도 단순히 기교적이라는 것을 우리들에게 보여준 것이다. 그것은 단순한 안식의 기분이 아니라 안식의 기분에 대한 가장 날카로운 긴장이다.

우리들의 생활형식은 표면적으로 보면 서인도의 검둥이와 크게 다르지 않았다. 그렇지만 이런 검둥이는 어디까지나 항상 단순하며 그 정신력의 긴장에 의해서 오히려 발달되어가는 법이다.

그렇지만 우리들의 경우에서는 그것이 완전히 반대다. 우리들의 내심의 힘은 진화를 위해서가 아니라 퇴화를 위해 노력하고 있는 것이다. 검둥이는 긴장하지 않으며 모든 것이 자연스럽고 단순하다. 우리들은 극도로 긴장하고 있으며 더구나 기교적이다.

밤중에 꿈에서 깨어나 꿈결에 본 광경의 매력에 압도되어 매혹당했을 때 우리들을 어둠으로부터 가로막는 경계가 얼마나 엷은 것인가, 또 그 발판이 얼마나 무너지기 쉬운 깃인가를 느끼고 사람들은 놀랄 수밖에 없다.

그 불길을 간신히 괴멸과 광기의 폭풍 앞에서 지키고 있는 것은 연약

한 사방의 벽에 지나지 않다. 우리들의 불길은 그 폭풍 속에 펄럭이고
또 몇 번인가 꺼질 것 같았다.

이윽고 전쟁의 둔탁한 굉음(轟音)이 하나의 고리로 되어서 우리들을
둘러싸기 시작했다. 우리들은 마음까지 움츠러드는 것 같은 생각이 들
었다. 눈을 크게 뜨고 밤의 어둠 속을 응시했다. 우리들을 위로해주는
것은 들려오는 전우들의 숨소리뿐이었다. 이렇게 하고 그들은 새벽을
기다리고 있었다.

날마다, 시간마다, 온갖 포탄과 온갖 죽은 사람들이 이 약한 근본을
깎아 줄이고, 다시 세월이라는 것이 순식간에 차츰차츰 없애기 시작
했다. 내 몸 주위의 것도 차차 멸망되기 시작한 것이 눈에 띄기 시작했
던 것이다.

그때 데터링에게 불상사가 일어났다.

데터링이라는 사나이는 그다지 동료들과 사귀지 않는 사람 중의 한
사람이었다. 그 일의 발단은 어떤 집 마당에 있는 벚나무가 그의 눈에
띄었기 때문이었다. 마침 우리들이 전선에서 돌아왔을 때로 이 벚나무
는 우리들 숙사 근처의 길모퉁이에 있었다.

아직 날이 다 새기 전 아침 빛 속에 그 벚나무가 우리들 눈앞에 나타
났고 우리들은 크게 놀랐다. 그 나무는 잎이라고는 하나도 붙어 있지
않았기 때문에 마치 흰 꽃의 덩어리처럼 보였다.

그날 저녁때, 데터링의 모습은 보이지 않았다. 겨우 어디서부턴가 돌
아왔는가 싶더니 손에 두세 개의 벚나무 가지를 들고 있었다. 우리들은
데터링을 놀리며 결혼식에라도 가느냐고 물었다. 그러자 데터링은 아
무런 대꾸도 하지 않고 침대에 뒹굴어버렸다.

밤중에 데터링이 계속 덜거덕거리는 소리를 냈다. 데터링은 짐을 꾸
리고 있었다. 나는 문득 언짢은 일이 머리에 떠올랐기 때문에 그 옆으

로 다가가자 데터링은 아무것도 아닌 척을 해보였다. 그래서 나는 이렇게 말했다.

"데터링, 쓸데없는 짓은 하지 말아라."

"무슨 말을 하고 있는 거야…… 그냥 잠이 오지 않아서……"

"왜 그런 벚나무 가지 따위를 꺾어가지고 왔지?"

"뭐, 더 가지고 오려고 생각했다면 가지고 올 수 있었어."

이렇게 말을 머뭇거렸으나 잠시 후에 다시 말을 이었다.

"우리 집의 큰 과수원에도 벚나무가 있었지. 그 꽃이 핀 것을 마른풀 창고에서 보면 마치 한 장의 시트처럼 새하얗지. 꼭 이맘때야."

"틀림없이 곧 휴가를 얻을 수 있을 거야. 게다가 너도 농부로서 소집 해제가 되는 일이 없다고도 할 수 없으니까 말이야."

데터링은 고개를 끄덕였지만 멍한 상태였다. 대체로 농사일을 하는 사람이 흥분하면 매우 묘한 표정을 나타내는 법이다. 그것은 마치 암소와 그리운 하나님의 혼합물과 같은 표정이다. 반쯤은 얼빠진 사람 같고 반쯤은 매력이 있었다.

나는 데터링이 골똘히 생각하고 있는 것을 달래려는 생각에 그에게 빵을 한 조각 달라고 말했다. 그러자 그는 아무 군말도 없이 주었다. 이것이 좀 묘한 기분이 들었다. 여느때의 인색한 데터링이라고는 생각되지 않았다.

그래서 나는 수상하다고 생각했기 때문에 가만히 주목하고 있었지만 그날 밤에는 아무 일도 없었다. 이튿날 아침이 되어도 여느때와 같았다.

아마도 데터링은 내가 주목하고 있다는 것을 눈치챈 모양이었다……. 그 다음 다음날 아침이었다. 역시 데터링은 도망치고 말았다. 나는 그것을 알아차렸지만 그에게 충분히 시간을 갖게 해주자고 생각하고 아무 말도 하지 않았다. 십중팔구 잘 도망칠 수 있었을 것이라고 생각했다. 네덜란드로는 이미 여러 놈이 도망쳤던 것이다.

그렇지만 점호 때 데터링이 없다는 것을 알게 되었다. 1주일쯤 지나

서 들은 바에 의하면, 하필이면 그를 경멸하고 있는 군대 경찰인 야전
헌병에게 붙잡혔다는 것이었다.

데터링은 독일로 방향을 잡았다고 하는데…… 물론 그렇게 하면 안
된다는 것은 누구든지 알고 있었다.…… 그 밖에도 그가 행한 모든 방
법은 매우 어리석은 것뿐이었다.

물론 병사의 도망은 누구든지 고향이 그리운 나머지 한때 머리가 어
떻게 되었을 때 저지르는 그런 것이었다. 그렇지만 전선에서 10킬로미
터 후방의 군법회의에서는 이것을 어떻게 해석할지 알 수 없었다. ……
그 후 데터링의 소식은 묘연해졌다.

그렇지만 꼭 과열된 보일러처럼 이런 위험하고 울적한 기분이 더 다
른 방법으로 파괴된 일은 자주 있었다. 그 일례로서 베르거라는 사나이
의 최후를 얘기하고 싶다.

우리들의 참호가 격파된 것은 벌써 상당히 오래 전이었다. 따라서 아
군의 전선은 아주 제멋대로 둘쑥날쑥해서 진짜 의미의 진지전이라는 것
은 이미 없어졌던 것이다.

돌격과 역습을 적과 아군이 되풀이해서 하면 거기에 생기는 것은 엉
망진창이 된 전선과 포탄 구덩이와 포탄 구덩이 사이의 맹렬한 싸움이
었다. 제1선이 단속(斷續)되고 도처에 산병(散兵)을 조그만 덩어리로 모
아서 배치하고 그 포탄 구덩이로부터 포탄 구덩이를 향해 다시 싸우는
것이었다.

우리들이 있는 포탄 구덩이 옆에는 영국병이 있었다. 영국병은 측면
공격을 해와서 바로 우리들 배후에 포진했다. 우리들은 포위당하고 말
았다. 그러나 항복도 그리 쉽게는 할 수 없었다.

안개와 포연(砲煙)이 우리들 머리 위에 감돌고 있어서 항복하려고 생
각해도 우선 적병 쪽에서 그것을 몰랐을 것이다. 어쩌면 우리들은 항복

할 의사가 전혀 없었는지도 모른다. 이런 경우가 되면 그런 의사가 있는지 없는지 그것조차 알 수 없게 되고 마는 것이었다.

수류탄이 폭발하는 소리가 점점 다가오는 것이 들렸다. 아군의 기관총은 전방 반원(半圓) 방향을 소사(掃射)했다. 냉각수는 곧 증발되어버리기 때문에 그 물통을 바삐 서둘러서 여러 사람 앞으로 돌리면, 누구나가 그 속에 소변을 누었다. 그것으로 겨우 물을 만들어서 다시 쓸 수가 있었다.

그렇지만 우리들 뒤로부터 공격은 점점 다가왔다. 앞으로 2,3분 내에 우리들은 전멸될 것 같았다.

그때였다. 갑자기 제2의 기관총이 아주 가까운 옆에서 쏘기 시작했다. 그것은 우리들이 있는 포탄 구덩이 옆의 구덩이에 놓여진 기관총이었다. 이것은 베르거가 가지고 온 것으로, 여기서 비로소 우리 쪽에서도 반대로 뒤쪽으로부터 쏘기 시작한 것이었다. 덕택으로 우리들은 숨을 돌리고 후방과의 연락도 할 수 있게 되었다.

그 후에 다소 좋은 엄호물 속으로 들어간 다음에 식사당번인 병사 한 사람이 말하기를, 잘은 모르지만 여기서부터 100미터나 200미터 떨어진 곳에 군용견이 부상을 입고 쓰러져 있다는 것이었다.

"어느 근처야?"

이렇게 물은 것은 베르거였다.

다른 한 병사가 베르거에게 그 위치를 이야기했다. 그러자 베르거는 그 개를 데리고 오든가 쏘아 죽이고 오자고 했다.

반 년쯤 전이라면 그런 일에 신경을 쓸 베르거가 아니었을 것이며 머리도 더 똑똑했을 것이다. 우리는 그의 행동을 말리려고 했으나 베르거는 아주 고지식하게 가려고 했다.

"이놈은 머리가 돌았구나."

우리들은 이렇게 생각하고 그대로 내버려두고 말았다.

이런 포탄병(砲彈病)은 참으로 위험하며, 이런 경우에는 당장 이 사나이를 땅바닥에 때려눕히고 꽉 붙잡아두는 수밖에 없는 것이었지만,

이 베르거는 180센티미터나 되는 거한이었으며 중대에서 가장 힘이 센 놈이었다.

그는 사실 머리가 돌아 있었다. 군용견 있는 데를 가려면 포화의 벽을 뚫고 돌진해야 했다. 안 된다. 그렇지만, 그의 이러한 발작은 불과 같은 것이어서 우리들 머리 위의 어딘가에서 은밀히 틈을 노리고 있다가 순식간에 데터링의 몸을 향해 떨어져서 이 사나이를 악마에 홀린 것처럼 만들어버렸던 것이다.

어떤 사람은 미친 듯이 날뛰기도 했으며 어떤 사람은 어디론가 달려나가기도 했다. 개중에는 양손과 양발과 입으로 땅바닥을 어디까지나 파고 나가려고 하는 놈도 있었다.

하긴 개중에는 그런 식의 흉내를 내보이는 사람도 적지 않았지만 그런 흉내를 낸다는 것 자체가 이미 이 병의 첫 번째 징후였다. 개를 어떻게든지 해주자고 했던 베르거는 허리뼈에 총알을 맞고 끌려왔고 베르거를 끌고 오던 사나이도 그 도중에서 장딴지에 소총 탄환을 한 발 맞았다.

밀러는 죽어버렸다. 아주 가까운 거리로부터 조명탄을 밀러의 배를 향해 쏘아댔던 것이다. 총알을 맞고도 30분쯤은 의식이 분명하게 살아 있었으나 그 고통은 무서운 것이었다.

드디어 숨을 거두기 전에 나에게 자기 지갑을 주고 장화도 유품(遺品)으로 주었다…… 그 장화는 켐머리히로부터 받은 것이었다. 나는 그 장화를 신어보았다. 내 발에 잘 맞았다. 내가 죽으면 차덴을 주겠다고 약속했다.

밀러의 시체는 묻었지만 그것도 언제까지나 조용히 땅 속에서 잠자고 있을 수는 없을 것이다. 아군의 전선이 퇴각했기 때문이다. 적에게는 신예(新銳)인 영국군과 미국군이 도착했다. 그들에게는 콘비프와 흰 밀가루가 남아돌 정도로 있었다. 거기다가 남아도는 새 포탄과 남아도는 비행기가 있었다.

그것에 비하면 아군은 배를 주릴 대로 주렸다. 식사는 열악해지고 대용품을 많이 섞어서인지 우리들은 병까지 났다. 독일 국내의 제조공장 주인은 돈이 많이 생겼다. ……그와 반대로 우리들의 창자는 이질(痢疾)로 따끔따끔 아팠다.

변소의 걸터앉는 막대에는 언제나 사람들이 가득히 쭈그리고 있었다. ……이런 사람들의 잿빛이나 누런색으로 변한 비참하고 완전히 체념해버린 얼굴을, 그 새우등과 같은 꼴을 독일에 있는 사람들에게 실제로 보여주고 싶다.

그것은 창자의 통증 때문에 피가 몸으로부터 밀려나오기 때문이었다. 그들은 괴로움에 떨었다.

"몇 번 바지를 위로 끌어올려봤지만 소용이 없어……."

이렇게 이빨을 드러내고 말하는 것이 고작인 상태였다.

아군의 포병은 벌써 포탄을 다 쏘아버렸다. 탄약의 공급이 불충분하기 때문이었다. ……게다가 대포 속이 마멸되어서 겨냥한 것이 빗나갔고 마침내는 우리들 쪽으로까지 포탄을 쏘아댈 정도였다.

말도 적어졌다. 새로 도착한 부대는 모두 휴양을 필요로 하는 빈혈을 가진 소년들로 배낭을 멜 수 없을 정도로 힘이 없었을 뿐 아니라 그들은 이미 죽을 몸이라고 각오하고 있었다. 그런 사람들이 수천 명이나 되었다. 이 사람들은 전쟁이 어떤 것인지조차 알지 못하고 있었다.

그저 앞으로 나아가서 총알을 맞을 뿐이었다. 이런 부대가 엄폐물의 개념 따위도 전혀 없이 기차에서 막 내렸을 때 단 한 대의 비행기가 날아와서 장난처럼 2개 연대를 깨끗이 폭격해버린 일이 있었다.

그때 카친스키가 한 말이 걸작이었다.

"머잖아 독일이 텅 비겠구나."

전쟁도 이젠 적당히 끝나겠지 하는 희망도 완전히 없어져버렸다. 우리들은 그런 앞의 일까지는 아예 생각도 하지 않았다. 다만 총알을 맞으면 죽는다. 부상을 당하면 야전병원이 다음에 갈 곳이다.

거기서 손이나 발을 뿌리부터 절단당하지 않는 경우라고 한다면 조만간에 한 번은 일등 군의관의 손에 붙잡힌다. 그 군의관은 단춧구멍에

십자훈장을 달고 있으며 그는 이런 말을 하는 것이다.

"뭐야, 다리가 조금 짧다고? 네가 용감하다면 전선에서 도망칠 필요는 없지 않느냐. 이놈은 '출정가능'이다. 돌아가라."

카친스키는 이런 이야기를 했다. 그것은 포게젠에서 플란데르에 이르는 전전선에 전해진 이야기의 하나였다. 어떤 일등 군의관은 병증(病症)을 검사할 때는, 이름을 소리내어 부르면서 환자가 앞으로 나오면 얼굴도 보지 않고 말한다는 것이다.

"출정가능. 전선에서는 병사가 모자란단 말이야."

그리고 의족을 한 사나이가 앞으로 나가면 그 군의관은 역시 같은 말을 반복한다고 한다.

"출정가능."

카친스키는 목소리를 높여서 말했다.

"그런데 그 환자는 군의관을 보고 이렇게 말했대. '나는 보시다시피 이렇게 의족을 하고 있습니다만, 지금 이대로 전선에 갔다가 머리에 총알을 또 맞는다면 나무 머리를 만들어달라고 해서 군의관이 되겠습니다. 이상!'이라고 말이야."

우리들은 이 대답을 대단히 통쾌해하면서 들었다.

그렇지만 결코 심술궂은 군의관만 있는 것이 아니었다. 친절한 사람도 물론 많이 있었다. 그렇지만 대부분의 군의관은 진찰 때 병사를 될 수 있는 대로 많이 붙잡아 전장으로 보내서 일부러 용사를 만들려고 하는 사람이 많이 있었기 때문에 그런 의사들의 손에 누구나 걸리곤 했던 것이다.

이런 사람들이란 될 수 있는 대로 자기 진단부(診斷簿) 속에서 '불구'나 '회복' 정도의 사람을 가능한 한 '출정가능'으로 바꾸어버리려고 노력했다.

이런 이야기는 그 밖에도 얼마든지 있었다. 그렇지만 그 대부분은 더심한 이야기였다. 그렇지만 그런 이야기는 병사들을 사주(使嗾)해서 소동을 일으키게 한다든가, 사기를 저하시키는 선전을 위해 만들어진 것은 결코 아니었다. 이런 종류의 모든 이야기는 사실담이며 일일이 진짜 이름을 들어서 하는 이야기였다. 그것도 사실은 군대에는 거짓말과 부정과 가혹한 일이 매우 많았기 때문이다.

그렇지만 그럼에도 불구하고 우리 독일 군대가 차차 승산이 없어져 가는 전투에서 되풀이해서 분전하고 차차 퇴각하고 와해되어가는 전선에 서서 돌격 또 돌격을 한 용감스러운 모습은 역시 크게 인정받아야 했다.

장갑탱크는 처음에 무시당하고 있었으나 마침내 아주 파괴적이고 중요한 무기가 되었다. 철판 갑옷으로 몸을 감싸고 긴 열을 지어서 굴러 오는 모습은 우리들에게 그 어떤 것보다도 전쟁의 무서움을 구체화한 것으로 보였다.

타고상(打鼓狀) 포격을 독일군에게 퍼붓는 대포의 모습은 우리들 눈에 보이지 않았다. 적의 제1선에 서는 것은 우리들과 같은 인간이다……. 그렇지만 이 탱크라는 놈은 기계였다. 그 털벌레같이 생긴 것이 이 전쟁과 마찬가지로 끝도 없이 달려오는 것이었다.

탱크가 태연한 얼굴을 하고 포탄 구덩이 속으로 굴러들어왔다가 또 기어올라와서 다시 멈출 줄도 모르는 모습은 섬멸(殲滅) 그 자체의 모습이었다. 연기를 내뿜고 으르렁거리고 있는 전투함(戰鬪艦)의 함대였다.

죽은 사람도 부상자도 눌러 찌부러뜨리고 자신은 상처입을 줄을 모르는 강철 짐승이었다…… 우리들은 이 탱크를 보면, 이 얇은 피부 속으로 조그맣게 움츠러들곤 했다. 그 놀랄 만한 무게 앞에는 우리들의 팔은 지푸라기 정도였고 수류탄은 성냥 정도였을 것이다.

포탄과 독가스와 탱크의 소함대가…… 밟아 찌부러뜨리고, 물어뜯고, 모두 죽여버렸다.

이질과 악성 감기와 티푸스가…… 목졸라 죽이고, 태워죽이고, 모두 죽여버렸다.

참호와 야전병원과 공동매장(共同埋葬)과 ……모든 것이 이 길밖에는 없었다.

우리들의 중대장 베르팅크는 어느 돌격 때 전사했다. 온갖 위험한 경우에 항상 선두에 섰던 가장 용감한 제1선 장교 중 한 사람이었다. 그가 우리들 중대로 온 것은 2년 전이었으나 그 사이 한 번도 부상당하지 않았다. 그래도 역시 마침내는 올 때가 왔던 것이다. 우리들은 어떤 포탄 구덩이 속으로 들어가버리고 사방으로부터 포위당했다. 화약 연기와 함께 기름인지 석유 냄새인지 알 수 없는 것이 이쪽으로 불어왔다.

그러자 화염방사기를 든 두 사람의 적병이 나타났다. 한 사람은 등에 상자를 메고 있었고 다른 한 사람은 손에 호스를 쥐고 있었다. 그 호스로부터 불이 방사되는 것이었다. 이렇게 우리들 바로 옆까지, 거의 코 앞까지 오게 되면 우리들의 목숨은 이미 없었다. 퇴각하는 것은 이미 불가능한 처지에 놓여 있었다.

우리들은 이 적을 향해 쏘기 시작했다. 그렇지만 적병은 점점 다가왔다. 절망적이었다. 중대장 베르팅크는 우리들과 함께 이 구덩이에 엎드리고 있었는데 우리들의 총알이 맞지 않는 것을 보자, 이번에는 자신이 소총을 들었다. 이렇게 맹렬한 사격을 할 때는 어지간히 엄호물에 주의를 하지 않으면 안 되기 때문에 총알은 좀처럼 맞지 않는다. 중대장은 구덩이로부터 기어나가서 엎드려쏴 자세로 팔꿈치를 짚고 적을 겨냥했다. 방아쇠를 당겼다고 생각한 그 순간이었다. 중대장 바로 옆에 한 발의 총알이 탁 튀어올랐다. 총알은 중대장에게 맞았다.

그렇지만 중대장은 그대로 엎드려의 자세로 아직도 적을 노리고 있었다. 한 번 총을 밑으로 내렸다가 다시 한 번 고쳐 겨누더니 이윽고 탕하고 쏘았다. 중대장은 총을 덜컥 밑으로 내던지고 소리쳤다.

"맞았다!"

그리고는 구덩이 밑으로 미끄러져 내려왔다.

두 사람의 화염방사병 중 뒤에 있는 놈이 부상을 입고 쓰러지자 다른 한 사나이가 들고 있던 호스가 손에서 미끄러져 떨어졌다. 그리고 화염(火焰)은 사방으로 세차게 내뿜어졌다. 쓰러진 사나이는 타죽어버렸다.

중대장은 흉부총상(胸部銃傷)이었다. 조금 지나자, 이번에는 포탄 파편이 그의 턱을 날려버렸다. 그 파편은 아직도 힘을 가지고 있었던지 레이의 허리를 짓부수어버렸다. 레이는 신음하면서 양팔을 짚고 몸을 지탱했으나 순식간에 피투성이가 되고 말았다.

그렇지만 아무도 그를 도울 수가 없었다. 1,2분 지나자 내용물이 새는 파이프처럼 그의 몸은 흐물흐물하게 찌부러지고 말았다. 그렇게도 학교시절에는 수학을 잘했는데 오늘 이 경우 과연 그것이 무슨 도움이 되었을까?

몇 달이나 지나갔다. 1918년의 여름만큼 가장 많은 피를 흘리고 가장 많은 괴로움을 거듭한 때는 없었다. 매일매일은 금빛과 파란빛 속을 날아가는 천사처럼 손이 닿지 않는 적멸(寂滅:죽음)의 고리 위에 서 있었다.

전장에 있는 사람들은 우리들 쪽이 전쟁에 졌다는 것을 알고 있었다. 다만 패전이라는 것에 대해서는 아무도 입 밖에 내서 말하는 사람이 없었다. 하는 얘기라곤 아군은 퇴각한다느니, 이 총공격이 있는 다음에는 다시 공세로 나갈 수는 없다느니, 이젠 병사도 탄환도 떨어졌다느니 하는 정도였다.

그렇지만 군은 계속해서 전진해나갔다. ……죽는 사람은 더욱더 늘어날 뿐이었다……

1918년 여름…… 우리들은 태어난 이후, 일찍이 이 세상의 생활이 설사 그 모습은 초라하더라도, 이때만큼 바람직한 것으로 생각된 적은 없었다. ……우리들의 바라크 벌판에 피는 개양귀비꽃, 풀줄기에 붙은 매

끄러운 투구벌레, 반쯤 어두워지기 시작한 썰렁한 방 안의 따뜻한 황
혼, 어스름 속에 보이는 기분 나쁜 검은 나무 그림자, 하늘의 별, 꿀의
흐름, 꿈과 긴 수면…… 아아 이 생활, 생활, 생활이 그립다.

1918년 여름…… 전선으로 출발하는 순간보다는 더 견디기 어려운 것
은 세상에 없다. 그것은 말도 할 수 없는 괴로움이었다. 거친 채찍으로
때려 일으키는 것처럼 휴전과 평화에 대한 소문이 떠올랐다. 그 소문은
우리들 마음을 교란시켰고 우리는 전선으로 돌아가는 것이 지금까지
보다도 더욱 괴로웠다.

1918년 여름…… 지금까지의 생활 중 포격 때만큼 비참하고 잔혹한
것은 없었다. 창백해진 얼굴은 진흙 속에 누워 있었다. 양손은 경련하
면서 말했다.

"싫어, 싫어, 지금은 아직 싫단 말이야. 마지막인 지금이 되어도 아
직 싫어."

그렇게 손은 꼭 쥐고 있었다.

1918년 여름…… 다 타버린 전장을 스쳐 부는 희망의 바람, 견디기 어
려운 애태움의 열병(熱病), 실망과 낙담, 가장 괴로운 죽음의 발작, 포
착하기 어려운 의문.

"왜, 왜 전쟁을 그만두지 않느냐. 더구나 전쟁이 끝난다는 소문이 어
째서 퍼지고 있느냐 말이야."

이곳에는 비행기가 많이 있었는데, 그것이 참으로 정확하고 교묘하
게 한 사람 한 사람의 머리 위로 토끼를 쫓듯이 공격해오곤 했던 것
이다. 한 대의 독일 비행기에 대해서 적어도 다섯 대의 영국과 미국 비
행기가 달려들었다.

참호에서 배를 주리고 완전히 지쳐 있는 독일병 한 사람에 대해서,
적측에서는 원기발랄한 병사가 다섯 사람의 비율로 달려들었다. 독일

의 군용빵 한 개에 대해서 적측은 고기 통조림 50개를 가지고 있었다.

우리 독일병들은 절대로 졌다고는 생각하지 않고 있었다. 우리들은 병사로서 적보다는 우수하며 경험도 많았다. 우리들을 압도하고 물리친 것은 아군의 몇 배에 해당하는 남아돌아가는 힘 그 자체에 지나지 않았다.

2,3주일 계속해서 비가 내렸다. ……잿빛 하늘, 괴멸되어가는 잿빛 흙, 잿빛 죽음. 밖에 나가면 금세 외투를 통해서, 군복을 통해서 흠뻑 젖어버렸다. ……전선에 나가 있는 동안에도 비는 계속 내렸다. 몸이 마를 새가 전혀 없었다.

장화를 신고 있는 사람은 모래주머니로 구두 위쪽을 동여매어 흙탕물이 자꾸 구두 속으로 들어오지 않도록 했다. 소총도 군복도 헐렁헐렁한 덩어리로 된 것처럼 생각되었으며 온갖 것이 흘러 녹아버렸다.

땅바닥은 습기차서 뚝뚝 방울져 떨어질 것만 같은 기름덩어리처럼 되고 그 속에 누런 물웅덩이가 나선형(螺旋形)의 붉은 피웃음을 띠고 있었다. 죽은 사람과 부상자와 살아 남은 사람은 차차 그 흙 속으로 가라앉았다.

폭풍은 우리들 머리 위를 채찍질하듯이 불면서 지나갔다. 포탄 파편의 우박은 뒤엉킨 회색과 황색 속으로부터 나와 어린애가 우는 것 같은 부상병의 거칠어진 목소리를 쥐어뜯었다. 찢겨진 생명은 밤마다 괴로운 듯이 침묵을 향해서 신음하고 있었다.

우리들 손은 땅바닥이었다. 우리들 몸은 찰흙이었다. 우리들 눈은 빗물 웅덩이였다. 우리들은 도대체 살아 있는지 어떤지, 우리 스스로도 알 수가 없었다.

그것에 잇달아 닥쳐온 것은 더위였다. 더위는 해파리처럼 젖어서 답답하게 우리들이 있는 포탄 구덩이로 가라앉기 시작했다. 그러한 늦여름의 어느 날이었다. 식사를 운반할 때 카친스키가 총알을 맞고 쓰러졌다. 마침 우리 두 사람뿐이었다. 나는 카친스키의 상처를 붕대로 감아주었다. 정강이가 부숴진 것 같았으며 탄환에 뼈를 맞은 카친스키는 절망하고 신음하면서 중얼거렸다.

"이제 와서 이게 무슨 꼴이람…… 이 마지막 때가 되어서 말이야."

나는 카친스키를 위로해주었다.

"아직 전쟁은 이런 정도로는 끝날 턱이 없어. 목숨이 제일이야."

카친스키의 상처는 심하게 출혈하기 시작했다. 내가 들것을 가지러 가려고 해도 그 동안 카친스키를 혼자 있게 할 수가 없었다. 또 이 근처의 어디에 위생대가 있는지 그것도 몰랐다.

카친스키의 몸은 그다지 무겁다고 할 정도는 아니었기 때문에 나는 이 사나이를 등에 업고 붕대소까지 돌아가려고 했다.

그 사이에 두 번 휴식했다. 업고 운반하기 때문에 상처가 심하게 아프기 시작했던 것이다. 우리는 서로 많이 지껄이지 않았다. 나는 앞가슴을 풀어헤치고 심호흡을 했다. 땀은 나고 업는데 힘이 들어가서 얼굴은 부석부석하게 되고 말았다. 그래도 나는 서둘러서 그를 부축하고 다시 걷기 시작했다. 이런 곳에 우물쭈물하고 있으면 위험하기 때문이었다.

"어때, 가볼까. 카친스키?"

"가야겠지."

"그럼, 가자."

나는 카친스키의 몸을 일으켰다. 카친스키는 부상당하지 않은 쪽의 한 발로 서서 나무를 꽉 붙잡았고 나는 조심하면서 부상당한 한쪽 다리를 붙잡았다. 카친스키는 움찔하고 펄쩍 뛰었다. 나는 그의 부상당하지 않은 쪽의 무릎도 팔 밑에 안았다.

우리들이 가는 길은 더욱더 곤란했다. 가끔 포탄이 핑 하고 날아왔다. 나는 될 수 있는 대로 빨리 걸었다. 카친스키의 상처에서 흐르는 피가 땅바닥 위로 뚝뚝 떨어지기 때문이었다. 사격해오는 총알을 피하는 것은 상당히 어려웠다.

엄폐물에 몸을 숨겼을 때 이미 탄환은 지나가버리기 때문이었다. 그 탄환을 피하기 위해 우리들은 작은 포탄 구덩이 속에 몸을 엎드렸다.

나는 수통에서 물을 꺼내 카친스키에게 먹여주었다. 그런 다음 담배를 피우면서 우울한 기분으로 카친스키에게 말했다.

"드디어 이것으로 헤어질 때가 왔구나."

카친스키는 대답도 하지 않고 내 얼굴을 바라보았다.

"어때, 아직 기억하고 있나, 카친스키? 둘이서 집오리를 잡으러 갔던 일을. 그리고 내가 아직 신병으로 있던 시절에 처음으로 부상당했을 때, 네가 나를 그 빗발치듯이 퍼붓는 대포알 속에서 구해주었었지. 그 일을 기억하고 있나? 그때는 나도 울었었지. 그때로부터 벌써 삼 년쯤 지났군."

카친스키는 고개를 끄덕였다.

혼자 있게 된다는 불안이 내 마음에 생기기 시작했다. 카친스키를 데리고 가버리면 나는 이곳에 한 사람도 친구가 없어져버리는 것이었다.

"이봐, 카친스키, 우리는 어떻게든 한 번 더 만나자. 만약 네가 이리로 돌아오기 전에 정말로 평화가 온다면 말이야."

"내가 이렇게 다쳤는데도 '출정가능'이 되어서 다시 전지로 돌아온다고 생각하나?"

카친스키는 신랄한 어조로 물었다.

"이 상처는 조용히 쉬고 있으면 깨끗이 나을 거야. 관절은 문제없어. 절름거리기는 할지 모르지만 말이야."

"담배 한 대만 더 피우게 해줘."

"또 나중에 어딘가에서 뭔가 함께 할 수 있을지도 모르지."

이렇게 말했지만 나는 슬퍼지고 말았다. 아아 카친스키와 두 번 다시 만날 수 없게 되다니, 그런 것은 나에게는 불가능했다.

카친스키, 나의 벗 카친스키, 민틋한 어깨와 숱적고 보드라운 수염과, 다른 사람에 대하는 것과는 전혀 다른 의미로 서로 알게 된 카친스키, 최근 몇 해를 서로 함께 지낸 카친스키…… 그런 벗과 다시 만날 수가 없다니, 도저히 있을 수 없는 일이었다.

"어쨌든 네 집 주소를 나에게 가르쳐줘. 내 것은 여기 있으니까. 너에게 주려고 생각하고 써두었었어."

카친스키의 주소를 쓴 종이를 나는 가슴 호주머니에 밀어넣었다. 카친스키는 아직 내 바로 옆에 있지만 나는 마치 버림받은 것 같은 기분이 들었다. 이 친구 곁을 떠나지 않기 위해 차라리 당장이라도 이 한쪽 다리를 쏘아버릴까?

갑자기 카친스키는 목구멍을 꼬르륵거리기 시작했고 얼굴색은 파랗고 노랗게 되었다.

"자, 더 앞으로 가자."

카친스키는 더듬거리면서 말했다.

나는 벌떡 일어나 새빨개져서 카친스키를 거들어, 그 몸을 높이 안아올렸다. 그리고 그 다리가 너무 심하게 흔들흔들하지 않도록 보폭을 넓히고, 조용히 그러나 빨리 달리기 시작했다.

나는 목이 말라서 견딜 수 없었다. 눈앞의 모든 것이 빨갛고 검게 춤추었다. 정신없이, 몇 번이나 발이 걸려 넘어지면서 나는 간신히 위생대가 있는 데까지 찾아왔다.

그러자 그 자리에서 나는 푹 무릎을 꿇었다. 그렇지만 카친스키의 부상당하지 않은 다리를 밑에 깔고 쓰러지도록 했을 정도의 힘은 아직 가지고 있었다. 잠시 후에 나는 조용히 일어섰다. 내 발과 손은 몹시 떨렸다. 간신히 수통을 손으로 더듬어 찾아서 한 모금 마셨다. 마시려고 하자 입술이 떨렸다. 그렇지만 나는 미소지었다. ……카친스키가 무사했기 때문이다,

잠시 후에 나는 들려오는 떠들썩한 소리를 알아들었다.

"이런 헛수고를 하지 않아도 좋지 않았나?"

이렇게 말한 것은 간호병이었다.

나는 뜻을 알 수 없기 때문에 그 사나이의 얼굴을 물끄러미 바라보았다.

간호병은 카친스키를 가리키면서 퉁명스럽게 말했다.

"이미 죽었단 말이야."

나는 그 말을 알아들을 수 없었다.

"이 사나이는 경골총상(頸骨銃傷)이라구."

그리고는 또 간호병은 멈추어 서서 말했다.

"그것도 있지……."

나는 휙 돌아보았다. 내 눈은 아직 흐리멍덩했다. 땀은 또 새로 배어 나오기 시작해서 눈꺼풀 위로 흘렀다. 그 땀을 닦고 나는 카친스키 쪽을 보았다. 카친스키는 거기에 가만히 움직이지 않고 있었다.

"기절했어."

나는 이렇게 말했다.

그러자 간호병은 낮은 소리로 휙 하고 휘파람을 불고 대꾸했다.

"그런 것은 내가 더 잘 알고 있어. 이놈은 죽었단 말이야. 내기를 해도 좋아."

나는 고개를 젓고 말했다.

"그런 일은 있을 수 없어. 불과 십분쯤 전에 나는 이놈과 이야기를 하고 있었어. 그저 기절하고 있을 뿐이야."

카친스키의 손은 아직 따뜻했다. 나는 그 어깨를 잡고 몸에 차를 문질러바르려고 했다. 그랬더니 내 손가락이 끈적거리는 것을 느꼈다. 머리 밑에서 손가락을 꺼내보았더니 피투성이였다. 간호병은 한 번 더 이빨 사이로부터 휙 하고 휘파람을 불고는 말했다.

"그것 보란 말이야……."

내가 모르는 사이에 여기까지 오는 도중에 포탄 파편이 카친스키의 머리 속으로 뛰어들었던 것이다.

그 구멍이 작은 것을 보니 머리로 들어간 파편도 아주 작은 번덕스러운 놈이었음에 틀림없었다. 그렇지만 그 작은 것도 사람을 죽이기에는 충분했던 것이다. 카친스키는 죽고 말았다.

나는 전전히 일어섰다.

"이놈의 봉급카드와 소지품을 네가 가지고 가주지 않겠나?"

그 일등병 간호병이 물었다.

나는 고개를 끄덕이고 봉급카드와 다른 것들을 받았다.

그 간호병은 놀라면서 말했다.

"너 이 사나이와 친척 아니냐?"

친척이 아니다. 다르다. 육친도 아니고 집안 식구도 아니다.

그럼 여기를 떠날까. 나에게는 아직 다리가 있을까? 나는 눈을 들어서 주위를 둘러보았다. 몸도 함께 빙그르 한 바퀴 돌렸다. 내 몸은 그 원의 중심에 있었다. 눈에 보이는 것 전부는 여느때와 같았다. 다만 우리 후비병(後備兵) 슈타니슬라우스 카친스키가 죽었을 뿐이었다. 그 이상 나는 아무것도 알 수 없었다.

12

가을이다. 오래된 친구들은 이젠 얼마 남아 있지 않았다. 같은 클래스의 7명 중에서 남아 있는 것은 나 혼자뿐이었다.

너도 나도 평화와 휴전을 입에 담았다. 너도 나도 기다리고 있었다. 만약 이 기대가 또 한 번 빗나가기라도 하는 날엔 모든 것이 붕괴되고 말 것이다. 희망은 너무나도 덧없었다. 그 희망이 없어진다면 그 후에는 폭발이 있을 뿐이다. 평화가 오지 않는다면 혁명이 있을 뿐이다.

나는 2주일쯤 휴가를 얻었다. 독가스를 조금 마셨기 때문이다. 조그만 마당에서 하루 종일 일광을 쬐고 지냈다. 곧 휴전이 될 모양이었다. 나도 지금은 그렇게 믿게 되었다. 그렇게 되면 드디어 집으로 돌아가는 것이다.

그렇게 생각하자 내 생각은 거기서 멎고 그 이상 나아가지 않았다. 나를 커다란 힘으로 끌어당겨 나를 기다리고 있는 것은 정서(情緖)였다. 생활욕이었다. 고향의 사랑이었다. 육친이었다. 살아난 기쁨의 만취(滿醉)였다. 그렇지만 거기에 목적이라는 것은 아무것도 없었다.

만약 우리들이 1916년에 집으로 돌아가 있었더라면 우리들이 경험한 고통과 강인함 때문에 그 폭풍과 같은 힘을 해방시킬 수 있었을지도 모

른다. 그렇지만 지금 돌아간다고 하면 우리들은 완전히 피로하고 붕괴
되고, 다 타버렸고 튼튼한 기반까지 잃고, 아무런 희망도 없어졌다. 우
리들은 과연 무엇을 해야 할지, 정말 광막(廣漠)한 앞길을 바라볼 뿐일
것이다.

남들은 아마도 우리들의 이런 심정을 이해해주지 않을 것이다. 우리
들의 전시대 사람들은 똑같이 우리들과 함께 이 전선에서 몇 년인가를
지내고 있지만 그 사람들은 잠자리와 직업을 가지고 있다. 지금은 그저
옛날 위치로 돌아가기만 하면 되는 것이다.

그 위치로 돌아가면 전쟁이라는 것도 잊어버리겠지. ……우리들 뒤
에는 또 새로운 시대의 사람들이 있다. 그것은 옛날의 우리들과 같은
사람들이다. 그것은 우리들에게 있어서 아무런 관계도 없으며 우리들
을 옆으로 밀어젖히고 나아갈 사람들이다.

우리들은 우리들 자신에 대해서조차 전혀 쓸데없는 인간이 되고 말
았다. 우리들은 이제부터 더욱더 성장할 것이다. 어떤 사람은 잘 순응
해나갈 것이다. 어떤 사람은 능숙하게 처신해나갈 것이다. 그렇지만 많
은 사람들은 완전히 어찌할 바를 모를 수밖에 없다……. 그 동안에 세
월은 흐르고 우리들은 결국 멸망해버릴 수밖에 없는 것이다.

어쩌면 나의 이런 사고방식도 전부 우울과 당황함에 지나지 않을지도
모른다. 만약 우리들이 다시 그 포플러나무 밑에 머무르면서 그 잎이
살랑거리는 소리에 귀를 기울일 때는 먼지처럼 날아가버릴지도 모
른다.

그렇지만 우리들의 마음을 떠날 수가 없는 것은 우리들의 젊은 피를
불안하게 만드는 그 반응이 없는 미덥지 못함이다. 기대할 수가 없는
불확실성이다. 우리들을 당황케 하는 것이다. 머지않아 오고야 말 것
이다. 미래에 나타나게 될 몇천 개의 환상이다. 꿈과 책의 멜로디다.
여자로부터 오는 도취와 예상이다. 그런 것들이 그 맹사격과 절망과 군
인 위안소 속으로 사라져버렸다고는 생각할 수 없다.

주위의 나무들은 물들어서 금빛으로 빛나고 있다. 들근마가목 열매

가 잎 사이에 빨갛게 붙어 있다. 국도는 지평선의 훨씬 저쪽으로 희게 뻗고 있다. 주보 속은 벌집처럼 평화에 관한 소문으로 온통 화제가 되고 있다.

나는 일어섰다.

내 마음은 완전히 가라앉았다. 몇 달이고 몇 년이고 마음대로 지나가라고 하지. 달도 해도 나에게는 아무것도 가지고 와주지는 않는다. 아무것도 가지고 올 수가 없는 것이다.

나는 완전히 고독하다. 아무런 기대도 가지고 있지 않다. 나는 아무런 두려움도 없이 이 달과 해에 맞설 수가 있다. 내가 지내온 몇 년인가의 생활은 아직 내 손과 눈 속에 생생하게 남아 있다. 내가 이 생활을 어떻게 이겨냈는지 어떤지, 그것은 나도 알 수 없다.

그렇지만 이 생활이 내 손과 눈 속에 있는 한, 그것 자신의 갈 길을 찾을 것이 틀림없을 것이다. 내 마음속에 내 자신이라고 스스로 말하고 있는 것이, 같은 길을 찾건 말건 그런 것과는 관계없이 말이다.

여기까지 써온 지원병 파울 보이머 군도 마침내 1918년 10월에 전사했다. 그날은 전전선에 걸쳐서 매우 평온하고 조용해서 사령부에 타전하는 보고서에는 '서부전선 이상없음, 보고할 만한 사항없음'이라는 문구밖에는 할 말이 없을 정도였다.

보이머 군은 앞으로 고꾸라져 쓰러져서 마치 자고 있는 것처럼 지상에 뒹굴고 있었다. 몸을 뒤집어보니 오래 시달린 흔적은 없는 것처럼 보였다……. 마치 이런 최후를 마치는 것을 오히려 만족스럽게 느끼고 있는 것 같은 각오가 보이는 침착한 얼굴을 하고 있었다.

▨ 레마르크의 생애와 작품

에리히 마리아 레마르크(Erich Maria Remarque)는 1898년 6월 22일에 서부독일의 오스나브뤼크에서 태어났다. 그의 아버지는 프랑스혁명 때 라인 지방으로 피난해온 망명자의 후손으로 제책업을 하고 있었으며, 독실한 카톨릭 신자였다.

1914년에 제1차 세계대전이 발발하자 18세의 어린 나이로 거의 반강제적으로 전쟁에 끌려나가, 전쟁의 참상과 공포를 속속들이 체험한다. 그리고 마침내 그는 몸과 마음이 상처투성이가 되어서 귀환한다. 이러한 뼈저린 전쟁 체험이 바로 《서부전선 이상없다》의 모체가 되었다.

휴전과 함께 귀환한 상처투성이의 레마르크는 전후의 소란한 현실과 인플레이션이 팽배한 불안한 사회와 직면하게 된다. 그는 이런 불안한 사회 속에서 살기 위해 초조한 마음으로 방황했다.

그러던 중 어느 잡지사의 기자로 겨우 취직이 되었다.

그로부터 10년 후에 처녀작 《서부전선 이상없다》가 출간되었다. 이 작품은 전쟁의 참화(慘禍)를 냉철히 되새김질할 수 있는 충분한 시간적 거리를 두고 나왔다.

이 작품은 출간되자마자 25개 국어로 번역되고 18개월 만에 350만부라는 막대한 부수가 팔렸다. 무명의 잡지기자는 하루 아침에 세계적 작가로 이름을 떨쳤다.

주인공인 18세의 소년 학도병 파울 보이머는 레마르크 자신의 분신이며, 그 당시의 모든 젊음이의 전형이기도 했다. 그가 직면하는 전쟁의 현실은 그의 젊은 꿈을 산산히 부숴버렸다. 한 반에서 함께 끌려간 급우 7명 중에서, 종전 무렵까지 유일하게 살아 있던 주인공 보이머는 그렇게도 고대하던 종전을 바로 목전에 둔 1918년 10월 어느 날 죽어갔다.

　그날의 사령부 보고에는,

　"서부전선 이상없음. 보고할 만한 사항없음"

이라고 적혀 있을 뿐이었다. 우리는 이 대미(大尾)에서 전쟁에 대한 허
무감과 개인과 전체에 대한 모순을 절감하게 된다.

　제2작 《귀환의 길》은 1931년에 발표되었다. 이 소설은 제1차 세계대전
의 종전에서부터 1923년에 걸쳐 일어났던 독일의 혁명과 사회불안을 묘
사하고 있다. 전후의 혼란된 사회에서 살려고 갖는 노력을 하다 끝내는
허사가 되고 만다는 귀환병들의 운명을 주제로 삼고 있다.

　《서부전선 이상없다》가 발표된 1929년은 유명한 세계적인 공황(恐慌)
이 휩쓸던 해였다. 독일은 패전 이후 국민생활이 도탄에 빠졌으며 거기
에 세계적인 공황까지 겹쳐 정치적인 위기는 날로 심각해졌다. 우유부
단한 사회민주주의 체제의 정권에 염증을 느낀 독일국민은 새로 대두하
기 시작한 광적이고 야만적인 나치스에 의지하게 된다. 그래서 마침내
히틀러는 1933년 1월 30일에 정권을 잡게 되었다.

　이때부터 모든 나치스 반대파와 유태인에 대한 탄압과 학살이 시작되
었다. 이런 상황 속에서 반전적인 레마르크의 작품이 용납될 리가 없
었다. 1933년의 제1차 분서(焚書) 때 레마르크의 작품이 분서 리스트에
올랐다.

　레마르크는 1932년에 이미 스위스로 이주했다. 히틀러 정권이 수립되
기 직전의 혼란한 독일을 피했던 것이다. 1938년에 나치스 정부는 레마
르크의 국적도 박탈해버렸다. 그는 신변의 위험을 느끼고 1939년에 전
란 중의 유럽을 떠나 미국으로 이주했으며 그 후 그는 미국에 귀환하고
미국 시민권을 얻었다.

　레마르크는 1941년에 제4작 《너의 이웃을 사랑하라》를 발표했다. 이
소설은 여권이 없어서 이 국경에서 저 국경으로 짐승떼처럼 몰려다니는
국제적인 방황자들을 묘사하고 있다. 불안과 공포, 그리고 방황자들의
참혹상과 무명의 한 인간의 용기와 영웅적인 행동을 그리고 있다.

1946년 그의 가장 걸작인 《개선문》이 발표되었다. 이 소설은 소재면에서뿐만 아니라 형식과 기술면에서도 가장 뛰어난 작품이다.

이 작품 역시 전쟁의 소용돌이 속으로 빠져들어가는 한 인간의 운명을 묘사하고 있다. 제2차 세계대전의 암운이 감도는 파리를 무대로, 정치적인 이데올로기의 힘에 쫓기는 인간의 절망적인 몸부림을 잘 그리고 있다. 수많은 망명객과 피난민을 통해서 그 당시의 인간들의 참혹상과 절망, 고뇌, 희망 등을 잘 알 수 있다.

주인공 라비크는 나치스의 강제수용소로부터 간신히 탈출하여 밀입국한 독일인이다. 왕년에는 베를린의 큰 종합병원의 외과 과장이었다. 그는 돈은 많지만 무능한 프랑스 인 개업의들의 어려운 수술을 도맡아 해주면서 근근이 생활을 이어가고 있었다. 그리고 그는 고급 유곽의 매춘부들의 검진도 도맡아 해주었다.

라비크에게 있어서 인간이란 수술대 위에 놓여 있는 고깃덩어리에 지나지 않았다. 이런 인생관의 심연(深淵)에는 어린 소년시절에 전쟁에서 받은 마음의 상처가 도사리고 있었다. 이렇게 해서 그는 국적도 없는 일개 외과의사로서, 자기의 양심만을 좇아 가혹한 자기의 운명을 극복해나갔다.

여기에 고독에 절망한 나머지 자살하려고 하는 여인 조앙 마두가 나타났다. 그녀는 고독한 가수였다. 두 사람은 서로 고독을 달래기 위해 사랑에 빠졌다. 그러나 조앙 마두는 라비크를 열렬히 사랑하면서도 순간적인 불안과 고독을 견디지 못해 관능적인 생활의 늪에서 빠져나오지 못했다. 끝내 조앙 마두는 치정(癡情)의 총알에 맞아 쓰러지고 말았으며 라비크의 수술에도 불구하고 끝내 목숨을 잃고 말았다. 라비크는 이 사랑으로 인하여 다시 상처입은 마음을 인간적인 훈훈함으로 감쌀 수 있게 되었다.

라비크는 자기를 일찍이 강제수용소에 처넣고, 또 자기 애인을 죽인 게슈타포의 간부인 하이케에 대해 철저히 복수를 했다. 그것만으로 밀어닥치는 전쟁의 물결을 막을 수는 없었지만 개인적으로는 다시 양심의 평화를 찾게 되었다.

라비크는 적성 국민이라는 이유로 이번에는 프랑스의 강제수용소에 끌려들어갔다. 망명자들이 차에 실려 마지막으로 지나가는 에트와르 광장은 등화관제로 불이 꺼져 있어서 개선문의 모습조차 보이지 않았다.

1952년에는 제6작 《생명의 불꽃》을 발표했다. 이 소설은 독일의 강제수용소가 무대로 되어 있다. 레마르크는 여기서 특히 나치스 독일이 붕괴하기 직전의 강제수용소를 포착하여 그 종말을 극적으로 묘사하고 있다.

1954년에 레마르크는 제7작 《사랑할 때와 죽을 때》를 발표했다. 이 소설도 영화화되어 온 세계에 소개되었다. 여기서도 역시 레마르크는 나치스 정권의 붕괴 직전을 묘사하고 있다. 이 소설은 러시아의 전수와 공포와 혼란에 휩싸여 있는 독일의 어떤 도시를 배경으로 하고 있다. 예술적으로 격조 높은 작품이다.

1956년에 레마르크는 제8작 《검은 오벨리스크》를 발표했다. 이 소설도 제1차 세계대전 이후의 혼란된 사회와 나치스 정권이 수립된 후 제1차 정치적 살해가 감행된 무렵을 배경으로 하고 있다. 레마르크는 이 소설에서 자기 자신의 풍부한 체험, 즉 자기 자신의 어두웠던 시절의 기억과 밝은 삶의 기쁨 등을 그리고 있다.

이상에서 본 바와 같이 그의 작품의 일관된 흐름은 반전적인 경향이다. 그의 문학을 전쟁문학 내지는 반전문학이라고 하는 이유가 여기에 있다. 그렇지만 그의 작품에서 어떤 이데올로기나 정치적인 색채, 혹은 애국적인 냄새를 찾아볼 수는 없다. 거기에는 오직 휴머니즘에 입각한 반전적인 사상만 있을 뿐이다.

레마르크를 문학사상에서 본다면 그는 소위 표현주의 시대에 창작활동을 시작한 작가다. 그렇지만 그의 작품들은 한결같이 문학사상의 어떤 유파에 넣어서 다룰 수가 없다. 다만 처녀작 《서부전선 이상없다》에서는 표현주의적인 수법을 엿볼 수 있긴 하지만······.

그는 앞에서 말한 바와 같이 프랑스 이주민의 후손이기 때문에 프랑스적인 요소를 다분히 가지고 있다. 그런 면에서 볼 때 레마르크는 독일의 소설가라고 하기보다는 세계의 소설가라고 하는 것이 좋을 것이다.

레마르크는 1949년에 미국 시민권을 얻었지만, 거의 대부분을 스위스에서 지냈다. 그곳에서 그는 1970년에 세상을 떠났다.

레마르크의 문학이 위대함은 그 사상의 위대성에서만 비롯되는 것이 아니라, 문학적인 형성력에서도 연유하고 있음은 두말할 여지가 없다. 그 간결하고 박력있는 문장은 오늘의 독자에게도 강렬하게 파고든다. 그는 독일소설도 만인에게 폭넓게 읽힐 수 있음을 입증해준 작가이다.

▨ 역자 후기 ▨

《서부전선 이상없다》는 1929년 1월 31일에 출판되었지만, 이것은 레마르크가 처음으로 쓴 것이 아니다. 그때까지 1918년 이래 〈미(美)〉나 〈스포츠 화보〉 같은 보잘것없는 잡지에 열심히 콩트를 게재했고 심지어 여행기에서 자동차 광고 선전문까지 썼다.

제1차대전 후의 전형적인 저널리스트였다고 해도 좋을 그가 10년 동안 작품을 다듬은 다음에 마침내 《서부전선 이상없다》를 쓴 것이다. 이 작품의 특색은 평이해서 누구나 알기 쉽고, 간결하고 상쾌해서 인상적이다.

레마르크는 소설의 약 3배나 되는 분량을 과감하게 잘라서 짧게 하는 것이 그의 독특한 방법이었는데, 이것은 10년간 저널리스트로서 지루한 문장을 쓰지 않았던 좋은 결과다. 이런 방법은 그때까지의 독일 소설가에게는 거의 볼 수 없었던 것으로, 이 점에서도 레마르크의 청신한 작법은 전후의 짜증스러워하고 있던 독일 독서가에게 매우 신선한 인상을 주었던 것이다.

레마르크는 저널리스트 출신이기 때문에 독일 문단의 누구하고도 관계없이 완전히 맨주먹으로 뛰어나왔다는 것은 미국 소설가들과 흡사하다.

레마르크가 《서부전선 이상없다》를 써서 독일을 압도적으로 놀라게 했을 때 이런 무명의 청년이 그런 것을 쓸 수가 없다고 해서 레마르크란 어떤 인물이냐 하는 의문이 많은 가십거리가 되었다.

그런 한편으로 이 소설이 매우 반전적(反戰的)이라고 해서 나치스 정권으로부터 크게 압박당했던 것이다. 레마르크는 가명(假名)이라는 설도 있었고 유태인이라는 설도 있었다.

이 책 속에는 아닌게 아니라 반전적 염전적(厭戰的)인 점이 있다. 그렇지만 레마르크가 이것을 썼을 때는 사상가로서 반전적이었던 것은 아니다. 오히려 제1차대전 후의 독일 병사가 황제에 대해, 전쟁에 대해, 솔직하게 순진한 기분으로 방언(放言)을 했을 정도에 지나지 않는다.

나치스의 비인간적이며 잔학하기 짝이 없는 방법에 대해, 자기도 직접적인 피해자로서 가슴 밑바닥으로부터 치밀어오르는 증오심이야말로 바로 레마르크의 진짜 마음인데, 이것은 그 후 그의 작품에 가장 명료하게, 그리고 가장 강렬하게 표현되고 있다.

따라서 레마르크의 작품은 《서부전선 이상없다》에서부터 《사랑할 때와 죽을 때》, 《리스본의 밤》, 그리고 사후에 발간된 유작(遺作) 《그늘진 낙원》에 이르는 전작품을 일관해서 읽으면, 제1차 대전에서부터 제2차 대전이 끝났을 때까지 유럽의 정치, 사상, 전쟁을 통한 훌륭하고 움직일 수 없는 인간의 역사가 완성되어 있음을 알 수 있다.

이것이 일관해서 순서를 밟고 있다는 점이 다른 작가의 전쟁소설과는 다른 점이며, 유럽인다운 강렬한 반역정신이 매우 예술적으로, 그야말로 시네마스코프와 같은 넓이로 그려져 있다.

레마르크는 독일의 중도시 오스나브뤼크에서 1898년 6월 22일에 태어났다. 아버지는 제책업을 하고 있었다.

제1차 대전에는 중학생으로서 소위 '학도병'으로 참전했다. 전쟁에서 돌아와서 학생으로 돌아가 졸업을 하자 어떤 조그만 마을의 국민학교 교사, 그 다음에 고무회사에 근무했다. 곧 베를린으로 나와서 저널리스트가 되었다. 〈스포츠 화보〉에 열심히 글을 썼다. 그렇지만 특별히 걸작을 쓰고 있었던 것이 아니다. 고무회사의 선전잡지 편집자가 되었다.

때를 기다리기 10년이 지난 다음에 레마르크는 《서부전선 이상없다》의 작가로서 일약 세계에 이름을 떨쳤다.

레마르크의 생애에 대해서는 해설에서 자세히 설명했기 때문에 여기

서는 생략하지만 독일인이면서 가장 자유스러운 박애주의 작가라는 점
에 있어서, 그는 확실히 독일문학사의 이색적인 존재였다는 것만은 말
해두기로 한다.

　　　　　　　　　　　　　　　역　　자　　씀

▨ 레마르크 연보 ▨

1898년 독일의 오스나브뤼크에서 출생. 아버지는 프랑스혁명 때 피난
해온 망명자의 후손으로 제책업을 하고 있었다. 독실한 카톨릭 신
자였음.

1914년(16세) 제1차 세계대전 발발. 레마르크는 이때 학생이었음.

1916년(18세) 학생이었던 레마르크는 급우들과 함께 군에 지원하여 독
일의 서부전선에 출정.

1918년(20세) 8월에 독일군은 총퇴각, 10월에 힌덴부르크의 진지를 돌
파당함. 11월에 종전. 레마르크는 전신에 다섯 군데의 상처를 입
고, 종전 직후 병원에서 귀환.

1929년(30세) 처녀작 《서부전선 이상없다》를 발표하고, 일약 세계적
명성을 떨쳤음.

1930년(31세) 히틀러의 나치스당이 일거에 500만 표를 증가시켜 파시
즘의 위기가 증대됨.

1931년(32세) 실업자의 증가로 정치적 위기가 격화되었음. 제2작 《귀
환의 길》 발표.

1932년(33세) 나치스가 국회의원 선거에서 1,300만 표를 얻어 파시스
트 쿠데타의 위기 임박, 레마르크는 나치스의 반전주의자 탄압에
몰려 생명의 위험을 느끼고 스위스로 망명.

1933년(35세) 히틀러 정권 수립. 전국적 대탄압이 시작됨. 《서부전선
이상없다》가 베를린의 오페라하우스 앞에서 불태워짐.

1937년(39세) 제3작 《세 사람의 전우》 발표.

1938년(40세) 나치스 성무가 레마르크의 국적을 박탈함.

1939년(41세) 미국으로 망명. 9월에 제2차 세계대전 발발.

1941년(43세) 제4작 《그대의 이웃을 사랑하라》 발표.

1945년(47세) 5월에 연합군이 독일을 점령. 히틀러 자살. 종전.

1946년(48세) 제5작 《개선문》 발표.

1947년(49세) 미국으로 귀화. 미국 시민권 획득.

1952년(54세) 제6작 《생명의 불꽃》 발표.

1954년(56세) 제7작 《사랑할 때와 죽을 때》 발표.

1957년(59세) 제8작 《검은 오벨리스크, 어느 늦은 청춘의 이야기》 발표.

1958년(60세) 영화 《사랑할 때와 죽을 때》에 출연함.

1964년(66세) 제9작 《리스본의 밤》 발표.

1970년(72세) 스위스에서 사망.

1977년(79세) 사망 후 유작 《그늘진 낙원》이 발견되어, 미망인에 의해 출판.

서부전선 이상없다

- 저 자 / 레 마 르 크
- 역 자 / 김 민 영
- 발행자 / 남   용
- 발행소 / 一信書籍出版社

주 소 : [1][2][1] - [1][1][0]
　　　 서울 마포구 신수동 177 - 3
등 록 : 1969. 9. 12. (No. 10 - 70)
전 화 : 703 - 3001~6
FAX : 703 - 3009
© ILSIN PUBLISHING Co. 1990.

ISBN 89-366-0339-6　　　값 10,000원